中国语言文学文库·荣休文库

吴承学　彭玉平　主编

幽谷小集

石育良 著

中山大学出版社
·广州·

版权所有　翻印必究

图书在版编目（CIP）数据

幽谷小集/石育良著.—广州：中山大学出版社，2020.12
（中国语言文学文库·荣休文库/吴承学，彭玉平主编）
ISBN 978-7-306-06995-5

Ⅰ.①幽…　Ⅱ.①石…　Ⅲ.①中国文学—古典文学研究—文集
Ⅳ.①I206.2-53

中国版本图书馆 CIP 数据核字（2020）第 195960 号

出 版 人：	王天琪
策划编辑：	嵇春霞
责任编辑：	陈　霞
封面设计：	曾　斌
责任校对：	叶　枫
责任技编：	何雅涛
出版发行：	中山大学出版社
电　　话：	编辑部 020-84110771，84113349，84111997，84110779
	发行部 020-84111998，84111981，84111160
地　　址：	广州市新港西路 135 号
邮　　编：	510275　传　真：020-84036565
网　　址：	http://www.zsup.com.cn　E-mail：zdcbs@mail.sysu.edu.cn
印 刷 者：	恒美印务（广州）有限公司
规　　格：	787mm×1092mm　1/16　20.75 印张　401 千字
版次印次：	2020 年 12 月第 1 版　2020 年 12 月第 1 次印刷
定　　价：	68.00 元

如发现本书因印装质量影响阅读，请与出版社发行部联系调换

中国语言文学文库

编委会

主　编　吴承学　彭玉平

编　委（按姓氏笔画排序）

　　　　王　坤　王霄冰　庄初升

　　　　何诗海　陈伟武　陈斯鹏

　　　　林　岗　黄仕忠　谢有顺

总　序

吴承学　彭玉平

中山大学建校将近百年了。1924年，孙中山先生在万方多难之际，手创国立广东大学。先生逝世后，学校于1926年定名为国立中山大学。虽然中山大学并不是国内建校历史最长的大学，且僻于岭南一地，但是，她的建立与中国现代政治、文化、教育关系之密切，却罕有其匹。缘于此，也成就了独具一格的中山大学人文学科。

人文学科传承着人类的精神与文化，其重要性已超越学术本身。在中国大学的人文学科中，中国语言文学学科的设置更具普遍性。一所没有中文系的综合性大学是不完整的，也几乎是不可想象的。在文、理、医、工诸多学科中，中文学科特色显著，它集中表现了中国本土语言文化、文学艺术之精神。著名学者饶宗颐先生曾认为，语言、文学是所有学术研究的重要基础，"一切之学必以文学植基，否则难以致弘深而通要眇"。文学当然强调思维的逻辑性，但更强调感受力、想象力、创造力和语言表达能力。有了文学基础，才可能做好其他学问，并达到"致弘深而通要眇"之境界。而中文学科更是中国人治学的基础，它既是中国文化根基的重要组成部分，也是中国文明与世界文明的一个关键交集点。

中文系与中山大学同时诞生，是中山大学历史最悠久的学科之一。近百年中，中文系随中山大学走过艰辛困顿、辗转迁徙之途。始驻广州文明路，不久即迁广州石牌地区；抗日战争中历经三迁，初迁云南澄江，再迁粤北坪石，又迁粤东梅州等地；1952年全国高校院系调整，始定址于珠江之畔的康乐园。古人说："艰难困苦，玉汝于成。"对于中山大学中文系来说，亦是如此。百年来，中文系多番流播迁徙。其间，历经学科的离合、人物的散聚，中文系之发展跌宕起伏、曲折逶迤，终如珠江之水，浩浩荡荡，奔流入海。

康乐园与康乐村相邻。南朝大诗人谢灵运,世称"康乐公",曾流寓广州,并终于此。有人认为,康乐园、康乐村或与谢灵运(康乐)有关。这也许只是一个美丽的传说。不过,康乐园的确洋溢着浓郁的人文气息与诗情画意。但对于人文学科而言,光有诗情是远远不够的,更重要的是必须具有严谨的学术研究精神与深厚的学术积淀。一个好的学科当然应该有优秀的学术传统。那么,中山大学中文系的学术传统是什么?一两句话显然难以概括。若勉强要一言以蔽之,则非中山大学校训莫属。1924年,孙中山先生在国立广东大学成立典礼上亲笔题写"博学、审问、慎思、明辨、笃行"十字校训。该校训至今不但巍然矗立在中山大学校园,而且深深镌刻于中山大学师生的心中。"博学、审问、慎思、明辨、笃行"是孙中山先生对中山大学师生的期许,也是中文系百年来孜孜以求、代代传承的学术传统。

一个传承百年的中文学科,必有其深厚的学术积淀,有学殖深厚、个性突出的著名教授令人仰望,有数不清的名人逸事口耳相传。百年来,中山大学中文学科名师荟萃,他们的优秀品格和学术造诣熏陶了无数学者与学子。先后在此任教的杰出学者,早年有傅斯年、鲁迅、郭沫若、郁达夫、顾颉刚、钟敬文、赵元任、罗常培、黄际遇、俞平伯、陆侃如、冯沅君、王力、岑麒祥等,晚近有容庚、商承祚、詹安泰、方孝岳、董每戡、王季思、冼玉清、黄海章、楼栖、高华年、叶启芳、潘允中、黄家教、卢叔度、邱世友、陈则光、吴宏聪、陆一帆、李新魁等。此外,还有一批仍然健在的著名学者。每当我们提到中山大学中文学科,首先想到的就是这些著名学者的精神风采及其学术成就。他们既给我们带来光荣,也是一座座令人仰止的高山。

学者的精神风采与生命价值,主要是通过其著述来体现的。正如司马迁在《史记·孔子世家》中谈到孔子时所说的:"余读孔氏书,想见其为人。"真正的学者都有名山事业的追求。曹丕《典论·论文》说:"盖文章,经国之大业,不朽之盛事。年寿有时而尽,荣乐止乎其身,二者必至之常期,未若文章之无穷。是以古之作者,寄身于翰墨,见意于篇籍,不假良史之辞,不托飞驰之势,而声名自传于后。"真正的学者所追求的是不朽之事业,而非一时之功名利禄。一个优秀学者的学术生命远远超越其自然生命,而一个优秀学科学术传统的积聚传承更具有"声名自传于后"的强大生命力。

为了传承和弘扬本学科的优秀学术传统,从 2017 年开始,中文系便组织编纂中山大学"中国语言文学文库"。本文库共分三个系列,即"中国语言文学文库·典藏文库""中国语言文学文库·学人文库"和"中国语言文学文库·荣休文库"。其中,"典藏文库"(含已故学者著作)主要重版或者重新选编整理出版有较高学术水平并已产生较大影响的著作,"学人文库"主要出版有较高学术水平的原创性著作,"荣休文库"则出版近年退休教师的自选集。在这三个系列中,"学人文库""荣休文库"的撰述,均遵现行的学术规范与出版规范;而"典藏文库"以尊重历史和作者为原则,对已故作者的著作,除了改正错误之外,尽量保持原貌。

一年四季满目苍翠的康乐园,芳草迷离,群木竞秀。其中,尤以百年樟树最为引人注目。放眼望去,巨大树干褐黑纵裂,长满绿茸茸的附生植物。树冠蔽日,浓荫满地。冬去春来,墨绿色的叶子飘落了,又代之以郁葱青翠的新叶。铁黑树干衬托着嫩绿枝叶,古老沧桑与蓬勃生机兼容一体。在我们的心目中,这似乎也是中山大学这所百年老校和中文这个百年学科的象征。

我们希望以这套文库致敬前辈。

我们希望以这套文库激励当下。

我们希望以这套文库寄望未来。

2018 年 10 月 18 日

吴承学:中山大学中文系学术委员会主任、教授,长江学者特聘教授

彭玉平:中山大学中文系系主任、教授,长江学者特聘教授

序

杨 亚

有人问五祖弘忍:"学道何故不向城邑聚落,要在山居?"弘忍答:"大厦之材,本出幽谷,不向人间有也。以远离人故,不被刀斧损斫,长成大物后乃堪为栋梁之用。故知栖神幽谷,远避嚣尘,养性山中,长辞俗事,目前无物,心自安宁。从此道树花开,禅林果出也。"① 当年的学道者与今天的"学者"之间是有深刻鸿沟的。今天的世俗人心被红尘污染,早已不知"道"为何物;而且,即使有"栖神幽谷,远避嚣尘"之想,又哪里有"幽谷"可栖?"城邑聚落"中的人哪里避得了"嚣尘"?青埂峰下的石头尚且不能自拔于"人世间荣耀繁华"的诱惑,更何况普通的凡夫俗子?谁能"听得进"茫茫大士、渺渺真人所谓"到头一梦,万境归空"的警世寓言?谈说《红楼梦》的论著车载斗量,真"解其中味"者几人?

书名《幽谷小集》,意思就是"虽不能至,然心向往之"(《史记·孔子世家》)。另辟蹊径,不随流俗,是作者一直以来的自我期许。就像科学进展以认识自然、有所发现为动力一样,文学研究,即使是古代文学研究,也应该回归现象,有所发现。但要做到这点,谈何容易。"柳暗花明"之前,"山重水复疑无路"的过程常常是艰辛的,甚至是痛苦的。收在集子里的作品不多,但却凝聚了作者的大半生心血。就我所知,每篇论文从酝酿到成稿再到发表,都会经过很长时间,甚至很多年。在电脑没有普及之前,每篇论文的草稿纸都用了一大堆。书读了一大堆,笔记写了一大堆,写出来的东西却常常只是一篇几千字的文章。一个问题成文之后,

---

① 净觉:《楞伽师资记》,台北财团法人佛陀教育基金会出版部1990年版,第1289页。

另一个问题又出现，可能牵涉另一次大量阅读，另一次苦苦思索，另一次反复修改。问题与问题之间，往往因互不搭界而导致兴趣点相去甚远。这种研究方式事倍功半，常常费力不讨好。论文或著作之不能"高产"是"不合时宜"的。但，"吟安一个字，捻断数根须"（唐卢延让《苦吟》）的清苦，也有"吟成诗意多禅趣，悟彻空身即法身"的快意与超升。读书，思考，写作，亦如修行悟道。收在集子里的文章，除了早期几篇努力挣脱而仍然带有那个时代的话语痕迹之外，中年以后的作品，明显透出成熟学人的清新、鲜活、明亮，颇有"悟"的味道。作者对《长生殿》的结构性解读，对《三国志演义》与《水浒传》的比较分析，都不落窠臼。对《聊斋志异》中的变形故事、对文学与书生之间的关系等问题的探讨，既有超然视角的透视，也蕴含作者与古人的潜对话。因为与流行深广的研究和话语习惯相距甚远，这些论著在"学术"的"界"里都引不起多少涟漪。它们似乎在众多研究者的习惯性视线之外。钱锺书说："大抵学问是荒江野老屋中二三素心人商量培养之事，朝市之显学必成俗学。"① 学问有不同的层次或境界。五祖所学之"道"，只有在"远避嚣尘"的"幽谷"才可能闪现。在世俗之眼看来，其途清苦、枯寂；而在"素心人"眼里，自有其妙。"曲高"本来就"和寡"。

挣脱成见，回到现象，文学之"发现"常有"不期而遇"的喜悦，出人意外，令人恍然大悟，"哦，原来如此！"本书下编《六朝志怪故事形态研究》既是一篇长文，也可以独立成书。其中大部分篇幅是关于所谓"六朝志怪"的搜集和整理。这些整理，并不是简单地把散见在《艺文类聚》《太平广记》《太平御览》等文献中的相关作品汇聚到一起，不是简单地比较不同版本在文字上的繁简、异同。更重要的，是把大量的相同或相似的故事编排在一起。比如，书生寄宿产妇门外的故事、妻被假丈夫淫宿的故事、假作真时真亦假的故事、亭怪故事、男子与异类女子野合的故事等。普罗普在《故事形态学》中观察到民间故事的大量重复或雷同现象。六朝志怪也普遍存在这样的现象。一直以来，研究者们的着眼点始终在文学与外部现实之间的关系上，以为六朝人把他们所记述的内容都当作"事实"。通过大量的重复出现的故事，我们得知，所谓"志怪"，

---

① 转引自郑朝宗《钱学二题》，载《厦门大学学报》（哲学社会科学版）1988年第3期。

其实是同一个故事的不同变体，是一个故事对另一个故事的再生或转化，而不是对故事之外的、所谓"异事"①的记录，更不是"记新闻"②。所谓"异事"或"新闻"，其实是特定的行动单元或功能项按照一定的规则或顺序而构造出来的。不仅六朝志怪有大量的相同或相似的故事框架或模型，而且这种现象一直持续到晚清。《东阳夜怪录》、《博异志》（谷神子）、《集异记》（薛用弱）、《玄怪录》（牛僧孺）等唐传奇作品，《青琐高议》（刘斧）、《云斋广录》（李献民）、《清尊录》（廉布）、《剪灯新话》（瞿佑）、《聊斋志异》（蒲松龄）、《夜谭随录》（和邦额）、《谐铎》（沈起凤）等，都可以在六朝志怪中找到最初的原型。数量有限的构成元素（或普罗普所说的"功能项"），按照一定顺序组成相对固定的故事框架，这使它们成为特定的叙事类型而区别于其他文学。这样的分析，相比志怪或志人、传奇或笔记等纠缠不清的概念，显然更严谨，更合乎逻辑。

文学的"发现"，不仅是对湮没无闻的作品或某些生僻材料的发掘，更重要的，是对司空见惯的文献中某些有趣现象的"再发现"。因为司空见惯，所以人们常常视而不见。这个意义上的"发现"难度更大，一旦有所发现，就会给人极大快感。比如，书中谈到，在六朝志怪中，"见""闻""听""遥见""内睹""窃视""觇视""窃窥""转顾""顾视""盗照视之""瞥睹""取镜自看"等主观感知词语随处可见。《左传·僖公二十三年》和《左传·僖公二十四年》记曹共公"欲观其裸""薄而观之"③；《左传·庄公十年》记曹刿"下视其辙，登轼而望之"④。"观"或"视"等词语在先秦两汉叙事中极少出现。只有到六朝时代，才会出现大量的视觉性词语。这绝非偶然。同时代的画家也同样注意到眼睛的作用。顾恺之被称为"画睛高手"⑤。据说，"顾长康画人，或数年不点目

---

① 鲁迅：《中国小说史略》，人民文学出版社1973年版，第29页。
② 鲁迅：《中国小说的历史的变迁》，见《中国小说史略》，人民文学出版社1973年版，第276页。
③ 〔战国〕左丘明、〔西晋〕杜预撰：《春秋左传集解》（全5册），上海人民出版社1977年版，第33页。
④ 〔战国〕左丘明、〔西晋〕杜预撰：《春秋左传集解》（全5册），上海人民出版社1977年版，第148页。
⑤ 葛路：《中国古代绘画理论发展史》，北京人民美术出版社1982年版，第26页。

睛。人问其故，顾曰：四体妍蚩，本无关于妙处，传神写照，正在阿堵中"①。又说，"顾虎头为人画扇，作嵇、阮，都不点眼睛，便送还扇主。扇主问之，顾答曰：'点眼睛便欲能语。'"② 张僧繇"画龙点睛"的故事也恰好出现在这时③。谢安、殷浩等人讨论玄学，也会追问眼与万物之间的关系："眼往属万形，万形来入眼不？"④ 作者由此推论：视觉感知活动的意义凸显，具有突出的时代特征。可以说，这是一个发现了眼睛的时代。书中《六朝小说：文言虚构叙事的诞生》一文，是作者最得意的一篇，也是最有趣的一篇。好的学术不枯燥、不呆板，是有趣的。

《左传》所记的"观"或"视"，只是人物各种外部行为中的一种。被"观"或"视"的对象或内容，并不依赖"观"或"视"而存在。而对六朝人来说，某人的"见""视"或"觇"，则是对象或某种事物或情景赖以存在的前提。某种怪物只出现在某人的"见""视"等主观感知中。马道猷"见鬼满前，而旁人不见"（《述异记》）⑤；王征"见一辆车当路，而余人不见"（《幽明录》）；磬石见"车马传教，油戟罗列于前"，而家人"莫见"（《幽明录》）。有时，在一个人的眼中是一种事物，在另一人的眼中却是另一种事物。谢宗所见是"姿性妖婉"的女子，而船人"以火视之，乃是三龟"（《孔氏志怪》）；在徐邈眼里是"姿色甚美"的青衣女子，而门生所见，却是大青虾蟆（《续异记》）。人物的主观感知决定被呈现出来的事物的样貌，是信息的主要来源。各种各样被"志"之"怪"，其实都是某个人物所"见"所"闻"之"怪"。志怪书的大量涌现，不是因为当时怪物怪事特别多，不是因为六朝人比前人或后人更迷信，而是因为个人视角或感知的独特性被凸显出来。正因为六朝人的"爱奇好异"和"冀睹灵异"，主观感知和想象极度夸张，所以呈现出光怪陆离的艺术世界。这与唐人之"好奇爱古，如饥似渴""寻幽探穴访

---

① 刘义庆著，徐震堮校：《世说新语校笺》，中华书局1984年版，第388页。
② 《俗说》，出自鲁迅《古小说钩沉》，见《鲁迅全集》第八卷，人民文学出版社1973年版，第193页。
③ 参见〔唐〕张彦远著，俞剑华注释：《历代名画记·张僧繇》，上海人民美术出版社1964年版。
④ 刘义庆著，徐震堮校：《世说新语校笺》，中华书局1984年版，第126页。
⑤ 《述异记》，出自鲁迅《古小说钩沉》，见《鲁迅全集》第八卷，人民文学出版社1973年版，第284页。

奇"(《古镜记》),实出一辙。《六朝小说:文言虚构叙事的诞生》对叙事时空、叙事角度、对"聚焦者"与"叙述者"的分离等问题的辨析,对胡应麟、鲁迅以来关于虚构问题的误解等,分析细致,体现了对真知灼见的追求。文章对六朝志怪的全新透视,为小说史的重新书写开辟了新的路径。

目 录

上 编

六朝小说：文言虚构叙事的诞生 …………………………………… 1
《三国》与《水浒》：两个英雄世界 …………………………………… 17
生命的悲歌
  ——论《长生殿》的结构与内涵 ………………………………… 27
《聊斋志异》的变形故事 ……………………………………………… 41
《聊斋志异》的鬼故事 ………………………………………………… 54
《聊斋志异》的幻梦世界 ……………………………………………… 69
《聊斋志异》与书生 …………………………………………………… 92
上古神话与六朝志怪 ………………………………………………… 113
《车王府曲本》与民众的人生理想 …………………………………… 120
唐传奇中的两性故事 ………………………………………………… 133
山水出性灵
  ——论袁中郎的山水游记 ………………………………………… 141

下编　六朝志怪故事形态研究

第一章　问题与方法 ………………………………………………… 148
  附录：若干故事的不同变体 …………………………………… 154

第二章　亭怪故事 …………………………………………………… 161
  附录一：亭怪故事一览表 ……………………………………… 176
  附录二：亭怪故事实例 ………………………………………… 183

第三章　两性遇合故事 …………………………………………… 206
　　附录一：两性遇合故事一览表 ………………………………… 213
　　附录二：两性遇合故事实例 …………………………………… 218

第四章　死亡与再生故事 ………………………………………… 233
　　附录一：死亡与再生故事一览表 ……………………………… 249
　　附录二：死亡与再生故事实例 ………………………………… 254

参考文献 …………………………………………………………… 310

上 编

六朝小说：文言虚构叙事的诞生[*]

一

中国古代小说究竟起于何时？因何而起？这些关乎文学史的基本问题，一直没有得到真正的解决。

通行的观点认为，唐传奇才开始小说的文体独立，而之前的六朝小说还只是"属于子部或史部的一类文体"，是"小说的胚胎形态"[①]，或者说，是具有某些"小说因素"的面目模糊的"野史笔记"[②]，不是文学意义上的小说。这一观点发端于明人胡应麟，经过鲁迅的引申，至今几乎成为定论。其理由主要在两方面：一，不同于唐传奇的"篇幅曼长，记叙委曲"，"丛残小语""粗陈梗概"的六朝小说是幼稚、简陋的，不成熟的。二，更重要的是，唐传奇"作意好奇""有意为小说"，才开始有自觉的虚构意识，而六朝小说"传录舛讹，未必尽幻设语"，都是"记事实"而"非有意为小说"。[③]

"粗陈梗概"与"篇幅曼长"究竟以什么为尺度，没有谁能说清楚。有人把"四五百字"作为"志怪"与"传奇"的界限，说"四五百字以内的作品大概就不好叫作传奇了"，只能算是"志怪"。但又意识到，这

---

[*] 本文共同作者为杨亚。
[①] 石昌渝：《中国小说源流论》，生活·读书·新知三联书店1994年版，第7页。
[②] 董乃斌：《中国古典小说的文体独立》，中国社会科学出版社1994年版，第157页。
[③] 参阅〔明〕胡应麟《少室山房笔丛·二酉缀遗中》，中华书局1958年版，第486页；鲁迅《中国小说的历史的变迁》，见《中国小说史略》，人民文学出版社1973年版，第29页。

样的人为规定"也许并不合理"①。热奈特把事件实际延续的时间与叙述事件文本的长度之间的关系称为速度关系。如果用较短的语句来叙述较长时间跨度的事件，这样的叙述属于快速叙述；而用较长篇幅的文本来描述较短时间跨度的事件，则称为慢速叙述。快速叙述和慢速叙述的极端分别是"概述"(summary)和"场景"(scene)。在"场景"中，事件进行的速度与叙述速度在习惯上被看作是同步的。而"概述"却是对事件时间的压缩，以及对细节的舍弃，因而显得笼统、抽象②。以这些概念来衡量，六朝小说并非只有"概述"，它也包含大量的慢速叙述或"场景"；唐传奇也并非只有"场景"而没有"概述"。从这个角度上说，六朝小说与唐传奇没什么不同。"丛残小语""粗陈梗概"的标签并不适合六朝小说。

六朝小说也许没有《灵应传》③等唐传奇那样长达 5000 字的篇幅。今天所能见到的六朝小说的文本，的确有一些极简古的记述。比如《志怪记》的"客星通坐"一条，全文仅 4 字④。《搜神记》载："桓帝延熹五年，临沅县有牛生鸡，两头四足。"全文仅 17 字，有"事件"而没有"故事"和"情节"。记述的意义不在事件本身，而在于对事件之外的"休咎之兆"暗示。六朝小说的原书大多散佚，其文本原貌是否如今天所见的那样，不得而知。就为数不少的作品来看，如"鲁少千"(《列异传》)、"宋定伯"(《搜神记》；《列异传》作"宗定伯")、"细腰"(《搜神记》)、"卢少府墓"(《搜神记》)、"刘晨阮肇"(《幽明录》)、"黄原"(《幽明录》)等⑤，无论是故事的跌宕起伏，还是文笔的流畅凝练，都不

---

① 李剑国：《唐稗思考录》，见《唐五代志怪传奇叙录》"代前言"，南开大学出版社 1993 年版，第 5 页。

② 参见〔法〕热拉尔·热奈特著，王文融译：《叙事话语、新叙事话语》，中国社会科学出版社 1990 年版。另参阅〔以色列〕里蒙－凯南《叙事虚构作品》，生活·读书·新知三联书店 1989 年版，第 96－98、193－195 页。

③〔宋〕李昉：《太平广记》卷四九二，中华书局 1963 年版。(下引该书均同此版本，除卷次及页码外，其他不再另注)

④ 参见〔唐〕虞世南《北堂书钞》卷二十，鲁迅据此辑入《古小说钩沉》，见《鲁迅全集》第八卷，人民文学出版社 1973 年版，第 443 页。《隋志》著录，殖氏撰《志怪记》三卷，该书是否《北堂书钞》所引之《志怪记》，无从考证。

⑤ 文中所引《列异传》《幽明录》《述异记》《孔氏志怪》《灵鬼志》等，均出自鲁迅《古小说钩沉》(见《鲁迅全集》第八卷，人民文学出版社 1973 年版)，并据《太平御览》《太平广记》等加以校正；所引《搜神记》《搜神后记》，除另有注明外，均见汪绍楹校注本，中华书局 1979 年、1981 年版。

可能是文体意识蒙昧的产物。今人用来说明唐传奇之完整性的所谓"失踪模式""证实模式""终局模式"等①，都与六朝小说如出一辙。再说，唐传奇时代同样也有大量的"粗陈梗概"式的记述，如李元《独异志》、张读《宣室志》中的许多片段。因此，篇幅是否"曼长"，记叙是否"委曲"，文辞是否"华艳"，这些都是随意性极大的鉴赏性评说，无法说明文类的演变轨迹。

以唐人的尺度来衡量六朝人的小说，用"胚胎"到"成熟"的泛进化论来比附文类的发展，无法回答这样的问题：六朝小说难道只是一种"半成品"和只是为唐人小说的成熟而做的预备性的铺垫吗？如果承认小说是六朝人所创造并被六朝人所接受的文学样式，那么，对六朝人来说，这样的小说就是完整自足的、成熟的和独立性的文体。如果说小说带有历史或野史等其他类型的某些特征，那也是极正常的现象："小说正如很多人所说的那样，是最不'艺术'的文类。"②或者说，"小说的常规比之绝大多数文学常规对读者的要求要小得多"③。用旧式文体标准来衡量最不纯的小说，难免削足适履。

如果说六朝小说所记"乃皆实有"④，唐传奇何尝不是如此呢？《王知古》结尾，作者借"三水人"之口，曰："岂曰语怪，亦以摭实。"（《三水小牍》⑤）《蔡少霞》记蔡少霞梦中被鹿帻人召去仙宫题写铭文的故事，作者薛用弱宣称其曾拜访过蔡少霞，亲见其铭文，并说："固知其不妄矣。"（薛用弱《集异记》⑥）《齐饶州》记韦会妻被狂鬼所杀，躯体被冥王修补而复生，对这个故事，作者先"未深信"，后亲听韦会之外弟"具言斯事"，作者乃信其事非"虚语"（牛僧孺《玄怪录》⑦）。《离魂记》虽然

---

① 江守义：《唐传奇叙事》，安徽人民出版社2006年版，第31、221页。
② [美]华莱士·马丁著，伍晓明译：《当代叙事学》，北京大学出版社1990年版，第5页。
③ [美]伊恩·P·瓦特著，高原、董红钧译：《小说的兴起》，生活·读书·新知三联书店1992年版，第28页。
④ 鲁迅：《中国小说史略》，见《鲁迅全集》第九卷，人民文学出版社1973年版，第29页。
⑤ 〔明〕陶宗仪：《说郛》卷三十三，中国书店1986年版。
⑥ 〔唐〕薛用弱：《集异记》，中华书局1980年版。
⑦ 参见〔唐〕牛僧孺、李复言编，程毅中点校《玄怪录；续玄怪录》，中华书局1982年版；〔宋〕李昉《太平广记》卷三五八引《玄怪录》，题《齐推女》，文字大异。（书中所引《太平广记》，凡未特别注明者，皆为此版。除书名及卷次外，其他不再另注）

"事至怪而乏理解"①,作者陈玄祐也曾怀疑其真实性,"或谓其虚",但他却以亲见张[规]"备述其本末",来证明故事不"虚",因为倩娘父张镒是仲规堂叔。《任氏传》作者沈既济自称与主人公韦崟交游过,崟"屡言其事,故最详悉"②。《南柯太守传》虽然"稽神语怪,事涉非经",但作者李公佐自称"偶觐淳于生棼,询访遗迹。翻复再三,事皆摭实"③。《李娃传》作者白行简因为其伯祖与主人公荥阳公子关系密切,"三任皆与生为代,故谙详其事"④。《邓甲》谓邓甲居茅山学道,"至今犹在焉"(裴铏《传奇》⑤)。《赵合》记赵合"大和初,游五原","今时有人遇之于嵩岭耳"(裴铏《传奇》)。所有这些作品,不仅没有"故意显示着这事迹的虚构"⑥,反而不断强调据实而录,并非凭空杜撰。《聊斋志异》也是这样。《祝翁》记祝翁死而复活,末云:"康熙二十一年,翁弟妇佣于毕刺史之家,言之甚悉。"《胡四姐》写尚生与狐女的故事,并且说:"尚生乃友人李文玉之戚好,尝亲见之。"在虚构与非虚构的问题上,六朝小说与唐传奇也没什么不同。

早在小说诞生之前,就已有了"名副其实的虚构文学"——汉赋⑦。怎么到了六朝小说,反而对虚构懵懂无知呢?有什么理由"很排斥虚构"⑧呢?唐人之"好奇爱古,如饥似渴""寻幽探穴访奇"(《古镜记》),与六朝人之"爱奇好异"和"冀睹灵异"(《述异记》),实出一辙。王充说:"世好奇怪,古今同情。"⑨《列异传》《搜神记》《幽明录》《旌异记》等书名中的"列""搜""录""旌"等,都是刻意经营、"作意好奇"的有力证明。

此前有关虚构问题的论断都是就作者的动机或故事的性质而言的。虚

---

① 见汪辟疆校录《唐人小说》,上海古籍出版社1978年版,第60页。
② 〔宋〕李昉:《太平广记》卷四五二。
③ 〔宋〕李昉:《太平广记》卷四七五。
④ 〔宋〕李昉:《太平广记》卷四八四。
⑤ 所引《传奇》作品,见周楞伽辑注《裴铏传奇》,上海古籍出版社1980年版。
⑥ 鲁迅:《六朝小说和唐代传奇文有怎样的区别?》,见《且介亭杂文二集》,人民文学出版社1973年版,第87页。
⑦ 参见竹田晃、孙歌《以中国小说史的眼光读汉赋》,载《文学遗产》1995年第4期。
⑧ 鲁迅:《六朝小说和唐代传奇文有怎样的区别?》,见《且介亭杂文二集》,人民文学出版社1973年版,第87页。
⑨ 转引自刘盼遂《论衡集解·奇怪篇》,中华书局1959年版,第76页。

构的标志是什么，与非虚构的界限在哪里，流行的结论大多似是而非，经不起推敲。史密斯曾说，"小说最基本的虚构性无需到所叙人物、物质和事件的不真实性中去寻找，而应该从叙述本身的不真实性中去寻找"①。究竟哪些方法属于虚构（不可能是"记事实"），这些方法与之前的叙事文学有什么质的差别——在这些方面，本文尝试提出新的思路和解释。笔者相信，这些方法的形成，才是小说兴起的内在原因。

二

有关六朝小说的产生原因，自鲁迅以来，学界大多归结为巫、佛道、神鬼信仰、"老庄之说"、玄学、清谈等社会风潮的影响。可是，先秦时期的"巫风"之盛和"鬼道"之炽，比六朝有过之而无不及，但并未像六朝那样"特多鬼神志怪之书"②。六朝之后，小说也没有随着这些风潮的消退而消亡。可见小说与鬼神信仰之间，以及与玄学、清谈等风气之间，没有内在的因果关系。

假如承认六朝小说不只是"六朝"的，也不只是"志怪"或"志人"，而是一般意义上的"小说"，那么，就不能不注意到，它与十七八世纪兴起于英国，以笛福、理查逊和菲尔丁等人为代表的小说之间，不可能没有相通之处，尽管两者的语言媒介不同，故事形态和叙事方式各异，产生的背景和原因不可同日而语。伊恩·P·瓦特所说的全新的时空观念，同样普遍存在于六朝时期的中国小说中。在这个问题上，它与先前的虚构或非虚构文学，如神话、传说、史传、诸子叙事文或寓言等，有显著的区别。

《山海经》《淮南子》等典籍中的神话，如"盘古""女娲"等，以及《搜神记》的"神农"（卷一）、"猳国马化"（卷十二）等，都是关于宇宙、人类、百谷、西南杨氏族群等起源的神话。其本质是一种推本溯源性的解释，超出了时间之维。诸子叙事文如"长沮、桀溺耦而耕"（《论语·微子篇》）、"子路从而后"（《论语·微子篇》）等，诚如伊恩·

---

① 转引自［法］热拉尔·热奈特著，史忠义译《热奈特论文集》，百花文艺出版社2001年版，第140页注①。
② 鲁迅：《中国小说史略》，人民文学出版社1973年版，第29页；明人胡应麟所谓"古今纪异之祖""古今小说之祖"——《汲冢琐语》等（《少室山房笔丛·二酉缀遗中》），其实与小说一点关系都没有。

P·瓦特所说，都是"用无时间的故事反映不变的道德真理"①。先秦寓言，如"郑人买履"（《韩非子·外储说左上》）、"揠苗助长"（《孟子·公孙丑上》）等，也同样如此。历史"以事系日，以日系月，以月系时，以时系年"②，时间单元一般是"年""月""日"或"春""冬"之类的"时"。《春秋》记："（隐公）元年，夏五月，郑伯克段于鄢。"事件究竟发生在"五月"的哪一天，什么时辰，是在白天行动，还是在夜幕的掩护下进行，不得而知。记时手段和书写条件的有限也不允许有太过细微的时间表示。

而六朝小说则把"细致差别的时间尺度"或"瞬变的时间"③ 作为衡量事物的尺度：

"缤纷一食顷，鸟转欲困"；"须臾，云晦雷发，惊耳骇目"；"雷息电灭"。（《幽明录》）

"于时夜分，忽然闻门外阁有着屐声。须臾进，自云郑玄"；"言竟便退"。（《幽明录》）

"忽闻有叹声"；"忽不复见"；"彪之悲怅达旦。既明，独见一白狗，恒随行止"。（《幽明录》）

"将暮，有一妇人抱儿来寄宿，转夜，孝子未作竟"；"明日，有男子来问"。（《幽明录》）

"充因逐之，不觉远，忽见道北一里许"；"即有一人，提一襆新衣"；"充便著讫，进见少府"；"卢郎已来"；"女郎妆严已毕"；"充既至东廊，女已下车"；"充便辞出"；"寻传教将一人"；"忽见水旁有二犊车，乍沉乍浮，既而近岸"；"忽然不见二车处"；"欻有一老

---

① ［美］伊恩·P·瓦特著，高原、董红钧译：《小说的兴起》，生活·读书·新知三联书店1992年版，第16页。
② 〔晋〕杜预：《春秋左氏传序》，见《春秋左传正义》，北京大学出版社1999年版，第3页。
③ ［美］伊恩·P·瓦特著，高原、董红钧译：《小说的兴起》，生活·读书·新知三联书店1992年版，第17页。

婢识此"。(《搜神记》卷十六)

"尝至东海";"吾暂有所过";"去后,式盗发视书";"须臾,吏还,式犹视书";"良久,吏曰";"今日已去,还家";"适出门,便见此吏";"而今出门,知复奈何?";"今已见汝,无可奈何。后三日日中,当相取也";"至三日日中时,果见来取,便死"。(《搜神记》卷五)

"食顷""须臾""将暮""夜分""转夜""忽然""忽闻""忽不复见"等,衡量时间的单位尺度已经细化。"子在川上曰:逝者如斯夫,不舍昼夜"(《论语·子罕篇》)。《庄子·知北游》云:"人生天地之间,若白驹之过隙,忽然而已。"虽然都从生命角度意识到时间的极短暂,但这种时间并没有用到叙事文学中。《左传·成公十三年》记"六月丁卯夜,郑公子班自訾求入于大宫";《史记·孙子吴起列传》记庞涓"暮当至马陵","果夜至斫木下";《史记·项羽本纪》记项王军"夜闻汉军四面皆楚歌",项王"夜起饮帐中","直夜溃围南出","平明,汉军乃觉之";等等。其中,"暮""夜"或"平明"等衡量时间的单位尺度虽然比"日""月""时""年"细化了很多,但仍然比小说的时间粗略很多。

《春秋》《左传》《史记》等像《淮南子·览冥训》那样,都以"往古之时"为背景,所记之事与读者之间隔着不可逾越的时间之河。而在六朝小说中,如同在理查逊等人的小说中那样,"叙述速度由于细致逼真地描写十分接近实际经验的某种事物因而被放慢了"[1]。读者的阅读与故事之进展同步延伸,进行时态被凸显出来。小说中的事件仿佛正在进行,或刚发生不久,或将要发生。

空间意识的显著变化是,"斋""舍""厅事上""家""户""庭中""园""邻舍""屋檐下""屋檐上"等个人化、私人化的空间成为故事的主要背景。如"北堂中梁上""升堂""堂西壁下""堂前井边五步""堂东北角柱下""灶下"(《搜神记》卷十八"细腰"),以及"家西三十里""道北一里许,高门瓦屋四周,有如府舍""门中""东廊""中门""出

---

[1] [美]伊恩·P·瓦特著,高原、董红钧译:《小说的兴起》,生活·读书·新知三联书店1992年版,第19页。

门""门外""上车""至家""临水""水旁""车后户""入市"等（《搜神记》卷十六"崔少府墓"）。这样的空间是每个人都熟悉的，或可能接触到的，因而很容易与读者的实际经验关联起来，从而使读者产生置身其中的幻觉。

历史的空间概念常常是地域、籍贯、天下或宇宙。个人要么是投射在历史天幕上的巨大身影，要么被抽象为笼统模糊的"草民百姓"。浦安迪说，历史"只是局限在冠冕堂皇的庙堂里，它的触角甚至伸不进皇家的后院，当然更难看见'处江湖之远'的草民百姓的众生相"①。其实，即使是"庙堂"，即使是"叙事入神"②"每叙一人，能将其面目活现"③的《史记》，我们也看不到日常生活场景。"齐军入魏地为十万灶，明日为五万灶，又明日为三万灶"（《史记·孙子吴起列传》），并不是为了生活的需要，而只是作为戏剧化的军事计谋而被提到。而且，即使是这样的并非生活化的细节，也还是会受到历史学家的指责。对增兵减灶，南宋洪迈"独有疑焉"："方师行逐利，每夕而兴此役，不知以几何给之？又必人人各一灶乎？"他认为：这些情节"皆深不可信，殆好事者为之，而不精考耳"。④泷川资言虽然觉得洪迈理解"太拘"，也同样以为"其事则未可悉信"⑤。而在小说里，就连已经去到冥间的鬼也会因为饥饿、为了得到食物而先去大墟东头一家磨麦，后去西头一家舂谷（《幽明录》）。王蓝田"尝食鸡子"（《世说新语·忿狷》）的故事同样是生活场景的演绎，尽管带有漫画化的夸张。

先前的空间是外部的、公共的，而小说的空间则是个人化、私人化的。如：

> 王长史病已笃，寝卧，灯下转麈尾而视之，叹曰："如此人，曾

---

① 浦安迪：《中国叙事学》，北京大学出版社1996年版，第15页。（下引该书均同此版本，除书名及页码外，其他不再另注）
② 参见〔日〕斋藤正谦《拙堂文话》，见〔日〕泷川资言《史记会注考证》，文学古籍刊行社1955年版，第5347页。
③ 梁启超：《要籍解题及其读法》，见《梁启超讲读书》，天津古籍出版社2005年版，第62页。
④ 〔南宋〕洪迈：《容斋随笔》卷十三，中华书局2005年版，第176页。
⑤ 〔日〕泷川资言：《史记会注考证》，文学古籍刊行社1955年版，第3308页。

不得满四十!"(《郭子》)

  王子敬在斋中卧,偷入斋取物,袱装,一室之内,略无不尽。子敬卧而不动,偷遂复登厨,欲有所觅。子敬因呼曰:"偷儿,石漆青毡,是我家旧物,可特置不?"于是群贼始知其不眠,悉置物惊走。(《语林》)①

  独处是六朝小说最常见的故事模式。"路未有行人"的凌晨,盛逸"见门内柳树上有一人"(《孔氏志怪》)。王彪之"独坐斋中","忽闻有叹声"(《幽明录》)。董仲舒"下帷独咏","忽有客来"(《幽明录》)。弦超"中夜独宿","梦有神女来从之"(《搜神记》卷一)。"天暗失道"的时候,秦树"见一女子秉烛出"(《异苑》卷六②)。刘伯夷"独住宿","有异物稍稍转近"(《列异传》)。"夜了无人"时,嵇中散"独在亭中",有物"空中称善"(《灵鬼志》)。施子然"独自未眠之顷","见一丈夫来",自称"姓卢名钧"(《续异记》)。郭氏"尝夜独寝"(《幽明录》),谢宗"独在船"(《孔氏志怪》)。或为房内,或为卧室,或船中,都是相对于外部空间而存在的内部空间。

  这样的独处情景或个人空间在本质上不适合历史记述。如果偶尔涉足这样的空间,如介之推与母偕逃前的问答(《左传·僖公二十四年》)、鉏麑自杀前的独白(《左传·宣公二年》)、骊姬夜泣(《国语·晋语一》)、霸王别姬(《史记·项羽本纪》)等,会因为"生无旁证,死无对证",而受到"谁闻之欤"(纪昀《阅微草堂笔记》卷一一)、"谁闻而谁述之耶"(李元度《天岳山房文钞》卷一《鉏麑论》)的质疑,或被指为"漏洞"(李伯元《文明小史》第二五回)。③ 没有"鬼瞰狐听于傍"的个人独处情境,必然与历史的"实录""事核"原则相冲突。历史记述之所短,正为小说叙事之所长。历史介入个人情境是一种"入侵"或"误入";而对小说来说,这样的情境却是名正言顺的。

---

  ① 文中所引《郭子》《语林》,见《鲁迅全集》第八卷《古小说钩沉》,人民文学出版社1973年版,第157、173页。
  ② 〔南宋〕刘敬叔著,范宁校点:《异苑·谈薮》,中华书局1996年版。
  ③ 参见钱锺书《管锥编》第1册,中华书局1979年版,第164、165页。(下引该书均同此版本,除书名及页码外,其他不再另注)

与外部隔开的个人化的空间在许多时候是人物有意隐瞒的，不希望他人知道的。司马相如的"窃妻卓氏"，刘知幾以为是"理无可取"的事（《史通·序传》），究竟怎样为世人所知，是否有过"不讳不怍"的"夫子自道"，司马迁凭什么写进《史记》，一直是令人疑惑的问题。① 到了六朝，这样的隐秘空间大量进入叙述者的视野。天上玉女与弦超的幽会"不愿人知"。七八年间，"夜来晨去"，"唯超见之，他人不见"（《搜神记》卷一）。一奴得蛮人之术，至山化为虎，复还为人，语其妇及妹："归家慎勿道。"（《搜神后记》卷四）三驺一再叮嘱费庆伯"慎勿泄也"，"乞秘隐也"（《述异记》）。六朝之前的世界是浑然一体的，而六朝人的世界则明显分隔为公开与隐秘这两个部分。对六朝人来说，除了公开的、已知的世界之外，还有一个隐秘的、未知的世界。对后一个世界，六朝人表现出强烈的窥视欲。韩寿"潜修音问""逾墙而入"，就是不想让贾充知道。贾充"取女左右婢拷问"而发觉"偷香"的秘密后，为免家丑外扬，不得不"秘之"（《世说新语·惑溺》）。对隐秘空间的窥视必然带有想象或虚构的性质。受此影响的历史著述时不时会越界侵入小说的领地。《晋书·贾谧传》同样记述了韩寿偷香的故事②。

　　更为隐秘的内在空间——心理世界也普遍进入小说的叙事版图。如"恒怀存想""闻之心动"（《世说新语·惑溺》）；彭虎子"惶遽无计"（《幽明录》）；中书郎"大怖"（《幽明录》）；王辅嗣"心生畏恶"（《幽明录》）；石长和"意中便若忆此时"（《幽明录》）；贾弼之"意甚恶之"（《幽明录》）；琅琊王"大惊"（《幽明录》）；等等。这些描写与六朝小说开始的大量的梦境描写一样，只能是"设身局中，潜心腔内，忖之度之，以揣以摩"——想象虚构——的产物③。小说之前的各种叙事文学基本不涉及心理描写。

　　进行时态的广泛运用、对个人空间或内在世界的呈现，使叙事文学彻底告别传统藩篱，而进入全新的小说时代。小说的文字篇幅也许并不"曼长"，可它所拓展的疆域却有着前所未有的广度与深度，是史书或其他叙事文学不能比拟的。

---

① 参见钱锺书《管锥编》第1册，第358页。
② 见〔唐〕房玄龄等《晋书》卷四十《贾谧传》，中华书局1974年版。
③ 参见钱锺书《管锥编》第1册，第164－166页。

三

六朝小说的另一个显著特征是叙述者的深刻变化。《春秋》"微而显，志而晦，婉而成章，尽而不污，惩恶而劝善"（《左传·成公十四年》），最早奠定了叙述者的绝对权威。被称为"圣人"的记述者，具有明显的"全知全能者"的姿态①，以及绝对可靠、毋庸置疑的叙事态度。《史记》所谓"究天人之际，通古今之变，成一家之言"（《报任安书》），同样体现了叙述者的使命感和非凡性质。这与《春秋》的"圣人"性质一脉相承。

而在六朝小说中，叙述者在对材料或故事全局的掌握上，却常常显得捉襟见肘：

> 吴末中书郎，失其姓名，夜读书。家有重门，忽闻外面门皆开，恐有急诏；户复开，一人有八尺许，乌衣帽，持杖坐床下，与之熟相视，吐舌至膝。于是大怖，裂书为火，至晓鸡鸣，便去。门户闭如故，其人平安。（《幽明录》）

与"失其姓名"相似的例子很多，如："张璞字公直，不知何许人也"（《搜神记》卷四）；刘晨、阮肇"忽复去，不知何所"（《幽明录》）；"余杭人姓王，失其名"（《幽明录》）；"琅琊人姓王，忘名"（《幽明录》）；"曲阿有一人，忘姓名"（《幽明录》）；"忽有一比丘尼，失其名，来自远方"；"尼后辞去，不知所在"（《搜神后记》卷二）；"临海有李巫，不知所由来"（《幽明录》）；"有一师从远来，莫知所出"（《幽明录》）；等等。这样的"不知"甚至成为一种风气，连历史著述也未能幸免。范晔《后汉书·方术列传》称："蓟子训者，不知所由来也"；"后因遁去，遂不知所止"；刘根"嘿而不应，忽然俱去，不知在所"；"计子勋者，不知何郡县人"；"解奴辜、张貂者，亦不知是何郡国人也"。②

这样的口吻很容易被误解为对事实的忠实记录——"知之为知之，不知为不知"（《论语·为政》）。可是，以"实录"为特质的历史记述，原则上说，不会向读者提供残缺不全的信息，尽管记述者不可能对每一件

---

① 浦安迪：《中国叙事学》，第15页。
② 〔南朝宋〕范晔：《后汉书》卷八十二《方术列传》（下），中华书局1965年版。

事、每一个细节都了如指掌。他当然有很多不知道或记不住的东西。但他不会记述他所"不知"或"忘却"的东西。"失其姓名""不知何所""不知所由来""莫知所出"云云,并没有增加读者对人物或事件的更多了解。删除这些说法,有关人物或事件的信息也不会减少。叙述者对主人公耳内、眼内或心内的活动了如指掌,却对其姓名"失"而不知或对其行踪不得而知,这不合逻辑。对"不知"或"忘"的表白,甚至"标榜",与其说是对真实存在的依赖,是被动、不得已的结果,不如说是叙述者自降身段的一种姿态:他不再是高高在上的"圣人",不再具有无所不知的优越感,而是现实的一员。像现实中的任何个人一样,"他本身是被描述的那个世界的一部分,不可能什么都知道"①。世界也因而不再全都在"已知"的、有限的范围之内,而是包含着已知和未知,因而是多面相的、无限的。

叙述者的局限性不仅体现在信息的残缺上,而且,他不再像以前那样是故事的全部信息的提供者和解释者。故事的内容是某个人物所见所闻或所说的产物,后者才是真正的信息来源,而叙述者不过"转述"某人的所见所闻或所说。如:

> 吴孙皓世,淮南内史朱诞,字永长,为建安太守。诞给使妻有鬼病,其夫疑之为奸。后出行,密穿壁隙窥之,正见妻在机中织,遥瞻桑树上,向之言笑。给使仰视树上,有一年少人,可十四五,衣青衿袖,青檩头。给使以为信人也,张弩射之,化为鸣蝉,其大如箕,翔然飞去。妻亦应声惊曰:"噫!人射汝。"给使怪其故。后久时,给使见二小儿在陌上共语,曰:"何以不复见汝?"其一即树上小儿也,答曰:"前不遇,为人所射,病疮积时。"彼儿曰:"今何如?"曰:"赖朱府君梁上膏以傅之,得愈。"给使白诞曰:"人盗君膏药,颇知之否?"诞曰:"吾膏久致梁上,人安得盗之?"给使曰:"不然。府君视之。"诞殊不信,试为视之,封题如故。诞曰:"小人故妄言,膏自如故。"给使曰:"试开之。"则膏去半。为掊刮,见有趾迹。诞因大惊。乃详问之,具道本末。(《搜神记》卷十七)

---

① [以色列]里蒙-凯南著,姚锦清等译:《叙事虚构作品》,生活·读书·新知三联书店1989年版,第143页。(下引该书均同此版本,除书名及页码外,其他不再另注)

给使妻向树上年少人"言笑"的情景,以及年少人的年龄及外貌特征等,都是通过给使的"窥之""正见""仰视"而呈现出来的。叙述者始终没有越出他的所知范围。给使不在场、其视角不能及的情景,如年少人"病疮"、盗朱府君梁上膏而"傅之得愈"等,则通过"给使见二小儿在陌上共语"的方式间接表现出来。至于年少人究竟是何怪、为何现于树上、从何处来、往何处去等给使无法知晓的情况,叙述者也付之阙如。

《搜神记》所记苏娥冤死鹄奔亭的故事①,则由何敞听其讲述而呈现出来。"一女从楼下出,呼曰"以下,至"故来自归于明使君",中间一大段叙述都是苏娥的直接引语,用第一人称,都被研究者放在引号中②。何敞则是苏娥的忠实听众。所有内容,都通过何敞的耳朵而为读者所知。这与某给使的"见"一样,都是故事得以传递出来的基础。没有他们的"听"或"见",一切都无从谈起。

何敞、某给使等既是故事中的角色,又具有媒介性质——为故事提供一个透视的角度,并使故事具有个人化的性质。这也就是热奈特所说的"聚焦者"。他们不是普通的人物,而是作为故事内的聚焦者而存在。至于他有怎样的个性特征,姓甚名谁,则可有可无,无关紧要。他可以是"汉九江"、做过"交州刺史"的何敞;也可以像某给使那样,没有属于他自己的正式的名字,而以"诞给使"之类的附庸性的称呼来命名;也可以像某中书郎那样被"失"了姓名。"河南杨丑奴"(《甄异传》)与"河东常丑奴"(《幽明录》),属于同一个文本的两个变体,尽管名称不同,但都不妨碍其聚焦者的功能。这样的聚焦者在六朝小说中普遍存在,有一个明显的标志:"见""闻""听""遥见""内睹""窃视""觇视""窃窥"(《述异记》《幽明录》),"转顾"(《述异记》),"顾视"(《述异记》),"盗照视之""瞥睹""取镜自看"(《幽明录》),等等,描写视角活动的词语随处可见。

用个人化的眼光来看待世界,让世界带有个人视角的特质,这与伊恩·P·瓦特所说的"个人经验"异曲而同工。"自文艺复兴以来,一种用个人经验取代集体的传统作为现实的最权威的仲裁者的趋势也在日益增

---

① 见汪辟疆校注本《搜神记》卷十六,中华书局1979年版,〔宋〕李昉《太平广记》卷一二七注出《还冤记》。

② 参见李剑国辑校《新辑搜神记 新辑搜神后记》,中华书局2007年版。

长，这种转变似乎成了小说兴起的总体文化背景的一个重要组成部分。"①在中国六朝时期，世界或事物究竟是什么样子，其性质是什么，并没有统一、绝对的标准。谢宗所见是"姿性妖婉"的女子，而船人"以火视之，乃是三龟"（《孔氏志怪》）；在徐邈眼里是"姿色甚美"的青衣女子，而门生所见，却是大青蚱蜢（《续异记》）；马道猷"忽见鬼满前，而旁人不见"（《述异记》）；王征"见一辆车当路，而余人不见"（《幽明录》）；砻石见"车马传教，油戟罗列于前"，而家人"莫见"（《幽明录》）；阮瞻"素执无鬼论"，来访客却宣称"即仆便是鬼"（《搜神记》卷十六）。不仅不同的人见到的情景不同；就是同一个人，在不同状况下，所见也大异。王姓士人在"日暮"时所见是"年十七八"的"女子"，"至晓"再见，却是"臂有金铃"的"母猪"（《搜神记》卷十八）。角度不同，世界的形相或性质也完全不同。汤林在枕中的"历年载"，在庙祝看来不过是"俄忽之间"（《幽明录》）。在所有的这些差异中，究竟哪一个是真实的，哪一个是虚幻的，不能一概而论。"现实的最权威的仲裁者"是"个人经验"，而不是"集体的传统准则"。这种"相对论"的世界观是人物个性化、多元化的重要原因，也是六朝小说得以诞生的内在动因。

苏娥故事的另一个文本是谢承《后汉书》（或《列异传》）的记述："苍梧广信女子苏娥，行宿高安鹊巢亭，为亭长龚寿所杀，及婢致富，取其财物，埋致楼下。交址刺史周敞，行部宿亭，觉寿奸罪，奏之，杀寿。"② 这是典型的第三人称全知视角的叙述，叙述者完成了对全部事件的交代。而《搜神记》叙述者则选择了另一种叙事方法——叙述者没有直接交代案情，而是采用"何敞听苏娥自述"的模式。除了交代案件本身，这种叙事方法还有一个突出特征，就是有意造成不是他本人在说话，而是某个人物在说话的幻觉。某给使、某中书郎的故事也体现了同样的倾向。叙述者企图让读者相信，他只是"讲述别人在看什么或已经看见了什么"，而不是他本人看见或听见了什么。"谁在看"和"谁在讲"的问

---

① [美]伊恩·P·瓦特著，高原、董红钧译：《小说的兴起》，生活·读书·新知三联书店1992年版，第7页。

② 江淹：《诣建平王上书》，李善注引谢承《后汉书》，见《文选》卷三九，中华书局1977年版，第555页。因该注末有"《列异传》曰鹊奔亭"一语，故被鲁迅辑入《列异传》，见鲁迅《古小说钩沉》，《鲁迅全集》第8卷，第251页。

题，亦即聚焦者与叙述者的问题，发生了非常清晰的分离①。叙述者始终默不语，除个别例外，他不对故事发表任何意见②。许多时候，我们甚至感觉不到他的存在。通过提供最大限度的故事本身的信息和最小限度的信息提供者的信息，从而获得"模仿事实的幻觉"——六朝小说的这种方式，也就是柏拉图所说的戏剧化的"模仿"，或现代批评家所说的"显示"(showing)③。胡应麟、鲁迅以来关于六朝小说的结论的要害，即在于混淆了"事实"与"模仿事实的幻觉"之间的区别。

叙述者的藏而不露，并不意味着他的无所作为。人物之"见"或"闻"的内在感知活动实际上是无法"记录"的。对这种活动的描写，只能是一种介入或想象。换言之，不是因为有了人物的"见"或"闻"，所以才有叙述者的记录；而是因为叙述者的介入或想象，所以才有人物的"见"或"闻"。罗兰·巴尔特曾说，有些叙事作品或片段虽然是用第三人称写的，但其真正主体却是第一人称的。对这一点，可以通过用第一人称"重写"的方式来证明④。重写之后如果在语法或逻辑上都能行得通，则证明该作品或片段具有突出的主体意识。比如：

  会稽盛逸尝晨兴，路未有行人。见门内柳树上有一人，长二尺余，衣朱衣冠冕，俯以舌舐树叶上露。良久，忽见逸，神意如惊，遽即隐不见。

  余尝晨兴，路未有行人。见门内柳树上有一人，长二尺余，衣朱衣冠冕，俯以舌舐树叶上露。良久，忽见余，神意如惊，遽即隐不见。

前一个文本是《孔氏志怪》的作品，后一个文本是用"余"来置换"盛逸"之后的改写本。六朝小说中的许多作品都可以做这样的"重写"。这些作品正如罗兰·巴尔特所说的那样，其真正的主体都是第一人称的。他

---

① 参见以色列里蒙－凯南：《叙事虚构作品》，第129页。
② 《述异记》记卢循与徐道复谋逆失败，叙述者议论道："不意神速其诛，洪潦之降，使之自送也。"见鲁迅《古小说钩沉》，《鲁迅全集》第八卷，第285页。在六朝小说中，这样的议论非常少见。
③ 参阅［法］杰拉尔·热奈特《论叙事文话语》，见张寅德选编《叙述学研究》，中国社会科学出版社1989年版，第233页。另参阅里蒙－凯南《叙事虚构作品》第8章。
④ ［法］罗兰·巴尔特：《叙事作品结构分析导论》，见张寅德编选《叙述学研究》，中国社会科学出版社1989年版，第30页。

们是叙述者所创造的另一个自我。从这个意义上说，不是叙述者"转述"了人物的所"见"或所"闻"，而是叙述者借人物的眼或耳，来表达自己的想象或虚构。六朝小说的大量涌现，不是因为"异事"或"人间常事"特别多，也不是因为六朝人比先代的人更容易迷信，而是因为六朝人发现了个人视角或"个人经验"的独特性和多样性。正是这种新的视角和方法，催生了全新的叙事文类——小说的诞生。

《三国》与《水浒》：两个英雄世界

一

  这两部小说的可比性显而易见，但比什么，怎样比较，以及在比较中发现更深刻的意味，仍然是新课题。

  《三国志通俗演义》（以下称《三国》）和《水浒传》（以下称《水浒》）的成书年代大约都在元末明初，成书之前都有漫长的口头或书面叙事的酝酿、积累过程。关于两书的作者，高儒《百川书志》曰："《忠义水浒传》一百卷，钱塘施耐庵的本，罗贯中编次。"[①] 郎瑛《七修类稿》云："《三国》《宋江》二书，乃杭人罗本贯中所编。"[②] 王道生《施耐庵墓志》载，施耐庵之著作，有《三国演义》，也有《江湖豪客传》（即《水浒》)[③]。不管作者究竟是谁，真实身份如何，这些材料说明，两书的作者、编撰者或刊行者，具有明显的关联性或重合性。两书的读者群也有相当密切的关联性或者重合性。熊飞《英雄谱刻印说明》曰："《三国》《水浒》二传，智勇忠义，迭出不穷，而两刻不合，购者恨之。"[④] 俗语谓"少不读《水浒》，老不看《三国》"，也是把两书相提并论。两书讲述的都是英雄好汉的故事。这样的故事，既是个人在少年时期的快乐源泉，也是成年人的童话。正因为这两部小说有相同或相近的兴趣点，明代出版机构雄飞馆把两书合刻在一起来发行，给两书合取一个共同的书名——《英雄谱》。杨明琅《叙英雄谱》云："夫《水浒》《三国》，何以均谓之英雄也？曰：《水浒》以其地见，《三国》以其时见也。夫时之与地者，英雄豪杰之士之所借以奋其毛翮，吐其眼眉，而复以舒其荡旷无涯之

[①] 〔明〕高儒：《百川书志》卷六《史部》，古典文学出版社1957年版。
[②] 〔明〕郎瑛：《七修类稿》卷二十三《辩证类》，中华书局1960年版。
[③] 参见朱一玄、刘毓忱《水浒传资料汇编》，百花文艺出版社1981年版，第133页。（下引该书均同此版本，除书名及页码外，其他不再另注）
[④] 朱一玄、刘敏忱：《水浒传资料汇编》，第152页。

奇。"两书一合，"遂使两日英雄之士，不同时不同地而同谱"①。

但相同并不意味着没有差异。两书的语言风格各异，《三国》属于浅近的文言文，凝练、雅洁；《水浒》则更接近口头语言，更具个性化。在结构方式上，《三国》以事件为经纬，众多人物纵横驰骋其中；《水浒》则以个人的行动为线索，不同人物的故事前后连接，最后才汇集在一起。两种结构方式构成两种基本文学类型。以《三国》为代表、受其影响的作品通称为"演义体"，如《残唐五代史演义》《东西汉通俗演义》等，多冠以"演义"二字；以《水浒》为代表、受其影响的作品通称为"传奇体"，如《说岳全传》《飞龙全传》等，多以"传"为书名。

《三国》与《水浒》都以英雄为主角。所谓英雄，就是通常所说的"大人物"——比我们的本事大，能做我们做不到的事。《三国》里的曹操说，只有"胸怀大志，腹隐良谋，有包藏宇宙之机，吐冲天地之志"的人"方可为英雄"。与曹操生活在同一时期的其他人物，如刘备、孙权、周瑜、诸葛亮、关云长等，大概都以此为标准而登上历史舞台。《水浒》中的一百单八将够得上这样的标准吗？耐人寻味的是，他们自己常常以三国英雄为榜样，或流露出对三国英雄的崇敬之情。朱武、陈达、杨春三人"不求同时生，只愿同时死"，自以为"虽不及关、张、刘备的义气，其心则同"。鲁智深自比关羽："俺便不及关王？他也只是个人。"也要依关王刀的重量，打一条八十多斤的禅杖。李逵听"关云长刮骨疗毒"一段说书后，情不自禁地说："这个正是好男子！"把三国英雄视为自己的楷模，意味着楷模比自己处在更高的位置。两者之间不仅所属时代的先后不同（水浒英雄是三国英雄很多代之后的晚辈），而且，两者之间的能量也大不相同。两者各自构成的世界具有不同的性质。刘备、曹操、孙权、张飞、关羽等不可能生活在《水浒》的世界里，宋江、晁盖、林冲等也不可能生活在《三国》中。虽然都是"大人物"，但民间常常习惯于把水浒人物称为"好汉"，而把三国人物称为"英雄"。

辨析两类"大人物"之间究竟有什么样的不同，人物与所处环境之间的关系是非常重要的指标。三国英雄显然比水浒英雄更少受到具体环境特别是家庭伦理环境的限制。许多常人感到两难的问题，对三国英雄来说都不是问题。张飞因为自己未能保护好嫂嫂而要"自刎"，刘备却并没有

---

① 朱一玄、刘敏忱：《水浒传资料汇编》，第230页。

因夫人失陷敌手而苦恼:"古人有云:兄弟如手足,妻子如衣服。衣服破,而尚有可续;使手足若废,安能续乎?"夫妻是私人关系,是家庭内部问题;而结义兄弟则属于广义的社会关系。在这两种关系情感之间,刘备的取舍简单而明了,没有任何选择上的困难。父子之间也同样如是。赵云于长坂坡救出阿斗,刘备将儿子掷于地上,说:"为汝这孺子,几乎损吾一员大将。"子之于父,妻之于夫,是随手拿起也可以放下的"道具",主公与大将的关系才是实实在在的。但在水浒英雄身上,夫妻、父子等家庭伦理情感则显然是重要的,这样的情感常常引导人物的行动。林冲对高衙内举起拳头而又放下,这和他平时与娘子"未曾面红耳赤,半点相争"的温和性格相一致。他打算找陆虞侯算账,娘子一句"你休得胡做"的劝告便打消了他的念头。林冲被逼上梁山的"逼"字突出地表现了环境的压力及其对行动的牵制——一直到无路可走的时候,才铤而走险。宋江不得不上梁山而又迟迟不能上梁山,是因为"家中有老父在堂,宋江不曾孝敬得一日,如何敢违了他的教训,负累了他?"

两书中的人物都有人的形貌和血肉之躯,都必须以饮食男女作为生存和生命延续的基本条件,都无法超越生与死的自然规律。从这个意义上来说,他们都是人,与普通人无异。但两者之间有非常明显的差异。水浒英雄不仅会死亡,就连疾病也使他们无法承受。武松"因害疟疾,当不住那寒冷"。宋江背发痈疽,"身体酸疼,头如斧劈,身似笼蒸,一卧不起"。林冲脚被烫肿,"晕了,吃不得,又走不动"。打方腊之后,林冲"染患风病瘫了";杨雄"发背疮而死";时迁"感搅肠痧而死";武松"虽然不死,已成废人"。对他们来说,意志再坚强,也无法抗拒身体的伤残。而三国人物似乎不存在肉体上的痛苦。关云长刮骨疗毒,"血流盈盆";帐上帐下见者皆"掩面失色",云长自己却"饮酒谈笑弈棋",并且说:"此臂屈伸如故,并无痛矣。"夏侯惇拔矢啖睛之后,仍能用枪搠死敌手。典韦"身无片甲,上下前后被数十枪",仍战斗不止,所向披靡。不仅身体的伤残未能削弱英雄的力量,就是死亡也未能停止英雄安邦定国的作用。郭嘉遗计定辽东,关羽死后追吕蒙,死诸葛走生仲达,等等,生命由于克服了局限性而达到永恒。这是所有的水浒好汉都不具备的。

水浒一百单八将分别为三十六天罡星和七十二地煞星。许多三国英雄也都有天上的将星与之对应。人与上天的互渗使他们区隔于凡人。但两者却分别向更高的神性和更现实的人性两极滑动。诸葛亮不仅预知风云气候，而且能呼风唤雨，改变了冬天没有东南风的自然规律。同样有神机妙算的周瑜惊叹道："此人有夺天地造化之功，有鬼神不测之术。"刘备面临"河阔数丈""其波甚急"的檀溪而危急万分时，坐下的卢马"忽从水中涌身而起，一跃三丈，飞上西岸"。作品引诗赞曰："千古且休夸骏马，分明背上是真龙。"神秘的性质和力量从人物自身散发出来，因而是人神一体的。曹操试神卜管辂、孙策怒斩于神仙等，英雄因为与神对抗而与神同格。这与神话历史化和历史神话化的传统一脉相承。但在《水浒》中，英雄与神灵有了明显的分离趋势。他们需要神灵的帮助和指点。宋江躲在古庙里乞求神明庇祐，九天玄女娘娘传给他三卷天书，并为宋江及梁山好汉指明行动的方向和救赎的途径："汝可替天行道，为主全忠仗义，为臣辅国安民，去邪归正。他日功成果满，作为上卿。"后来与辽国兀颜光统军作战，也是九天玄女娘娘晓示军机，宋江军队才从"连败数阵"的困境中摆脱出来。宋江还请罗真人"指迷前程"，罗真人也只能无可奈何地说："大限到来，岂容汝等留恋乎！"即使是水浒英雄的保护神和指路人也比三国英雄逊色得多，弱势得多。

在《批评的解剖》一书中，诺斯罗普·弗莱根据行动力量而非道德标准，把文学史上的主角分为五个层次：一是神话主角，在性质上超过凡人及凡人的环境；二是传奇（romance）主角，在程度上超过其他人及其所处的环境，其行为固然神奇，但身份仍旧是人；三是史诗或悲剧主角，或称"高等模仿型"（the high mimetic mode）人物，在一定程度上超越他人，但仍受自身环境的限制；四是喜剧或现实主义小说中的人物，又称"低等模仿型"（the low mimetic mode）人物，不能超越他人或环境，是日常生活中的普通人，与我们没什么两样；五是"反讽型"（the ironic mode）人物，其能力、智力都低于普通人①。五类形象分别对应于不同的体裁，既依时间先后更迭，又相互交叉。其理论框架建立于整个西方文学史的基础上，不一定符合中国文学史的实际。但这种分析有助于我们清晰地认识《三国》与《水浒》之间的差异。上述分析可见，三国英雄大致属于第二个层次，又具有第一个层次的特点；水浒英雄属于第三个层次，又具有第四个层次的特点。前者人神一体，对英雄的崇拜有如对神的崇拜；后者不仅作为被崇拜的英雄，而且，他们也有自己的崇拜对象——神灵，英雄不

---

① Northrop Frye, *Anatomy of Criticism*, Princeton University Press, 1973, pp. 33–35.

能与神灵同等而降低一格。

与不同层次的英雄相映成趣的是,在《三国》里,就连姜维和徐庶的老母、陈登的父亲陈珪、赵昂的妻子王氏、马邈的妻子以及王允的养女貂蝉等,这些最世俗的角色也都能超越家庭伦理的羁绊,表现出非同寻常的意志和行动力。而在《水浒》里,李小二、郓哥、潘金莲、武大、王婆、阎婆惜等,则以典型的市井形象而活得有声有色。他们或给英雄提供必要的帮助,或给英雄带来种种麻烦和困扰。

二

虽然小说属于虚构叙事,但与外部史实或历史叙事之间有着千丝万缕的联系。《三国》叙事始于"汉灵帝中平元年,终于晋太康元年"(庸愚子序),《水浒》则主要以宋徽宗时期为背景。《三国》中的许多人物、事迹可以在官修史书中找到原形,即有所本的"本事"。章学诚说《三国》"七分实事,三分虚构,以致观者往往为所惑乱"①,说明作品与被叙述的历史纠缠不清。《水浒》除宋江等人尚可在《宋史》中找到踪迹外,大多数人并不见诸正史,传说或想象的作用至关重要。小说与被叙述的史事之间的关系不同,至少在两个方面影响到小说内部的艺术形态:三国英雄受正统的史传文化的模塑,因而更具有崇高感和典范性;由于时代久远,他们更容易被后代作者或读者理想化。水浒英雄不被正统的史传文化接纳,当然也就很难被涂上典范的光彩;其时代的接近也使作者或受众更可能按现实中的人来想象他们。

在《三国》里,黄巾作乱,十常侍和董卓先后专权误国,汉朝政权已名存实亡。经过九十多年的群雄逐鹿,终于形成了魏、蜀、吴三国鼎足之势。(见庸愚子《三国志·通俗演义序》)。这种开国奠基的过程与远古神话中开天辟地的过程具有相同的结构,都是从混沌(或混乱)到有序。"往古之时,四极废,九州裂;天不兼覆,地不周载;火爁炎而不灭,水浩洋而不息;猛兽食颛民,鸷鸟攫老弱。于是女娲炼五色石以补苍天,断鳌足以立四极,杀黑龙以济冀州,积芦灰以止淫水。苍天补,四极正;淫水涸,冀州平;狡虫死,颛民生;背方州,抱圆天;和春阳夏,杀秋约冬,枕方寝绳;阴阳之所壅沈不通者,窍理之;逆气戾物、伤民厚积者,

---

① 章学诚:《丙辰札记》,中华书局1986年版,第90页。

绝止之。"(《淮南子·览冥训》)这是创世或救世英雄的神话。三国英雄的业绩在于结束汉末的纷乱,使天下形成鼎足而立的稳定结构,与女娲炼石补苍天的神话异质而同构。以"匡扶社稷""拯救黎民"为己任的三国英雄,是以女娲等创世或救世英雄为原型的,他们是女娲等创世或救世英雄在历史演义小说中的转化形态。对三国英雄的热情与远古人类对神话英雄的热情一脉相通。

  创世或救世英雄在历史演义小说中有两个显著特征:一是他们的皇权性;二是他们的高贵血统。不管他们是否正式登基称帝,魏、蜀、吴三国实际上是三个皇权政体。他们有各自的领土,有各自的年号。刘备、曹操、孙权与各自手下将领的关系是君臣关系,手下将领如关羽、夏侯惇、周瑜等人由于环绕着帝王而属于皇权的一部分。在中国古代,王者受命于天,具有崇高的神圣性;帝王的存在意味着国家社稷的存在和黎民百姓的安定。因此,在创世和救世英雄所焕发的原型情感中,在对社会秩序的认同里也就包含着对皇权的崇拜。《三国》对英雄的高贵血统的强调则是为了证明其皇权或救世者地位的合法性。刘备是"中山靖王刘胜之后,汉景帝阁下玄孙",曹操"乃相国曹参之后",孙权"乃孙武子之后"。正是这种血缘关系给他们赋予了力量、地位和使命感。尽管皇权和高贵血统是普通民众无法企及的,但英雄的业绩关系到国家社稷的整体情况,普通民众包括作者和读者因而分享到英雄的荣耀。

  与三国英雄相关联的是国家社稷的整体存在,而不是个人的命运,所以在他们身上,除了叱咤风云的意志和力量,除了夺取王位的野性和名垂青史的抱负,几乎见不到他们的儿女私情和个人生活趣味。家庭伦理消融在广阔的空间——"天下"之中,夫妇、父子等世俗伦理关系和情感统统被排斥或被提升到更广义的"义"上来。刘备和孙夫人的婚姻实质上是蜀、吴两个集团缔结军事联盟的手段,操纵两人婚姻的是双方的军师——诸葛亮和周瑜。曹操和张济妻、吕布与貂蝉的纠葛也只是作为诱发军事冲突的契机而被提到,或者本身就是政治圈套。三国英雄之所以更少受到家庭环境的局限,其原因盖在于此。也正是由于小说所关注的是国家社稷的整体境况,英雄们或以"上报国家,下安黎庶"为己任,或以"剿戮群凶""拯救社稷"相号召,一出场便有着不言而喻的历史使命感。他们自始至终活动在历史的大舞台上,除了历史性的内容之外,看不到现实中的个人所具有的其他因素。在这个意义上说,他们完全被"历史化"

了,或者说,他们是历史趋势和历史力量的人格化体现,历史理念通过具体可感的形象呈现出来。每一个形象都负载着现实中的任何个人不可能具有的力量,每一个个体实质上是一种"超个体",他们是投射在历史"天幕"上的巨大身影。

水浒英雄则逊色得多,或者说"具体"得多、"个人"得多。他们没有开国奠基的皇权性质,也没有可以继承的高贵血统。先后成为梁山领袖的王伦、晁盖、宋江,一个是白衣秀士,一个是东溪村的保正,一个是郓城县的小押司,地位都很卑微。即使柴进是后周世宗柴荣的嫡派子孙,如今也只是没落了的贵族。这一方面使水浒英雄不可能像三国英雄那样具有更大的行动力量,另一方面使他们更具有普通人的情感、嗜好和价值观念。林冲与娘子的恩爱,宋江对父亲的孝道,李逵要接老娘上山"快乐几时",武松对哥哥武大郎的手足情深,等等,都表明他们不仅是力量过人的英雄,也是普通意义上的丈夫、儿子和兄弟。就连赤条条来去无牵挂的鲁智深,也懂得"男大须婚,女大必嫁"的"人伦大事,五礼之常",他拳打镇关西、大闹桃花庄等举动都是为了维护普通平民和世俗家庭的利益。对物质享乐的感受也是水浒英雄的一大特点。阮小五之所以向往水泊梁山,很大程度上是因为那里"论秤分金银,异样穿绸绵,成瓮喝酒,大块吃肉,如何不快活"。鲁智深在五台山落发为僧,一反佛门清规戒律,吃喝拉撒,把世俗人的日常生活表现得淋漓尽致。生命本身的意义通过水浒英雄的局限性而突现出来。

高俅发迹后为一己之私利,报复王进,陷害林冲,虽然表明乱自上作,但并没有像董卓、十常侍那样威胁和动摇皇权。在这个意义上说,蔡京、童贯以及高俅等人在《水浒》中的性质与镇关西、牛二、西门庆差不多。他们或贪赃枉法、陷害无辜,或巴结官府、欺凌弱小或泼皮无赖、惹是生非,其结果是造成日常生活中的不平不公,给普通家庭和个人特别是弱者带来羞辱和不幸。水浒英雄所面临的境况不是社稷整体的倾覆,而是国家法度存在、社会秩序整体稳定情况下日常生活中的道德问题。他们不是天下秩序的拯救者和开创者,而是普通家庭和个人特别是弱者的保护人,是道德英雄。水浒领袖宋江之所以被称为"及时雨""呼保义",就因为他"疏财仗义""济弱扶倾"。

在中国古代,皇权法度通过国家的官僚系统来运作,在这一系统之外而出现的英雄自然会与现实社会发生冲突,因而没有"合法"位置。值得注意的是，武松、宋江、朱仝、杨雄、李逵等人都曾经是触犯王法而在逃的"人犯"。"洪太尉误走妖魔"的情节象征着水浒英雄的自发性、原始性和野蛮性。正如从万丈深穴冲天而起的一道黑气，既雄伟壮观，又令人恐惧——"若还放他出世，必恼下方生灵"，"他日必为后患"。水浒英雄所宣泄的正是社会意识深处的原始冲动。在社会公道和正义正常运作的情况下，这种力量处于休眠状态；一旦公道和正义遭到践踏，社会理性失去支配作用，它就会如火山一样爆发，势不可挡。因此，在水浒英雄身上，一方面是敢于反抗"交结权势""欺压良善"的黄文炳，显得堂堂正气，可歌可泣；另一方面，是以其心肝为众头领做醒酒汤的野蛮快感。母夜叉孟州道卖人肉馒头；为赚取朱仝上山，宋江派李逵杀死了又白又嫩的四岁小衙内；等等，这与刘备、曹操、关羽等人杀死张任、沮授、庞德等人之后又给予悼念和埋葬的情况完全不同。

要取得合法地位，只有企求招安，"替朝廷出力""做国家臣子"；但做了国家臣子之后便不再是英雄了。征辽、打方腊之后，众英雄先后阵亡，剩下的二十七个回到朝廷，都是"文扮""幞头公服"——服饰的改变象征英雄本色已丧失殆尽。水浒英雄要么与社会相冲突，要么走向消亡，二者必择其一。只有在水泊梁山才能暂时超越这一矛盾，只有用"替天行道"这一形而上的、指向不明的旗帜才能确认自己的合理性。水泊梁山在小说中的意义绝不仅是众多地名中的一个，它由于与外部社会一水相隔而象征着英雄的理想归宿。但它毕竟存在于大一统的赵家天下之中，不能不受朝廷的统制。当水浒英雄离开这一栖身之地后，英雄的梦幻就一步步走向破灭。宋江挥泪斩小卒的时候，哭道："今日一身入官，事不由我，当守法律。"吴用也说："仁兄往常千自由，百自在，众多兄弟亦皆快活。今来受了招安，为国家臣子，不想到受拘束，不能任用。"英雄之梦破灭之后，宋江、李逵、吴用、花荣等人只能"神聚蓼儿洼"——埋葬在一个"和梁山泊无异"的地方。像《项羽本纪》中的霸王一样，虽然风云际会，气魄盖世，但英雄末路，必然消亡。金圣叹不喜欢七十回后好汉们的窝囊行为，因而把此后的情节全部砍掉，却以"梁山泊英雄惊恶梦"收尾。在卢俊义梦中，嵇康命刽子手"将宋江、卢俊义等一百单八个好汉，在于堂下草里，一齐处斩"，堂上匾额大书"天下太平"四个青字——这正是水浒英雄无藏身之地的根本原因。

三

　　《三国》与《水浒》：两个英雄世界，折射出相反相成的双重文化心态。《三国》通过对开国奠基的英雄业绩的赞颂，认同并证明了皇权社会秩序的合理性；《水浒》则通过英雄的悲剧命运，折射出对这一秩序的反叛和不满。这两方面既相互对立，又相互依存。一方面，人类社会之所以产生，就因为有秩序；没有秩序，人类社会就无法存在。以追溯人类起源和宇宙起源为特征的上古神话就是"根据当时文化所固有的认识，对业已存在的社会秩序和宇宙秩序加以阐释，并予以肯定。神话向人们说明人本身及周围世界，以期维系现有秩序"①。《三国》同样有对秩序的肯定。众多人写的人物在挽救秩序或奠定秩序的史诗中大显身手，波澜壮阔。受众（包括读者或听众）在对其形象的仰慕中，获得快感或满足。另一方面，秩序又往往是一种束缚或压抑，因而潜藏着打破这一秩序的冲动。《三国》和《水浒》分别与这两种倾向相对应，前者为了证明皇权社会秩序的合理性，叙事始于皇权旁落的汉末动乱，这为三国英雄挽救和开创皇权社会秩序提供了契机；后者为了宣泄与现存秩序相抗衡的冲动，以"洪太尉误走妖魔"作为开端，高俅、蔡京、童贯等人的"乱自上作"为这种冲动的释放打开了合适的缺口。对秩序的肯定意向具有理性力量，占主导地位；对秩序的否定潜藏在下意识中，属于被支配的因素。因此，三国英雄具有不言而喻的自觉性和典范性，属于更高的层次；水浒英雄具有明显的自发性和原始性，处于较低的层次上。《三国》与《水浒》由于表达了同一文化范畴的双重心态而同宗同谱。

　　两部作品各自也是双重心态的体现。宋江于浔阳楼题反诗说"他年若遂凌云志，敢笑黄巢不丈夫"，这是在他"乘其酒兴""狂荡起来"的情况下写的。酒醒之后，"全然不记得昨日在浔阳楼上题诗的一节"。当戴宗把黄文炳告发反诗一事告诉宋江时，宋江因自己"酒后狂言"而追悔莫及。宋江与李逵之间的关系也是这种矛盾心态的体现。他们既是两个不同的个体，又彼此不可分离，相互补充。宋江"望天王降诏，早招安"，李逵说"杀去东京，夺了鸟位"。归顺与反叛的亲密关系超过其他所有人。宋江与李逵的互补实际上是理性与下意识的互补。《三国》由于以肯

---

① ［俄］叶·莫·梅列金斯基著，魏庆征译：《神话的诗学》，商务印书馆1990年版，第186页。

定皇权社会秩序的理性意识为主导，打破这一秩序的下意识冲动则更隐蔽一些。三个皇权社会政体的并存，实际上是与皇权社会秩序的一统性相矛盾的。作者对秩序的体认中迭现出对非秩序的快感。人们一方面在蜀、魏孰为正统的问题上争论不休，表现出对秩序问题的极大兴趣；另一方面，又为"三国争天下之局之奇者"而"读之而快"①，就是上述矛盾心态的曲折反映。

对秩序的双重心态是人类对自身处境的体验和反应，是人类生存的基本命题之一。不同时代的人们都将面临这一命题，并以不同的形式做出回答。《三国》与《水浒》正是在对这一命题的最初反响中奠定了小说在中国文化中的地位和存在价值。古代史传文化同样以叙事形式面对社会历史的秩序问题，但"史之为务，申以劝诫，树之风声；其有贼臣逆子，欺君乱主，苟直书其事，不掩其瑕，则秽迹彰于一朝，恶名被于千载"②。归有光曰："大抵史家之裁制不同，所以扶翌纲常，警世励俗，则一而已矣。"③ 这种历史观当然影响到小说，特别是历史演义小说。但史传文化显然滤去了潜藏在秩序背后、与秩序相对立的冲动。即使有所叙述，也并不把这种冲动看作与秩序相反相成的因素，绝不肯定其合理性。因此，这种文化具有更明显的理性精神。小说把对秩序的认同与对非秩序的快感完整地纳入自己的范畴，因而触及更广泛、更生动的文化心理，获得比史传文化更普遍的读者群。袁宏道曾说："予每检《十三经》或《二十一史》，一展卷，即忽欲睡去，未有若《水浒》之明白晓畅，语语家常，使我捧玩不能释手也。"④ 金圣叹评《三国》："今览此书之奇，足以使学士读之而快，委巷不学之人读之而亦快；英雄豪杰读之而快，凡夫俗子读之而亦快也。"⑤ 语言的通俗性固然是小说区别于史传文化的主要标志，但与通俗语言相关联的是多层次的、既复杂又统一的文化意识。

---

① 〔清〕金圣叹：《三国演义序》，见毛宗岗评《全图绣像三国演义》，内蒙古人民出版社1981年版，第35页。

② 〔唐〕刘知幾：《史通·直书》，辽宁教育出版社1997年版，第58页。

③ 〔明〕归有光：《〈卓行录〉序》，《震川先生集》卷二，上海古籍出版社1981年版，第35页。

④ 〔清〕袁宏道：《〈东西汉通俗演义〉序》，见钱伯城校笺《袁宏道集校笺》，上海古籍出版社1981年版，第1635页。

⑤ 〔清〕金圣叹：《三国演义序》，见毛宗岗评《全图绣像三国演义》，内蒙古人民出版社1981年版。

生命的悲歌

——论《长生殿》的结构与内涵

数十年来,关于《长生殿》的主题和结构,不仅有数十篇专文或专著来讨论,而且在1954年和1986年,山东大学中文系和中山大学中文系还分别召开了专题讨论会①。看起来众说纷纭,歧见迭出,大多不出爱情主题说和政治主题说(或称兴亡教训说、民族意识说)两种观点。矛盾主题说、主副主题说②实际是上述两种观点的妥协与调和。

从白居易的《长恨歌》、陈鸿的《长恨歌传》、白朴的《梧桐雨》,再到洪昇的《长生殿》,千百年来,唐明皇与杨贵妃的故事不断被演绎,相关诗词作品更是不计其数。其中的奥秘究竟是什么?在无数的两性故事中,唐明皇与杨贵妃的故事有什么特别之处?洪昇曾说《牡丹亭》"肯綮在死生之际"③。洪昇《长生殿·例言》说:"棠村相国尝称予是剧乃一部闹热《牡丹亭》,世以为知言。""死生"问题是《牡丹亭》的关键,也是《长生殿》的关键。因为唐明皇与杨贵妃的特殊位置,他们的"情"由于牵涉朝政而面临生与死的抉择。因为杨贵妃的死,两人之间的"情"

---

① 参见《山东大学中文系对〈长生殿〉的讨论》,载《光明日报》1956年6月30日;中山大学中文系:《长生殿讨论集》,文化艺术出版社1989年版。

② 所谓矛盾主题说,例如,"一方面作者歌颂李隆基和杨玉环之间的真情,同时又着力描写他们的爱情带给当时社会政治的坏影响,暴露了统治阶级的荒淫和腐败。这就使作品的主题思想包含了很大的矛盾"(中国社会科学院文学研究所《中国文学史》第3册,人民文学出版社1984年版)。所谓主副主题说,例如,"不能把作品的爱情主题和爱国主题不分主次或者仅仅肯定作品的爱国思想而否定其中占主要地位的爱情描写",这是以爱情主题为主,以爱国主题(即政治主题)为次(赵齐平《论〈长生殿〉的主题思想》,载《北京大学学报》1961年第4期)。另一种观点则认为,"表现作者的民族意识,以激发人们的兴亡之感和故国之思"是作品的"中心主题";"歌颂生死不渝的'儿女情缘'是《长生殿》的副主题"(王永健《洪昇和长生殿》,上海古籍出版社1982年版)。

③ 见吴仪一《三妇评牡丹亭杂记》载洪之则跋,转引自章培恒《洪昇年谱》,上海古籍出版社1979年版,第202页。(下引该书均同此版本,除书名及页码外,其他不再另注)

没有了依托，有限的欢乐转换为无穷无尽的哀伤，所谓"乐极哀来"[1]，意即彻底的无奈。把个人生命放在更大的历史背景上来加以观照，历史可以由盛而衰、又由衰而盛，循环往复，个体生命却是不可逆的，死者不可能复生。纵向的历史循环更加放大了个体生命的短暂。唐明皇因而陷入天荒地老般的空茫而无力自拔。只有天上的牛郎织女才是永恒的，人间的一切都是短暂的，转瞬即逝的。即使贵为天子，也不能例外。"谱出几多断肠处，淋铃细雨滴梧枝。"[2]《长生殿》上演了一场又一场，盛况空前，就因为与感伤、空幻的时代情绪相呼应，与同时代的《红楼梦》相呼应。

一

《长生殿》和《牡丹亭》都把男女之情与生死关联在一起。在《牡丹亭》里，杜丽娘为情而死，又为情而生，情的力量超过了死亡，死亡不过是青春生命的暂时中断，是杜丽娘与柳梦梅最终团圆之前的小考验。作品因而是乐观的，浪漫的。但在《长生殿》里，生命是情的存在前提，杨贵妃死了，唐明皇与杨贵妃的情也就破灭了。死亡是情缘悲剧的重要因素。

与其他婚恋故事始于吸引、经过阻碍而分离、最终以团圆作结的模式不同，明皇与贵妃一出场，"愿此生终老温柔，白云不羡仙乡"。两人行坐不离，形影相随，不能说不美满。杨妃的"德性温和，丰姿秀丽"，使得明皇赞赏不已；杨妃"红玉一团，压着鸳衾侧卧"的睡态和"珠辉玉丽""香泉柔滑宜素肌"的浴态使得明皇"孜孜含笑，浑似呆痴"；明皇的"知音好乐"与杨妃制谱的灵心韵事和舞盘的仙姿风采，两人对"恩情美满"的"惟愿"已经得到最大程度的满足。这是明皇贵妃故事的初始情境。这样的初始情境，本事就寓含着乐极生悲的潜台词。两人越是反复吟咏"惟愿取，恩情美满，地久天长"，"愿世世生生，共为夫妇，永不相离"，就越是暗示"地久天长""永不相离"之不可能，越是让人感受到生命的促迫。"只指望两情坚如金似钿，又怎知翻做断绠。若早知为

---

[1] 〔清〕洪昇：《长生殿·自序》，见洪昇著，徐朔方校注《长生殿》，人民文学出版社1983年版。

[2] 孙凤仪：《牟山诗钞·和赠洪昉思原韵十首》，转引自章培恒《洪昇年谱》，上海古籍出版社1979年版，第358页。

断绠,枉自去将他留下了这伤心把柄。"这是杨妃死后,其孤魂对曾经的欢爱的感受。情爱再深再浓,也未能阻止死亡的降临,在死亡的巨大痛苦面前,生前的欢乐显得黯然失色;生前的欢乐因不能带到死后而犹如空花幻影;既然痛苦如此难以承受,又何必"留下了这伤心把柄"呢?这是漫无边际、无法超越的无奈。

实际上,在悲剧降临之前,在一片欢乐的氛围背后,生命忧患就已经在杨妃身上有所体现。杨妃时常感到"未定惊魂""终朝心暗牵",其直接原因固然是担心虢国夫人、梅妃的争宠,但由此也透露出"断肠枉泣红颜命""瞬息间,怕花老春无剩,宠难凭"的悲叹。她希望与明皇"共命无分,同心不舛",希望"君心可托,百岁为欢",把情与生命连在一起。但生命的衰老无法抗拒,即使明皇用情专一,这种伤感也是难以避免的。

在这一点上,明皇与杨妃有着明显的差异。他劝杨妃:"休要伤感。朕与你的恩情,岂是等闲可比。休心虑,免泪零,怕移时,有变更。做酥儿拌蜜胶粘定,总不离须臾顷。"这只是对情的慰藉,未能意识到生命的易逝而有所惕惧。"那些梨园旧曲,都不耐烦听他",于是,他与杨妃在沉香亭畔以巨觞欢饮,在杨妃连干数杯之后,又命宫娥跪劝,直到杨妃烂醉如泥方才罢休。传统哲人认为:"祸兮福之所倚,福兮祸之所伏。"(《老子》第五十八章)福与祸、悲与欢是相反相成的。欢乐达到极限,必将走到山穷水尽的地步。贵为天子和贵妃,他们比所有人都更容易满足情缘的欢乐,比所有人都更少有情感或物质上的"短缺"或"饥饿"。问题在于满足之后怎么办?到了顶点之后怎么办?这是一种没有未来的状态,是一种隐含着危机而又无法察觉、无法避免的状态。即使没有"埋玉"悲剧中来自外部力量的摧折,李杨情缘同样面临不可克服的危机。

明皇与贵妃的生死离别是"乐极生悲"的必然结果。值得注意的是唐明皇私宠虢国、偷召梅妃这两个插曲。从情的角度上说,明皇感到杨妃"端的绝世无双","三千粉黛总甘让","不要说你娉婷绝世,只这一点灵心,有谁及得你来"?唐明皇痴情一片,不用怀疑,按理说是不会"用情不专"的。但为什么又偏偏发生了呢?既然感到"总朕错,总朕错","枉负了怜香惜玉,那些情致",为什么又背着杨妃,私宠虢国,偷召梅妃?作者友人吴舒凫解释说:"贵妃宠幸未几,即以虢国承恩一事摹写悲离,览者疑其情爱易移矣。不知未经离别,则欢好虽浓,习而不觉,惟意中人去,触处伤心,必得之而后快,始见钟情之至。所谓佳人难再得,生别死离其致一也。"① 当明皇与贵妃"合"的时候,他并没有感到她的价值,因而不知不觉地离开了她;只有在他们分离的时候,他才感到不能没有她。这是体现在唐明皇身上的"二律背反"。因此,上述两个插曲实际上象征着明皇、贵妃的两次"分离",是他们生死永别的前奏,因为最惨痛的分离莫过于死别。只有在这时,他对杨妃的情才显得那么深沉、执着。杨妃的死是两人情缘走向升华的必经之路,这一升华的意义在于:在对杨妃之死的沉痛哀悼中显示出明皇对杨妃的情,生命的悲剧意识使两人的情缘闪现出夺目的光彩。这种情不再是眼前当下的欲望满足,而是对被爱者全部生命价值的领悟。在作者看来,这种领悟比男女情欲更深刻,更重要。

  以"埋玉"为转折点的前后转化过程,不仅是两人情缘由纵欲享乐向精神依恋的转化,而且在这一转化过程中,人生的终极问题——生死问题,被凸显出来了。如果说在此之前,杨妃只是时隐时显地感到对生命易逝的忧虑,那么现在,死亡事实则明确降临在她面前。扈驾军士"不杀贵妃,誓不扈驾"的喧哗传来,杨妃惊恐地牵着明皇的衣服,哀哭着:"痛生生怎地舍官家。"对明皇的眷恋与求生的本能同样重要。只是在万不得已的情况下,她才说:"今事势危急,望赐自尽,以定军心。陛下得安稳至蜀,妾虽死犹生也。"由于自己生存无望而希望保全明皇的生命,不希望"玉石俱焚"。在对陈元礼"你兵威不向逆寇加,逼奴自杀"的怨恨中,在"魂飞颤,泪交加""断肠痛杀,说不尽恨如麻"的悲泣中,作品充分抒写并呈现了人在临死时的脆弱和恐惧。杨妃死后,她的灵魂对着自己的尸骸呼唤:"杨玉环,你的魂灵在此。我呵,悄临风叫他,唤他:可知道伊原是我?呀,直恁地推眠妆卧!"又自悲自叹:"风光尽,信誓捐,形骸涴。"灵魂的存在体现了生命仍然存在的信念,但其漂泊无依的感觉又对肉体生命不复存在有清晰意识。尽管如此,她仍不甘心死亡所夺去的一切:"只有痴情一点、一点无摧挫,拼向黄泉,牢牢担荷","纵冷骨不重生,拼向九泉待等"。这既是对情的执着,又是对死的抗争。

  如果说,在作品的上半部,明皇因为没有意识到生命乃是情缘之依托的意义,误以为当下的欢乐即为一切,而不懂得戒慎恐惧,不懂得真正的

---

① 稗畦草堂本《长生殿》,吴舒凫眉批,文学古籍刊行社 1955 年影印本。

珍惜；那么"埋玉"之后，情缘的破灭显然使他体验到这一点："现放着一朵娇花，怎忍风雨摧残，断送天涯"，"温香艳玉须臾化，今世今生怎见他"。他企图以自己的生命的结束来分担对杨妃的死亡之痛："若是再禁加，拼代你陨黄沙。"他觉得自己"虽生犹死"；他感到，倘能死后与杨妃重逢，则"强如独活"，因而"惟只愿速离尘埃，早赴泉台，和伊地中将连理栽"。在这里，唐明皇一方面把情的价值看得高于生命，对他来说，失去了情，也就失去了生存的意义；情因而从生命价值中凸显出来。但在另一方面，情的提升是唐明皇意识到杨妃死而不可复生的情况下才实现的，也就是说，情的意义是伴随着对生命短暂的痛苦体验而领悟到的。"死后重逢""地中连理"云云，则是希望突破生命的局限而达到情的永恒。对永恒的追求与生命的短暂构成尖锐冲突，这正是两人情缘的悲剧性之所在。这种冲突无解，因而"愁城苦海无边"。

据历史记载，杨玉环于27岁被册封为贵妃时，唐明皇已是63岁的老人了。有人说，《长生殿》并没有根据历史真实来写唐明皇的老态，也不把他们的恋情写得黯无光彩①。这只是问题的表面。从深层次上看，作品固然没有表现年龄在人物生理上的意义（如机能的衰竭、外貌的苍老及感觉的迟钝等），但人物年龄对作品主题的隐含意义是不可忽视的。杨妃临死时曾提到"圣上春秋已高"而叮嘱高力士"小心奉侍"。如果说《牡丹亭》所表现的是少男少女从爱欲萌动到青春期结束（团圆）的生命阶段，那么，《长生殿》则以明皇与杨妃的"团圆"（定情）为开端，他们的情缘是从杜、柳故事结束后的生命阶段开始的。不管人物的具体年龄多大，这两个阶段可分别视为早晨生命阶段和午后生命阶段。《牡丹亭》是春天的故事，情缘由初萌到旺盛；《长生殿》是秋天的故事，情缘由旺盛而面临终结。与其说明皇、贵妃之间是婚后的夫妇之情②，不如说是午后生命阶段的人生体验。不管是寿终正寝，还是意外摧折，死亡是这一阶段的必然承接，是最大威胁。对这一阶段的人生来说，生与死，有限与无限，永恒与短暂，等等，无疑是最敏感、最突出的问题。洪昇把这一阶段

---

① 〔清〕洪昇：《长生殿·前言》，见洪昇著，徐朔方校注《长生殿》，人民文学出版社1983年版。
② 王长友：《试论〈长生殿〉中的李杨爱情悲剧》（1984年打印稿）认为：《长生殿》所写的"不是青年男女婚前的恋爱，也不是已婚后的婚恋，而是婚后的夫妻爱情"。

的李杨情缘作为《长生殿》的主体构架,显然有利于表现更深沉、更普遍的人生主题——生与死。

二

洪昇在《长生殿·例言》中说:"情之所钟,在帝王家罕有,马嵬之变,已讳凤誓。"人物的帝王身份对于作品主题的意义是不可忽略的。在传统文化中,皇帝是人间最神圣的人,他受命于天,象征最高权力,象征国家社稷的存亡。对皇帝"万岁"或"万岁爷"的称呼寄托着人类的最高理想——长生不死。但在《长生殿》里,作者却以深深的悲悯来写明皇与杨妃的生别死离。"万岁爷"的称呼与明皇和杨妃的悲剧命运构成强烈反讽,从而更加突出了生命短暂的悲哀。而且,由于帝王与历史事变的特定联系,有利于作家把个体命运放在更大的历史事件中来加以观照。

扶风老人郭从谨说唐明皇"只为宠爱了贵妃娘娘,朝欢暮乐,弄坏朝纲,致使干戈四起,生民涂炭"。乐工李龟年也说他"弛了朝纲,占了情场,百支支写不了风流账"。这是"情场"与"朝纲"之间的因果关系。明皇宠爱杨妃,其兄杨国忠凭借裙带关系而"中书独坐揽朝权";杨国忠前来奏称安禄山"人才壮健,弓马熟娴"时,明皇却在醉心于杨妃的睡态之后,又与妃子去沉香亭赏玩牡丹,而误失军机、按律当斩的安禄山却被轻易地"赦其前罪";唐明皇一味欣赏杨妃"制谱"的"美人韵事",对杨国忠与安禄山的争夺权势却以为是"将相不和,难以同朝共理",特命安禄山为范阳节度使,从而给国家社稷造成严重的隐患;为了庆祝杨妃诞辰,明皇特命涪州、海南使臣进贡鲜荔枝,一路上不知踩死了多少人命,踏坏了多少庄稼;直到哥舒翰潼关失守,安禄山逼近长安,明皇与杨妃仍在"喜孜孜驻拍停歌,笑吟吟传杯送盏"。杨妃自己也意识到从前的罪恶:"把繁华抛却,只留得罪殃多。唉,想我哥哥如此,奴家岂能无罪";"只想我在生所为,那一桩不是罪案。况且弟兄姊妹,挟势弄权,罪恶滔天,总皆由我,如何忏悔得尽!"但这只是问题的一个方面。另一方面,正如《牡丹亭》里柳梦梅和杜丽娘为情而死、为情而生,把"情"看得比生命更重要。这与唐明皇"罕有"的"情之所钟"并没有什么两样。可是,无论如何,柳梦梅和杜丽娘的情缘都不会造成天宝之乱那样的重大后果。其中的关键,不在于李杨的情缘,而在于至高无上的地位。这使两人的故事具有不可克服的内在矛盾性:一面是李杨的"定情",另一面是安禄山的"贿权";一面是明皇对杨妃"制谱"的欣赏,一面是安禄山与杨国忠的"权哄",一面是明皇杨妃庆生的"舞盘",另一面是安禄山的"合围";一面是李杨"喜孜孜驻拍停歌,笑吟吟传杯送盏",另一面是哥舒翰潼关失守、安禄山逼近长安。个人情缘与历史事态之间看起来互不相干,却又紧密地纠缠在一起。可是,如果说唐明皇的地位至高无上,他却连爱妃的生命都不能挽救;他想"速离尘埃,早赴泉台,和伊地中将连理栽",但他的死却又意味着"国破家亡"。生不能如意,死亦不能如意,这使他感到"堂堂天子贵,不及莫愁家";"空做一朝天子,竟成千古忍人"。这又是一种无奈。这使他产生了对至高无上的地位和权力的怀疑和失望。贵为天子尚且如此无奈,芸芸众生也就不言而喻了。这是李杨故事的深刻性之所在,是其故事被反复创作、反复搬演的根本原因。柳梦梅与杜丽娘的故事不可能有这样的角度和深度。

故事从"山河一统皇唐""真个太平致治,庶几贞观之年"的兴盛局面开始。在传统的历史观看来,这种局面必然会走向它的反面。毛宗岗修订本《三国演义》说:"天下大势,分久必合,合久必分";吴璿《飞龙全传》说:"自古以来,国运递更,皆有定数。治极则乱,乱极则治,一定之理也。"① 王夫之也说:"天下之生,一治一乱";"一治一乱,天也,犹日之有昼夜,月之有朔、弦、望、晦也。"② 正是在这样的历史循环中,从"任人不二,委姚、宋于朝堂;从谏如流,列张、韩于省闼",到"满朝臣宰,一味贪位取容","一班儿公卿甘作折腰趋,争向权门如市附",即由治而乱,是合乎逻辑的必然趋势,是不以某个人的意志为转移的。早在第十出"疑谶"里,武举出身的下层人士郭子仪就已清楚地看到朝政日非的事实:"俺则见来往纷如,闹昏昏似醉汉难扶,那里有独醒行吟楚大夫!"这不是明皇贵妃个人的谬误,而是整个时代的谬误。只有在这个前提下,李杨"占了情场",才会导致"弛了朝纲"。即使没有李杨的情场生活,历史同样会由盛到衰,这是不可抗拒的规律,是历史的宿命论。不管是至高无上的唐明皇,还是顶天立地的郭子仪,都无能为力。郭子仪"要思量做一个顶天立地的男儿,干一桩定国安邦的事业",却无法阻止历史的衰亡和天宝之乱的发生:"俺则见来往纷如,闹昏昏似醉汉难扶,

---

① 〔清〕吴璿:《飞龙全传》,人民文学出版社1985年版,第一回。
② 〔明末清初〕王夫之:《读通鉴论·叙论一》,中华书局1975年版,第1108页。

哪里有独醒行吟楚大夫！俺郭子仪啊，待觅个同心伴侣，怅钓鱼人去，射虎人遥，屠狗人无。"这种孤独和苦闷与李杨的悲叹感伤互为表里。英雄的束手无策与李杨个人命运在历史大势面前的渺小、脆弱，相互阐发，强化了悲剧的空幻感。

历史由盛到衰，又可以转危为安，走完一个轮回之后，又回到原点，失去了的个人生命却永远无法追回。《长生殿》用历史的循环往复来反衬生命的不可逆转，从而把悲剧推向无底的深渊。唐家社稷再造，"整顿中兴事正饶"，明皇却仍然挣扎在"愁城苦海无边"之中："恨悠悠江山如故，痛生生游魂血污。冷清清佛堂半间，绿阴阴一本梨花树。空自吁，怕夜台人更苦"，"愁深梦杳，白发添多少？最苦佳人逝早。伤独夜，恨闲宵。"马嵬坡还是当时的马嵬坡，长生殿还是当时的长生殿，唐明皇沿着悲剧的历程，一步步返回与杨妃生前定情密誓的地方，这一过程却是杨妃死去日久、明皇白发越添的过程。唐明皇退居南内，面对着"一庭苦雨，半壁愁灯"，"听淋铃，伤怀抱。凄凉万种新旧绕，把愁人禁虐得十分恼。天荒地老，这种恨谁人知道"。不仅明皇从杨妃之死的痛苦中领悟到自身生命的催迫感，李龟年、李暮、永新、念奴等老少不同的人也都从杨妃之死中生发出浓重的生命忧患："他今日青青墓头新草长，我飘飘陌路杨花荡，蓦地相逢处各沾裳。白首红颜，对话兴亡"，"唱不尽兴亡梦幻，弹不尽悲伤感叹，大古里凄凉满眼对江山。我只待拨繁弦传幽怨；翻别调写愁烦，慢慢的把天宝当年遗事弹。"他们曾经与杨妃亲密相处，可她却早已走进了坟墓。这就是所谓"兴亡之感"。《长生殿》不是用抽象的历史教条来否定李杨的情缘，而是在历史的升沉往复中体认个体生命的价值。历史无限，生命短暂，个人不能在历史长河中找到依归而流露出深沉的失落感和空幻感。李龟年、李暮、永新、念奴等，既是剧中人，也是叙述者（包括作者）或观众的代言人。戏曲通过他们把舞台下面的观众带到剧情当中去，以亲历者的角度体验主人公的故事。明皇、杨妃虽然都是古人，都是曾经鲜活的生命，但在现实中却不复存在，都已成了"历史"，但"今之视古，亦犹后之视今"（《世说新语·规箴第十》）。当古代的人物被再现在舞台或剧本中的时候，当作者给古人灌注生命的时候，他是把自己也认同为古人了。因此，明皇与贵妃的故事能引起观众最普遍的共鸣和感叹。所谓"兴亡之感"，既是对历史人物的悲悯和同情，也是普遍的生命的悲剧意识。

三

曾有人把《长生殿》视为相互割裂的两个部分，认为前半部分是现实主义的，后半部分则缺乏历史的真实性，因而是画蛇添足，落入古代戏曲中团圆的俗套①。清代人也有这样的看法："《长生殿》依傍《长恨传》及《长恨歌》成篇，于天宝遗事摭采略遍，故前半篇多佳制，后半则多为稗畦自运，遂难出色。"②

其实，《长生殿》自始至终贯穿着理想世界与现实世界的对比。前者包括月宫、牛女双星、蓬莱仙山、忉利天宫。除了忉利天宫来源于佛教的三十三天之一之外，月宫、牛女双星、蓬莱仙山都来源于古老的神话传说。"马嵬之变，已违宿誓，而唐人有玉妃归蓬莱仙院、明皇游月宫之说，因合用之"③。"要之广寒听曲之时，即游仙上升之日。双星作合，生忉利天，情缘总归虚幻"④。它们作为意象被编织到《长生殿》里，相互交通连贯，因而把它们统称为理想世界。这一世界不仅出现在作品的下半部，事实上在上半部里就已出现了。如第十一出"闻乐"中的月宫、第二十二出"密誓"中的牛女双星。甚至第二出"定情"就已提到"仙乡"。天上世界不仅作为地上世界的对比，而且从天上世界俯视地上的人间，俯视李杨的命运，这是作品结构上的总体特征。在现实世界里，"朱甍碧瓦总是血膏涂"，"中书独坐揽朝权，看炙手威风赫炫"，"尸横遍野血流河，烧家劫舍抢娇娥"，充满了罪恶、杀机和苦难。只有天上世界才"清光独把良宵占，经万古纤尘不染"，"碧澄澄云开远天，光皎皎月明瑶殿"，清新、安然、自由自在。两个世界的中心对比是牛女情缘与李杨情缘的对比。牛女双星虽则是一年才会得一次，但却地久天长；"两情若是久长时，又岂在朝朝暮暮"，"金风玉露一相逢，便胜却人间无数"；有合有

---

① 例如，董每戡认为：《长生殿》"后四分之一实属多余"，"淹没了前三十多出的现实主义成就，得不偿失"；"在艺术上画蛇添足"，"落入团圆的俗套"。见董每戡《五大名剧论·长生殿论》，人民文学出版社1984年版。

② 〔清〕叶堂：《纳书楹曲谱正集》卷四，台湾学生书局1987年版。

③ 〔清〕洪昇：《长生殿·例言》，见洪昇著，徐朔方校注《长生殿》，人民文学出版社1983年版。

④ 〔清〕洪昇：《长生殿·自序》，见洪昇著，徐朔方校注《长生殿》，人民文学出版社1983年版。

离,有缺憾,不美满,但却是永恒的。李杨虽然"做酥儿拌蜜胶粘定,总不离须臾顷",但不免生离死别,生命短暂,欢爱再美满也不过如空花幻影:"只他在翠红乡欢娱事过,粉香丛冤孽债多。一霎做电光石火。"欢爱的长短是以生命的长短为前提条件的,牛女情缘与李杨情缘的差别就在于生命的无限与有限、永恒与短暂。"天上留佳会,年年在斯,却笑他人世情缘顷刻时","好会年年天上期,不似尘缘浅,有变移"。作品用天上世界的永恒来反讽人世间的生命短暂;也正是出于人世间的生命短暂的悲哀,所以把永恒的希望寄托于天上世界。

明皇与杨妃也具有双重性质:既是人世间的一员——帝与妃,又是神话世界的仙——孔升真人与太真玉妃。这样的双重因素决定他们必然经受生与死的冲突、永恒与短暂的冲突。他们是"偶因微过"而谪落人间凡尘的。由于他们迷失了自己的"本真"而以人世间的帝、妃身份出现,所以盲目地在人世间企求"恩情美满,地久天长"。明皇甚至"愿此生终老温柔,白云不羡仙乡",甚至觉得"牵牛、织女隔断银河,一年才会得一次,这相思真非容易也","仙偶纵长生,论尘缘也不恁争","问双星,朝朝暮暮,争似我和卿"。把自己的人间情缘看得比天上情缘更为美满,这是自我反讽,是一种迷误。第十六出,明皇为杨妃生辰设宴,"境齐蓬阆","紫云深处婺光明,带露灵桃依月荣","罗绮合花光,一朵红云自空漾。看霓旌四绕,乱落天香"。在营造出来的仙境氛围中,杨妃"举袂向空如欲去,乍回身侧度无方","袅金裙齐做留仙想",真乃"似天仙月中飞降"。但是,"境齐蓬阆",毕竟不是蓬阆。植根于现实的人造仙境必然受到现实的制约、侵蚀和威胁。在"霓裳妙舞千秋赏,合助千秋祝未央"的欢乐背后,是安禄山叛迹昭彰的"合围"。虽然月宫嫦娥曾在玉环梦魂中暗示她脱离尘世、返归仙界①,虽然早在"密誓"一出中,杨妃就已经忧虑到:"妾想牛郎织女,虽则一年一见,却是地久天长。只恐陛下与妾的恩情,不能够似他长远。"但她毕竟没有脱离人间,毕竟没有丢掉现实世界的身份——妃子,因而,她与明皇"劫难将至,免不得生离死别"。悲剧是注定了的,不可避免的,人为营造出来的极乐之境因而是虚

---

① 《长生殿》第十一出中仙女唱:"纵吹弹舌尖玉纤韵添,惊不醒人间梦魇,停不驻天宫漏笺。"徐朔方注云:"这几句曲文,含有劝贵妃不要贪恋富贵,及早回到天上做神仙的意思。"见徐朔方校注本《长生殿》,人民文学出版社1983年版,第59页。

幻的，不可靠的。

象征永恒的牛郎、织女一直关注人世间，并给予怜悯和帮助："银河碧落神仙配，地久天长，岂但朝朝暮暮。愿教他人世夫妻辈，都似我和伊，永远成双作对。"明皇、杨妃焚香设誓、祷告双星时，牛郎说："须索与他保护。"织女道："若果后来不背今盟，决当为之绾合。"他们得知杨妃已成怨鬼，感到："甚是可怜"，"红颜薄命，听说真冤苦。黄泉长恨，听说多酸楚。"由于天孙织女"保奏天庭"，玉帝敕诫杨妃"不合迷恋尘缘，致遭劫难"，还授以太阴炼形之术，使得杨妃尸形解化，"复籍仙班"。最后，牛郎、织女为李杨"证完前盟"，明皇、杨妃因而分别恢复了"孔升真人""太真仙子"的"真身"，来到月宫"重续前缘"，并定居在忉利天宫，"永为夫妇"。只有在这个神话世界里，只有丢掉人世间的身份而恢复神仙的身份，生命和情缘才能获得永恒。

关于李杨的最终"重圆"——确切地说是孔升真人与太真玉妃在忉利天宫的归宿，有的论者认为，忉利宫中的"情"只是一种"抽掉了风月、云雨、相思、悲欢、恩爱等具体内容的'情'，只是一个空壳"，"洪昇就这样否定了世俗帝妃的腐朽、糜烂的情欲"①。其实，问题的关键不在于忉利宫中的"情"有没有什么"具体内容"，而在于这种"情"对生与死的超越，对有限生命的超越。人世间的情缘或许像汤显祖《南柯梦记》所说的那样，不是"则是空来，并无云雨"，不是"情起之时，或是抱一抱儿，或笑一笑儿，或嗅一嗅儿"，也就是说，是有"具体内容"的；但却如淳于棼所说："人间君臣眷属，蝼蚁何殊？一切苦乐兴衰，南柯无二，等为梦境，何处升天？"作品的主题是生命永恒的理想，不是风月、相思、云雨、恩爱、悲欢这些俗世兴趣。"史载杨妃多污乱事。"但这些"污乱事"与其说是杨妃的真实记录，不如说是流传过程中的添油加醋、想入非非。即使是对所谓骄奢淫逸的"批判"也大多是批判者的"意淫"。因为这样的"具体内容"无关《长生殿》的主旨，所以都被作者"删除"："凡史家淫语，概削不书"②。吴舒凫说："无情者自得逍遥，

---

① 周明：《情缘总归虚幻》，载《文学评论》1983年第3期。
② 〔清〕洪昇：《长生殿·自序》，见洪昇著，徐朔方校注《长生殿》，人民文学出版社1983年版。

有情者亦谐夙愿。"① 无论有情无情,在对生命价值的领悟上,在畏惧死亡、渴求长生的感情上,都是相通的。孔升真人与太真玉妃最终回归天宫,回到没有时间催迫的世界,"仙家岁月悠,与情同久""忉利天,看红尘碧海须臾变。永成双作对,总没牵缠"。情爱问题上升到超越生死的终极问题上来之后,便有了更为普遍的哲理意味。

四

洪昇《一夜》云:"海内半青犊,梦中双白头。江城起哀角,风雨宿危楼。新鬼哭愈痛,老乌啼不休。国殇与家难,一夜百断忧。"章培恒认为,"青犊"意指民间抗清义军,"昉思以民间抗清义军蜂起,至忧不能寐,其忠于清廷之立场,固甚明显也"②。很长一段时间,人们在谈到洪昇及其《长生殿》等作品时,很喜欢就其政治态度——反清还是拥清,对某个政权(明或清)是怀念还是批判等做分析或定性。这是学术被特定意识形态套牢的固定思维方式。如果剥离偏见,我们看不到作品与某个政权有任何关系。《京东杂感》:"远望穷高下,孤怀感兴废。白头遗老在,指点十三陵。"③《钱塘秋感》:"秋水荒湾悲太子,寒云孤塔吊王妃。山川满目南朝恨,短褐长杆任钓矶。"④ 十三陵中的主人、太子、王妃等都曾经显赫一时,享尽尊荣,但都一个个归于地下。洪昇檃括王羲之《兰亭集序》文意所作散套曰:"俯仰间皆为陈迹,不由人兴叹不已。况修短百年无几,随物化总归仙逝。古今来生兮,死兮,这根由大矣。呀!怎不教人痛生悲欷","呀!须知道死生殊路不同归,彭殇异数岂能一?细寻思等观齐思总虚脾。试由今视昔,怕后来人亦将有感在斯集。"⑤ 这是不同时代的人对同一个生死问题的共鸣。不管是尊贵的天子,还是普通百姓;不管是古人,还是今人,都会面临这样的问题,都会有同样的哀伤、悲叹。《古诗十九首》有"人生寄一世,奄忽若飙尘""人生非金石,

---

① 稗畦草堂本《长生殿》,吴舒凫眉批,文学古籍刊行社1955年影印本。
② 章培恒:《洪昇年谱》,第331页。
③ 〔清〕洪昇:《稗畦续集·京东杂感·其三》,见洪昇《稗畦集;稗畦续集》古典文学出版社1957年版,第174页。
④ 《啸月楼集》,转引自章培恒《洪昇年谱》,第50页。
⑤ 转引自章培恒《洪昇年谱》,第331页。

岂能长寿考""生年不满百,常怀千岁忧"等,都因为生命短暂而表现出最大的无奈、无助。因为生命无法挽留,对死亡的哀悼因而成为文学的永恒主题。历代诗文中的北邙山意象,都是死亡主题的象征。对生的渴望和对死的哀悼是非常古老的原型情感。这种情感深藏在人类心灵深处,一旦触及它,就会焕发出巨大的感染力量。《长生殿》以五十出、连演数天的宏大规模,并以同一题材中前所未有的广度和深度,再次呈现这一古老而全新的主题,其引起的反响远超一般作品。

洪昇所处时代的突出特征就是普遍的感伤情绪。《桃花扇·哀江南》云:"俺曾见金陵玉殿莺啼晓,秦淮水榭花开早,谁知道容易冰消!眼看他起朱楼,眼看他宴宾客,眼看他楼塌了!这青苔碧瓦堆,俺曾睡风流觉,将五十年兴亡看饱。那乌衣巷不姓王,莫愁湖鬼夜哭,凤凰台栖枭鸟。残山梦最真,旧境丢难掉,不信这舆图换稿!诌一套《哀江南》,放悲声唱到老。"《红楼梦》的《好了歌》云:"世人都说神仙好,惟有功名忘不了。古今将相在何方?荒冢一堆草没了。世人都晓神仙好,只有金银忘不了!终朝只恨聚无多,及到多时眼闭了。世人都晓神仙好,只有娇妻忘不了!君生日日说恩情,君死又随人去了。世人都晓神仙好,只有儿孙忘不了!痴心父母古来多,孝顺儿孙谁见了?"因为死亡的不可避免,因为缺乏生命的依托,功名、金银、娇妻、子孙、秦淮水榭、朱楼碧瓦等等,一切都黯然失色,毫无意义。这是从生命角度对一切事物和价值的重新审视。由于生命的不可靠,人世间的一切都如空花幻影,如虚无缥缈的梦。不仅现世界是虚幻的,古往今来的全部历史都是虚幻的。这是对全部人类历史的反省,是前所未有的醒悟和超越。《长生殿》与《红楼梦》《桃花扇》一样,达到前所未有的高度和深度。

《长生殿》与白居易《长恨歌》、陈鸿《长恨歌传》、白朴《梧桐雨》一脉相承,并且吸纳了《天宝遗事》《杨妃全传》等众多素材,成为同题材中结构最宏大、严谨、精致的作品。它包含两个层次的结构,即表层结构和深层结构。其表层结构包括三组对比:杨妃生前李杨的欢乐与杨妃死后两人的悲伤的对比,历史盛衰循环的无限性与个体生命的有限性的对比,人间情缘的短暂与天上情缘的永恒的对比。其深层结构是对生命短暂的悲哀与对生命永恒的渴望。这是作品的内核。这一层次的结构使得头绪繁多的故事成为有机整体。

据说，空空道人将《石头记》抄回来后，有个叫曹雪芹的人于悼红轩中"批阅十载，增删五次"，从而写出"字字看来皆是血""一把辛酸泪"（《红楼梦》第一回）的不朽之作。《长生殿》"盖经十余年，三易稿而始成"，同样凝聚了作者的大量心血。《脂砚斋重评石头记》第一回有批语说："书未成，芹为泪尽而逝。"洪昇竟然也于康熙四十三年（1704）观演《长生殿》盛事之后落水而卒。这些都是那么相似，很耐人寻味。曹雪芹是否是《红楼梦》的作者，是否是真实存在的人，疑点重重，不足为信，本文不拟展开。这里只是想说，《长生殿》在戏曲史上的地位，如同《红楼梦》在小说史上的地位。它们代表着各自领域的艺术高峰。

《聊斋志异》的变形故事

一

从六朝志怪到唐传奇,再到《聊斋志异》,这一叙事文类中有大量的人与狐鬼花妖的故事。这些狐鬼花妖原本具有某种自然属性,如虎有利爪,性情凶猛;花需要浇水,狐性情多变等。但它们常常变幻为人,具有人的外貌,穿戴人的服饰,像人一样说话、行动等。因为跨越人与非人之间的界限,所以称为变形故事。相对于人类而言,与之相对的具有变幻能力的事物可称为异类。所谓"志怪"或"志异",并不仅仅记述"怪"或"异",而是记述人与"怪"或"异"的邂逅。

人与异类之间有各种各样的关系。比如,异类外在于人,作为人的生存环境而存在。在《聊斋志异》(下文简称《聊斋》)中,胡姓兄弟在深山幽谷采樵,其兄被巨蟒吞噬,其弟"力与蟒争,竟曳兄出"(卷一《斫蟒》)。于江的父亲"为狼所食",于江"悲恨欲死",先后锤死了三狼,报了"父仇"(卷三《于江》)。这些异类对人的伤害出于自然本性,人与异类属于不同范畴。《狼三则》(卷六)也是这样的故事。再比如,异类属于客观的自然界,但它们之间却构成了某种意义的社会关系。一鼠为蛇所吞,另一鼠力嚼蛇尾,反复数次,蛇"吐死鼠于地上",另一鼠"衔之而去"(卷二《义鼠》);一巨蛇被螳螂据顶上,"蛇竟死"(卷五《螳螂捕蛇》)。鹳雏被大蛇吞食,鹳鸟飞走;次岁巢如故,鹳鸟"入巢哑哑,哺子如初"(卷八《禽侠》);牡鹿与众多的牝鹿交配而死,牝鹿"衔异草置吻旁以熏之,顷刻复苏"(卷八《鹿衔草》);等等。动物与动物之间的争斗、吞食、哺育、依存,是一种本能的表现,体现物种延续、生物竞争、生态平衡等法则。狮猫之于大鼠(卷九《大鼠》),雄鸿之于雌鸿(卷八《鸿》),母狼之于小狼(卷九《牧竖》),也都是非常自然的生物关系。但这些异类的相互关联被叙述者赋予某种"社会意义"。一鼠把另一死鼠从蛇口救了出来,"啾啾如悼息";鹳鸟因为鹳雏被蛇吞食而"悲鸣数日"；雌鸿被戈人所得，"其雄者哀鸣翱翔"；雌鸿被释之后，"两鸿徘徊，若有悲喜，遂双飞而去"（《鸿》），都是人类情感的投射。用人类自身的关系来阐释或讲述异类故事，早在六朝就已经出现。刘义庆《宣验记》载鹦鹉"飞集他山，山中禽兽辄相爱重"。后来"山中大火"，鹦鹉"便入水沾羽，飞而洒之"，因为"禽兽行善，皆为兄弟"①。吴唐带儿子打猎，先后射死小鹿和母鹿，遭到鹿的报复，"发箭反激，还中其子"。鹿魂在空中呼曰："鹿之爱子，与汝何异?"②

由此进一步衍生出人与异类的相互感应。吴均《续齐谐记》载田真兄弟三人不和，"共议分财"时，"花叶美茂"的紫荆树忽然枯死，状如火燃。三兄弟由此悟出"兄弟孔怀"，不可离异时，"树应声荣茂"。在《聊斋》里，刘公女儿喜欢橘树，"置诸闺阁，朝夕护之唯恐伤"；将要离别时，"女抱树娇啼"。刘女离去后，"橘甚茂而不实"。只有她重新回到橘树身边的时候，橘树才"繁实不懈"，"其实也似感恩，其不华也似伤离"，橘树似乎"有夙缘与女"（卷七《橘树》）。紫荆、橘树等都与人有心灵的相通。

相互感应更常见的是异类与人之间的知恩报恩。在《聊斋》中，人有恩于异类，或饲养了鸲鹆（八哥），与鸲鹆"相依为命"（卷三《鸲鹆》）；或把犬从屠人刀下解救出来，并"养豢"之（卷九《义犬》）；或使大象免遭狻猊的伤害（卷八《象》）；或治愈老虎鼻下的赘瘤（卷十二《二班》）；或治好了狼头上的巨疮（卷十二《毛大福》），等等，因此，这些异类也以各种方式报答恩情。鸲鹆用金蝉脱壳之计为主人赚取资财；义犬抓住杀害主人的凶手；大象让恩人乘骑在身上，"以蹄穴地"，使恩人"得脱牙无算"；狼用布裹金饰数事作为给疡医的报酬等，都把人际关系延伸到人与自然界的关系上。《搜神后记》（卷九）记杨生养一狗，"甚爱怜之，行止与俱"，狗因而使杨生脱离了被大火烧死的危险。《搜神记》（卷二）记苏易帮助难产的牝虎，"虎负易还，再三送野肉于门内"。从六朝志怪到《聊斋》，报恩故事源源不断。

---

① 《艺文类聚》卷九一、《初学记》卷三〇、《太平御览》卷九二四均引此条。鹦鹉救火故事最早出自〔吴〕康僧会译《旧杂譬喻经》卷上第二十三条。

② 〔宋〕李昉：《太平御览》卷九〇六引刘义庆《宣验记》。见〔宋〕李昉等撰《太平御览》，中华书局1960年版，第4016页。（下引该书均同此版本，除书名卷次及条目外，其他不再另注）

知恩报恩的异类大体分为两类：一是家畜家禽，如犬、鸲鹆，它们本来就以实际功用而存在于主人的生活中，当主人处在危险或绝境时，家畜家禽给主人带来意想不到的帮助，这是顺理成章的。另一类是凶猛的野兽，如虎、狼、蛇等。这一类故事折射出人对野兽的恐惧。人们幻想建立与野兽之间的友好关系，来消除野兽对人的危害。《聊斋》卷二《地震》写一幼子被狼所食，其母与狼争，令人惊恐大愕。张鸿渐希望寄宿于路人家，就是为了"得避虎狼"（《聊斋》卷九《张鸿渐》）。对野兽的恐惧、无知和难以把握，使野兽常常带有"妖"的性质。一方面，人们希望通过祭祀活动来减轻妖物的危害。据说，庾岭一带蛇妖作怪，"东冶都尉及属城长吏多有死者"。当地人"祭以牛羊"，"共请求人家生婢子，兼有罪家女养之"，"祭送蛇穴口"（《搜神记》卷十九）。镇江一带有鼋，"坏舟吞行人，为害已久"。民间"惧为祸殃，惟神明奉之，祈勿怒。时斩牲牢，投以半体，则跃吞而去"（《聊斋》卷二《张老相公》）。另一方面，推己及兽，以为"人无害兽之心，兽无伤人之意"①，希望通过人对野兽的友好而把人的感情传达给兽。野兽或长巨疮、赘瘤，需要人的治疗，或者难产而需要人的帮助，其各种困难为人的施恩提供了机会，人对兽的恩情则起到了与杀死野兽相反相成的效果。杀死野兽是为了消除兽对人的威胁，施恩于兽则是为了缓和兽与人的对立。野兽不仅知恩报恩，而且使人脱离了其他野兽的威胁。在《聊斋》中，殷元礼"遇二狼当道"，"狼扑之，仆；数狼争啮，衣尽碎，自分必死"。受其治病之恩的二虎扑杀群狼，殷元礼得免于狼口（卷十二《二班》）。毛大福遇数狼，"咆哮相侵"。被他治好的狼"急入其群，若相告语，众狼悉散去"（卷十二《毛大福》）。野兽的凶恶与知恩折射出人对野兽既恐惧又崇拜的双重心理。一虎吃掉赵城妪的独子后，又对老妪克尽孝道，"奉养过于其子"（卷五《赵城虎》）。又一虎为霍小瑛报了杀父之仇，小瑛以虎为婿，"食则同牢，居则同室"（沈起凤《谐铎》卷一《虎痴》）。这两个故事是野兽报恩故事的变形。

在这些故事中，人是中心，始终保持着自身的外形和性质；异类也都

---

① 〔宋〕李昉：《太平广记》卷十四"郭文"条引《神仙拾遗遗》。见〔宋〕李昉等编《太平广记》，人民文学出版社1959年版，第97页。（下引该书均同此版本，除书名卷次及条目外，其他不再另注）

以其本来的面目出现，两者界限分明。《聊斋》里的变形故事则打破了两者的界限，体现卡西尔所说的神话的变形法则。在神话里，"不同领域间的界线并不是不可逾越的栅栏，而是流动不定的。在不同的生命领域之间绝没有特别的差异。没有什么东西具有一种限定不变的静止形态：由于一种突如其来的变形，一切事物都可以转化为一切事物。如果它有什么支配它的法则的话，那就是这种变形的法则"①。这种"变形的法则"直接为六朝志怪所继承，一直持续到唐传奇乃至明清时代的《剪灯新话》《聊斋志异》《耳食录》等作品，成为特定叙事文类的重要法则。

变形故事大体有两个不同的变化方向，一是由人向其他事物为变化，二是由其他事物变化为人。

二

人变为异类，主要是变为动物，而变为植物的故事非常少。在《聊斋》里，如果把《香玉》（十一卷）中的王生死后魂寄牡丹也算作变异的话，人化植物的故事仅此一例。人变动物大多有着明确的原因，体现特定的价值取向。《濰俗》（卷九）载"澄人多化物类，出院求食"，究竟意义何在，不得而知。大概也像蛤中出蟹（卷九《蛤》）、土能化兔（卷十二《土化兔》）一样，"亦物理之所不可解者"。不能合理解释的变异都没有太多的想象空间，故事篇幅都很短，类似于"残丛小语"②或"粗陈梗概"（鲁迅）。

人化异类被解读为对其恶行的惩罚。在《聊斋》中，丘生"素有隐恶"，所以变为马（卷五《彭海秋》）。某家儿媳"忤逆"、不孝，把蜣螂混在馎饦里伺候双目失明的婆婆，结果变为豕（卷十二《杜小雷》）。某居民"盗邻鸭烹之"，所以"茸生鸭毛，触之则痛"（卷五《骂鸭》）。这种观念及其变形故事在世界普遍存在。奥维德的《变形记》说阿克泰翁因为目睹狄安娜的裸体而变为鹿；林科斯因嫉妒而阴谋杀人，所以变为山猫；某农民因为故意把水搅浑，使他人受干渴之苦，所以变形为蛙。在中国文化中，这类变异与佛教"六道轮回"的观念相通。佛教认为，作恶

---

① ［德］恩斯特·卡西尔著，甘阳译：《人论》，上海译文出版社1985年版，第104页。
② ［南朝］江淹：《拟李陵从军》，李善注，引［汉］桓谭《新论》，见［梁］萧统编、李善注《文选》，中华书局1977年版，第444页。

的人死后转生为畜生，堕入"畜生道"（《俱舍论》卷八）。在《聊斋》里，某缙绅"行多玷"而被冥王罚为马，"就牝马求乳"；受主人奴仆的鞭打，夹击，"痛彻心腑"；又被罚为犬，"身伏窦中"，"见便液，亦知秽，然嗅之而香"；后被罚为蛇，"伏身茂草"（卷一《三生》）。刘某霸占别人的桃树，本来要罚为畜生的，只因曾经"用钱三百，救一人夫妇完聚"，有过善行，因而免堕"畜生道"，避免被变形（卷七《刘姓》）。

这样的变形之所以被理解为惩罚，是因为人把自身置于比动物更高的地位上，一旦某人再变为动物，便丧失了人的高贵。人性与兽性相对应的观念即由此而生。托尔斯泰在《复活》中说聂赫留朵夫有两种禀性，一是人性，一是兽性。当他良心发现的时候，是人性占上风；而当他良心丧失时，则是兽性占上风。人变动物的故事往往是民间的一种诅咒方式。残暴的官吏常被视为凶恶的虎狼。任昉《述异记》载宣城郡守封邵"忽化为虎，食郡民，呼之曰封使君"。之所以有"人化虎则食人"的传说，"盖耻其类而恶之"。《聊斋》里白翁长子"筮仕南服"，"扑地化为虎"，其公堂出入坐卧皆群狼（卷八《梦狼》），也是基于同样的心理。

另一种情况是，某人化动物之后，不仅不是人性的堕落，而是一种升华。作为人的时候，他们受到自身能力、身体条件或环境等方面的限制。变成动物之后，他们有比人更大的便利或能量，超越各种困难或障碍，做成之前做不到的事。成名一家迫于官府的横征暴敛，"忧闷欲死"。在全家走投无路的情况下，儿子"身化促织，轻捷善斗"，被贡入朝廷之后，得到了奖赏，摆脱了困境（卷四《促织》）。向杲受庄公子欺负，冤屈无处可申，"无计可施"，神秘的道士使向杲"毛革顿生，身化为虎"，终于咬死仇人（卷六《向杲》）。孙子楚想与阿宝相会，因为家势悬殊，无法如愿。但在其魂魄附在鹦鹉身上，亦即以特定的变化形式，他可以"遽飞而去，直达宝所"（卷二《阿宝》）。这一类型故事中，变异只是一种手段，而不是目的，目的实现之后，他们又都很自然地恢复了人形。

《香玉》（卷十一）中的黄生和《竹青》（卷十一）中的鱼客化为异类，不仅不是不情愿的堕落，反而是一种理想的实现。黄生与牡丹精香玉和耐冬精绛雪有着最诗意化的恋情，但苦于人身和异类的相隔和家庭俗务的牵缠，只有化身为"赤芽怒生，一放五叶"的植物，才能永远与牡丹和耐冬相伴。黄生把死后身化异类看作是自己的"生期"而非"死期"，因为这是他的理想归宿。鱼客身为人类的时候，"家贫"，"下第归，资斧断绝",穷困潦倒,郁郁寡欢。梦中被吴王授以黑衣而"化为乌"之后,他"振翼而出,见乌友群集,相将俱去,分集帆樯"。他也模仿群乌,接食舟上旅客抛来的肉饵,"须臾果腹","翔栖树梢,意亦甚得"。而且,化为乌鸦之后,他与雌鸦竹青"雅相爱乐"。后来鱼客在家中,思念居于汉水的竹青,"因潜出黑衣着之,两肋生翼,翕然凌空,经两时许,已达汉水"。化身为异类的适意和畅快是以前从未有过的。评点者但明伦也希望在黑衣队里"求补一缺",希望与之"得意翔栖"①。

异类比人更优越,这种意义上的变形故事在六朝志怪中已开始出现。《搜神后记》记丁令威"化鹤归辽",见"城郭如故人民非",提醒人们"何不学仙"。唐传奇对变化为异类的想象更加浪漫。薛伟因为"人浮不如鱼快"而感到遗憾,化身为鱼之后,他便"放身而游,意往斯到,波上潭底,莫不从容,三江五湖,腾跃将遍"②;张逢变为老虎,"自视其爪牙之利,胸膊之力,天下无敌,遂腾跃而起,超山越壑,其疾如电"③。把人的形体看作是一种拘禁和束缚,企固超越这种拘禁和束缚而获得心灵的自由畅适,这是老庄以后不少诗人哲学家所企求的理想。老子说:"吾所以有大患者,为吾有身;及吾无身,吾有何患?"(《老子》十三章)陶渊明感叹:"寓形宇内复几时,曷不委心任去留。"(《归去来兮辞》)人之为人,既有自身形体的局限,不能像猛虎那样有力,不能像鱼那样畅游;又被各种规范或律法所约束,心灵得不到自由。张逢和薛伟化虎、化鱼后,在大山、江湖中的腾跃和畅游,实际也是对"纵浪大化"(陶渊明语)的渴望与体验。他们那"若笼禽槛兽之得逸"的自由感和解放感通过变异过程而得到充分的表达。作品对变异过程作了热情洋溢的渲染、烘托。张逢在"山色鲜媚,烟岚蔼然"的氛围中,投身到"碧鲜可爱"的细草地上,"左右翻转,既而酣甚,若兽碾然。意足而起,其身已成虎也,文彩烂然"。薛伟身入"江潭深净,秋色可爱;轻涟不动,镜涵远虚"的美妙境界中而领悟出"人浮不如鱼快",并从而化身为鱼。

---

① 〔清〕蒲松龄著,张友鹤辑校:《聊斋志异》(会校会注会评本)卷十一,上海古籍出版社1978年版,第1516页(下引该书均同此版本,除书名卷次及页码,其他不再另注)。
② 〔宋〕李昉:《太平广记》卷四七一"薛伟"条,引《续玄怪录》。
③ 〔宋〕李昉:《太平广记》卷四二九"张逢"条,引《续玄怪录》。

三

六朝以来，异类变人与人变异类这两种变形故事中，前者远多于后者。《聊斋》里，人变异类的作品充其量不超过20篇，而异类变人的作品至少在120篇以上。中野美代子说："在中国的怪异故事中，人由于某种缘故变幻成别的形态的故事比较少，绝大多数都是鬼怪或动植物变幻成人形与有生命的人交往的故事。中国的怪异故事与自希腊以来主要描写人变幻成他物的离心型的欧洲怪异故事相反，引人注目之处在于，是以其他形态变成人形，也可以说是以向心型为主流。"[①] "离心型"文化更倾向于人与自然的分离和对立，更倾向于把人的认识向外扩展到客观的自然领域，因而人变异类多于异类变人。奥维德的《变形记》、卡夫卡的《变形记》都是如此。"向心型"文化则更倾向于把外物乃至宇宙纳入人心的范围来加以理解，而不是把自然当作仅供认识的对象，不去追求纯自然的知识体系。《礼记·礼运》说："人者，天地之心也。"《庄子·达生》说："灵台者，天之在人中者也。"这种观念表现在变形故事中，常常是异类变化为人，并主动与人接近。

异类化人的现象最初是在神秘的原始信仰的氛围中出现的。幻化为人的异类经常被称为"妖""魅""精""怪"等，都带有浓郁的神秘色彩。《聊斋》中，《海公子》（卷二）中的蛇妖、《大蝎》（卷十一）中的蝎妖、《香玉》中的花妖、《黄英》（卷十一）中的菊精等，都沿袭原始信仰的概念。他们不是纯客观的自然物，而是凝聚着人类的恐惧、崇拜等各种情感，是从自然界抽象出来的符号，具有超自然的性质。因此，它们很富于变化性，经常以人的形态出现。

在《聊斋》里，有些变幻为人的异类原来就是民间宗教和风俗所信奉的对象。江汉一带民间祠祀青蛙，称为蛙神，"斩牲禳祷之，神喜则已"（卷十一《青蛙神》）。宿迁土人信奉蟹、蛇、蛤蟆，以为"最灵，时出游，人往往见之"（卷十一《三仙》）。乌鸦则是宋代以来富池口一带民间所祭祀的动物，称为"吴王神鸦"。宋荦《筠廊偶记》载：凡经过此处的舟船都到吴王庙中祭祀吴王，同时"投肉空中"，以祭祀"往来迎舟数

[①] ［日］中野美代子著，若竹译：《从小说看中国人的思考样式》，十月文艺出版社1989年版，第50页。

里"的乌鸦。

狐是最早、最充分神秘化的动物。《古今事物考》载:"商妲己,狐精也,或曰雉精。"《吴越春秋》记禹娶涂山之狐。有学者认为,中国上古时代有狐图腾崇拜,"妲己母家有苏氏属狐图腾族,狐亦为她的个人图腾;雉则为妲己夫家殷商之鸟图腾"①,后代的狐故事即源于上古狐图腾崇拜。《青凤》中的狐叟就明确声称是"涂山氏之苗裔"(《聊斋》卷一)。曾几何时,狐由被崇拜为祖先的图腾贬值为迷惑人的妖物。《说文解字》十上犬部狐字注云:"狐,妖兽也。"②《郭氏玄中记》说:"千岁之狐为淫妇。"③不管是作为图腾还是作为妖,狐都比其他动物更具有神秘色彩,因而更具有变化不定的性质。《玄中记》云:"狐五十岁,能变化为妇人,百岁为美女,为神巫,或为丈夫,与女人交接。能知千里外事,善蛊惑,使人迷惑失智。千岁即与天通,为天狐。"在《聊斋》里,仅狐化人的作品就有80多篇。狐既可以化为儒冠老叟,也可以化为"年四十余"的老媪;既可以化为"二十余"的少年,也可以化为"裁及笄"的女郎(卷一《青凤》)。由狐变形而来的角色不仅有个体,而且组成家族。

与宗教化、神秘化的动物不同,在《聊斋》里,除了一马二豕化为怪异邪恶的人之外(卷十《五通》),驴、犬、羊等家畜一般没有幻化为人的可能。六朝志怪以来,这类动物幻化为人的例子很少。这类动物被人驯养,供人驱使,或被人食用,因为太熟悉,很少被赋予神秘性质和幻变能力。

《聊斋》里,异类化人之后大多显得格外绚丽多姿。狐女胡四姐"年方及笄,荷粉露垂,杏花烟润,嫣然含笑,媚丽欲绝"(卷二《胡四姐》);獐精花姑子"芳容韶齿,殆类天仙"(卷五《花姑子》);猪婆龙(又名鼍,即扬子鳄)化成的西湖公主"年可十四五,鬓多敛雾,腰细惊风,玉蕊琼英,未足方喻"(卷五《西湖主》);鼠精阿纤"窈窕秀弱,风致嫣然"(卷十《阿纤》);白鱀(即白鱀豚)化成的白秋练"病态含娇,秋波

---

① 龚维英:《原始崇拜纲要》,中国民间文艺出版社1988年版,第30页。
② 〔唐〕欧阳询撰,汪绍楹校:《艺文类聚》卷九五引,上海古籍出版社1984年版,第165页。(下引该书均同此版本,除书名及页码外,其他不再另注)。
③ 〔唐〕徐坚等著:《初学记》卷二十九引,中华书局1962年版,第717页。

自流"(卷十一《白秋练》)。有时候，甚至当女子显得"婉妙无比"时，她很可能就因此而被识别为"非人"(卷五《绿衣女》)。六朝志怪的异类也是这样。龟魅化成的女子"形甚端丽"①，或"姿性妖婉"②。獭化采莲女"容色过人"③。大青蚱蜢化为青衣女子，"犹作两髻，姿色甚美"④。但这种美只是妖魅用来迷惑人的手段，其真相一旦被发现，便会遭到毫不留情的抗拒和打击。而《聊斋》里异类的"美"则至关重要。孔生见"娇波流慧，细柳生姿"的娇娜而"嚬呻顿忘，精神为之一爽"(卷一《娇娜》)。窦旭目睹"妙好无双""穷极芳腻"的莲花公主，便"神情摇动，木坐凝思"(卷五《莲花公主》)。对孔生、窦旭来说，娇娜、莲花公主的美足以使人倾倒，至于她们是人还是异类，无足轻重。甚至当胡四姐明确地"自言为狐"时，尚生因为"依恋其美"而"不之怪"(《胡四姐》)。耿去病(卷一《青凤》)、刘洞九(卷三《狐妾》)、于生(卷五《绿衣女》)、刘赤水(卷九《凤仙》)、石太璞(卷十《长亭》)等，都在明知所遇为异类的情况下，追求异类，或与异类和睦相处。"美"成了异类的本质特征，"妖""怪"或"魅"等原本所有的神秘性、恐怖性被消解了。有趣的是，穆生见狐而"大号"，不是"惧其狐"，而是"厌其丑"。丑狐用金钱元宝来弥补外貌的不足，以此维持她与穆生的关系(卷八《丑狐》)。虽然"风雅犹存"，但"年逾不惑"的狐妇人因自己"齿加长矣"而"先自惭沮"，只好将"态度娴婉，旷世无匹"的及笄小女嫁给毕郎以"侍巾栉"(卷五《狐梦》)。原本不美，甚至丑陋的事物，如乌鸦(《竹青》)、猪婆龙(《西湖主》)、鼠(《阿纤》)、蠹鱼(《素秋》)、蟹、蛤蟆(《三仙》)等，也都变成美丽动人、风流潇洒的女子。她们都像毛狐那样，"皆随人现化"(卷三《毛狐》)，以绚丽夺目的姿态出现。有些异类在化为人以前的原形就具有美的形态和观赏价值。绿衣女"绿衣长裙，婉妙无比""腰细殆不盈掬"(卷五《绿衣女》)。这种形态与绿蜂原本的形态非常相似。鹦鹉在幻化为"姿致娟娟"的"二八女郎"以前，就被作为观赏之物而受到甘珏父子的饲养(卷七《阿英》)。孙子楚的家里也曾

---

① 〔宋〕李昉：《太平广记》卷四六九"微生亮"条引《续异记》。
② 〔宋〕李昉：《太平御览》卷九三一引《孔氏志怪》。
③ 〔唐〕欧阳询撰，汪绍楹校：《艺文类聚》卷八二引《幽明录》，第1046页。
④ 〔宋〕李昉：《太平广记》卷四七三"蚱蜢"条引《续异记》。

饲养过鹦鹉（卷二《阿宝》）。

刘敬叔《异苑》记赤苋化为"容质妍净，著赤衣"的丈夫。某女为其所魅，"恒歌谣自得"①。《集异记》载百合花化为"姿貌绝异"的白衣美女，与一书生相会，"交欢结义，情款甚密"。后来书生无意中砍断百合苗一枝，才发现美女实为百合所化，"乃惊叹悔恨，恍惚成病，一旬而毙"②。六朝志怪以后，像这一类由植物幻化为人的例子并不多见。在古人的观念中，植物的生命层次低于动物，因而与人的关系更远。佛教的"六道轮回""五戒"或"养生""放生"观念，只讲人与动物之间的转化以及人对动物生命的爱惜，甚至慈悲及于蚊虱而不杀，也不涉及植物。对动物的兴趣大于植物，是古老而又普遍的倾向。马林诺夫斯基说："使小孩子见雀鸟而喜欢，见动物而注意，见爬虫而畏缩等同一冲动，也使原始人将动物放在自然界底第一列。"由于动物与人有相似之处（会动，会发声音，有感情，有身体与面孔），又由于动物有着比人优越的地方（鸟能飞，鱼能游，爬虫能脱皮，能变换生命，且能避居地内等等原因），"都使动物在野蛮人底世界观里占到特等的地位"③。正因如此，动物与人之间，比植物与人之间，更容易体现"生命一体化"（solidarity of life）的观念，更容易互相转化，变形。植物不能像动物那样具有与人同等的生命层次，因而很少有植物与人之间相互变形的故事。

但在《聊斋》里，植物有了特殊的幻化能力。牡丹花化为"宫妆艳绝"的葛巾，或化为"素衣美人"的玉版（卷十《葛巾》）；牡丹和耐冬化为"艳丽双绝"的香玉和绛雪（卷十一《香玉》）；菊花既化为"丰姿洒落"的少年陶三郎，又化为"二十许绝世美人"黄英（卷十一《黄英》）；红莲化为"姝丽"的荷花三娘子（卷五《荷花三娘子》），等等。《异苑》《集异记》中的"赤苋""百合"都是生长在荒僻之处的野花，幻化为人后常常使人迷惑而死。《聊斋》里的牡丹、耐冬、菊花等都栽植在花园里、庭院中，是为了观赏而存在的。葛良工的闺中和温如春的院里都有菊花（卷七《宦娘》）；婴宁原生活在"丛花乱树"中，嫁到王生家

---

① 〔宋〕李昉：《太平广记》卷四一六"鲜卑女"条引《异苑》。
② 〔宋〕李昉：《太平广记》卷四一七"光化寺客"条引《集异记》。
③ 〔英〕马林诺夫斯基著，李安宅译：《巫术、科学、宗教与神话》，中国民间文艺出版社1986年版，第27页。

后又使"阶砌藩溷,无非花者"(卷二《婴宁》)。《聊斋》正是在欣赏的意义上把植物幻化为人的。由此幻化而来的形象没有赤苋、百合的怪异而神秘的性质,而是像它们幻化为人之前一样令人感到赏心悦目,美妙动人,这些花不是被神秘化了,而是被人格化、拟人化了。

古代诗文有大量的表现树木花草的作品。陶渊明《饮酒》诗:"采菊东篱下,悠然见南山。"白居易《戏题新栽蔷薇诗》咏蔷薇:"少府无妻春寂寞,花开将尔当夫人。"《聊斋》把植物幻化为人,使它们具有与人同等的生命,并与人进行实实在在的交往,这与诗异曲同工。

在六朝志怪里,异类的突然降临常常使人感到迷惑、恐惧或惊慌失措。而在《聊斋》里,异类的出现也许出人意料,但与人的意愿吻合。毕怡庵"每读《青凤传》,心辄向往,恨不一遇,因于楼上摄想凝思"(卷五《狐梦》)。想与狐女幽会,当然不会对狐女的出现感到意外,当然不会惊恐、讶异。常大用"癖好牡丹",为了观赏曹州牡丹,他"典春衣,流连忘返"(《葛巾》)。马子才酷爱菊花,"闻有佳种,必购之,千里不惮"(《黄英》)。以这种心理为基础,异类化人的情景都是奇妙的。《葛巾》说:"怀之专一,鬼神可通,偏反者亦不可谓无情也。"《书痴》(卷十一)说:"好则生魔。"在变形故事传统中,《聊斋》比以往任何作品都更为突出与异类接触的人的主观愿望。

人与异类之间的施恩、报恩也是连接主观愿望与异类出现的一种形式。安幼舆"曾于华山道上买猎獐而放之",獐精于是化为美女花姑子与安生相会,以"报重恩"(卷五《花姑子》)。猪婆龙被副将军"射之中背","锁置桅间,奄存气息",陈弼教"恻然心动,请于贾而释之"。猪婆龙所化妃子为报"再造之恩",将美丽的公主许配给陈生(卷五《西湖主》)。一狐为了报答王太常的"庇翼"之恩,让"仙品"女儿嫁给王太常的痴儿(卷七《小翠》)。这些故事都把异类幻化为人,并接近人的原因归结为人类本身。也就是说,异类之所以化为人,是因为人有恩于异类。异类的出现,不再是"天反时,地反物""群物失性"的反常表现,不是对类别界限的僭越,当然也就不会令人感到意外或惊恐。俞公子发现素秋兄妹为蠹鱼精所化,说:"情之所在,异族何殊焉?"(卷十《素秋》)。马子才正因为黄英姐弟皆为"菊精",而"益爱敬之"(《黄英》)。黄生后悔太迟悟到"香玉乃花妖",感到"怅惋不已"(《香玉》)。虽为异类,但并没有异己的感觉。

当人变异类被理解为人性的堕落时，很少有人甘心于永为异类。与此形成鲜明对比的是，异类化人后，大都希望留在人类中间，只是在被迫的情况下才回归为异类。六朝志怪中的异类不是置人于死地，就是被人伤害而死，或在原形暴露之后悄然离去，人与异类的接触或相处都是暂时的、临时性的。在唐传奇中，即使是"变形事人，非有害也"的狸精鹦鹉也自感"大行变惑，罪合至死"，最后在宝镜的逼迫下，"化为老狸而死"（王度《古镜记》）。感情坚贞、缠绵动人的狐女任氏最终也"为犬所获"，凄惨死去（沈既济《任氏传》）。明代传奇小说中的胡媚娘嫁给萧裕为妾，"事长抚幼，皆得其欢心""躬自纺绩，亲缲蚕丝"。虽然贤良、勤劳，最终也由于是狐精所化，被视为"妖"，被道士用法术"震死阛阓"，并被焚，"瘗之僻处，镇以铁简，使绝迹焉"（《胡媚娘传》，李昌祺《剪灯余话》卷三）。异类不得善终，人与异类分离，一直是变形故事的固定格局。

《聊斋》发生了深刻变化。异类不仅不加害于人，而是希望与人友好相处，希望不受到人的猜疑。湖湘妃子对陈弼教说："勿以非类见疑"（《西湖主》）。白秋练向慕生表示："如以异类见憎，请以儿掷还君"（卷十一《白秋练》）。如果受到猜疑，她们会表现出强烈不满。葛巾因为被疑为"花妖"，"蹙然变色"，"遽出"而去（《葛巾》）。甘玉对阿英的奇异性质有所疑虑，阿英表示："今既见疑，请从此决。"说罢，"化为鹦鹉，翩然逝矣"（卷七《阿英》）。奚山及家人窃疑阿纤"非人"，"求善扑之猫""以觇其异"。阿纤感到被"置之不以人齿"，"蹙蹙不快"，毅然离去。最后奚三郎"思阿纤不衰"，"使人于四途踪迹之"，反复表示不以异类为意，阿纤才回到三郎身边（卷十《阿纤》）。黄英、娇娜、青凤、婴宁、凤仙、红玉、长亭、白秋练等，都像阿纤一样，最终都留在人群之中，不再回归于异类。她们都成了人类社会中的一员，与人保持永久的关系，白亚仁曾在《哈佛东亚学报》说她们是人类社会的新移民，获得了永久居留。阿纤"无甚怪异"，黄英"终老"而"无他异"，异类最终转化成了同类。

异类被同化，是以作者的特定人生态度为基础的。《鸦头》（卷五）称赞狐女"百折千磨，之死靡他"的时候，是以人类作为反衬的："此人类所难，而乃于狐也得之乎？"《花姑子》（卷五）写獐精报答安幼舆的放生之恩，"蒙恩衔结，至于没齿"；言外之意是"人有惭于禽兽者矣"。

《蛇人》（卷一）称赞"恋恋有故人之意"的蛇的同时，不忘讽刺相对比的人，"独怪俨然而人也者，以十年把臂之交，数世蒙恩之主，辄思下井复投石焉；又不然，则药石相投，悍然不顾，且怒而仇焉者，亦羞此蛇也已。"《义犬》（卷九）记述的故事是"报恩如是"的犬，笔锋所指却是"世无心肝者，其亦愧此犬也夫！"《聊斋》对异类的记述几乎都是基于对人类的反讽。作品把异类理想化，并寄托以异类取代人类的理想。《青凤》里的耿生、《狐妾》中的刘洞九、《黄英》中的马子才、《竹青》里的鱼客、《香玉》中的黄生，都在家有妻室的情况下与异类相遇、幽会。他们与异类的关系被写得美艳动人，而身为人类的妻子却相形见绌，逊色，暗淡。有些故事作品干脆让人妻死去，由异类替换，成为归宿。

异类一方面化为人的形态，有人的身材、外貌及性情。另一方面，异类幻化为人之后，仍然保持异类所有的某些特征，从而与现实中的人类区别开来。白鱀化为女子白秋练，嫁到慕生家后，仍然需要曾经生活的洞庭湖水，才能维持生命，"每食必加少许，如用醯酱油"。后来，"湖水既罄，久待不至。女遂病，日夜喘息"。只有等洞庭水至，"浸一时许，渐苏"（卷十一《白秋练》）。由鼠化而来的异类还保持"硕腹"的形态。鼠化而来的阿纤与三郎成亲之后，出人意料地储粟三十余石，后来"日建仓廪""年余验视，则仓中盈矣"，善于积储的"鼠性"没有改变（卷十《阿纤》）。獐化女子花姑子为安生按摩，"安觉脑麝奇香，穿鼻沁骨"。安问："熏何香泽，致侵肌骨？"花姑子答："妾生来便尔，非由熏饰。"（卷五《花姑子》）。葛巾为牡丹幻化而成，其"宫妆艳绝"的外表和"热香四流""无气不馥"的特性仍然暗合牡丹花的富艳、芬芳。她和玉版所生的儿子被掷于地，"堕儿处生牡丹二株，一夜径尺"（《葛巾》）。陶三郎为菊精所化，酒醉倾倒，"即地化为菊，高如人，花十余朵"（《黄英》）。这些特征都使他们不致与现实中的人类相混淆。各种异类化为人后，虽然"多具人情，和易可亲"，非但没有使人"忘为异类"[①]，而是使人不忘其为异类。

[①] 鲁迅：《中国小说史略》第二十二篇，人民文学出版社1973年版，第179页。

《聊斋志异》的鬼故事

一

中国的鬼故事不仅多，而且很早就有。《易·睽·上九》："见豕负涂，载鬼一车，先张之弧，后说之弧。"这可能就是鬼故事。从六朝干宝、刘义庆到宋代大才子苏轼，对鬼故事的兴趣绵延不断。《聊斋志异》也有大量的鬼故事。蒲松龄《聊斋自志》说："才非干宝，雅爱搜神；情类黄州，喜人谈鬼。"《梅女》（卷七）、《薛慰娘》（卷十二）、《王六郎》（卷一）、《晚霞》（卷十一）、《祝翁》（卷二）、《牛成章》（卷七）、《王兰》（卷一）、《耿十八》（卷二）、《李伯言》（卷三）、《聂小倩》（卷二）、《巧娘》（卷二）、《章阿端》（卷五）、《伍秋月》（卷五）、《宦娘》（卷七）、《小谢》（卷六）等，都是鬼故事，或是与鬼有关的故事。

鬼观念的产生基于形与神（或精、精神）的二元生命观。《管子·内业》说："人之生死，天出其精，地出其形，合此以为人。"《淮南子·原道训》云："精神者，所受于天也，而形体者所禀于地也。"天与地的二元结构引申出形与神的二元生命结构。司马谈论形与神之关系："凡人所生者神也，所托者形也"，"神者生之本也，形者生之具也"[1]。身体是容器或载体，神或精神则是寄居其中的主人。形与神结合是生，两者的分离则是死。死亡是形体的消亡，而神是不会死的；神与形分离之后，转化为鬼或鬼魂，"精神升天，骸骨归土，故谓之鬼。"[2]

形体可触可感，神或灵魂则是无形的，看不见、摸不着的。王充说："神者，荒忽无形者也。"[3] 在世界许多原始民族的观念中，"灵魂是一种

---

[1] 〔西汉〕司马迁：《史记·太史公自序》，引自韩兆琦选注《史记注集说》，江西人民出版社1982年版，第54页。

[2] 〔东汉〕王充：《论衡·论死》，上海人民出版社1974年版。（下引该书均同此版本，除书名及页码外，其他不再另注）。

[3] 〔东汉〕王充：《论衡·论死》。

稀薄的没有实体的人形，本质上是一种气息，薄膜或影子"①。离开了躯体、由神转化而来的鬼是神秘的，不可见的。《淮南子·泰族训》云："夫鬼神，视之无形，听之无声。"在《聊斋》里，长清某僧死后，"魂飘去，至河南界"（卷一《长清僧》）。李氏鬼魂也像一股轻烟，"随风漾泊""昼凭草木，夜则信足浮沉"（卷二《莲香》）。叶生"见灵柩俨然"而意识到自己已死时，其鬼魂"扑地而灭"（卷一《叶生》）。吕无病"倒地而灭"，孙公子"始悟其为鬼"（卷八《吕无病》）。

因此，鬼常常被想象成这样：其一，鬼无体重。宋定伯"担鬼"时，鬼"略无重"；而鬼担宋定伯时，却因为他"太重"而说他"不是鬼"。宋定伯骗鬼说，"我新鬼，故身重耳"（《搜神记》卷十六②）。鬼化为书生进入许彦的鹅笼，"笼亦不更广，书生亦不更小"，许彦背鹅笼却"都不觉重"（吴均《续齐谐记》）。其二，鬼无血液。在《聊斋》里，某公以齿咬鬼，"但觉血液交颐，湿流枕畔"；鬼"飘然遁去"之后，"相与检视，如屋漏之水"（卷一《咬鬼》）。女鬼湘裙以针刺腕，"血痕犹显"，这从反面证明鬼通常是没有血的，而湘裙不同于一般的鬼（卷十《湘裙》）。其三，鬼无影子。吴江王不相信阿端与晚霞"夫妇皆鬼"，"验之无影而信"（卷十一《晚霞》）。王氏与亡夫鬼魂相会而生子，人皆不信，由此引起一场官司。邑令曰："闻鬼子无影，有影者伪也。"于是"抱儿日中，影淡淡如轻烟然"，"群疑始解"（卷五《土偶》）。

灵魂离开躯体、变成鬼魂之后，本来无形无声的鬼魂必须有所凭借才能被感觉到，才能"视之有形，听之有声"。王兰的鬼魂依附在张某身上而四处活动（卷一《王兰》），杜翁鬼魂则通过儿妇之口而言及冥中之事（卷四《鬼作筵》）。因为这种"形"与鬼魂不是固定的，鬼魂可以随时离开形体而去，或者随着鬼魂的消失，它所呈现的形相也无影无踪。时隐时显，变化不定，被想象为鬼魂的突出特点。宦娘暗中向温如春学习弹琴，"其声哽涩"；温如春"爇火暴入，杳无所见"（卷七《宦娘》）。连琐在黑夜里"反复吟诵，其声哀楚"；天明后，杨于畏视墙外，"并无人迹"，因而"悟其为鬼"（卷三《连琐》）。《述异记》说黄父鬼"长短无

---

① ［英］泰勒：《原始文化》，转引自［法］列维-布留尔著，丁由译《原始思维》，商务印书馆1987年版，第74页（下引该书同此版本，除书名及页码外，其他不再另注）。

② 见〔宋〕李昉《太平广记》卷三二一"宋定伯"条引《列异传》。

定，随篱高下"，"常隐其身，时或露形。形变无常，乍大乍小"。

在中国文化史上，对鬼的信仰由来已久。甲骨文中也多有鬼字。《礼记·表记》载："夏道遵命事鬼敬神"，"殷人尊神，率民以事神，先鬼而后礼"；"周人尊礼尚施，事鬼敬神而远之"（《礼记·表记》）。甚至还有专门祭祀鬼神、在人与鬼之间传递信息的巫祝和史官。《左传·襄公二十七年》："祝史陈信于鬼神。"《周礼·春官宗伯》载："大宗伯之职，掌建邦之天神、人鬼、地祇之礼，以佐王建保邦国。"可见鬼信仰在古代中国的重要性。

同样重要的是，对鬼的质疑也早就出现。季路问事鬼神。孔子曰："未能事人，焉能事鬼？"曰："敢问死？"曰："未知生，焉知死？"（《论语·先进》）。既然死后属于未知领域，鬼之有无就永远没有答案。王充说："人之所以生者，精气也，死而精气灭。能为精气者，血脉也。人死血脉竭，竭而精气灭，灭而形体朽，朽而成灰土，何用为鬼？"他说，开天辟地以来，死人远远多于活人，如果"人死为鬼"，就会"一步一鬼"，遍地都是，"宜见数百千万，满堂盈庭，填塞巷路，不得徒见一两人也"①。晋人阮瞻、唐人林蕴都曾作过《无鬼论》，《聊斋》里的陶望三作过《续无鬼论》（《小谢》）但最终都受到鬼的揶揄，甚至羞愧而死。对鬼的信与不信，相反而又相成，两方面不是截然对立的，而是相互依存的。

问题的关键不在于鬼之有与无，而在于：为什么会有鬼的观念？鬼属于信仰问题，是特定思维方式的产物，不属于实证问题。自有人类以来，始终存在并行不悖的两种思维方式，一种是逻辑的，物理的；另一种是原逻辑的，或称超逻辑的。对逻辑思维来说，外部世界可为主体所认识，有着不依赖于主体的客体规律，所以某种现象或事物，是可以反复验证的。但对原逻辑思维来说，"他感知的客体的存在，丝毫也不决定于是否能够用我们叫作经验的那种东西来证实；而且，一般说来，正是触摸不到的和看不见的东西他才认为是最实在的东西"②。鬼作为人死之后灵魂的转化形态，就是这种看不见摸不着而又被理解为实实在在的东西。尽管最初产生鬼观念的时代早已过去，但这种思维方式仍然延续下来。它保持在佛

---

① 〔东汉〕王充：《论衡·论死》。
② 〔法〕列维-布留尔：《原始思维》，第294页。

教、道教及各种民间信仰和风俗中，也保存在六朝以来的志怪传统中。不管是否真的相信鬼，《聊斋》里众多鬼故事都是以这种思维方式为基础的。

二

鬼是由死者转化而来的。《礼记·祭法》曰："人死曰鬼。"又曰："众生必死，死必归土，词谓之鬼。"因此，分析鬼故事，必须分析死亡。

马林诺夫斯基说："人与死在面对面的时候，永远有复杂的二重心理，有希望与恐惧交互错综着。一面固然有希望在安慰我们，有强烈的欲求在要求长生，而且轮到自己又不肯相信一了百了；然而同时在另一面又有强有力的极端相反的可怖畏的征兆。"[①] 恩斯特·卡西尔说："对死亡的恐惧无疑是最普遍最根深蒂固的人类本能之一"，所以一方面，"神灵一类的东西总是包含着一个恐惧的成分"；另一方面，"即使在最早最低的文明阶段中，人就已经发现了一种新的力量，靠着这种力量他能够抵制和破除对死亡的畏惧。他用以与死亡相对抗的东西就是他对生命的坚固性、生命的不可征服、不可毁灭的统一性的坚定信念"[②]。

对死亡的双重心理体现在丧葬等仪式或风俗中。人们认为，刚刚死去、尚未被埋葬的尸体是非常危险的，它可以从灵床上揭衾而起，向活着的人吹气，使活着的人死去（卷一《尸变》）。埋葬死者就是因为"害怕那些由于死亡的'偶然事件'被排除于社会生活以外的人，从他们'伪装'为无能为力的状态下设法回来，以恐吓或伤害那些比他们长命的人"[③]。埋葬死者就是为了把死者从活人中排除出去并加以控制。即使在埋葬以后，如果死者的坟墓受干扰，他们也会感到不安，甚至加以报复。戴堂带人在祖先戴潜的坟旁掘井采煤，坟墓受到"震动"，死者"不安于夜室"，"决地海之水"，淹死了掘井的四十三人（卷十《龙飞相公》）。某大姓把宅第建在坟上，"上有生人居，则鬼不安于夜室"，所以"白昼见鬼，死亡相继"（卷五《章阿端》）。聂鹏云的妻子死后，其鬼魂显形，

---

① [英] 马林诺夫斯基，李安宅译：《巫术、科学、宗教与神话》，中国民间文艺出版社1986年版，第33页。
② [德] 恩斯特·卡西尔：《人伦》，第110、111页。
③ [德] 利普斯著，汪宁生译：《事物的起源》，四川民族出版社1982年版，第388页（下引该书均同此版本，除书名及页码，其他不再另注）。

大骂新妇。术人"削桃为杙,钉墓四隅"后,"其怪始绝"(卷八《鬼妻》)。世界上许多民族在坟上压石头,或给死者戴上足铐,或者在死者棺材上钉铁钉,都源于这种恐惧。

埋葬死者又是因为相信并希望死者继续活着,从而为死者提供永久的栖居之所。早在山顶洞人时期,人们就带着这种信念来埋葬死者。他们在死者身旁撒上象征血和生命的红色铁矿粉,表示对死而复生的希望。在《聊斋》里,公孙九娘的鬼魂请求莱阳生将其遗骨"归葬墓侧",就是为了"使百世得所依栖,死且不朽"(卷四《公孙九娘》)。正因为这样,陈锡九为了安葬亡父,可以不惜耗尽家财,"合厝既毕,家徒四壁"(卷八《陈锡九》)。

恐惧的另一个原因是对死的无知。福斯特说,死亡像出生一样,"既是经验又不是经验,我们只能从别人口中了解。我们都出生过,但没人能回忆出生时的情景。死亡呢,它跟出生一样是要降临的,但我们同样对它一无所知"[1]。孔子所谓"未知生,焉知死",是同样的意思。未知常常意味着恐惧。

由于恐惧,死亡不是被看作自然变化的结果,而常常被看作某种神秘力量所造成的结果。在穆甘达人(Muganda)的意识中,"不存在来源于自然原因的死亡。死亡和疾病一样乃是什么鬼的影响的直接结果"[2]。在《聊斋》里,《尸变》(卷一)中的客贩、《喷水》(卷一)中的太夫人和两个婢女、《画皮》(卷一)中的王生、《聂小倩》(卷二)中的兰溪生等,都是被鬼伤害而死的。《山魈》(卷一)中的孙翁、《咬鬼》(卷一)中的某翁、《庙鬼》(卷一)中的王启后等,则在同鬼进行抗争后而免于一死。《蛇中怪》(卷一)叙一大鬼屡犯安翁,安翁倒地后,"龁其额而去"。安翁"昏不知人。负至家中,遂卒"。也正是由于对死亡的恐惧,象征死亡之力的鬼总是被想象得阴森恐怖,或"面似老瓜皮色,目光睒闪";"张巨口如盆,齿疏疏长三寸许"(卷一《山魈》);或"面翠色,齿巉巉如锯"(卷一《画皮》)。

这种恐惧心理还给死者本身赋予了最危险的性质。《水莽草》(卷二)载俗传误中水莽毒的人即为水莽鬼,"必再有毒死者,始代之"。《商妇》

---

[1] [英] 爱·摩·福斯特著,苏炳文译:《小说面面观》,花城出版社 1984 年版,第 41 页。
[2] [法] 列维-布留尔:《原始思维》,第 268 页。

(卷七）记某少妇自尽而死后，其鬼魂来到某商妇房中，"手引长带一条，近榻授妇，妇以手却之。女固授之，妇乃受带，起悬梁上，引颈自缢"。"暴死者必求代替"的"俗传"，就是死亡恐惧的折射。《王六郎》（卷一）中的王六郎和《水莽草》中的祝生本来分别由另一人来代替他们的死亡，但由于他们的恻隐之心而放弃了被代替的机会。王六郎和祝生被赋予慈悲、同情之心，从而抵消了对死者的恐惧。

死者的危险进一步延伸为对不忠妻子或丈夫的惩罚或对作恶者的报复。牛成章亡后，其妻郑氏"改醮"，被亡夫鬼魂"摘耳顿骂"，"以口龁其项"，郑氏因此而死（卷七《牛成章》）。金生色死后，其妻木氏与董贵私通，"闻棺木震响，声如爆竹"。只见亡者"自幛后出，带剑入寝室去"，"捽妇发"（卷五《金生色》）。梅女被某典史诬陷而死后，"衔恨已久"。某典史见到梅女鬼魂，吓得"张皇鼠窜而去"，"患脑痛，中夜遂毙"（卷七《梅女》）。窦氏被南三复抛弃之后，其鬼魂不仅使南三复新娶的大家女子缢死于树上，而且借尸还魂，使南三复所娶的曹氏女子"神情酷类窦女"，南三复因而"骇极"，"心中作恶"，最后被官府判处死刑（卷五《窦氏》）。

鬼魂信仰是"由于一种否认个人毁灭的深刻需要而产生的"[①]。《聊斋》里的鬼常常表达出对个人毁灭的否定意识。死后的九娘"追述往事，哽咽不成眠"，并且发出"昔日罗裳化作尘，空将业果恨前身""忽启镂金箱里看，血腥犹染旧罗裙"的悲叹（卷四《公孙九娘》）。死后的林四娘击节而歌，"唱伊凉之调，其声哀婉"（卷二《林四娘》）。《鬼哭》（卷一）中，受谢迁之变的牵连而死的鬼魂大声哭喊"我死得苦"。"舟覆而没"的田子成吟诵："满江风月冷凄凄，瘦草零花化作泥"（卷十二《田子成》）。"暴疾殂谢"的连琐吟诵："玄夜凄风却倒吹，流萤惹草复沾帏"（卷三《连琐》）。

由于相信死后继续活着，从六朝志怪以来，鬼不仅像生前一样需要衣食，而且像生前一样有男女之情。《幽明录》载新死鬼因饥饿而"形疲瘦顿"；为了谋取食物，先后为他人磨麦和舂谷。某家以"甘果酒食"祀之，鬼"大得食"[②]。在《聊斋》里，王六郎与许某一饮数杯，酒量并不

[①] ［英］马林诺夫斯基著，费孝通等译：《文化论》，中国民间文艺出版社1987年，第76页。
[②] ［宋］李昉：《太平广记》卷三二一"新鬼"条。

比一般人小。《鬼作筵》（卷四）说冥间不仅有宴会，而且"丰满，诸物馔都复器外"。《章阿端》（卷五）说戚生与亡妻鬼魂相会，"款若平生之欢"。聂小倩（卷二）、巧娘（卷二）等鬼女都像活着的人一样与人间男子做爱，并且生下儿子。马氏亡后，继续与妻王氏"燕好如平生"，所生子"无一不肖马者"（卷五《土偶》）。这些故事像六朝志怪中的谈生与鬼女①、卢充与崔少府的亡女②等一样，生命不仅以鬼魂的形式继续存在，而且通过新生命的诞生而延续下来。

生命的连续性进一步扩展为现实世界与冥间世界的衔接。死后所生活的地方也有房屋、村落：河间徐生随老叟来到一所宅第，"沤钉兽环，宛然世家"，蒋南川的夫人、儿子及婢女爱奴死后就住在这里（卷九《爱奴》）。莱阳生随朱生进入冥间，"北行里许，有大村落，约数十百家"。至一宅第，"见半亩荒庭，列小室二"，"室中灯火荧然"（卷四《公孙九娘》）。晏伯一家在冥间的庐落虽不豪华，然"亦复整顿"。他与妻妾儿女住在一起，隔壁住着死去了的葳灵仙（卷十《湘裙》）。这里也有城郭集市：王鼎随伍秋月进入冥中，"见雉堞在杳霭中；路上行人，如趋墟市"（卷五《伍秋月》）。

由生到死在时间上的延续转化为人间与冥间在空间上的接壤，死亡过程因而被表现为由人间到冥间的旅行。祝翁病卒，起程去冥间，"拼不复返"。但"行数里"之后，转思老伴"在儿辈手，寒热仰人，亦无复生趣"，所以又回阳世，邀老伴同往冥间（卷二《祝翁》）。耿十八"病危笃"，与妻子诀别之后，"出门，见小车十余辆，辆各十人，即以方幅书名字，黏车上。御人见耿，促登车"。耿听车上人所言"悉阴间事"，始悟自己已为"鬼物"。由于冥间被想象为与人间相邻的另一个地方，不管是死者还是生者，都可以在两者间往来，所以，当他想到"老母腊高""缺于奉养"，竟然在东海匠人的帮助下逃回人世。二人急奔，"不敢少停，少间，入里门"，"蓦睹己尸，醒然而苏"（卷二《耿十八》）。廉生住在冥间刘夫人家里，又用刘夫人资助的银两回到阳世做生意（卷九《刘夫人》）。河间徐生在冥间坐馆做塾师，死后的爱奴也可以随徐生来到阳

---

① 见〔宋〕李昉《太平广记》卷三一六"谈生"条引《列异传》，又见《搜神记》卷十六。
② 《世说新语·方正篇》刘孝标注引《孔氏志怪》，徐震堮：《世说新语校笺》，中华书局1984年，第168页。又见《搜神记》卷十六。

世（卷九《爱奴》）。王鼎先后两次进入冥间，分别救出了亡兄王鼐和亡者伍秋月（卷五《伍秋月》）。晏仲也曾几次进入冥间，并且把鬼女湘裙娶来阳世，同时带回侄儿，湘裙和侄儿从此在阳世长居下来（卷十《湘裙》）。冥间与人间的相通消除了生与死的隔绝感。在这里，"没有不可逾越的深渊把死人与活人隔开。相反的，活人经常与死人接触"①。

世界许多民族都有关于死亡起源的神话。东非班图部落的神话说，天上老人创造了人类之后，让织巢鸟告诉人类："人死后还能再生。"但织巢鸟却撒谎说："人死将像芦根一样毁灭。"从此人必须死，而且不能再生②。死亡起源的神话实际上意味着，在人类意识到死亡之前，死亡被认为是不存在的。中国古代没有这一类神话。但在上古神话中，生与死之间也不是根本对立的。"颛顼死即复苏"（《山海经·大荒西经》）；刑天被黄帝断首之后，"乃以乳为目，以脐为口，操干戚以舞"（《山海经·海外西经》）。死亡并不意味着生命的结束。鲧死后化为黄熊，炎帝之女死后化为精卫鸟，像盘古"垂死化身"、身体各部位化为山川草木一样，生命继续以另一种形式存在着。不仅死后所化之物与死前生命具有同质性，而且死后仍像生前一样存在于同一空间。生与死的一体性使得中国上古神话没有壁垒分明的死后世界，没有天堂与地狱的差别。正如卡西尔所说的那样，神话思维"对生命的不可毁灭的统一性的感情是如此强烈，如此不可动摇，以致到了否定和蔑视死亡这个事实的地步"；"在某种意义上说，整个神话可以被解释为就是死亡现象的坚定而顽强的否定"③。六朝志怪一方面表现了生者与死者的交往，另一方面又明确意识到生与死的差别。蒋济亡儿曾说："死生异路"。韩重与紫玉也是"死生异路"。生者与死者最终不能突破人间与冥间的界限。但在《聊斋》里，生者与死者相处，冥间与人世并存，生者可以进入冥间，死者也可以来到活人中间。在某种意义上说，《聊斋》实现了向上古神话的回归。

三

冥间观念早在先秦已开始出现。《左传·隐公元年》记郑庄公曰：

---

① ［法］列维－布留尔：《原始思维》，第294页。
② ［德］利普斯：《事物的起源》，第371页。
③ ［德］恩斯特·卡西尔著：《人论》，第107页。

"不及黄泉，无相见也。"《楚辞·招魂》曾提到"幽都"。但黄泉、幽都的具体情形究竟怎样，各种典籍语焉不详。汉以后，冥界逐渐扩大、完善，出现了组织化、系统化的冥府——泰山，及其最高主宰者——泰山府君。《后汉书·乌桓列传》说："中国死者魂神归岱山也。"汉乐府古辞《怨诗行》云："齐度游四方，各系泰山录，人间乐未央，忽然归东岳。"有的文献则更具体地说死者鬼魂归于泰山脚下的蒿里山。《汉书·武帝纪》载："太初元年，檀蒿里。"颜师古注："死人之里谓蒿里，或呼为下里者也，字则为蓬蒿之蒿。或者见泰山神灵之府，高里山又在其旁，即读以高里为蒿里。"汉乐府古辞《蒿里》云："蒿里谁家地？聚敛魂魄无贤愚。鬼伯一何相催促，人命不得少踟蹰。"鬼魂汇聚到泰山或泰山脚下的蒿里山，被太山君召集到一起并被统治起来。《博物志》卷一引《援神契》曰："太山，天帝孙也，主召人魂。"《三国志·魏志·管辂传》曰："太山治鬼。"《云笈七签·五岳真形图序》曰："东岳太山君，领群神五千九百人，主治死生，百鬼之主帅也。"《聊斋》记某布客遇鬼隶持牒前往长清勾摄将死者，自称"蒿里山东四司隶役"（卷五《布客》）。

佛教传入中国以后，冥间世界开始有了地狱及其主宰者阎罗王。阎罗王亦称"阎摩王"或"阎王""冥王"，源于梵文 Yamaraja，印度古神之一，原意为"地狱的统治者"或"幽冥界之王"。《地狱经》说："阎罗大王者为毗沙国王，与维陀始王共战，兵力不加，因立誓愿，愿我后生为地狱狱主，治此罪人。"到唐末，佛教开始有了十殿阎王的说法。十王分居地府十殿，各司其职。其中阎罗王名声最大。道教关于鬼城酆都的信仰中也出现了阎罗王。南朝梁陶弘景在《真诰阐幽微》中谈到鬼都罗酆山时说："此北酆鬼王决断罪人处，其神即应是经呼为阎罗王所住处也，其王即今北阴大帝也。"地狱的统治者已不再像泰山冥府那样主宰一切人的生死，而是根据人在阳世的善恶来判定人的死生，以此决定赏罚。

无论是泰山府君还是地狱阎王，他们都作为超然力量而对人类命运施加影响。鬼隶鬼卒具体执行冥府主宰者的使命，体现冥府主宰者的意志。《搜神记》载二鬼隶来到徐泰床头，出簿书示曰："汝叔应死。"（卷十六）这是较早关于生死簿的故事。《夷坚丙志》卷三说生死簿"如黄纸微浅碧"，其上都是将死者的姓名。生死簿上记载每个人的生死寿数，冥府主宰者即据此派鬼卒拘捕死期将至的人。《聊斋》卷十一《鬼隶》记城隍神管下二鬼隶"以公文投东岳"，并说："济南大劫，所报者，杀人之名数也。"不久,果然"北兵大至,屠济南,扛尸百万"。对死亡的恐惧被投射到决定生死的冥府,冥府及其主宰者因而常常显得威严、阴森、不可抗拒。

尽管如此,人们还是企图改变不能主宰的死生。某布客死期已至,鬼隶按照生死簿上的名单前来索取性命。但"渐渍与语,遂相知悦。屡市餐饮,呼与共啜""出涕求救"后,鬼隶竟把不可泄露的天机泄露给了布客,让他"建桥利行人";其善行被"上报城隍,转达冥司",冥司"谓此一节可延寿命";最终"牒名已除",布客得以免除一死(卷五《布客》)。宋焘在将死之际,想到"老母七旬,奉养无人",冥王"推仁孝之心,给假九年","卒已三日"的宋焘又活了过来(卷一《考城隍》)。华公已在生死簿上被注定于某日"以肉身归阴",因"念母老子幼,泫然涕流",上帝特为他"委折原例",华公因而有了"回阳之机"(卷四《酆都御史》)。杜九畹妻本应"即死",已有四个鬼卒前来勾魂;但由于已在冥间的杜翁"万端哀乞","甫能得允遂"(卷四《鬼作筵》)。

在六朝志怪中,章沉被录到天曹,因为"天曹主者是其外兄",所以被"断理得免"。另一女子秋英在冥间脱金钏一只及臂上杂宝,托章沉转送天曹主者,也得到赦免。两人同行回到阳间,各自复苏。① 二鬼卒按死亡名单前来勾取徐隗,其侄徐泰"叩头祈请",鬼卒便强逼姓名相近的张隗代替徐隗。② 又有鬼卒奉冥司之命前来结束某门生的生命,门生"请乞酸苦",鬼卒便将铁鉴安在相貌相似的某都督头上,某都督"食顷便亡",某门生却死里逃生(《搜神记》卷十六)。冥间主宰者及其使者受贿或碍于情面而不照章办事,甚至张冠李戴,嫁祸于他人,并不被视为贪赃枉法或不近情理,因为他们象征着超然的力量来执行结束生命的任务,人向他们求情或行贿实际上是求生本能的戏剧化体现。通过种种方式使冥间主宰者或其使者推迟或取消了注定的死亡,使他们显得可亲可近,从而克服了对冥间、亦即对不可抗拒的死亡的畏惧。

克服对冥府的恐惧的另一种信念是,冥间主宰者不仅结束人的生命,而且也给人赐予生命。在上述例子中,人进入冥间后又被释放还阳,或者与勾魂鬼卒打了照面后又被允许活了下来,这实际上意味着一次新生。在

---

① 〔南朝·宋〕刘敬叔撰,范宁点校:《异苑》中华书局1996年版。
② 〔晋〕干宝,汪绍楹校注:《搜神记》卷十,中华书局1979年版。

《林四娘》（卷二）中，林四娘本来已经死去，但冥王因为她"生前无罪"，而且"死犹不忘经咒"，所以让她转生王家。在《土偶》（卷五）中，马某已死，其妻王氏不愿再嫁，"以死自誓"。冥司因王氏"苦节"，让亡夫鬼魂与她相会，使她怀孕生子，以承"祧绪"。赐给人的生命与"主召人魂"相反相成，折射出人对冥府既恐惧又崇拜的双重心理，其实质也就是对死亡的恐惧和对生命不朽的渴望。有趣的是，不仅作为超然力量的冥间主宰者及鬼卒可通人情，而且，有时候，他们直接就是由现实中的人来担任的。李伯言（卷三《李伯言》）、李中之（卷三《阎罗》）、徐公星和马生（卷六《阎罗》）、魏经历（卷七《阎罗薨》）等人都在冥间担任过阎罗之职。与李中之同邑的张生则在冥间担任过阎罗的属曹。圉役马成也曾经"走无常，常十数日一入幽冥，摄牒作勾役"（卷四《碁鬼》）。任期满后，他们又很快回到人间。李久常（卷五《阎罗》）、邵生（卷七《阎罗宴》）虽然没有担任冥职，但他们帮助过冥王，所以都受到阎王的礼遇和款待。

四

有人认为，秦汉时代与魏晋六朝有着不同的生命观念。前一时期相信神仙，世人若是服了不老之药，就能长生不死。秦皇、汉武帝就是这种信念的代表。后一时期则相信人都不免死亡，神仙不可求。曹丕诗："彭祖称七百，悠悠安可原。老聃适西戎，于今意不还。王乔虚假辞，赤松重空言。达人识真伪，愚夫好妄传。"（《折杨柳行》）曹植说，神仙之事，"经年累稔，终无一验"（《辩道论》）。秦始皇、汉武帝求长生而不免一死，后人因而从求仙的迷梦中醒觉。秦汉时期，"人们对长生不老既然充满希望，于是很少去想死后种种；换句话说，很少谈鬼"；但在魏晋六朝时期，既然长生绝望，人都要死，于是只好转过头来想想死后种种了"①。由热烈信仰到怀疑、不信，这是合乎逻辑的变化。

《聊斋》中的许多作品都涉及死者以及死者所生存的幽冥世界，这也是普遍的时代意识的折射。谢迁之变后，"城破兵入，扫荡群丑，尸填

---

① 叶庆炳：《魏晋南北朝的鬼小说与小说鬼》，见卢兴基选编《台湾中国古代文学研究文选》，人民文学出版社1988年版第242－244页（下引该书均同此版本，除书名及页码外，其他不再另注）。

埠，血至充门而流"（卷一《鬼哭》）。于七一案中，"连坐被诛者，栖霞、莱阳两县最多。一日俘数百人，尽戮于演武场中。碧血满地，白骨撑天"（卷四《公孙九娘》）。"北兵大至，屠济南，扛尸百万"（卷十一《鬼隶》）。这些记述与洪昇《一夜》诗所谓"新鬼哭愈痛，老乌啼不休。国殇与家难，一夜百端忧"①，遥相呼应。从某种意义上说，《聊斋》中的鬼魂世界实际上也是这种时代心灵的反映。从深层次上看，对鬼魂及冥间的恐惧和崇拜实质上是对死亡的恐惧与对生命不朽的渴望，这种情感是人类最基本的情感之一。自人类产生以来就有了这种情感，只要人类存在，这种情感就不会消失。

在《聊斋》里，死亡不是在生命完结的意义上，而是在象征的意义上来表现的。有时，它象征着摆脱现实羁绊，是通往人生理想的必经之路。鲁公女死后，张于旦祝曰："生有拘束，死无禁忌，九泉有灵，当珊珊而来，慰我倾慕"。生前被各种规范所约束，死后的鬼魂则可以"不避私奔之嫌"，来与张生"共欢好"（卷三《鲁公女》）。范十一娘通过死而摆脱了她与某绅之子的不合理婚姻，实现了她与孟安仁的婚姻愿望。李三娘向孟生祝贺"姻好可就"，并说："我所谓就者，正以其亡。"（卷五《封三娘》）连城也只有通过死来取消她与王化成的婚期，并与心上人乔生相会；复生后又迫于官府压力，被判归王家为妇，她只好打算再死一次，"带悬梁上"，使得王家不得不将她送回（卷三《连城》）。死亡本身不是目的，而是一种途径，所以死后可以复生，这与汤显祖的《牡丹亭》属于同一观念。但在《聊斋》里，章阿端说："情之所钟，本愿长死，不乐生也"（卷五《章阿端》）。李氏还魂之后感到："人也不如其鬼"（卷二《莲香》）。乔生（《连城》）、祝生（卷二《水莽草》）、王生（卷十二《锦瑟》）等，也都"不以有生为乐"，都感到"地下最乐"，因而"乐死不愿生"。把死作为归宿，是《聊斋》里许多故事的突出特征。

由死者变化而来的鬼魂形象不仅体现了生命连续性的观念，而且具有比现实中的人更高的生命。聂小倩"端好是画中人"（卷二《聂小倩》）；章阿端"神情婉妙""对烛如仙"（卷五《章阿端》）；公孙九娘"笑弯秋月，羞晕朝霞，实天人也"（卷四《公孙九娘》）；晚霞"年十四五已来，振袖倾发，作散花舞；翩翩翔起，衿袖袜履间，皆出五色花朵，随风扬

---

① 见〔清〕洪昇《稗畦集》，古典文学出版社1957年版，第57页。

下，飘泊满庭"（卷十一《晚霞》）。连琐、伍秋月、梅女、小谢、秋容、宦娘、吕无病、湘裙等，或有非凡的容貌，或有动人的诗情，或有高雅的音乐才能；或活泼天真，或朴实沉稳，都因为是由死者变化而来的鬼魂，而使她们显著区别于人间女子。《吕无病》（卷八）中鬼妻吕无病与王天官女构成鲜明对比，后者骄横凶暴，而前者温柔善良。林四娘则在陈公夫人的反衬下，令人吃惊地感到"人世无此妖丽"（《林四娘》）。《湘裙》中的晏仲和《巧娘》中的傅廉，或感到世间女子"略不称意"，或不愿"论婚于世族"，都对死者所变的鬼魂一往情深，甚至用"古人亦有鬼妻"来作辩护。《公孙九娘》《伍秋月》《小谢》《梅女》等作品则干脆让男主人公的妻子死去，由鬼女取而代之。作品之所以倾注满腔热情来刻画这些鬼女，是因为在作者看来，人不如鬼魂。《聊斋自志》说："惊霜寒雀，抱树无温；吊月秋虫，偎阑自热。知我者，其在青林黑塞间乎？"在冥间寻觅知己，把死后世界视为理想归宿，这使《聊斋志异》不同于一般意义上的谈狐说鬼，而是带有浓郁的生命悲剧意识。

　　从六朝志怪以来，死者鬼魂除了开棺复活或投胎转世之外，在人类面前的出现都是暂时的。曹丕《列异传》记一美女来与谈生相会，"为夫妻，生一儿，已二岁"，被发现为死者的鬼魂之后，不得不离别而去①。这是人鬼恋爱模式的最早例子。六朝志怪中的同类故事全都如此。叶庆炳归纳女鬼的爱情三部曲："第一部，是由女鬼毛遂自荐。第二部，是两情相好，遂同寝处。第三部，分离。"② 鬼魂以离去告终，这是鬼故事的固定格局。唐传奇中的《李章武传》③《唐晅》④《曾季衡》⑤ 等，虽然其中的鬼女凄艳动人，但都以分离为结局。在这些故事中，鬼始终带有神秘色彩，始终具有与人之间的隔膜感。这种格局在《聊斋》里也被颠覆了。巧娘（卷二）、湘裙（卷十）、戚生的妻子（卷五《章阿端》）、晚霞与阿端（卷十一《晚霞》）等，既未复活或投生，也未离人而去，而是在人间定居下来并成为人间的一员。他们具有比人更美丽的品质而又始终以鬼魂身份存在着，因而与现实中的人区别开来。鬼魂本身具有的神秘性褪色

---

① 〔宋〕李昉：《太平广记》卷三一六"谈生"条。
② 叶庆炳：《魏晋南北朝的鬼小说与小说鬼》。
③ 〔宋〕李昉：《太平广记》卷三四〇"李章武"条。
④ 〔宋〕李昉：《太平广记》卷三三二"唐晅"条引《幽通记》。
⑤ 〔宋〕李昉：《太平广记》卷三四七"曾季衡"条引《传奇》。

了，他们成了特定人生理想的寓意化形象。

在《聊斋》里，死亡还是人性净化和升华的必经之路。汤公"抱病弥留"之际，"忽觉下部热气，渐升而上；至股则足死；至腹则股又死；至心，心之死最难。凡自童稚以及琐屑久忘之事，都随心血来，一一潮过。如一善，则心中清净宁贴；一恶，则懊恼烦躁，似油沸鼎中，其难堪之状，口不能肖似之……直待平生所为，一一潮尽，乃觉热气缕缕然，穿喉入脑，自顶颠出，腾上如炊，逾数十刻期，魂乃离窍，忘躯壳矣"。经过这一反省之后，冥间帝君说他："汝心诚正，宜复有生理。"汤公于是带着纯正的善心而复生，"霍然病已"（卷三《汤公》）。在《僧孽》（卷一）和《阎王》（卷五）中，某僧和李久常的嫂子虽然没有死去，但却是通过冥罚，实际上也就是通过死亡而意识到自己的罪恶的。某僧"大骇，乃戒荤酒，虔诵经咒"，股上脓疮也"半月寻愈，遂为戒僧"；李久常的嫂子"战惕不已，涕泗流离"，"立改前辙，遂称贤淑"。在这些作品中，死而复生的过程被看作是人性的脱胎换骨，是人性的净化和升华。

这种死亡观念与世界许多民族中的成年礼非常相似。在有些民族看来，人在出生之后，不管年龄多大，没有行过成年礼的人永远不算真正的"生"。只有经受不吃不睡、黥身、割礼等最严酷的考验，亦即经过成年礼，才能进入成人社会，生命才真正地开始。成年礼又称"入世礼"。整个成年礼的过程被看作是死而复生的过程，是人出生后的又一次"再生"①。在《聊斋》里，死亡，进入冥间或者受冥罚，实际上也是对人性、人格的考验和洗礼，因而也具有仪式的意义。只有经过这一仪式，才能获得真正有价值的生命。

死亡作为人生必经的成年礼或入世礼，这种观念更典型地体现在人鬼之恋的故事中。在澳大利亚中部地区和东非，行成年礼前的人被禁止结婚。只有行过成年礼后，他才能享有结婚的权利。"如同死人一样，没有达到青春期的孩子只可比作还没有播下的种子。未及成年的孩子所处的状态就与这粒种子所处的状态一样，这是一种无活动的、死的状态，但这是包含着潜在之生的死"②。《搜神后记》载徐玄方女"不幸早亡"，其鬼魂托梦给青年马子说："听我更生，要当有依马子乃得生活，又应为君妻"。

---

① 参阅［法］列维-布留尔《原始思维》，第344页。
② ［法］列维-布留尔《原始思维》，第341页。

复生后，马子"选吉日下礼，聘为夫妇"。像徐氏女子一样，《聊斋》里的林四娘、鲁公女、连琐、伍秋月、薛慰娘等，也都是在死而复生的关口体验到男女情欲或获得结婚权利的。在此之前的死亡状态实际上是她们未成年的状态，由死到生的过程象征他们走向成年的过程。像成年礼中必须受类似于死的严酷考验一样，死亡也象征着上述人物必经的考验。只有经过这一考验，他们才领悟到人生的真义，才能体验到男女情欲或获得婚姻的权利。把成年过程象征性地表现为死而复生的过程，从而使人意识到这一转折在人生历程中的重要意义。

  从表面上看来，以死亡为理想，或者把死亡作为人生的必经之路，似乎与人类的求生欲望相矛盾。其实不然，通过上述分析可见，蒲松龄所追求的死亡实际上包含着潜在的生。或者说，死者的鬼魂或死亡过程被作为一种理想，是以生命的连续性为前提的。由于死亡并不意味着生命的完结，而是生命的转化形态，或者是再生的前奏，因此，死亡进一步被表现为对现实人生的超越和对更高生命层次的追求。《水莽草》（卷二）中的祝生和《王六郎》（卷一）中的王六郎，他们都不愿投生转世，最后分别成为四渎牧龙君和土地神。王兰死后，其尸已腐烂而无法复生。鬼卒劝曰："人而鬼也则苦，鬼而仙也则乐。苟乐矣，何必生？"王兰深以为然。成为鬼仙之后，其魂长存不散，"但凭所之，罔不如意"（卷一《王兰》）。聂小倩来到宁采臣的家里之后，人们"不疑其鬼，疑为仙"（卷二《聂小倩》）。戚生初见鬼女章阿端，也感到"对烛如仙"（卷五）。伍秋月也是"少女如仙"（卷五）。他们都被称为"神"或"仙"，实际上意味着他们既超越了死，也超越了生。他们是超越现实人类生死往复的更高层次的生命形态。

《聊斋志异》的幻梦世界

一

蒲松龄《聊斋自志》云："子夜荧荧，灯昏欲蕊；萧斋瑟瑟，案冷疑冰。集腋为裘，妄续幽冥之录；浮白载笔，仅成孤愤之书。"可见《聊斋志异》的写作与夜晚关系密切。古代文言小说的写作和阅读大概都在夜晚。这符合传统社会最普遍的习惯。白天一般是劳作、坐馆、旅行或公干等的时间，只有晚上才是"业余"或"闲暇"。《庐江冯媪》载：元和年间，李公佐等人会于传舍，"宵话征异，各尽见闻"①。《任氏传》记沈既济等人舟行淮水，"昼谵夜话，各征其异说"②。从六朝志怪，到唐传奇，到《聊斋志异》等，这个源远流长、数量巨大的叙事类型中，绝大多数故事都发生在夜晚，或者与夜晚相关联的黄昏或凌晨。无论称为志怪，还是称为传奇，这一类型的小说大多以夜晚为背景，构思、写作、讲述或接受也大多在夜晚，因此，可称为"夜晚的故事"。明代《剪灯新话》《剪灯余话》《觅灯因话》、清代《夜雨秋灯录》《秋灯丛话》等，都以夜晚或象征夜晚的灯作为小说的书名。

人在夜晚的感觉、知觉或思维是与白天不一样的。在白天，世界袒露在人的知觉范围之内，是可感可知的。人们从事劳作或日复一日、不断重复的事务。被反复验证的经验支配着人们的思想或行动。在夜晚，知觉能够接触到的，只是很小的范围，更多的事物在知觉范围之外，是看不见摸不着的，是未知的。所谓"灯下黑"效应，意即有限的所知被无限的未知所笼罩的状态。在电灯发明之前、世界尚未被光污染的时代，许多人都有这样的夜晚体验。只有在"夜""灯下"的情境中，才会有嵇康的"耻

---

① 〔宋〕李昉：《太平广记》卷三四三"卢江冯媪"条引注出《异闻录》。
② 〔宋〕李昉：《太平广记》卷四五二"任氏"条。

与魑魅争光"①。

夜晚是日常经验或理性休眠的时间,是理性观照不到的领域。夜晚与白天大体类似于马林诺夫斯基所说的两个领域及其相对应的两种思维方式:一种是神秘的或巫术或宗教的领域,一种是世俗的或科学的领域②。一方面,在世俗生活中,在日常活动中,例如编织篮子、制造石器、烧水、煮饭等实际活动中,人们以理性经验为指导,遵循事物的自然规律,煮饭需要烧火,烧火的柴草必须干燥,等等;这些活动不使用巫术,没有神秘性质。另一方面,在面对危险,面对诸多不确定的时候,面对自身力量难以驾驭的问题时,各种各样的恐惧、禁忌、对超自然力的信仰便会应运而生。这样就产生了各种各样的精灵、鬼魂、神祇等观念。当他们从事那些危险的工作时,例如出征、到海上捕鱼等,即在普通的技术或经验不能控制环境的时候,在他们面对未知领域的时候,他们会相信某种神秘力量在事物背后起作用,便希望借助巫术的力量渡过难关。"耳目之内""日用起居"(即空观道人《拍案惊奇序》)中的事物,都是看得见摸得着的,这是理性经验或客观知觉占优势的领域。《聊斋志异》及其所传承的文学则属于马林诺夫斯基所说的前一个领域,亦即神秘的或类似于巫术与宗教的领域。在这个领域中,非经验的、非逻辑的思维方式占主导地位。正是这种思维方式产生了各种各样的狐鬼怪异。在《聊斋》里,各种狐鬼怪异常常出现在夜晚,出现在主人公的梦或幻觉中。而夜晚,或荒僻之处,正是经验或理性消散、梦或幻觉大行其道的领域。但明伦说:"凡久旷之宅,恒为狐鬼所居。"③何守奇说:"凡人迹罕到处不可游,必有怪异,独游更不可。"④战国时有俚语说:"穷乡多怪。"(《战国策·赵策》)夜晚常常与荒僻之处相关联,也是同样的道理,都是理性经验涉足不到的领域。

夜晚是梦幻产生的土壤。在《聊斋》里,明确涉及梦幻的作品有 60

---

① 〔宋〕李昉:《太平广记》卷三一七"嵇康"条引《灵鬼志》;《太平御览》卷五七九引《灵异志》。
② 参阅[英]马林诺夫斯基著,李安宅译《巫术·科学·宗教与神话》,中国民间文艺出版社 1986 年版,第 3 页;[英]马林诺夫斯基著,费孝通等译《文化论》,中国民间文艺出版社 1987 年,第 17 节。
③ 见〔清〕蒲松龄著,张友鹤辑校《聊斋志异》(会校会注会评本)卷一,第 19 页。
④ 见〔清〕蒲松龄著,张友鹤辑校《聊斋志异》(会校会注会评本)卷二,第 173 页。

多篇。《狐梦》（卷五）、《莲花公主》（卷五）、《绛妃》（卷六）等都以梦境成篇。鬼女连琐受到鬼隶纠缠，前来请求杨于畏的帮助，说："夜来早眠，妾邀君梦中耳。"（卷三《连琐》）某画工仰慕吕祖，见一丐，"疑为吕祖"，"但祈指教"；丐者曰："此处非语所，夜间当相见也。"至夜，画工"果梦吕祖来"（卷六《吴门画工》）。王鼎梦中与鬼女伍秋月相会，醒后见秋月曰："寸心羞怯，故假之梦寐耳。"（卷五《伍秋月》）梦成为异类、异人与人类交往的特殊场所，在非梦状态下做不到或不可能发生的事情都可以在梦中做到或发生。安大业的母亲曾梦人曰："儿当尚主。"仙人云萝公主下嫁安大业，也是安母之梦的实现（卷九《云萝公主》）。《婴宁》（卷一）、《水莽草》（卷二）、《叶生》（卷一）、《画皮》（卷一）、《锦瑟》（卷十二）等，虽然不以梦境的形式表现出来，同样也具有梦幻的性质。牡丹花妖香玉就曾明确地对黄生说："今虽相聚，勿以为真，但作梦寐观可耳。"（卷十二《香玉》）梦是怪异出现的前提条件。没有梦，就没有"异"可"志"。

与梦相似的是睡寝时、病中或酒后的感觉。孙翁"扃扉就枕"时，月色满窗，万籁俱寂，忽然见到山魈（卷一《山魈》）。冯木匠"夜方就寝，忽见纹窗半开，月明如画。遥望短垣上，立一红鸡"（卷十一《冯木匠》）。顾生"眼暴肿，昼夜呻吟，罔所医药。十余日，痛少减。及合眼时辄睹巨宅，凡四五进，门皆洞辟"（卷八《顾生》）。张贡士"寝疾，仰卧床头。忽见心头有小人出，长仅半尺"（卷九《张贡士》）。一老妪以尊酒赠郭生，说："但饮之，自有佳境。"郭"饮之，忽大醉，冥然罔觉。及醒，则与一人并枕卧"（卷九《天宫》）。

还有一种纯粹的想入非非，也就是白日梦：佛殿壁上画散花天女，朱孝廉"注目久，不觉神摇意夺，恍然凝想。身忽飘飘，如驾云雾，已到壁上"（卷一《画壁》）。孙子楚"痴立故所"，其魂随阿宝而去，又"自念倘得身为鹦鹉，振翼可达女室。心方注想，身已翩然鹦鹉"（卷二《阿宝》）。

对早期人类来说，梦是一种实在的知觉，"这知觉是如此可靠，竟与清醒时的知觉一样"；梦"是未来的预见，是与精灵、灵魂、神的交往，是确定个人与其守护神的联系甚至是发现它的手段。他们完全相信他们在梦里见到的那一切的实在性"①。在人类文化史上，对梦的信仰持续了相当长的时期。中国在周代曾专设占梦之官，"掌其岁时，观天地之会，辨阴阳之气，以日月星辰占六梦之吉凶，一曰正梦，二曰噩梦，三曰思梦，四曰寝梦，五曰喜梦，六曰惧梦"（《周礼·春官·宗伯》）。《汉书·艺文志》云："《易》曰：'占事知来。'众占非一，而梦为大，故周有其官。而《诗》载熊罴、虺蛇、众鱼、旐旟之梦，著名大人之占，以考吉凶，盖参卜筮。"《春秋》《左传》及其他史书都记录了各种各样的梦兆。约成书于战国时期的《汲冢琐语》乃"诸国卜梦妖怪相书"②，被称为"古今小说之祖"③。

六朝志怪记载了更多的"梦验之事"。陈悝"江边作鱼筌，潮去，于筌中得一女人"，"人有就辱之，悝夜梦云：'我是江黄，昨失道落君筌，小人遂见加凌，今当白尊神杀之。'悝不敢移，潮来自逐水去。奸者寻病死"④。蒋济妻梦见亡儿曰："愿母为白侯属阿，令转我得乐处。"后蒋济往验之，"悉如儿言"，始信梦并非"不足凭"⑤。这些梦都被看作是神秘的、实在的。在《聊斋》里，张姓者频得梦警曰："汝家墓地，本是毛公佳城，何得久假此？"张"由是家数不利。客劝徙葬吉，张听之，徙焉"。毛相公"应秋闱试，道经王舍人店，店主人先一夕梦神曰：'旦日当有毛解元来，后且脱汝于厄。'以故晨起，专伺察东来客。及得公，甚喜。供具殊丰善，不索直，特以梦兆厚自托"（卷四《姊妹易嫁》）。对现代人来说，梦是人在睡眠状态下的心理活动。由于梦中的情景缺乏证实其客观性所必需的条件，从梦中醒来的人通常不会对中的一切信以为真。梦中的表象或者是储存在记忆深处的事物，或者是扭曲、变形了的事物。但店主人却能事先梦见毛相公的到来，梦中情景与实际情况相符合。

在这些故事中，梦与醒的区别是清楚的，人们没有混淆两者间的界限。相反，人们之所以相信梦，正是因为梦的内容具有真实性。梦中所感觉到的东西比清醒状态下所感觉到的东西具有更重要的意义，梦中的旨意支配着人们在清醒状态下的行动。与远古时代的梦不同的是，在《聊斋》

---

① ［法］列维-布留尔：《原始思维》，第48页。
② 《晋书》卷五十一《束皙传》，中华书局1974年版，第1433页。
③ ［明］胡应麟：《少室山房笔丛》己部《二酉缀遗中》，中华书局1964年版，第459页。
④ ［宋］李昉：《太平御览》卷六八引祖台之《志怪》。
⑤ ［宋］李昉：《太平广记》卷二七六"蒋济"条引《列异传》。

的另外一些作品中，不仅梦的内容更为丰富、曲折，而且，人物在进入梦幻之前的心理动机也得到了充分的展示。毕怡庵"每读《青凤传》，心辄向往，恨不一遇。因于楼上摄想凝思。既而归斋，日已寝暮。时暑月燠热，当户而寝。睡中有人摇之"（卷五《狐梦》）。因为读小说而想入非非，进而产生梦幻，梦中的见闻经历反映了人物的主观愿望。这很符合一般心理规律。但是，毕子"瞥然醒寤"之后，明明意识到"竟是梦景"，但却"鼻口醺醺，酒气犹浓"，梦中的酒在醒后留下了香味，从而表明梦中的经历并非子虚乌有。这在形式上与原始人类，与六朝志怪对梦的理解是相同的。

逻辑思维注重客观实在性，并把它与主观的因素分离开来，要么是实在的，亦即真的；要么是不实在的，亦即幻的，两种性质是互相对立的。但是，把梦中情景看作与现实情景一样实实在在，梦与非梦之间，真与幻之间因而不再相互隔绝、对立，而是互相转化、渗透。这是一种被列维－布留尔称作"原逻辑的"（prelogical）思维方式。"昔者庄周梦为蝴蝶，栩栩然蝴蝶也。自喻适志与！不知周也。俄然觉，则蘧蘧然周也。不知周之梦为蝴蝶与？蝴蝶之梦为周与？"（《庄子·齐物论》）在庄子看来，梦与觉是相对而言的。以现实为真，则梦中是幻；若以梦为真，则现实为幻。这种思维方式极大丰富了《聊斋志异》的自由想象空间。

二

梦与觉，幻与真，这两种性质分别构成梦幻之境与现实之境。有时候，这两种境界是叠合在一起的。具有梦幻性质而又没有明确提到梦幻的作品就是这样。在另外一些作品中，梦幻之境与现实之境有着明确的界限，常常以画中与画外，梦里与梦外为界标。尽管有时候区别并不明显，但总能看出大致的轮廓。为了探讨真与幻的互渗互通，比较方便的办法是以界限分明的作品为例，并划分以下五种类型。

第一，梦中发生的事情在现实中留下痕迹。在《画壁》（卷一）中，朱孝廉与壁画中垂髫的散花天女幽会，女伴与垂髫者嬉戏，"共捧簪珥，促令上鬟"。朱生"视女，髻云高簇，鬟凤低垂，比垂髫时尤艳绝也"。这一情景原本是朱生"因思结想"而产生的幻觉。有评点说："只缘凝想，便幻出多少奇境"①。但明伦说，这是主人公的"妄想"②。作品中的老僧说："幻由人生。"异史氏也说："千幻并作，皆人心所自动耳。"一般来说，幻想中的事情只能存在于人的主观内心，恢复到清醒状态后，幻境便不复存在。但在作品中，内在的心理活动表现为外部行动，朱生进入幻境的过程是"身忽飘飘，如驾云雾，已到壁上"；恢复清醒状态的过程是"飘忽自壁而下，灰心木立，目瞪足软"。主观与客观的界限转化为空间上的距离。更为奇妙的是，"共视拈花人，螺髻翘然，不复垂鬟矣"。幻境中的经历居然改变了客观存在的壁画。这种变化显示幻境中经历的实在性，幻境的虚幻性被转移到现实之境中的事物上，所以现实之境也具有某种虚幻性。小说"点化愚蒙"的禅意即由此而生。唐传奇《异梦录》记邢凤梦中被美人授以《春阳曲》诗，醒后更衣，"于襟袖得其词，惊视复省所梦"③。在《聊斋》里，吴青庵与紫衣仙女相会，临别时，"女脱金腕钏付之"。吴生"一惊而寤，则朝暾已红"，可见是梦中。但梦醒之后，"方将振衣，有物腻然坠褥间，视之，钏也"。连吴生本人也"心益异之"。而且，梦中的幽会使紫衣仙女身怀有孕，生下一子。在吴生的另一次梦中，紫衣女将其子送给吴生，并说："此君骨肉。天上难留此物，敬持送君。"吴生醒后，"见婴儿卧襁褓间"。婴儿取名"梦仙"；长大后，"以神童领乡荐"并"入翰林"（卷三《白于玉》）。紫衣仙女只能存在于梦中，表明梦是虚幻的；梦后有金钏作物证，还有婴儿作证物，则又表明梦中的经历并不虚幻。《狐梦》里的"酒气犹浓"，《王子安》（卷九）里的缨帽等，不管是以实证幻还是以幻证实，真与幻都是相通的。

第二，现实经历印证梦的预示。王桂庵与舟中女子邂逅。分别后，王生"心情丧惘，痴坐凝思"，但并不知道女子的姓名和住址。他要找到这位女子几乎是不可能的。可是，"一夜，梦至江村，过数门，见一家柴扉南向，门内疏竹为篱，意是亭园，径入"。在这里，他见到了想见而在现实中见不到的意中人，因而"喜出非望"。这一切出现在梦里是不奇怪的。奇怪的是，一年之后，王生"信马而去，误入小村，道途景象，仿

---

① 《聊斋志异》稿本无名氏评点，见张友鹤辑校《聊斋志异》（会校会注会评本），卷一，第14页。
② 见〔清〕蒲松龄著，张友鹤辑校《聊斋志异》（会校会注会评本），卷一，第14页。
③ 〔宋〕李昉：《太平广记》卷二八二"邢凤"条引《异闻集》。

佛平生所历。一门内,马缨一树,梦境宛然。骇极,投鞭而入。种种物色,与梦无别。再入则房舍一如所数。梦既验,不复疑虑。直趋南舍,舟中人果在其中"(卷十二《王桂庵》)。在原始信仰中,梦是神启的源泉,神灵通过梦幻向人预示行动的方向。粤东巡抚朱徽荫遍访僚属,也没有找到无头冤案的真相。梦中的神灵却向他暗示案情的秘密,使他捕获了凶犯"老龙舡户"(卷十二《老龙舡户》)。王桂庵的梦与朱徽荫的梦相同,都通过梦中的启示达到客观上不能达到的目的。既可以说梦境符合现实,因而具有实在性;也可以说现实符合梦境,因而具有梦幻性。

第三,前梦与后梦相连贯。在理性经验看来,只有客观事件才能依据自身的因果逻辑和时间顺序依次展开,事件与事件之间既可以中断,也可以连续下去,就像中国古代的章回小说和现代连续剧一样。在《聊斋》里,梦中发生的事情虽然是主观的,虚幻的,但前一次梦中的事件与后一次梦中的事件也可以互相衔接,尽管中间被梦醒后的现实所隔断。窦旭"方昼寝",被一褐衣人召入桂府。国王欲将莲花公主嫁给窦旭,窦因为"神情摇动,木坐凝思"而未闻国王之言。离府途中,一内官说:"适王谓可匹敌,似欲附为婚姻,何默不一言?"窦"顿足而悔,步步追恨,遂已至家。忽然醒寤,则返照已残"。因为梦境是虚幻的,窦旭虽然"冀旧梦可以复寻",但"邯郸路渺,悔叹而已"。奇妙的是,当窦生再次进入睡梦时,"忽见前内官来,传王命相召。生喜,从去。见王伏谒。王曳起,延止隅坐,曰:'别后知劳思眷。谬以小女子奉裳衣,想不过嫌也。'生即拜谢"。梦与梦之间仿佛现实中的别后重逢。窦旭对公主说:"有卿在目,真使人乐而忘死。但恐今日之遭,乃是梦耳。"公主曰:"明明妾与君,那得是梦?"(卷五《莲花公主》)从现实看梦境,其中一切都是虚幻的,所以他担心梦幻不可靠。但站在梦本身的角度上看,一切又都实实在在,与梦外的感觉一样真实。梦境是存在于现实背后,与现实之境同样实在的另一个世界。在梦幻思维中正如在原始思维中那样,"感性世界与彼世合而为一。对他们来说,看不见的东西与看得见的东西是分不开的。彼世的人也像现世的人一样直接出现"①。《白于玉》中的两个梦境同样也是连续的。在前一次梦里,吴生与紫衣仙女"衾枕之爱,极尽绸缪";十个月后的另一次梦中,紫衣仙女送来婴儿。彼世的人也像现实世界的人一

---

① [法]列维-布留尔:《原始思维》,第376页。

样遵循十月怀胎分娩的规律。正因如此，现实世界并不是唯一可依托的世界，吴生最后离开了现实世界，远逝而去。

第四，此梦与彼梦相通。对逻辑思维来说，"被感知的现象或存在物在同样条件下被一切人同样地感知着，这一情况乃是了解知觉的客观有效性的基本标志。假如有几个人在场，其中只有一个人重复听到什么声音或者看见什么东西，那我们就说这个人产生了错觉或者说他有幻觉"；"我们的知觉不论在把握什么东西或者放过什么东西的时候，第一个起作用的因素是我们相信我们能够期望在相同的所与条件下现象的经常再现。这样的知觉有助于达到最大限度的'客观'有效性的效果，因而，有助于排除一切可能成为有害于或者只不过无益于这种客观性的东西"①。然而，在文言小说中，"知觉的客观有效性的基本标志"同样也适合于梦幻。尽管梦幻是纯主观的，不同的人却可以梦见相同的内容，正如不同的主体对同一客体和存在物的感知完全相同一样。白行简《三梦记》载：窦质与韦旬宿于逆旅。窦"梦至华岳祠，见一女巫，黑而长。青裙素襦，迎路拜揖，请为之祝神。窦不获已，遂听之。问其姓，自称赵氏。及觉，具告于韦"。次日，窦质与韦旬果然在华岳祠见到女巫，"容质妆服，皆所梦也"。窦质因而感叹："梦有征也"。而且，女巫见到窦、韦二人后，抚掌大笑，谓同辈曰："如所梦矣！"韦惊问之。对曰："昨梦二人从东来，一髯而短者祝醮，获钱二镮焉。及旦，乃遍述同辈。今则验矣。"窦"因问巫之姓氏，同辈曰：'赵氏。'自始及末，若合符契"。这是关于不同人而同梦的最早记述。在《聊斋》里，王孙事先并未见张氏女五可，只是听于媪"以五可之容颜发肤，神情态度，口写而手状之"。但是，"一日，王孙沉痾中，忽一婢入曰：'所思之人至矣。'喜极，跃然而起，急出舍，则丽人已在庭中"。王孙"拜问姓名"。答曰："妾，五可也。"这是王孙在梦中与五可相会。五可嫁给王孙后，回顾说："妾病中梦至君家，以为妄；后闻君亦梦妾，乃知魂魄真到此也。"王孙"异之，遂述所梦，时日悉符"(卷十二《寄生》)。可见梦境是灵魂活动的场所，虽然不同的人物各自受其空间条件的限制，但灵魂却可以在梦幻里彼此相通。杨于畏帮助连琐战胜鬼卒，王生也前来助战，这一情景既存在于杨于畏的梦中，也存在于王生的梦中，这些梦不是个人心理活动的产物，而是灵魂活动的场

---

① ［法］列维－布留尔：《原始思维》，第53、36页。

所。在这些例子中，与其说是个人主观的梦境相通，不如说是不同人的灵魂相通。不同人物的灵魂可以彼此交往，生者与死者的灵魂也可以互相接触。《聊斋》里还有三人同梦的情况。凤阳士人"负笈远游"，行前与妻子约定"半年当归"，可是过了十余月，"竟无耗问"。其妻"翘盼綦切"，于是梦见一丽人把她带到一个庭院，而且梦见丈夫"跨白骡"，随之而来。士人与妻子"并不寒暄一语"，却与丽人进入内室，"断云零雨之声，隐约可闻"。其妻在窗外独坐，"块然无侣，中心愤恚"。其妻弟三郎忽然"乘马而至，遽便下问。女具以告，三郎大怒，立与姊回。直入其家"，"举巨石如斗，抛击窗棂，三五碎断"。后来，其妻"惊寤，始知其梦"。这些情景出现在士人妻子的梦中是很自然的：丈夫未按时归来，妻子担心丈夫有外遇，因而感到不安。梦幻情景正是这种心理的流露，这些情景只能属于她的主观世界。然而，妻子梦后第二天，"士人果归，乘白骡。女异之而未言。士人是夜亦梦，所见所遭，述之悉符，互相骇怪"。而且，三郎"闻姊夫远归，亦来省问。语次，谓士人曰：'昨宵梦君归，今果然，亦大异。'士人笑曰：'幸不为巨石所毙。'三郎愕然问故，士以梦告。三郎大异之。盖是夜，三郎亦梦遇姊泣诉，愤激投石也，三梦相符，但不知丽人何许耳。"（卷二《凤阳士人》）如果只由一人梦到这一情景，那么，这一情景虚幻不实，不同人物都梦见这一情景，则表明梦中的经历是实实在在的。这一情景既是主观的，又不是主观的；既是幻的，同时又是真的。

《凤阳士人》由唐代传奇《三梦记》（白行简）、《独孤遐叔》（薛渔思）①、《张生》（李玫）② 等篇敷演而来。这些作品都写夫妻分别后的忧思情怀。唐传奇与凤阳士人受丽人诱惑不同的是妻子受到其他男子的调戏，而不是外出的丈夫受其他女子的诱惑。这些作品中的刘幽求、独孤遐叔以及张生分别见到类似情景，愤而击之。对各自的妻子来说，这些情景都是在梦中，而对各个外出的丈夫来说，却是实在经历。这些作品的主旨是丈夫外出后，担心妻子受人欺负。蒲松龄把这一框架改为士人受美女诱惑，并把这一情景同时纳入妻子和丈夫梦中，一方面表现了妻子的嫉妒和

---

① 〔宋〕李昉：《太平广记》卷二八一"独孤遐叔"条引薛渔思《河东记》。《醒世恒言》卷二十五《独孤生归途闹梦》亦演述此事。
② 〔宋〕李昉：《太平广记》卷二八二"张生"条引李玫《纂异记》。

担忧，另一方面又流露读书士人对婚外异性的想象。

  第五，在此者为梦，在彼者为实。在上述唐传奇中，一人的梦与另一人的实际经历属于同一个情景，梦与实际经历完全是重叠的。但在《三梦记》的第二梦中，白行简与白乐天、李杓直"同游曲江，诣慈恩佛舍，遍历僧院，淹留移时"。元徽之此时则在遥远的梁州。十几天后，元徽之派人给白行简等人送书一函。中有《纪梦诗》云："梦君兄弟曲江头，也入慈恩院里游。属吏唤人排马去，觉来身在古梁州。"入梦时间"与游寺题诗日月率同"。元徽之梦中加入白行简等人的游寺活动，白行简等人的实际经历中没有与元徽之相遇，梦境与实际经历并不完全吻合。白行简把前一种情况称为"彼梦有所往而此遇之者"，把后一种情况称为"此有所为而彼梦之者"（白行简《三梦记》）。不管是哪种情况，都是分别用梦中知觉和客观知觉来感知同一事件。或者说，同一事件具有亦真亦幻的双重性质。在《聊斋》里，毕怡庵（卷五《狐梦》）、窦旭（卷五《莲花公主》）、王鼎（卷五《伍秋月》）等人作为梦来感知的情景，狐女、莲花公主、伍秋月却作为实际来感知，表明："实非梦也"，"那得是梦"，"真也，非梦也"。梦与非梦之间没有界限。何守奇曰："其梦也耶？其非梦也耶？吾不得而知矣。"①但明伦云："非梦而梦，梦而非梦，何者非梦，何者非非梦，何者非非非梦？毕子述梦，自知其梦而非梦；《聊斋》志梦，则谓其非梦，而非非非梦。"②既是梦，又是实；既不是梦，也不是实；它是作品梦幻思维创造出来的亦真亦幻的艺术之境。逻辑思维中非此即彼的矛盾律在这里没有立足之处。梦幻思维不否定和回避梦与觉、真与幻、主观与客观的差别，但并不把这种差别视为相互隔绝的两端，而是同一性质的两个侧面。对同一个情景，一个角色感知为梦，另一个角色感知为实际经历。

  《丐仙》（卷十二）、《彭海秋》（卷五）也同样如此。高玉成入山避难，遇"三老方对弈"，得到老者的指点。"奔回家中"后，"妻子尽惊，相聚而泣"，曰："君行后，我梦二人皂衣闪带，似谇赋者，汹汹然入室张顾，曰：'彼何往？'我诃之曰：'彼已外出。尔即官差，何得入闺阃中！'二人乃出，且行且语"。高玉成"乃悟己所遇者，仙也；妻所梦者，

---

① 〔清〕蒲松龄著，张友鹤辑校：《聊斋志异》（会校会注会评）卷五，第622页。
② 〔清〕蒲松龄著，张友鹤辑校：《聊斋志异》（会校会注会评）卷五，第622页。

鬼也"。同一情景被高玉成与其妻分别视为实际经历与梦幻，因而具有不同的性质，在前者是仙，在后者是鬼。彭好古与丘生、仙客彭海秋在莱州城饮酒谈笑，仙客从千里外的西湖月中唤来名妓娟娘；继后四人乘几上彩船，逾刻至西湖。彭好古与娟娘两相依恋，仙客"即以彭绫巾授女，曰：'我为若代订三年之约。'即起，托女子于掌中，曰：'仙乎，仙乎！'乃扳邻窗，捉女入。窗目如盘，女伏身蛇游而进，殊不觉隘"。这一切对彭好古或丘生来说，都是亲闻亲历。彭好古从西湖回到莱州，尽管骑马，也要"半月始归"，完全受客观空间条件的限制。但对娟娘来说，这一切都在梦中。三年后，彭好古再次与娟娘相遇，娟娘曰："昔日从人泛西湖，饮不数卮，忽若醉。朦胧间，被一人携去，置一村中。一僮引妾入；席中三客，君其一焉。后乘舡至西湖，送妾自窗棂归，把手殷殷。每所凝念，谓是梦幻。"既是梦幻又是现实。梦幻像现实一样真切、实在，也可以说现实像梦一样虚幻。真与幻的界限完全被打破了。

这种思维方式与日常经验或客观知觉显然不同。在日常经验和客观知觉的思维方式看来，耳目感官所能感知的范围才是真实可信的，超出这一范围的东西（如梦中情景）都是虚幻的，不存在的。因此，这种思维方式所感知的世界是单面的，一切都可见可闻，可以理解。梦幻思维所展示的世界则具有亦真亦幻的双重性质。其中一切既在理性经验或客观知觉的范围内，又超出了这一范围。前一个世界是确定的，封闭的，有限的；后一个世界是神秘的，不确定的，因而是无限的，这正是梦幻思维的创造性所在。

三

真幻相通的特殊形态是无中生有，忽生忽灭。这种表现方式起源于道士、异人以及超自然精灵的法术或幻术。

从理性角度上说，人对事物的感知是以事物的客观存在为前提的。人的主观作用于客体或存在物，并拥有客体或存在物的映象或心象。没有客体或存在物的存在，人的头脑便不可能形成对客体或存在物的表象。人的幻觉虽然能够将事物扭曲、变形，或者产生客观上并不存在的事物的表象，但这些事物只能存在于人的主观世界，当人从幻觉中醒过来后，这些事物又恢复到常态，或者不复存在。但《聊斋》里不是这样。一道士把梨核埋于土中，顷刻间"勾萌出，渐大；俄成树，枝叶扶疏；倏而花，倏而实，硕大芳馥，累满树"。如果说这是幻术，是不真实的，却又在

"万目攒视"下出现。道士"向市人索汤沃灌"时，还有好事者"于临路店索得沸汁"。道士从树上摘梨赐观者，众人还亲口吃到梨子。道士"以镵伐树"，众人还听到"叮叮"声响。由此可见并非幻觉。如果说不是幻觉，人们又发现，道士"适所俵散"者实际上是卖梨人车中的梨，被道士砍的树实际上是车上的靶。也就是说，种梨、开花、结实这一过程并没有真正地发生（卷一《种梨》）。魔术师的本事就是把观众感知客观世界的全部感官引导到对他所设置的情景的信任上。"时方凌冬"的季节忽然出现满湖的荷叶，"弥望青葱，间以菡萏。转瞬间，万枝千朵，一齐都开，朔风吹来，荷香沁脑"。济南道人说这是"幻梦之空花"，明点出这只是主观的幻觉。但这种幻想性的现实并不存在于主观世界，而是直接呈现在众人眼前，因而是实际存在的。但如果说是实际存在的，却又并不存在，"北风骤起，摧折荷盖，无复存矣"（卷四《寒月芙蕖》）。要么存在，要么不存在；非有即无，非无即有的逻辑在这些场景中并不适用。《道士》（卷三）中"连阁云蔓"的院落，"备极丰渥"的美酒、珍果，"媚曼双绝"的美人，《单道士》（卷三）中的城门，《崂山道士》（卷一）中的月宫、嫦娥，《彭海秋》（卷五）中"自空飘落"的彩船，《蕙芳》（卷六）中的"翠栋雕梁"，《狐女》（卷十一）中的亭屋，《巩仙》（卷七）中"次第俱出"的仙姬、"光明洞彻，宽若厅堂"的袖里乾坤，《颠道人》（卷七）中"四散群飞"的鹰隼及"赤鳞耀目"的巨蟒，都是无中生有、忽生忽灭的事物和现象。这些事物和现象既是无形的，又是有形的。人们不仅用视觉看到，而且用触觉感知到这些事物和现象；不仅某个人见到或接触到，有时是许多人同时看到或接触到。正像列维-布留尔所说的客观事物那样，上述事物和现象也是"在同样的条件下被一切人同样的感知着"，或者说，具有"感知着的主体间的一致性"。

中国古代很早就有幻术或法术，又称炫惑之术或道术。据说，幻术大概在西汉时由西域传入中国。安息王"以大鸟卵及黎轩善眩人献于汉"（《史记·大宛列传》）。据记载，"幻术皆出西域，天竺尤盛。汉武帝通西域，始以善幻人入中国。安帝时天竺献伎，能自断手足，刳肠胃。自是历代有之"（《旧唐书》卷二九《音乐志》）。六朝志怪及其他巫书、道书中有很多关于幻术的记载。例如，葛玄"嗽口中饭，尽变大蜂数百，皆集客身，亦不螫人。久之，玄乃张口，蜂皆飞入。玄嚼食之，是故饭也"。他还能"冬为客设生瓜枣，夏致冰雪"；久旱无雨时，他"书符着社中，顷刻间，天地晦冥，大雨流淹"(《搜神记》卷一)。又如，"善眩惑之术"的尸罗道人"于其指端出浮屠十层，高三尺，及诸天神仙，巧丽特绝。人皆长五六分，列幢盖，鼓舞，绕塔而行。歌唱之音，如真人矣"（王嘉《拾遗记》卷四）。如此等等，不一而足。

这究竟是怎么回事？是真还是假？据葛洪《抱朴子》内篇《对俗》记载，这类幻术在江南特别盛行。如隐形不见，变形易貌，呼云唤雾，吞刀吐火，役使动物等，共有九百多种。人们对此深信不疑，"持而行之，无不皆效"①。钱塘人杜子恭"通灵有异术"，"东土豪家及京邑贵望并事之为弟子，执再三之敬"②。人们之所以相信这些幻术，并不因为他们把幻觉与客观知觉混淆起来，并不因为他们把幻觉看作具有与客观知觉同等的价值。人们相信幻术，正因为它的"幻"。这是一种特殊的知觉形式。在这种知觉中，纯粹客观的事物是没有的。这种知觉本身包含着神秘变幻的性质；当人们用这种知觉来感知外物时，这种性质便与外界事物凝聚在一起，因而成为事物本身具有的性质。在日常知觉中，这种性质隐而不显；特定的人物通过特定的技法可以把这种性质焕发出来。人们相信幻觉丝毫不亚于清醒状态下的知觉；对他们来说，幻觉中的事物并不比日常知觉所见到的东西缺乏真实性。为了获得这种幻觉，佛教、道教及民间巫术施行各种斋戒仪式，导引方法，企图营造各种幻觉。酒或某些致幻药就是基于对特定幻觉的需要。人们对魔术的着迷，奥妙亦在于此。

幻术信仰最初由原始巫术发展而来。《说文解字》五上曰："巫，祝也。女能事无形，以舞降神者也。"神灵本来是"无形"的，看不见摸不着的，但可以通过巫术仪式使人的心灵与无形的神灵产生感应，仿佛神灵真的存在、可闻可见。幻术像原始巫术一样，需要一种特殊的知觉。只有具备特殊知觉的人才能与神灵或其他神秘力量打交道。这是人们崇拜巫师、道士、和尚、术士、异人，甚至乞丐、疯子的原因，因为他们"拥有一种能与看不见的实在打交道的特殊力量，亦即拥有一种特殊的知觉"③。《聊斋》里有很多这一类的奇人异人。颠道人"歌哭不常，人莫之测，或见其煮石为饭"，"赤足着破衲"(卷七《颠道人》)。济南道人

---

① 〔宋〕李昉：《太平御览》卷四一"许迈"引《与王羲之书》。
② 〔梁〕沈约撰：《宋书》卷一百，中华书局1974年版。
③ 〔法〕列维-布留尔：《原始思维》，第53页。

"冬夏唯着一单袷衣,系黄绦,别无裤襦。每用半梳梳发,即以齿衔发际,如冠状。日赤脚行市上,夜卧街头"(卷四《寒月芙蕖》)。韩道士"托钵门上,家人投钱及粟,皆不受;亦不去。家人怒,归不顾"(卷三《韩道士》)。被称为丐仙的陈九"胫有废疮,卧于道,脓血狼藉,臭不可近"(卷十二《丐仙》)。他们像《红楼梦》里的"疯疯癫癫"的癞头和尚、跛足道人一样,外表邋遢、行为怪癖而内在却有神奇的能量。外表邋遢、行为怪癖其实是世俗中人见识浅陋、不识真人的折射。也就是说,他们象征着"特殊的知觉",象征着"与看不见的实在打交道的力量"。人们崇拜这些和尚、道士、丐或疯子,实质是对特殊的知觉——即幻觉的崇拜。这种幻觉并不被看作是一种错觉,并不因为缺乏客观真实性而丧失其价值。恰恰相反,这种幻觉是神圣的、重要的,因为只有在这种幻觉中才能感觉到神秘的性质或神奇的力量。普通人则很难达到这种境界,只有通过巫师、道人、术士、乞丐、疯子等特殊人物的启导作用,才能领略其中奥秘。正因如此,行为怪癖,具有特殊知觉的人受到人们的顶礼膜拜,以至于仅仅只是"类颠,哝不洁以为美"而并没有表现出特殊知觉的金世成也被人们"异其所为,执弟子礼者以千计"(卷二《金世成》)。由于普通人不可能具有这种能力,有时候,这种能力被赋给了狐类,并把这种能力看作是狐的本质特征。《玄中记·说狐》云:"狐五十岁能变化为妇人。百岁为美女,为神巫,或为丈夫与女人交接。能知千里外事,善蛊惑,使人迷惑失智。千岁即与天通,为天狐"①。在《聊斋》里,最富于变幻能力的也是狐。一狐化为灯,"如明星","荧荧飘落,及地化为犬";又"化为女子"(卷三《犬灯》)。仙的变幻能力也不弱。蕙芳呼"秋月,秋松",声未已,二婢"忽如飞鸟坠","已立于前";又幻出"翠栋雕梁,俨于宫殿;中之几屏帘幕,光耀夺目"(卷六《蕙芳》)。各种各样的鬼魅花妖也具有这样的性质。只有他们才能"无中生有",把不存在的东西幻变为存在的东西,或者把此类事物幻变为他类事物。冯镇峦说:"文人之笔,操纵由我,可以起死人而肉白骨,岂非快事!故聊斋善作志异也。"②蒲松龄也是艺术上的幻大师。

---

① 〔宋〕李昉:《太平广记》卷四四七"说狐"条引《玄中记》。
② 〔清〕蒲松龄著,张友鹤辑校:《聊斋志异》(会校会注会评本)卷五,第615页。

四

以梦为特征的表现方式可称为梦幻思维。一方面，把梦或幻觉表现为与清醒知觉一样具有实在性，从而打通真与幻的界限；另一方面，把现象和事物的神秘性看得比其客观特征更为重要，甚至消除现象和事物的客观性，这是梦幻思维的基本特征。在《聊斋》里，不仅人有灵魂，花有花妖，狐有狐魅，而且，雷有雷神（卷三《雷曹》，卷六《雷公》），雹有雹神（卷一《雹神》）；蝗虫有蝗神，柳树有柳神（卷四《柳秀才》）；酒有酒虫（卷五《酒虫》）；画有"画妖"（卷八《画马》）；主宰六畜之病的有六畜瘟神（卷七《牛癀》），就连水缸也有缸魂（卷四《余德》）。山岩上的元宝石也不是僵硬坚固的无生命体，"或荡桨近摘之，则牢不可动；若其人数应得此，则一摘即落，回首已复生矣"（卷九《元宝》）。不管是有生命的事物还是无生命的事物，不管是动物还是植物，也不管是天然存在的东西还是人工制作的东西，都具有看不见的神秘性质或力量。这与泰勒所说的"万物有灵论"（animism）异曲同工。

对蒲松龄来说，这些客体和存在物的神秘属性是实在的吗？或者说，他是否相信一切客体和存在物都具有神秘的属性？有人认为他的思想是无神论的，有人则认为是有神论的。实际上，正如原始人类既有经验领域也有神秘领域，既运用理性知识又相信巫术一样，蒲松龄对事物和现象的神秘属性既相信，又不相信。这一切都随兴所至，或者根据创作需要而定。例如，《柳秀才》（卷四）记述沂令受柳神指点，祈请蝗神不要伤害庄稼，"幸悯脱蝗口"；后来，"飞蔽天日"的蝗虫果然"不落禾田，但集杨柳"。作者并没有表明不相信柳神和蝗神。王士禛也赞柳神："柳秀才有大功于沂，沂虽百世祀可也。"[1] 蒲松龄《秋灾纪略后篇》记甲申岁（1704）庄稼受蚜、蝗之害："蚜方没，蝗又至，食其齿牙余惠，谡谡断粒蒂，露落田间，驱之跃于禾下，又扑之入于丛中，止而家焉，不复飞矣。"[2] 在这里，蝗害纯粹被看作自然灾害，而不是蝗神在起作用。又如，《龙取水》（卷四）载："俗传龙取江河之水以为雨，此疑似之说耳"，表明作者并不否定降雨现象乃是神秘的龙的作用，而且，作者还用具体的例

---

[1] 〔清〕蒲松龄著，张友鹤辑校：《聊斋志异》（会校会注会评本）卷四，第491页。
[2] 路大荒整理：《蒲松龄集》，上海古籍出版社1986年版，第51页。

子来证明这种神秘力量:"徐东痴南游,泊舟江岸,见一苍龙自云中垂下,以尾搅江水,波浪涌起,随龙身而上。遥望水光晱烟,阔于三匹练。移时,龙尾收去,水亦顿息。俄而大雨倾注,渠道皆平。"但在《宦娘》(卷七)中,温如春"离家数十里,天已暮,暴雨莫可投止。路旁有小树,趋之"。《诗谳》(卷八)也说:"是夜微雨,泥中遗诗扇一柄。"降雨又被看作纯粹的自然现象。

其实,问题的关键不在于蒲松龄是有神论者还是无神论者,而在于《聊斋》中各种现象和事物的神秘性质来源于什么样的思维方式,以及蒲松龄怎样利用这一思维方式而加以艺术创造。

列维－布留尔说:"原始人周围的实在本身就是神秘的,在原始人的集体表象中,每个存在物,每件东西,每种自然现象,都不是我们认为的那样。我们在它们身上见到的差不多一切东西,都是原始人所不注意的或者视为无关紧要的。然而在它们身上原始人却见到了许多我们意想不到的东西。"① 在《聊斋》里也正如原始人一样,不仅梦幻具有神秘的、实在的性质,其他事物和现象也都具有神秘的属性。有时候,这种属性正是在人物的梦或幻觉中显示出来的,即使不是出现在梦中或幻觉中,在本质上说也是人们主观幻想的产物。在清醒状态下或者在理性眼光看来纯粹是客观存在的事物和现象,梦幻思维却能见到某种神秘的性质和力量。这种性质和力量是实在的,重要的,所谓事物和现象的客观属性反而被缩小,甚至被抽掉了。蒲松龄一方面相信客体和存在物的神秘属性,许多简短的片段原封不动地记录了搜集来的怪异之事;另一方面,他又在这种神秘属性中掺进了并不神秘的因素。原本属于"内容"的东西在蒲松龄笔下被利用来成为"形式"的东西。在这个意义上说,他又并不相信神秘的东西。即使如此,也并不妨碍他对神秘事物的浓厚兴趣。

在古代宗教与神话中,神灵乃是高居于人类之上,并赐福给人类或者对人类的罪恶加以惩罚的超然力量。在《聊斋》里,神灵经常出现在梦中,它们对人的恩赐或惩罚也通过梦境而得以实现,梦幻沟通了人与神的联系。神灵指示世族张姓者把墓地转让给毛家,又通知店主人迎接赴试途中即将到来的毛相国(卷四《姊妹易嫁》);乌镇土地神让当地百姓对即将到来的淄川许某"助以资斧"(卷一《王六郎》);八十二岁的金永年被

---

① [法]列维－布留尔著:《原始思维》,第28页。

神灵"赐予一子"(卷五《金永年》);神灵告诉杨涟:"前途有人能愈君疾,宜苦求之。"(卷九《杨大洪》);城隍神向巡抚朱公暗示无头冤案的真相(卷十二《老龙船户》);金甲神人告诉某御史说张某无罪(卷一《王兰》),都是在梦中表现出来的。神灵还通过梦幻惩罚有罪之人。厍大有"梦至冥司,冥王怒其不义,命鬼以沸油浇其足。既醒,足痛不可忍"(卷六《厍将军》);柴廷宾妻子金氏在梦中受到阎罗王的"微谴","醒而大惧,犹冀为妖梦之诬。食后果病,其痛倍切"(卷七《邵女》);扬州提同知"夜梦岳神召之,词色愤怒","醒而恶之","中夜而卒"(卷九《岳神》)。梦中的神灵具有如此大的威力,以至于施愚山在未梦见神灵的情况下,也要借助于梦中的神灵:"曩梦神人相告,杀人者不出汝等四五人中。今对神灵,不得有妄言。"(卷十《胭脂》)

　　为什么在清醒状态下感觉不到的神灵却经常出现在梦中?因为人在清醒状态下的知觉局限于客观世界的外部特征,梦幻却能穿透客观世界的表层而直接与其"内部"的神秘性质打交道。许盛不信齐天大圣真有灵验,"窃笑世俗之陋",但他却在梦中被召入大圣祠,"仰见大圣有怒色";"盛由此诚服信奉,更倍于流俗"(卷十一《齐天大圣》)。神灵是梦幻思维的产物,梦幻给世界涂上了神秘色彩,并把神灵看作是在世界背后实际存在的。因此,人在梦中见到神灵,梦醒后便执行神灵的旨意或者接受神灵在梦中的恩赐或惩罚。

　　在另一些作品中,人与神灵的联系表现为人对神仙的依恋。崂山道士用幻术把月宫移到人间,"剪纸如镜,黏壁间。俄顷,月明辉室,光鉴毫芒";又招来仙人嫦娥,"以箸掷月中,见一美人,自光中出。初不盈尺;至地,遂与人等。纤腰秀项,翩翩作《霓裳舞》"(卷一《崂山道士》);巩仙"探袖中出美人",董双成、许飞琼等"一切仙姬,次第俱出。末有织女来谒,献天衣一袭,金彩绚烂,光映一室"(卷七《巩仙》)。通过幻术而使人产生美妙的幻觉,仙女的出现使客观世界蒙上了神秘而浪漫的色彩。像金永年被神灵"赐予一子"一样,吴青庵也被神仙赐予一子。在前者中,神灵乃是超然的存在,它所赐予的实际上是生育能力,七十八岁的老媪"腹震动;十月,竟举一男";而在后者中,仙女不仅赐给吴生一子,而且此子乃是仙女与吴生"极尽绸缪"之后所生,梦幻的神秘性质转化成了世俗男子的理想愿望。

　　由于梦中的经历与现实经历一样是实在的,所以在《聊斋》里,经常在梦幻中出现的仙女有时并不以梦幻形式表现出来。《锦瑟》（卷十二）中的锦瑟"以罪被谪，自愿居地下"；《乐仲》（卷十一）中的琼华本是"散花天女"，因为"偶涉凡念"，被"谪人间三十余年"；《蕙芳》（卷六）中的蕙芳是西王母宫中仙女董双成的妹妹，"谪降人间十余载"。还有《嫦娥》（卷八）中的嫦娥，《神女》（卷十）中的神女，《仙人岛》（卷七）中的芳云等，都是现实世界中本来不存在的，因而都是幻想人物。在蒲松龄笔下，她们都生活在人间，分别成为土生、乐仲、马二混、宗子美、米生、王勉的妻子，有的还定居在现实人间，不再回到幻想中的仙界。幻想中的仙女与现实中的人类相处在一起，一方面使仙女完全世俗化了，另一方面又使现实生活具有幻想的成分。幻变成了真，真也就具有了幻的性质。

各种变形故事也通常发生在梦中。或者说，梦幻打破了人与异类之间的界限。在六朝志怪里，徐邈"独在帐内，以与人共语"。天明时，其旧门生见一大青蚱蜢"从屏风里飞出"，疑此为魅；至夜，妖魅入邈梦云："为君门生所困，往来道绝。相去虽近，有若山河。"[①] 谢允开槛出虎，后允在狱中不得出，梦人曰："此中易入难出。汝有慈心，当救拯。"醒后"见一少年，通身黄衣，遥在栅外，时进狱中与允言语"[②]。在入梦以前，或者在梦外人看来，大青蚱蜢就是大青蚱蜢，老虎就是老虎，但在梦中，这些动物却以人的形态表现出来，并且像人一样说话。在《聊斋》里，在非梦状态下，柳树就是柳树，是客观地生长在田禾边上的植物；蝴蝶就是蝴蝶，是"风飘碎锦"般的小动物。但在某沂令和王屺生的梦中，柳树化为一秀才，"峨冠绿衣，状貌修伟，自言御蝗有策"（卷四《柳秀才》）；蝴蝶化为一女子，"衣裳华好，从容而入"（卷八《放蝶》）。客观知觉在动植物身上所感觉到的自然属性在梦幻中被消除了，这些动植物因而转化为人的形态并与人打交道。窦旭的梦把"飞鸣枕上""嘤嘤未绝"的蜜蜂转化为桂府国王及其莲花公主（卷五《莲花公主》）；毕怡庵的梦把狐转化为"年逾不惑"的妇人以及年方及笄的少女（卷五《狐梦》）；鱼客的梦把乌鸦转化为"二十许丽人"（卷十一《竹青》）。梦幻是一种类型向另一种类型转换的催化剂或必经之路。

---

① 〔宋〕李昉：《太平广记》卷四七三"蚱蜢"条引《续异记》。
② 〔宋〕李昉：《太平广记》卷四二六"谢允"条引《甄异记》。

有时，梦幻把人变为异类。梦幻抽掉了人的客观特征，并使人以异类的形态表现出来。《淮南子·俶真训》载："昔公牛哀转病也，七日化为虎"；《齐谐记》师道宣忽得病发狂而变为虎[1]。得病或发狂也就是产生特殊知觉的过程，这种知觉与梦幻具有同样的性质。在唐传奇中，南阳士人在"忽如睡梦"的"恍惚"状态下接受异人令其化虎的文牒，然后"变为虎"[2]；薛伟"忽闷，忘其疾，恶热求凉，策杖而去"，在"不知其梦"的状态下化身为鱼[3]。在《聊斋》里，向杲"毛革顿生，身化为虎"，咬死仇人庄公子以后，"恍若梦醒"，恢复了人形（卷六《向杲》）；鱼客"化为鸟，振翼而出"，效乌友接空中抛来之食，后"忽如梦醒，则身卧庙中"（卷十一《竹青》），可见都是在梦中幻化为动物。白甲则在其父亲的梦中"扑地化为虎，牙齿巉巉"（卷八《梦狼》）。进入梦中的只是人的灵魂，其客观可感的躯体则被搁置在梦外。所谓人向异类的转化只是灵魂以异类的外形表现出来，化为异类者仍然具有人的意识和知觉。正如畅体元以羊皮护体而被称为"五羖大夫"（卷三《五羖大夫》）、陕右某公被披上羊皮又被脱下（卷三《某公》）一样，异类的外形既可以穿上，也可以脱下。

由于梦幻并不被看作是纯粹主观的，所以异类在梦中化为人后，也可以以人的形态出现在梦外；人在梦中化为异类以后，可以与梦外的人发生联系，如向杲在梦中化为虎后，咬死了并非在梦中的庄公子。

五

在梦幻思维中，人的灵魂是比人的躯体更为实在、更为重要的因素。在很多情况下，灵魂是在梦中出现的，梦沟通了生者与死者的联系。阿喜的父亲死后，阿喜"夜梦父来"，曰："但缓须臾，勿死，夙愿尚可复酬"（卷四《青梅》）；李月生"忽一夜梦父曰：'今汝所遭，可谓山穷水尽矣。尝许汝窖金，今其可矣。'问：'何在？'曰：'明日畀汝。'醒而异之，犹谓是贫中之积想也。次日，发土葺墉，掘得巨金"（卷十二《李八缸》）；于江父亲为狼所食，于江"忽小睡，梦父曰：'杀二物，足泄我

---

[1] 〔宋〕李昉：《太平广记》卷四二六"师道宣"条。
[2] 〔宋〕李昉：《太平广记》卷四三二"南阳士人"条引《原化记》。
[3] 〔宋〕李昉：《太平广记》卷四七一"薛伟"条引《续玄怪录》。

恨。然首杀我者，其鼻白；此都非是。'江醒，坚卧以伺之"；后打死一狼，果然是梦中父魂所谓"白鼻"者（卷三《于江》）；王生梦见死去的友人董生说："与君交好者，狐也。"（卷二《董生》）。梦幻成为死者亡灵出现的场所，这实际上意味着，只有在理性或客观知觉失去作用，神秘的梦幻知觉占主导地位的情况下，人才能感觉到灵魂的存在。梦中的事物与日常见到的东西一样具有实在性，因此，梦醒以后，人便按照梦中亡魂的指点来行动，从而摆脱困厄，或者为死者复仇。

从另一个角度来说，死者灵魂的存在是梦幻思维消除了客观躯体条件的表现。人的躯体是可触可感的物质存在，灵魂则是看不见的，神秘的。对梦幻思维来说，灵魂并不比躯体更少实在性，甚至比躯体更具有实在性。因此，人死之后，躯体的消亡并不妨碍灵魂的继续存在。在上述故事中，生者与死者生前或者是父子关系，或者是朋友关系。死亡的事实使这些关系在客观上被割断了。在消除了客观性的梦幻中，这些关系又被沟通起来了。有时候，生者与死者生前并没有客观上的联系，梦幻也能把两者联结起来。伍秋月死去已经三十年，生前与王鼎并不相识，王鼎却能在梦中与死后的伍秋月相会（卷五《伍秋月》）；丰玉桂同样能在梦中见到死后的李洪都及其义女薛慰娘（卷十二《薛慰娘》）。

灵魂不仅在死后离开躯体，有时候在人活着的时候也能离开躯体。在六朝志怪中，石氏女曾窃视庞阿，"自尔仿佛即梦诣阿，及入户，即为妻所缚"[1]。灵魂在梦中离开躯体，在梦外被人见到乃至缚住。这是最早的离魂故事。唐代传奇《离魂记》[2]，元杂剧《倩女离魂》，话本小说《大姊魂游完宿愿，小姨病起续前缘》，《聊斋》中的《阿宝》（卷三）、《寄生》（卷十二）等，都属于同一类型的故事。梦幻思维把躯体的客观限制抽掉以后，灵魂可以自由自在地活动。

死者灵魂的存在正如活人的灵魂在梦幻中离开躯体。叶生的灵魂跟随丁乘鹤，在丁家设帐授徒，"以生平所拟举子业，悉录授读"；丁公子因而先后中亚魁，捷南宫。叶生的灵魂也"入北闱，竟领乡荐"，随丁公子衣锦还乡。在此之前，丁乘鹤及其公子一直不知道叶生实际上是死去了的鬼魂（卷一《叶生》）。牛成章死后，其灵魂在金陵开设店肆，娶妻子，

---

[1] 〔宋〕李昉：《太平广记》卷三五八"庞阿"条引《幽明录》。
[2] 〔宋〕李昉：《太平广记》卷三五八"王宙"条。

与活着的人完全一样（卷七《牛成章》）。

由于灵魂在死后离开躯体如同在活人梦中离开躯体一样，所以，有时候，进入梦幻的过程也就是死亡的过程，或者说，死亡的过程即是进入梦幻的过程，死而复生也就是从梦中醒来。太原王生被道士救活，第一句话是："恍惚若梦，但觉腹隐痛耳。"（卷一《画皮》）范十一娘的尸体被孟安仁从棺中取出，"置榻上，投以药，逾时而苏"；十一娘"始如梦醒"（卷五《封三娘》）；连琐死后二十余年，开棺复活后，觉得"二十余年如一梦耳"（卷三《连琐》）；丰玉桂"傍家卧，忽如梦，至一村"，遇死去了的李洪都与薛慰娘后，"生觉，则身卧冢边，日已将午"；"村人见之皆惊，谓其已死道旁经日矣"（卷十二《薛慰娘》）；鱼客"忽如梦醒，则身卧庙中"。梦醒之前，"居人见鱼死，不知谁何，抚之未冷，故不时令人逻察之"（卷十一《竹青》）。在这些例子中，死亡即入梦，梦即死亡。两种形式的共同点在于消除了躯体的客观局限性，神秘的灵魂因而体现出充分的实在性。

在梦幻思维中，看不见、触摸不到的、神秘的灵魂具有如此重要的意义，相比之下，感官可以接触到的、客观存在的躯体却成了可有可无的外壳。王兰暴病死后，被阎王"责送还生"，即使"尸已败"也没关系。从狐口窃取金丹而吞之，"则魂不散，可以长存，但凭所之，罔不如意"。其灵魂附在友人张姓者身上，"即日趣装，至山西"，为富室女子觅回了丢失的灵魂，得到富翁的千金报偿（卷一《王兰》）。如果说灵魂是居住在躯体这一"寓所"的"主人"的话，那么，它既可以住在这个寓所，也可以换一个寓所。躯体是临时性的，灵魂则是永久的。

李通判的女儿借张家燕儿之躯还魂，既像还魂之前一样对桑生一往情深，又把张家的富裕带给了桑生（卷二《莲香》）；秋容借富室郝氏女儿的躯体而复生，身在郝家，又说："我非汝女也。"从而突破了陶生望三与郝家的贫富悬殊，郝父不得不"识婿而去"（卷六《小谢》）；何子萧借某太史的躯体还魂后，"昔之名士"成为"今之太史"，既有太史的地位，又不失其名士风度（卷三《黄九郎》）。长清僧的灵魂与河南故绅子的躯体结合之后，构成了极为有趣的个体：故绅家人仍视他为过去的公子而把他扶归家中，"粉白黛绿者，纷集顾问"，又以"钱簿谷籍，杂请会计"，他被笼罩在世俗人心所看重的七情六欲、物质享乐的气氛中。但他却自认为僧，"饷以脱粟则食，酒肉则拒。夜独宿，不受妻妾奉"，"灰心木坐，了不匀当家务"。复归山寺后,"公子家屡以舆马来,哀请之,略不顾瞻。又年余,夫人遣纪纲至,多所馈遗。金帛皆却之,惟受布袍一袭而已",完全是超尘脱俗的圣者,从而表现了"入纷华靡丽之乡而能绝人以逃世",世俗情欲与脱俗雅趣,两方面都不耽误。在这里,躯体与灵魂的关系有如能指与所指的符号关系。一个所指意义(灵魂)可用不同的能指符号(躯体)来表示,一个能指符号(躯体)也可以表达不同的所指意义(灵魂)。灵魂的重要性和实在性构成了不同个体之间的互渗,同一个个体既可以被看作是这个人,也可以被看作是那个人,个体与个体之间的分别被打破了。这是灵魂在共时性关系上构成的互渗。

梦幻思维还可以在历时性的关系上构成个体与个体之间的互渗,这就是灵魂投生转世的信仰。世界许多民族都有这种原始信仰。当孩子生下来时,这就是某个确定的人再度出现,或者更正确地说是再度赋形。任何一次出生都是转生。例如,在西北美洲的不少部族中,一个人生下来就带着自己的名字,自己的社会职能,自己的纹章等。个人、名字、魂和角色的数目都是有规定的,氏族的存在永远是同一些人的死亡和再生的总和①。在《聊斋》里,蒋太史"记前世为峨嵋僧,数梦到故居庵前潭边濯足"(卷八《蒋太史》);邵士梅为高东海死后的灵魂转生而来;所以,他前往看望高东海生前所生之子,"远近皆知其异"(卷八《邵士梅》)。由于灵魂是不变的,所以,此生的某人也就是前世的另一人。也正因如此,父母所生之子有时与父母之间并没有血缘关系,而是被看作另一个人。何同卿的小妾生子时,何愀然曰:"拆楼人已至矣。"因为此子是被何打死的卖油者的灵魂投生而来,是前来报仇的卖油者(卷十一《拆楼人》)。有时候,灵魂投胎转世的过程也是在梦中进行的。某主计仆"忽梦一人奔入,曰:'汝欠四十千,今宜还矣。'问之,不答,径入内去。既醒,妻产男,知为凤孽"(卷一《四十千》)。《珠儿》(卷二)、《汪可受》(卷十一)、《李檀斯》(卷十二)、《李象先》(卷十二)等都表现了同一信念。《聊斋自志》也说:"松悬弧时,先大人梦一病瘠瞿昙,偏袒入室,膏药如钱,圆粘乳际。寤而松生,果符墨志。"在这种梦幻思维中,出生的生理作用被抽掉了,婴儿并不是受孕的直接结果;受孕只是母亲为接受和生出那个已经存在的灵魂所做的准备。梦幻思维把灵魂从躯体中抽取出来后而投入

---

① 参阅〔法〕列维-布留尔著《原始思维》,第330页。

另一个躯体，这就是婴儿诞生的意义。

躯体在梦幻思维中可有可无，或者可以更换，那么也就可以被拆开或者换掉其中一部分。刘义庆《幽明录》载贾弼之"夜梦一人，面查丑甚，多须，大鼻。诣之曰：'爱君之貌，欲易头，可乎？'弼曰：'人各有头面，岂容此理！'明昼又梦，意甚恶之，乃于梦中许易。明朝起，不觉，而人见悉惊走。弼取镜自看，方知怪异"①。某甲与某乙在梦中被互换双脚②。洪迈《夷坚丙志》卷四《孙鬼脑》记孙斯文"梦人持锯截其头，别以一头缀项上。觉而摸索其貌，大骇。取烛自照，呼妻视之，妻惊怖即死"。在《聊斋》里，朱尔旦"忽醉梦中，觉脏腑微痛；醒而视之，则陆危坐床前，破腔出肠胃，条条整理"。后来，朱尔旦妻被陆判换头的手术也是在其妻梦中完成，"朱妻醒，觉颈间微麻，面颊甲错"；"引镜自照，错愕不能自解"（卷二《陆判》）。因为在梦幻中，人的灵魂超越了躯体，所以，躯体被割换，并不会导致死亡。除了"脏腑微痛"，"颈间微麻"之外，并没有太多痛苦。由于梦境与现实具有同样的实在性，所以梦中被换头、换心或换脚，醒后就真变成了另一副模样。或者梦外的人施行割换手术，被割换的人则在梦中接受手术。乔生割心头肉以给连城治病（卷三《连城》）；和生先将瑞云变得"丑状类鬼"，然后又使其"艳丽一如当年"（卷十《瑞云》）；阿英为姜氏"理妆"，"细匀铅黄"，使其"艳增数倍"（卷七《阿英》），都与朱尔旦夫妻被换头换心具有同样的意义。躯体客观性的消除，使得"无人不可转移"（《阿英》）。太原王生的胸腔被打开，心脏被掏出之后，又可以把心脏放回胸腔，然后"以两手合腔，极力抱挤"，"裂缯帛急束之"（卷一《画皮》）；席方平被置于铁床，"炽火其下，床面通赤"，被烤得"骨肉焦黑"，却仍然"跛而能行"。又被"锯解其体"，"锯方下，觉顶脑渐辟，痛不可禁"；"锯隆隆然寻至胸下"；然后"推令复合，曳使行。席觉锯缝一道，痛欲复裂，半步而踣"（卷十《席方平》）。躯体的客观性无足轻重，可以随意组装、改造，想象的拘束也被解除，因而有了令人眼花缭乱的《聊斋》。

---

① 〔宋〕李昉：《太平广记》卷三六〇"贾弼之"条引；又据《太平御览》卷三六四引，文字略异。

② 〔宋〕李昉：《太平广记》卷三七六"士人甲"条引。

《聊斋志异》与书生

一

书生早已有之。但究竟什么是书生，书生与文学有什么样的关系，其在文学中具有什么样的表现形态，至今没有确切的说法。本文就这些问题申述之。

书生作为一种称呼，一种身份标记，至迟在汉代就已经出现。《史记·儒林列传》所记的"辕固生""伏生""高堂生""田生""胡毋生"等，都是书生。书生亦即儒者。司马贞《史记·索隐》曰："自汉以来儒者皆号生，亦先生省字呼之耳。"《东观汉记》记赵孝"每告归，往来常白衣步担，过道上邮亭，但称书生，寄止于亭门塾"[①]。《后汉书·费长房传》："长房曾与人共行，见一书生，黄巾被裘，无鞍骑马，下而叩头。"到六朝志怪，书生便成为常见的主人公。如，与鲍宣同行、心痛而卒的书生(《艺文类聚》卷八三引《列异传》)；"能易筮，善厌胜之术"的少年书生淳于智(《搜神记》卷三)；"皓首，称胡博士，教授诸生"的吴中书生(《搜神记》卷十八)；"明术数"、夜宿安阳亭的书生(《搜神记》卷十八)；"卧路侧，云脚痛，求寄鹅笼中"的书生(吴均《续齐谐记》)；燕昭王墓前斑狸所化的书生(《续齐谐记》)；等。书生又称诸生、童子、士人。如：尝宿产妇门外的诸生华歆(《太平御览》卷三六一引《列异传》)；斫死纵火妖狐的角巾诸生(《异苑》卷九)；于代郡亭斫死老雄鸡怪的诸生(《太平御览》卷五八〇引《幽明录》)；与紫玉结为生死夫妻的童子韩重(《搜神记》卷十六)；埭上留宿女子、至晓"解金铃系其臂"的王姓士人(《搜神记》卷十八)；斋中奇遇"舒甄仲"的王姓士人(《太平御览》六〇六引《幽明录》)等。有时，书生简称生或某生，如夜读诗经遇鬼女的谈生(《太平广记》三一六《列异传》)；身处绝境、被

---

① 〔宋〕李昉：《太平御览》卷一八五引《东观汉记》。

狗所救的广陵人杨生(《艺文类聚》卷九四引《续搜神记》)。随着时间的推移,有些故事人物由原先的身份模糊到书生化倾向日趋明显,最典型的例子是田螺姑娘的故事的主人公,在晋束皙《发蒙记》和《搜神后记》里都只是称为"侯官谢端",到梁任昉《述异记》则称为"书生谢端"。唐传奇中,《南柯太守传》的淳于生、《霍小玉传》的李生、《莺莺传》的张生、《柳毅传》的柳毅、《纂异记》的许生(《太平广记》卷三五〇)、《玄怪录》的崔书生(《太平广记》卷六三)、景生(《太平广记》卷三八四)等,都是有关书生的故事。宋代《青琐高议》《云斋广录》、明代《剪灯新话》《剪灯余话》《觅灯因话》等也大都是关于书生的故事。即使不用书生的称呼的故事,也大都以书生意识为核心,折射书生群体特有的情感或思维方式。从这个意义上说,《聊斋》所传承的叙事类型属于书生文学。

《聊斋志异》全书490多篇作品,除了"农子马天荣"(卷三《毛狐》)、"贩布为业"的某布客(卷五《布客》)、"芸于山下"的"农人"(卷五《农人》)、"商人某"(卷七《商妇》)、齐东令(卷七《龙戏蛛》)、"某中堂"(卷八《三朝元老》)等之外,至少有210篇作品的主人公,带有明显的书生标签,被称为"生",或"诸生""小生""童子""童生""秀才""士人""士子""士人子"。其他一些人物,如王成(卷一《王成》)、成名(卷四《促织》)、乐云鹤(卷三《雷曹》)、徐继长(卷六《萧七》)等,虽"去读而贾","进身为鹾贾",或"去而为吏",不以"书"为"生",没有书生标签,但"操筹不忘书卷","执卷哦诗",或曾经"操童志业","幼业儒","业儒未成",都以书生为底色。

《聊斋志异》不仅写了众多书生的故事,而且,作者蒲松龄一生都以书生自居。他做了一辈子的教书先生,同时做了一辈子应试不辍的学生。读书和教书构成了作者的全部生涯。这使《聊斋》中的主人公与作者有特定的亲和关系。他们是但明伦所说者的"我辈中人"[①]。书生讲述的书生故事具有鲜明的区别性和排他性。他们是书生,而不是其他什么人。许多时候,他们被简称为"生",而作为个体标志的姓或名,则可有可无,因而常常被省略。作品所突出的是书生的身份及其群体性;至于他们是书

---

① 但明伦关于《竹青》的评点,见〔清〕蒲松龄著,任笃行辑校《聊斋志异(全校会注集评本)》,齐鲁书社2000年版,第2191页。

生中的哪一个，则无关紧要。书生意识决定人物的行为或情节模式，决定故事的构成形态。很多作品都把叙事角度限定在书生的眼中，通过他们的心灵和眼光来呈现狐魅花妖、神仙鬼怪等。《聊斋》体现了书生的情感、趣味、梦想或价值取向，体现了书生的自我观照、自怜、自恋，或自嘲。

二

书生是特定的社会群体，但不是职业群体。马骥父说，"数卷书，饥不可煮，寒不可衣"（卷四《罗刹海市》）。刘夫人说，"读书之计，先于谋生"（卷九《刘夫人》）。可见书生本身不是一种职业群体。书生的生存必须靠家庭或官府的资助；或者通过经商、坐馆、入仕等其他方式，才能获取生活资源。从这个意义上说，书生是一种依赖性、预备性、过渡性的群体。一旦入仕为官，便不再称为"生"或"书生"。这个群体也不以年龄为限。"三十老明经，五十少进士"，意即对科举而言，三十岁可能已太老，五十岁却可能还太小，七十岁如果还没有中举，就仍然还是"童生""童子"。因此，书生，无论年龄大小，都属于职业生涯开始之前及进入社会之前的阶段。这个阶段的书生也可说是"未成年"。一方面，可能的上升通道内化为书生的自我期许；另一方面，当他们把目光投向比自己更高的群体，亦即富贵阶层，并由此反观自身时，或者当他们遭遇挫折、希望落空时，他们对自身的现状是不满意的。普遍的精神上、心理上的短缺感或饥饿感表现为《聊斋》反复出现的高频词"穷"或"贫"。张介受"家婆贫，无恒产"（卷四《青梅》）；孙子楚"有相如之贫"（卷二《阿宝》）；冯相如"家屡空"（卷二《红玉》）；陶望三"家綦贫"（卷六《小谢》）；程思孝"家赤贫"（卷七《胡四娘》）；申氏"家婆贫，竟恒日不举火"（《申氏》）；廉生"家婆贫"（《刘夫人》）；渔客"资斧断绝"（《竹青》）；丰玉桂"贫无生业"（《薛慰娘》）；长山赵某"孤贫"（《褚遂良》）；沂人王生"家清贫"（《锦瑟》）；冯相如"家婆空"（《红玉》）；王成"生涯日落，惟剩破屋数间，与妻卧牛衣中"（《王成》）；顾生"家綦贫"（《侠女》）；陈生弼教"家贫"（《西湖主》）；顺天某生"家贫"（《颜氏》）；马二混"家贫"（《蕙芳》）；邵生"家贫"（《阎罗宴》）；临清崔生"家赤贫，围垣不修"（《画马》）；穆生"家清贫"（《丑狐》）；陈锡九"家业萧条"（《陈锡九》）等。这印证了《论语·卫灵公》所说的"君子固穷"。"穷"成了书生的固有标签。《聊斋》中，许多故事的进展和布局，人物的行为动机，情节的构成要素等，都以"穷"为基础。

因为不屑稼以谋生的职业，缺乏经济、社会上的独立性和自主性，软弱、无助、缺乏安全感，便成为书生对自身处境的普遍感受。《聊斋》把众多书生置于被欺压、被羞辱的情境之下，就是这种弱者心态的折射。原为御史官、"大煽威虐"的邑绅宋氏，遣数人进入贫士冯相如家，"殴翁及子，汹若沸鼎"，然后抢走冯妻卫氏。冯生"抱子兴词，上至督抚，讼几遍，卒不得直"。宋氏被无名侠客杀死之后，邑令又不分青红皂白地把冯生打入狱中，"生既褫革，屡受梏惨"（卷二《红玉》）。士人商士禹被邑豪打死，其子"讼不得直，负屈归"（卷三《商三官》）。范生被邑令赵某"杖毙"，"同学忿其冤，将鸣部院"；赵"以巨金纳大僚，诸生坐党被收"（卷九《张鸿渐》）。冯相如、商士禹、范生等之所以受豪绅和官府的欺凌，就因为是书生。《黄九朗》（卷三）中的何子萧、《辛十四娘》（卷四）中的广平冯生、《田七朗》（卷四）中的"操童子业"的成名、《云萝公主》（卷九）中的安大业、《席方平》（卷十）中的席方平等，似乎官吏豪绅等强势者特别喜欢欺负书生，或者说书生特别容易受欺负。冯生与楚公子虽然"少共笔砚"并且"相狎"，可是，楚公子竟因为冯生的"嘲慢"而对其怀恨在心，必欲置之死地。既然如此在意冯生的"嘲慢"，对冯生"评涉嘲笑"而感到"大惭"，为什么楚公子要再三"折简来招饮""走伻来邀生饮"？难道就是为了领受冯生的"嘲慢"并制造报复的机会吗？十四娘初见楚公子即告诫冯生"不可与久居""宜勿往"；又说："子不听吾言，将及于难"；并且约束冯生、令其"从今闭户绝交游，勿浪饮。"冯生也已"诺之"，"惧而涕，且告之悔"。可是，他又一而再、再而三地招惹楚公子，似乎其目的就是为了得到楚公子的报复，不如此决不罢休（卷四《辛十四娘》）。洛阳孙公子与吕无病同居之后，"殆有终焉之志"。孙妻许氏临终也劝孙公子将吕无病"正位"。孙公子"将践其言"。可是，"世家论昏，皆勿许"的孙公子却偏偏答应王天官女的求婚；由此而带来的屈辱、磨难，似乎是孙公子必须经历的（卷八《吕无病》）。也就是说，楚公子、王天官女等都是带有让书生遭受屈辱或磨难的使命而来。《孟子·告子下》曰："天将降大任于是人也，必先苦其心志，劳其筋骨，饿其体肤，空乏其身。"广平冯生、洛阳孙公子等人的遭遇都是"苦其心志，劳其筋骨"的表现，是书生必经的考验，是他们进入社会的"成年礼"。

书生被置于弱势境地的目的是为得到关爱、救助提供机会。豪绅权贵对书生欺压与十四娘等对书生的关爱、救助,这两者之间有非常明显的逻辑关系。十四娘设法营救冯生于死刑,使冯生"再生于当世";然后"托媒媪购良家女",为冯生准备了"年及笄,容华颇丽"的美妇。而十四娘自己却没有企图回报,不求婚娶以为终身之托。她"为人勤俭洒脱,日以纴织为事","又时出金帛作生计。日有赢余,辄投扑满"。当十四娘"渐以衰老""暴疾,绝饮食"的时候,冯生"泣伏不起","敬之,终不替","侍汤药,如奉父母"(卷四《辛十四娘》)。十四娘与《王成》中的狐仙、《翩翩》中的翩翩、《刘夫人》中的刘夫人等,都是书生潜意识中的母亲或者情人兼母亲。《红玉》(卷二)中的虬髯丈夫、《马介甫》(卷六)中的马介甫、《田七郎》(卷四)中的田七郎等,则是书生潜意识中的父亲。

　　豪绅、官吏、富贵公子、骄横的妻等是书生的"他者",是书生角色的"对手"。他们反衬出书生的穷困、窘迫,给书生带来羞惭或屈辱。与此同时,围绕书生而存在的,还有一种不可或缺的角色——书生的保护神、救助者。他们给书生带来抚慰、尊重、力量、财富或运气。狐仙告诉车生"道侧有遗金""院后有窖藏",并让车生囤积居奇,趁"价廉","收荞四十余石";然后在"大旱,禾豆尽枯,惟荞可种"时,售荞种,"得息十倍"。车生"由此益富,治沃田二百亩"(卷二《酒友》)。宫梦弼在书生柳和陷入困境之前,就为他做好准备,"每和自塾归,辄与发贴地砖,埋石子,伪作埋金为笑。屋五架,掘藏几遍";"宫时自外入,必袖瓦砾,至室则抛掷暗陬"。柳和全家陷入绝境时,"往日所抛瓦砾,尽为白金"。所瘗砖石,"灿灿皆白镪。顷刻间,数巨万矣"。柳家"由是赎田产,市奴仆,门庭华好过昔日"(卷三《宫梦弼》)。红玉不仅自己与冯生"共寝处",及时给冯生以柔情和慰藉,而且以白金四十两赠生,使冯生得以娶卫氏女为妻。冯生遭遇邑绅宋氏抢妻的劫难后,红玉保护冯生与卫氏所生子福儿,"夙兴夜寐","剪莽拥彗,类男子操作";"出金治织具,租田数十亩,雇佣耕作。荷镵诛茅,牵萝补屋,日以为常"。使冯家很快"人烟腾茂,类素封家"。红玉还督促冯生:"但请下帷读,勿问盈歉";她"以四金寄广文",使冯生"复名在案";冯生"领乡荐","腴田连阡,夏屋渠渠"。冯生的一切都是红玉所赐,红玉之于冯生,实即"再生父母"(卷二《红玉》)。有时,为书生带来好运气的可能是面目不清的怪物。士人子申氏"家窭贫,竟恒日不举火",以致到了"妻欲娼"的地步。他想到盗,准备往富室亢氏家行窃;但又感到羞耻:"跖而生,不如夷而死!"在他陷入生存和道德这双重压力时,意外出现的龟魅化解了内心冲突。龟魅化为一男子,潜入亢氏家。待男子出时,申生击之而毙,得到亢氏家的谢金三百,"自此谋生产,称素封焉"(卷十《申氏》)。狐仙马介甫帮助书生杨万石制服妒悍的妻尹氏,又授杨以"丈夫再造散",使其重振雄风(卷六《马介甫》)。和生用法术将"名噪已久"的妓女瑞云变得"丑状类鬼",余杭贺生得以廉价"买之而归"后,和生又使其"艳丽一如当年"。和生之所以"晦其光而保其朴",不愿意瑞云这样的"绝世之姿"被其他"富商贵介"所得,就是为了"留待怜才者之真鉴"(卷十《瑞云》)。虬髯丈夫、田七郎则分别为书生冯相如或武承休报仇(卷二《红玉》、卷四《田七郎》)。在菊精黄英及其弟陶三郎的帮助下,马子才家"日富","治膏田","楼舍连亘","享用过于世家"。因为有黄英"贩花"致富的非凡能力,马子才可以衣食无忧地"耻以妻富",可以唱"人皆祝富,我但祝富"的高调;既脱去了"贫贱骨",又守住了"清德"(卷十一《黄英》)。各种各样的龟魅、狐鬼、花妖等,都把保护、帮助书生作为自己的使命而出现在故事中。他们都不是为了自身而存在,而是为书生而存在。因为他们原本就不属于人类,所以他们不需要回报。使命完成之后,他们大都自动离去或消失。

六朝小说中的书生大多"明术数"或"能易筮,善厌胜之术",具有非同寻常的能力或性质。而《聊斋》中书生则是弱势群体,需要被呵护,被照顾,被帮助。书生源于先秦的士,但与先秦之士的"超越他自己个体和群体的利害得失,而发展出对整个社会的深厚关怀"①,有明显的差异。书生人格发生了深刻的变化。君子"谋道不谋食""忧道不忧贫"(《论语·卫灵公》),不以"恶衣恶食"为"耻"(《论语·里仁》)。而书生却对自己的物质状况和现实处境耿耿于怀。唐宋以降,孔子被日趋神化并成为"大成至圣先师文宣王"的同时,是书生越来越世俗化的过程。

书生的救助者或护佑神常常给书生的举子业或科考以帮助。郭生所作"窗课"经过狐的"涂鸦","房书名稿"的选择也"但决于狐"。由于狐的指点,郭生"入邑庠","两试俱列前名,入闱中副车"。狐也就是王生

---

① 余英时:《士与中国文化》,上海人民出版社1987年版,第35页。

所说的"师"(卷五《郭生》)。城隍庙中的陆判亦"知制艺",朱尔旦"献窗稿,陆则红勒之,都言不佳"。陆判为朱生"易慧心"之后,"素钝"的朱尔旦"自是文思大进,过眼不忘";后朱生"科试冠军,秋闱果中经元"(卷二《陆判》)。蟹、蛇、蛤蟆化成的三秀才各作时文一篇,赴试士人"深为倾倒,草录而藏怀之",入闱后竟"以是擢解"(卷十《三仙》)。与此相对照,帮助书生温习举子业或应试的异类并不参加科考。皇甫公子拜孔生雪笠为师,所呈课业"类皆古义词,并无时艺"。问之,答曰:"仆不求进取也。"(卷一《娇娜》)白于玉所读书"并非常所见闻,亦绝无时艺",因为"仆非功名中人也。"(卷三《白于玉》)蠹鱼精幻化而成的书生俞恂九"试作一艺,老宿不能及之"。俞慎公子"劝赴童子试",恂九曰:"自审福薄,不堪仕进;且一入此途,遂不能不戚戚于得失,故不为也。"(卷十《素秋》)既帮助书生应付科举,又不受科举之苦,处在比书生更超然、更自由的境界。这样的故事折射出书生不得不受科举牵绊而又企图摆脱科举的矛盾心态。郭秀才"见诸客半儒巾,便请指迷"。其中一人笑曰:"君真酸腐!舍此明月不赏,何求道路?"(卷七《郭秀才》)几位书生考试得意之后,邀登华山,"互诵闱中作,叠相赞赏。"由虎幻化而来的苗生厉声曰:"此等文,只宜向床头对婆子读耳,广众中刺刺者可厌也!"说罢,"伏地大吼,立化为虎,扑杀诸客,咆哮而去"(卷十二《苗生》)。得意士子被嘲讽,而落第书生却深受同情。俞慎下第归来,异类书生恂九"大为扼腕,奋然曰:"榜上一名,何遂艰难若此!我初不欲为成败所惑,故宁寂寂耳;今见大哥不能自发舒,不觉中热,十九岁老童,当效驹驰也。"入场后,"邑、郡、道皆第一","逾年科试,并为郡、邑冠军",为落第的兄弟吐了一口恶气。正在恂九春风得意,"自觉第二人不屑居"时,"榜既放,兄弟皆黜。时方对酌,公子尚强作噱;恂九失色,酒盏倾堕,身仆案下。扶置榻上,病已困殆"。落第的痛苦由异类承担了,书生因而得以缓解,反而能平静以对(《素秋》)。

《聊斋》中的异类也常常以书生形态表现出来。蟹、蛇、蛤蟆三怪化为"谈论超旷"的"三秀才"(卷二一《三仙》);蠹鱼精化为"风雅尤绝"的俞恂九(卷十《素秋》);海鱼化为"儒服儒冠"的少年于子游(卷十一《于子游》);柳树之神化为"峨冠绿衣,状貌修伟"的"秀才"(卷四《柳秀才》);皇甫公子(卷一《娇娜》)、马介甫(卷六《马介甫》)、孝儿(卷一《青凤》)等都是由狐幻化而来的书生。狐秀才胡氏

（卷三《胡氏》）、白于玉（卷三《白于玉》）、彭海秋（卷五《彭海秋》）、和生（卷十《瑞云》）、郎生（卷十《贾奉雉》）、余德（卷四《余德》）、《郭秀才》（卷七）中的诸客等狐、仙或异人等，也都被称为"秀才"或"生"。异类书生与现实书生常常成双成对地出现在故事中，如《成仙》（卷一）中的成仙与周生、《白于玉》（卷三）中的白于玉与吴青庵、《娇娜》（卷一）中的孔生雪笠与皇甫公子、《瑞云》（卷十一）中的余杭贺生与和生、《马介甫》（卷六）中的杨万石与马介甫、《黄九郎》（卷三）中的何子萧与黄九郎、《贾奉雉》（卷十）中的贾奉雉与郎姓秀才、《素秋》中的俞慎与俞恂九、《于去恶》（卷九）中的陶圣俞与于去恶、《叶生》（卷一）中的叶生与丁公子、《司文郎》（卷八）中的宋姓少年与王平子等。异类伴随着现实书生，如影随形。实质上，他们是书生的另一个"自我"。他们对书生的护佑或救赎，其实是书生的自我救助或救赎。

三

六朝以来的怪异故事都以男性意识为中心。祖台之《志怪》载："陈悝于江边作鱼篅。潮去，于篅中得一女人，长六尺，有容色，无衣服。水去不能动，卧沙中，与语不应。人有就辱之。"① 唐郑遂（一作郑常）《洽闻记》也载："海人鱼，东海有之，大者长五六尺，状如人，有细毛，五色轻软，长一二寸。发如马尾，长五六尺。阴形与丈夫女子无异。临海鳏寡多取得，养之于池沼。交合之际，与人无异，亦不伤人。"② 怪异故事的主角通常具有明确的性别特征——大多为女性，甚至以显眼的性器官示人。她们出现在人类男子面前，满足后者的性欲。很少异类化为男子而与人类女子发生关系的例子，这是以男性意识为中心的明证。《诗·卫风·氓》云："士之耽兮，犹可说也；女之耽兮，不可说也。"叶庆炳说，六朝的人鬼恋爱故事中，"女主角一定是鬼，男主角一定是人；从来没有一篇男鬼与女人的爱情小说，或女鬼与男鬼的爱情小说"；之所以如此，是"因为这些小说的作者都是男性。在魏晋南北朝，能诗善赋的女性不

---

① 《太平御览》卷三三、六八引祖台之《志怪》。〔宋〕李昉：《太平广记》卷二九五"陈悝"条引《洽闻记》。

② 〔宋〕李昉：《太平广记》卷四六四"海人鱼"条。

乏其人，像左思的妹妹左芬，鲍照的妹妹鲍令晖等都是，但是你绝对找不出一位女性的志怪小说作者"①。其实，这不是作者个人问题，而是普遍的文化心理的表现。不管作者个人是男性或女性，都不可能超越特定的文化心理。

在变形故事中，由异类变形为女子并满足男子情欲的故事不仅数量多，而且常常显得浪漫、美丽。而异类变形为男子的故事不仅数量非常少，而且，即使有异类男子与人类女子的故事，也显得丑陋不堪，难有缠绵多情的想象。《聊斋》里，某巨家乐意以异类女子为儿妇，但对异类书生胡氏的"求为姻好"，却以杖"逐之"（卷三《胡氏》）。金龙大王之女化为"二八丽者"霞姑，与之相会的金生明知其异，而依依不舍，"挽之而泣"。而五通神与金生甥女却被视为"惑"与"被惑"，必欲除之。五通最终被阉割。小马、豕、河妖化为"伟岸丈夫"或"盛装少年"，前往民家接近美妇或未嫁少女，都被视为为"淫占""为害"，都遭到毫不留情的驱逐或格杀（卷十《五通》）。《贾儿》（卷一）、《泥书生》（卷四）中的狐鬼与人类女子之间，同样只是"惑"，不是"爱"。

变形而来的女子在《聊斋》里经常出现在男性书生独处的时候。尚生"独居清斋，会值秋夜，银河高耿，明月在天，徘徊花阴，颇存遐想"的时候，"容华若仙"的狐女胡三姐忽然"逾墙来"，尚生"惊喜拥入，穷极狎昵"（卷二《胡四姐》）。焦生"读书园中，宵分，有二美人来，颜色双绝"（卷二《狐联》）。万福"税居逆旅"，"颜色颇丽"的女子私奔而来，万"悦而私之"（卷四《狐谐》）。于生"读书醴泉寺，夜方披诵"时，"绿衣长裙，婉妙无比"的绿衣女"推扉笑入"，"遂与寝处"（卷五《绿衣女》）。金生"设帐于淮，馆缙绅园中""夜既深，僮仆散尽，孤影徬徨，意绪良苦"的时候，忽有"二八丽者""以指弹扉"（卷十《五通·又》）。《章阿端》（卷五）、《房文淑》（卷十二）、《浙东生》（卷十二）都是如此。读书斋中，设帐坐馆，或者税居逆旅，这样的情境与不需要理由，突然降临的艳遇构成特定的因果关联。穆生"一夕枯坐"时，狐女突然出现的唯一原因就是"怜君枯寂，聊与共温冷榻"（卷八《丑狐》）。霞姑之"不畏多露"降临在"枯寂可怜"的金生面前，就是要"相与遣此良宵"（《五通·又》）。蒋夫人把爱奴赠给河间徐生，也是

---

① 叶庆炳：《魏晋南北朝的鬼小说与小说鬼》，第242－244页。

供他"聊慰客中寂寞"(卷九《爱奴》)。

为书生消愁破闷而来,所以短暂的相会后大多以分离而告终,或者是一夕欢爱。狐女与宗湘若"春风一度,即别东西"(卷五《荷花三娘子》)。绿衣女与于生"复相绸缪","更漏既歇,披衣下榻",恢复绿蜂的原型之后,"穿窗而去,自此遂绝"(《绿衣女》)。"颜色双绝"的狐女与焦生相处不过顷刻之间,对了一幅妙趣横生的对联后,便"一笑而去"(卷二《狐联》)。魏运旺离家在外,与狐女饮酒藏枚,极尽其乐,"遂以为常"。半年后,魏生回家与妻女团聚,狐女前来告别:"请送我数武,以表半载绸缪之义。"(卷四《变灯》)异类女子的作用只是填补妻子暂不在身边的情感空缺;书生回到妻子身边后,狐女的任务也就完成了。既不是异类女子抛弃书生,也不是书生背叛异类,相互不欠感情上的债务,也不须负道上的责任。消除了书生的寂寞,又不影响书生的家庭伦理、坐馆谋生或举子之业,这是书生想象中的妖异,是书生"我向思维"的产物。

在《聊斋》里,能接触怪异、鬼狐,或邂逅异类的,不仅是书生,而且还有一个条件,即风流倜傥、豪放旷达的性格,只有这样的书生才更有接触异类的可能。孔生雪笠"为人蕴借"(卷一《娇娜》)、耿生去病"狂放不羁"(卷一《青凤》)、宁采臣"性慷爽,廉隅自重"(卷二《聂小倩》)、张于旦"性疏狂不羁"(卷三《鲁公女》)、华怡庵"倜傥不群,豪放自喜"(卷五《狐梦》)、戚生"少年蕴借,有气敢任"(卷五《章阿端》)、安幼舆"为人挥霍好义"(卷五《花姑子》)、王鼎"为人慷慨"(卷五《伍秋月》)、陶望三"夙倜傥"(卷六《小谢》)皆是如此。敢于想象或与狐鬼妖魅打交道,这样的性格或举动就使他们区别于思想僵化、性格呆板、缺乏情趣的一般人。耿氏大家宅第因经常出现"怪异"而被废弃,耿生却有着浓厚的好奇心,"欲入觇其异,止之,不听"(卷一《青凤》)。十王殿中有木雕鬼判官,"绿面赤须,貌犹狞恶。或夜闻两廊拷讯声。入者,毛皆森竖"。朱尔旦却把陆判雕像搬来,吓得众人"瑟缩不安"(卷二《陆判》)。另一故家宅第"常见怪异,以故废无居人;久之,蓬蒿渐满,白昼亦无敢入者"。薛天官偏要"携一席往"(卷一《狐嫁女》)。东邻生戏谓桑生曰:"君独居不畏鬼狐耶?"桑生笑答:"丈夫何畏鬼狐?雄来吾有利剑,雌者尚当开门纳之。"(卷二《莲香》)某大姓巨第"白昼见鬼,死亡相继,愿以贱售"。戚生"购居之"。恐惧的家人"劝生他徙",生"不听"。婢仆辈也"时以怪异相聒"。戚生却"独卧荒亭中,留烛以觇其异"(卷五《章阿端》)。他们比一般人胆大，敢做一般人不敢做的事，所以，他们比一般人更少受到约束或禁锢。这也就是"狂放不羁"的意思。一般人不敢涉足或不感兴趣的神秘之境和神秘的异类，耿去病、陶望三等却能发现奇妙的景象，获得极大的乐趣。因此，狐鬼妖异只出现在他们的面前，成为他们的专属，敢与狐鬼妖异打交道成为他们特有的自豪与骄傲。

　　狂放不羁的书生更有可能接触到狐鬼妖异，反过来，狐鬼妖异也更欣赏书生的狂放不羁。在现实中，狂放不羁的性格不见容于世人，有时还会招来祸患："高斋独坐思依依，回首生平事事非。狂态招尤清夜悔，强颜干世素心远。"（《秋齐》，《聊斋诗集》卷一）"脂苇福之阶，狂直祸所丛。疏懒嵇叔夜，佯狂阮嗣宗。臣性受父母，焉能强之同？"（《杂诗》，《聊斋诗集》卷一）在《聊斋》里，广平冯生仅仅因为酒后失言，说楚公子在提学试中考第一并非因为文章做得好，结果"一座失色"，楚公子怀恨在心，伺机诬陷冯生（卷四《辛十四娘》）。某狂生笑傲刺史，曰："士可杀而不可辱"，刺史怒而执之（卷九《狂生》）。但在异类面前，情况大不一样。皇甫公子初见孔生，便"趋与为礼，略致慰问，即屈降临"（《娇娜》）。莲香见桑生，曰："慕君高雅，幸能垂盼。"（卷二《莲香》）连琐见杨于畏，敛衽曰："君子固风雅士。"（卷三《连琐》）正因为张鸿渐乃"风流才士"，所以狐女舜华"欲以门户相托"（卷九《张鸿渐》）。因为胶州黄生"乃风雅士"，所以牡丹花妖香玉和耐冬花妖绛雪对黄生极尽媚惑之能事（卷十一《香玉》）。在异类面前，书生的狂放性格得到充分展现。孔生一见"娇波流慧，细柳生姿"的娇娜，"輶呻顿忘，精神为之一爽"；娇娜为孔生诊视，"把握之间，觉芳气胜兰"（卷一《娇娜》）。耿生自称"狂生"，狐叟致敬曰："久仰山斗！"饮酒时，耿生"瞻顾女郎，停睇不转"，"隐蹑莲钩，女急敛足，亦无愠怒"。耿生"神志飞扬，不能自主，拍案曰：'得妇如此，南面王不易也！'"（卷一《青凤》）狂态可掬，丝毫不受礼法的拘束。《聂小倩》（卷二）、《小谢》（卷六）、《花姑子》（卷五）、《伍秋月》（卷五）、《素秋》（卷十）、《葛巾》（卷十）等作品中的书生，都是如此。

　　在传统社会语境中，男女故事不可能不涉及通行的婚姻伦理。合乎伦理的男女才能存在，否则就会受到挤压，没有发展的空间。金定与刘翠翠（《二刻拍案惊奇》卷六）、凤来仪与杨素梅（《二刻拍案惊奇》卷九）、杜子仲与闻小姐（《二刻拍案惊奇》卷十七）等，虽然擅自幽会，不合"父母之命，媒妁之言"的规仪，但最终都结为夫妻，即"发乎情止乎礼"。本能与礼法归于统一，所以这些故事才得以成立。张生与莺莺的故事要么以"始乱终弃"为结局，否定之前不合规范的两性关系；要么像后来的王实甫《西厢记》那样，让"有情人终成眷属"。小说和杂剧的两种安排，都以婚姻伦理为旨归。《聊斋》里的许多故事都与婚姻伦理无关。毕怡庵与狐女（卷五《狐梦》）、卫辉戚生与鬼女章阿端（卷五）、耿去病与狐女青凤（卷一）、胶州黄生和牡丹花妖香玉及耐冬花妖降雪（卷十一）、安幼舆与獐精花姑子（卷五）、于璟与绿衣女（卷五）、金生与金龙大王之女霞姑（卷十《王通·又》）、徐继长与狐女萧七（卷六《萧七》）、张鸿渐与狐女舜华（卷九）、邓成德与性质不明的异类女子房文淑（卷十二）等，都不具有婚姻意义。而且，书生大都是在已有妻室的情况下与异类女子幽会。在欧洲中世纪末期的传奇文学中，对有夫之妇的爱恋，"偷恋别人的妻子"，成为常见的故事格局。由于这种爱恋是不道德的，所以常因障碍重重而受挫。"对相距遥远而又不可占有的女性的那种永恒的爱"，构成浪漫文学的基本原型①。《聊斋》中的故事不是书生爱上现实中的有夫之妇，而是作为有妇之夫的书生与异类女子的故事。这种非婚姻的两性故事，或者说书生的"婚外恋"，因为第三者并非人类，所以没有遇到障碍。

婚姻之外的或非婚姻的性欲望常常表现为狎妓。文学与妓女关系密切。唐传奇《李娃传》《霍小玉传》、元杂剧《救风尘》、明话本小说《杜十娘怒沉百宝箱》《玉堂春落难逢夫》《卖油郎独占花魁》等，都是妓女故事。明清时代，科举士子逛妓院成为风气②。《聊斋》里，向生"狎一妓，名波斯"（卷六《向杲》）。昌化满生初见娼楼细侯，便"不觉注目发狂"（卷六《细侯》）。尚秀才"与曲妓惠哥善，矢志嫁娶"（卷七《巩仙》）。余杭贺生"素仰"名妓瑞云（卷十《瑞云》）。陈孝廉赴试在都而感到"苦寂"时，便请都中名妓李遏云唱曲侑酒（卷八《褚生》）。对异类女子的想象也常常打上妓的烙印。《任氏传》中的狐女任氏自称其

---

① 参阅［日］浜田正秀著，陈秋峰、杨国华译《文艺学概论》，中国戏剧出版社1985年版，第67页。

② 参阅［日］山川丽著，高大伦、范勇译《中国女性史》，三秦出版社1987年版，第68页。

兄弟"名系教坊",又称"家本伶伦"。《李章武传》中的鬼女王氏自称:"我夫室犹如传舍,阅人多矣。"《游仙窟》中的十娘自谓"细见人多矣",可见也都是变形了的妓女,所谓"仙窟"实即美化了的妓院。在《聊斋》里,蛇精化为"美人",自称"胶娼"(卷二《海公子》)。狐女萧六前身为"曲中女"(《萧七》)。狐女莲香自称"西家妓女"(卷二《莲香》)。陶望三"好狎妓","友人故使妓奔就之,亦笑纳不拒",于是引出鬼女小谢和秋容(卷六《小谢》)。琼华既是"偶涉凡念,遂谪人间三十余年"的"散花天女",又是"名妓"(卷十一《乐仲》)。《嘉平公子》(卷十一)中的温姬、《晚霞》(卷十一)中的晚霞都是鬼女,但其生前都是妓女。《鸦头》(卷五)中的鸦头也是"狐而妓者"。《香玉》中的牡丹花妖自称"隶籍平康巷"。据孙启《北里志》及无名氏《天宝遗事》载,唐代长安有平康里,又称平康坊,为"诸妓所居之地"。"平康"因而泛指妓女所居之处。《南宋市肆记》也载:"歌馆平康诸坊、如清和坊、融和坊、太平坊,皆群花所居之地,莫不靓妆迎门,争妍卖笑。""花"早就作为妓女的隐喻。

《聊斋》里众多"狐而妓者",或亦鬼亦妓、亦仙亦妓,使得她们既像世俗社会的妓一样,又与后者区隔开来。妓女在世俗社会属于特殊"商品",遵循的是价值交换原则。正如鸦头所说,"勾栏中原无情好,所绸缪者,钱耳"(卷五《鸦头》)。罗子浮"居娼家半年,床头金尽,大为姐妹行齿冷"。最后在"广创溃臭,沾染床席"的情况下,被"逐而出"(卷三《翩翩》)。其遭遇与《李娃传》中的荥阳公子如出一辙。对于以"穷"为特征的书生来说,狎妓不易,为妓女赎身更难。满生问细侯:"卿身价略可几多?"细侯曰:"依媪贪志,何能盈也?"所需"百金",满生深感"何能自致"(《细侯》)。对"名噪已久""富商贵介,日接于门"的瑞云,自称"穷蹇之士"的贺生虽然"素仰",但"未敢拟同鸳梦"(《瑞云》)。由异类变形而来的亦狐亦妓者却不同于世俗社会的价值取向。波斯(卷六《向杲》)、细侯(卷六《细侯》)、瑞云(卷十《瑞云》)、鸦头(卷五《鸦头》)、翩翩(卷三《翩翩》)等,几乎所有的狐而妓、鬼而妓、妖而妓、仙而妓等,都鄙视富商贵介,而对书生情有独钟。她们不仅不计较钱财,而且还会给书生带来钱财。魏运旺所"狎昵"的狐女说:"痴郎何福?不费一钱,得知此佳妇,夜夜自投到也。"(卷五《双灯》)狐女主动来与"幼业儒""家少有而运殊蹇"的万福相会,万家"凡日用所需,无不仰给于狐"(卷四《狐谐》)。穆生"家清贫,冬无絮衣"。狐女先以元宝相赠,令其"急市软帛作卧具",其余用来"絮衣作馔",此后,"每去必有所遗"。年余,穆生家"屋庐修洁,内外皆衣文锦绣,居然素封"(卷八《丑狐》)。

婚姻之外的或非婚姻的两性纠葛常常会遭到妻子的嫉妒,或者被看作道德上的堕落。戚安期的"喜狎妓"受到其妻林氏的"婉戒";后来感到有愧于妻,"曲巷之游,从此绝迹"(第六《林氏》)。韦公子"欲尽览天下名妓",最终受到惩罚。其行为被视为"盗婢私娼"的"流弊",是"人头而鸣者"(卷十一《韦公子》)。书生与狐鬼花妖的邂逅,则无碍于伦理。尚生与胡三姐"穷极狎昵",又与胡四姐"备极欢好";后来还与一少妇"酾酒调谑,欢洽异常"(卷二《胡四姐》)。宗湘若先与一女子"飏雨尤云,备极亲爱";女子后来为宗生"觅一良匹,聊足塞责"(卷五《荷花三娘子》)。胶州黄生离开家中的妻子,在劳山下清宫读书,先与香玉"相狎","夙夜必偕";后见绛雪,"欲与狎"(卷十一《香玉》)。这些行为并不被看作是"人头而畜鸣者",就是因为被狎昵者皆为异类。天上玉女知琼对玄超说:"不能有益,亦不能为损","我神人,不为君生子,亦无妒忌之性,不害君婚姻之义",以此消除玄超在偷情时的道德压力(《搜神记》卷一)[①]。《聊斋》里,霞姑在与金生相会时也说:"保不败君行止,勿忧也。"(卷十《五通·又》)因此,书生与异类女子的"婚外恋"不会引起妻子的嫉妒。魏运旺"与妻话窗间,忽见女郎华妆坐墙头,以手相招。魏近就之,女援之,逾垣而出"。其妻对勾引自家男人的异类女子无动于衷(卷四《又灯》)。耿生"不能忘怀于青凤"的时候,竟然"归与妻谋,欲携家而居之"。后来青凤居于耿家,其妻与青凤相安无事(卷二《青凤》)。徐继长将其与萧七的艳遇告诉妻,其妻"戏为除馆,设榻其中"。萧七来后,"妻乃治具,为之合欢"(卷六《萧七》)。书生的妻对插足进来的"第三者"不仅毫无醋意,甚至热情接待,因为这些"第三者"都是异类。有时候,婚姻之外的异类女子也担心引起书生之妻的不快,子嗣问题使这一矛盾得到了化解。鱼客希望竹青同回家中,竹青曰:"无论妾不能往,纵往,君家自有妇,将何以处妾乎?"但因为她为鱼客生有儿子汉产,又由于鱼客妻和氏"苦不育",和氏不仅不对丈夫的

---

① 〔宋〕李昉:《太平广记》卷六一"成公知琼"条引《集仙录》。

"外遇"感到不满,反而"每思一见汉产",对丈夫的"外遇"所生之子"爱之过于己出"(卷十一《竹青》)。邓成德在外坐馆时,与房文淑相爱生子。后拟与房文淑"遁归乡里",房文淑担心受其妻排斥:"我不能胁肩谄笑,仰大妇眉睫,为人作乳媪,呱呱者难堪也!"回家后,邓成德向妻子娄氏"历叙与房文淑离合之情,益共欣慰"(卷十二《房文淑》)。

陈平原说:"在中国,小说中三角恋爱模式的建立,基本上是进入二十世纪以后的事情。在此之前,一夫多妻以及父母主婚的社会现实,根本不需要也不可能构造三角恋爱模式。"①《聊斋》里书生与异类女子的非婚姻关系或者"婚外恋"可视为"三角恋爱"的古典型态。现代三角恋爱模式体现了知识者对爱情的自觉选择,以及在这一选择中的困惑。《聊斋》里的"婚外恋"模式则是旧时书生的"白日梦"。他们既希望体验到婚姻之外的男女之情,又深受伦理规范的制约,并且不愿触动伦理规范,因而把幻想作为替代性补偿。他们所追求的不是现代意义上的爱情,而是在坐馆、苦读或者自我价值得不到实现的时候,幻想着异类给他们带来帮助、爱抚或者慰藉。

四

书生与异类之间也有许多婚姻故事。奚三郎与阿纤(卷十《阿纤》)、慕生与白秋练(卷十一《白秋练》)、石太璞与长亭(卷十《长亭》)、米生与神女(卷十《神女》)、宗子美与嫦娥(卷八《嫦娥》)、刘赤水与凤仙(卷九《凤仙》)、宁采臣与聂小倩(卷二《聂小倩》)等,最终都成为伦理意义上的夫妻。

在世俗关系中,书生的"穷"使他们大多面临婚姻上的压力或阻碍。顾生"家綦贫","行年二十有五,伉俪犹虚"(卷二《侠女》)。冯相如"家屡空",缺乏操持家务的主妇,所以"井臼自操之"(卷二《红玉》)。"家贫"的马二混"无妇,与母共作苦"(卷六《蕙芳》)。"故贫生"的黄生"无偶"(卷八《霍女》)。这种处境下,书生与富贵人家的女儿之间有着难以逾越的鸿沟。大贾之女、"与五侯埒富,姻戚皆贵胄"的阿宝与"有相如之贫"的孙子楚之间正因为落差太大,所以阿宝母曰:"得婿若此,恐将为显者笑。"(卷二《阿宝》)史孝廉因为乔生之"贫",拒绝其

---

① 陈平原:《20世纪中国小说史》(第1卷),北京大学出版社1989年版,第217页。

求婚，而将女连城"许字于鹾贾之子王化成"（卷三《连城》）。林下部郎葛公因为温如春家"势微"，而"不许"其求婚，欲将女儿良工许给刘方伯之子（卷七《宦娘》）。世族张姓家的长女不愿嫁给"家素微"而未发迹的毛相国，每向人曰："我死不从牧牛儿！"临到毛家来娶，此女"犹眼零雨而首飞蓬"，"涕若罔闻"（卷四《姊妹易嫁》）。青梅劝阿喜嫁给张介受，阿喜"恐父厌其贫"，"恐终贫为天下笑"（卷四《青梅》）。有时候，即使由于某种原因娶了富贵家的女儿为妻，书生也受妻及其家人的冷遇、嘲讽、甚至侮辱。因为陈锡九"累举不第，家业萧索"，富室周某"险有悔心"，"坚意绝婚"。周家女"不从"，周恼羞成怒，"以恶服饰遣归锡九"。后来，又命佣媪前来羞辱陈母，说："自小姑入人家，何曾交换出一杯温凉水？吾家物，料姥姥亦无颜啖得。"周家还派人来陈家闹事，"又使人来逼索离婚书"（卷八《陈锡九》）。胡银台有三子四女，"皆襁中论亲于大家"，只有"孽出"而"母早亡"的四娘被许配给"家赤贫，无衣食业"的程思孝。胡家公子"鄙不与同食，仆婢咸揶揄焉"（卷七《胡四娘》）。夏之蓉说："自晋宋以来，不求淑德，专尚门第，至唐而尤盛。太宗诏行厘革，卒未遂行。其后高门贵族嫁女娶妇，资财非百万，义在不行。"（《昏说》，见《皇朝经世文编》）这也是书生婚姻故事的语境。

阻力的产生与克服构成合乎逻辑的情节链条。在《聊斋》里，克服阻力的方式或途径主要有以下三种。

一是通过死而复生或投生转生的手段打破书生与富家女的界限。鲁公女死后，其鬼魂来与张于旦相会，并约定后会之期。投生为卢户部女儿之后，因为前世之约，卢户部不得不为两人"择吉成礼"。张生与邑令鲁公、河北卢户部之间虽然地位悬殊，但由于灵魂转世，他却与两个显赫官家结为姻亲（卷三《鲁公女》）。桑生与富室张家女燕儿之间"以贫富悬殊，不敢遽进"。但燕儿乃李通判女借躯还魂而来，自称"通判女魂"，张家也就无权阻止燕儿与桑生的恋情（卷二《莲香》）。秋容借富室郝氏女还魂后，说："我非汝女也。"郝公因而无法阻止女儿的选择，对"家綦贫"的陶生，不得不"识婿"（卷六《小谢》）。《连城》（卷三）、《水莽草》（卷二）、《封三娘》（卷五）、《薛慰娘》（卷十二）等作品也都因为投生转世而书生与富家女结为婚姻。

离魂是跨越阶层壁垒的另一种形式。孙子楚先是魂入阿宝家，在阿宝梦中与之相会；又寄魂鹦鹉来到阿宝房中，衔走阿宝之履以作为信物。生米已成熟饭，阿宝父母只好"从之"（卷二《阿宝》）。

二是通过法术或妖术打破书生与富贵家的藩篱。临洮冯生乃"贵介衣而陵夷"者，不仅肃王不许三公主下嫁冯生，连冯生自己也只能"雅慕其名"而"不敢承命"。但由于冯生曾在宝镜中窥见公主，公主曰："彼已窥我，十死亦不足解此玷，不如嫁之。"府王也不得不"以公主嫔焉"（卷六《八大王》）。霍桓用道士送给他的小镜穴墙而入青娥之室，迫使青娥母亲不得不将女儿嫁给霍生。小镜被霍生称为"媒约"（卷七《青城》）。白莲教徒杨某让妻子朱氏用"左道之术"摄取某绅家的女儿，朱氏与某绅女随着木鸟降落在秀才邢子仪的面前。"家赤贫"的邢秀才不仅凭空得到两个美女，而且得到某绅家一笔钱财（卷八《邢子仪》）。

三是异类女子帮助书生与富家女子成为夫妻。尽管秀才孟安仁"布袍不饰"，狐女封三娘却慧眼识"翰苑才"，竭力撮合富家女范十一娘与孟生的婚姻（卷五《封三娘》）。身份不明的异类霍女为贫士黄生谋一"疗贫之法"，使其有钱聘张贡士女儿为妻（卷八《霍女》）。

这些故事体现了《聊斋》总体上的特点——离奇。情节的展开不是依据性格和环境之间的互动，不需要现实的可能性。异史氏曰："天生佳丽，固将以报名贤；而世俗之王公乃留以赠纨绔。此造物所必争也。"（《青梅》）所谓"造物"，才是事件走向的决定力量。"容华绝代"的阿喜，只能嫁给"家婆贫、无恒产"的张介受，否则便是天意不公；"少艳美，骚雅尤绝"的范十一娘，只有"布袍不饰"的孟安仁才是合适人选，否则便被视为"堕世情"；某绅家美丽的女儿只有被秀才邢子仪得到，才符合上天的旨意。所谓"造物者"，并非不偏不倚的公正象征，而是有明显的倾向性和选择性——实际是书生的代言人。因为无所不能的"造物者"在事件背后牵拉摆布，不管富贵家女子是否愿意，最终都归属于书生。

书生最终得到他们想要得到的婚姻，也并非全是外力——"造物者"作用的结果，他们自身的才学和品格也是重要原因。邢子仪因为"拒不纳"夜奔邻妇，"不爱一色，而天报之以两"，两"丽姝"自天而降（卷八《邢子仪》）。阿喜"不欲得良匹则已；欲得良匹，张生其人也"，是因为张生"据石啖糠粥"，而把美食留给父母，"案上具豚蹄"；张父"卧病"，张生"抱父而私，便液污衣，翁觉之而自恨；生掩其迹，急出自濯，恐翁知"。非同一般的孝顺品德是青梅撮合阿喜嫁张生的重要理由（卷四《青梅》）。

这一类故事中，伴随书生而出现的人物，是他们的竞争对手——富贵公子。他们常常是女家父母或女子本人的首选，因而处于优势地位，成为书生的反面角色。连城"沉痼不起"，"须男子膺肉一钱，捣合药屑"。对这一问题，孝廉贾之子王化成的回答是拒绝："痴老翁，欲我割心头肉也。""偃蹇"的乔生却慨然自任，"划膺"而授之（卷三《连城》）。贫穷书生与才学和品德之间，富贵公子与无才无德之间，构成固定联系而相互反衬。有时，为了让富贵公子表现出"无德"，甚至把某种不堪的东西硬塞给他们。刘方伯的公子"仪容秀美"，深得葛部郎赏识；宦娘却暗中使其"坐下遗女舄一钩"，葛部郎"顿恶其儇薄"。刘公子"极辨其诬"，也无济于事（《宦娘》）。故事的结局是贫穷书生赢而富贵公子输，原本的优劣势被颠倒过来。身份不明的霍女先后委身于富翁朱大兴和世胄何大姓家，"穷极奢欲"，导致朱、何两家"家渐落"，"死无棺木"。但在"贫士"黄生家，却很能"安贫"，"躬操家苦，劬劳过旧室"，使黄生由"家綦贫"而至于"颇称富有"。霍女给黄生的"疗贫之法"，实为骗局，商人子被骗得人财两空，而黄生却得到千金巨资。最后，"为子嗣计"，霍女为黄生强娶张贡士的女儿阿美。霍女的使命就是为穷书生获得财富和美女，使命完成，霍女"恍惚已杳"（卷八《霍女》）。对于"名噪已久"的瑞云，"日接于门"的是"富商贵介"，而贺生"未敢拟同鸳梦"。为了颠倒这种现实，和生先用法术让瑞云变得"丑状类鬼"，"车马之迹以绝"。贺生"贱售"而得之后，和生又用法术使瑞云"艳丽一如当年"。在和生看来，"绝世之姿"的瑞云如果被富商贵介所得，那是"流落不偶"；如果被贺生得到，那就是"得人"，是理想归宿（卷十《瑞云》）。既鄙视富贵阶层，又希望跻身于富贵阶层；富贵公子或富商贵介都不是好东西，但富贵人家的女儿却是书生梦寐以求的；通过婚姻、神助或神奇的法术让富贵家的财富或某种优势转移给书生。总之，书生的上升期望成为令人眼花缭乱的神奇故事的基础。

穷书生与富贵女的婚姻故事与早期的浪漫婚姻故事一脉相承。天孙织女下凡为董永妻，董曰："今贫若是，身复为奴，何敢屈夫人之为妻。"织女曰："愿为君妇，不耻贫贱。"（《搜神记》卷一）白水素女下凡，为谢端"守舍炊烹"，就因为谢"未有妻，邻人共悯念之，规为娶妇，未得"（《搜神后记》卷五）。这些神女、仙女下嫁给某男子，唯一的原因就是这些男子的穷。她们都是奉命而来，而无关乎自己的意愿。织女说：

"缘君至孝，天帝令我助君偿债耳。"白水素女也说："天帝哀卿少孤，恭慎自守，故使我权为守舍炊烹。"她们是某种使命的化身。在《聊斋》里，书生与狐鬼花妖的婚姻故事也同样如此。狐女松娘、婴宁、辛十四娘、凤仙、长亭，菊花精黄英、白鱀精白秋练、仙女蕙芳、嫦娥、织女、神女、锦瑟、芳云，鬼女吕无痛、聂小倩、寇三娘、湘裙等都是貌若天仙的女子嫁给了书生。在与异类女子的婚姻关系中，书生不会因为缺少聘金、地位低下、科举蹭蹬而受到羞辱。仙女蕙芳对马媪说："我以贤郎诚笃，愿委身母家。"并说："自愿为贤郎妇。"马媪自觉"贫贱佣保骨，得妇如此，不称亦不祥"。蕙芳的诚恳最终打消马媪的顾虑（卷六《蕙芳》）。面对送上门来的"倾城之姝"，慕生不敢接受，媪怒曰："人世姻好，有求委禽而不得者。今老身自媒，反不见纳，耻孰甚焉。"后慕翁"委禽"，白媪"悉不受，但涓洁送女过舟"（卷十一《白秋练》）。寇三娘也属于富家女，但她作为鬼魂而嫁给祝生后，说："人已鬼，又何厌贫？"她侍奉婆母，操持家务，"虽雅不习惯，然承顺殊怜人"（卷二《水莽草》），一点也没有王天官女（《吕无病》）、兰氏女（《锦瑟》）的骄横之气。狐鬼花妖不仅不嫌弃穷书生，反而专门嫁给穷书生。蠹鱼精素秋说："不愿入侯门，寒士而可。"（卷十《素秋》）凤仙嫁给穷书生刘赤水之后，刘赤水并未受到岳家歧视，凤仙仍要多此一举地为刘生鸣不平："婿岂以贫富为爱憎耶？"说罢"解华妆，以鼓拍授婢，唱《破窑》一折，声泪俱下"（卷九《凤仙》）。凤仙所吐之气，不是刘赤水在异类面前所受之气，而是乔生（《连城》）、张介受（《青梅》）、陈锡九（《陈锡九》）、程思孝（《胡四娘》）、毛相国（《姐妹易嫁》）等书生在世俗社会所受之气。书生在现实中失去的自尊和荣誉在异类身上得到了补偿。

得到君王、后妃的赏识或成为驸马，这是书生所能想象的最荣耀的体验。沈亚之在梦里被秦穆公召至殿中，穆公"膝前席"而向他请教强国之方。亚之对策大受赞赏，被授以中涓之职后，又"拜左庶长，尚公主，赐金二百斤"（沈亚之《秦梦记》①）。这是较早的驸马梦。在《聊斋》里，窦旭被褐衣人请入桂府宫殿，仅以"君子爱莲花"五字，既对上了国王"才人登桂府"一句，又与公主名字暗合，国王"大悦"，召为莲花公主的驸马（卷五《莲花公主》）。湖湘妃子"设华筵"，款待书生陈弼教，

---

① 见汪辟疆校录《唐人小说》，上海古籍出版社1978年版。

又让仙人般的公主"奉侍"陈生，陈生"意出非望，神惝恍而无着"（卷五《西湖主》）。《云萝公主》（卷九）、《罗刹海市》（卷四）、《织成》（卷十一）等都有书生受宠若惊的场面。他们都是唐传奇《柳毅传》中柳毅形象的延伸。在才子佳人小说及明清戏曲中，只有高中状元的人才可能得到君王赏识，成为公主驸马；但在《聊斋》里，就像《柳毅传》一样，这一殊荣却被赋给了科举不得志、甚至落第归来的书生。"家贫，从副将军贾绾作记室"的陈弼教（《西湖主》）、"居室湫隘"的安大业（《云萝公主》）、"落第归"的柳生（《织成》），都在地位低下、生活偃蹇的情况下，以"公主"为妻，或者由"君王"主婚。这些作品像《绛妃》（卷六）一样，都是"抬文人之身份，成得意之文章"①。

科举给书生带来上升通道，"开科取士，则读书者有出仕之望"②，因而把更多的人刺激到读书这条路上来，导致更大书生群体的诞生。在《聊斋》里，像毛相公这样的牧牛儿（卷四《姊妹易嫁》）、"家綦贫，无恒产"的张介受（卷四《青梅》）也能"擢进士"，"仕至侍郎"，甚至官至宰相。但同时，金榜题名者毕竟是少数，落第或科举无望者更多。《三生》（卷十）说像兴于唐那样"被黜落，愤懑而卒"的人更多，"其同病死者以千万计"。蒲松龄自己"落拓名场五十秋，不成一事雪盈头"，"归对妻孥梦亦羞"③；"一经终老良足羞"④。挫败感、羞愧、屈辱、愤懑、压抑、无助感等到了不堪承受的时候，自然就会生出摆脱科举、超越俗世的强烈愿望。仙界或者神仙般的伴侣因而成为科举和世俗之外的理想替代。吴青庵、文登周生、贾奉雉等，最后都遁入仙界。仙界虽然美好，但书生要进入仙界，并不是一件容易的事。要进入仙界，必须抛弃现世赖以生存的一切。杜子春在接受入道之前的考验时，"喜怒哀惧恶欲，皆能忘也。所未臻者，爱而已"。当二岁幼子被"扑于石上，应手而卒，血溅数步"时，杜子春"爱生于心"，忽忘"万苦皆非真实，但当不动不语"的禁约，"不觉失声云：'噫！'"功亏一篑，前功尽弃，只得回归为凡夫俗子（《杜子春》，见《玄怪录》）。周生、贾奉雉在前往仙界的途中也都因贪

---

① 冯镇峦评点，见〔清〕蒲松龄著，张友鹤辑校《聊斋志异》（会校会注会评本），第746页。
② 浙江总督张存仁奏折，见《清世祖实录》卷十九。
③ 《聊斋诗集》卷五《蒙朋赐贺》，见路大荒整理《蒲龄松集》，上海古籍出版社1986年版。
④ 《聊斋诗集》卷五《志立德采芹》，见路大荒整理《蒲龄松集》，上海古籍出版社1986年版。

恋娇妻、美妾而离开仙境或者被逐出仙境。周生只有在成仙用幻术使其看到妻王氏与奴仆私通、无可留恋之后，才毅然踏上成仙之路（《成仙》）。贾奉雉来到仙人所居洞府之后，郎姓少年恐其"岑寂思归"，特遣一妪将其妻接来相会。最后随郎姓少年远遁海外时，其夫人也被"引救而去"，夫妻双双在"鼓声如雷"的情况下，"瞬间遂杳"（《贾奉雉》）。白于玉向吴青庵授以"黄庭之要道，仙人之梯航"，吴生曰："寡人有疾，寡人好色。"既然情欲不可缺少，那就让仙女的温柔怀抱被想象为书生最理想的精神故乡，既超越现实，又满足情欲。吴青庵梦中与"冶容秀骨，旷世并无其俦"的紫衣仙女"极尽绸缪"只有这样的体验才使他悟出从前"所见之不广"，才有"前念灰冷，每欲寻赤松游""不但无志于功名，兼绝情于燕好"的精神升华，才心安理得地遁入仙境（《白于玉》）。

仙女对书生超越世俗、领略理想世界具有极其重要的诱导、引领作用，所以在许多故事中，与仙女相会，或以仙女为妻，就足以使书生获得得道成仙般的满足。"功名之念，不恝于怀"的王勉，因为有了仙女芳云为妻，"自念富贵纵可攫取，与空花何异"（卷七《仙人岛》）。云萝公主（卷九《云萝公主》）、嫦娥（卷八《嫦娥》）、蕙芳（卷六《蕙芳》）、锦瑟（卷十二《锦瑟》）等纷纷来到人间，嫁给了安大业、宗子美、马二混、沂水王生等。与仙女相伴的幸福感使世人汲汲以求的科举功名变得微不足道。神女将髻上珠花送给米生，让米生将珠花换取百金，用于学使署中打点关节，以获取功名，可是米生"不忍弃此，故犹童子敢"，宁愿在童子试中名落孙山，也不愿放弃神女送给他的定情物珠花（卷十《神女》）。安大业向云萝公主"告以秋捷，意主必喜"，不料公主愀然曰："乌用是倘来者为！无足荣辱，止折人寿数耳。三日不见，入俗嶂又深一层矣。"安生"由是不复进取"（《云萝公主》）。"设帐于余杭"的满生虽然地位低下，但有"妖姿要妙""声价颇高"的细侯相伴，"暇则诗酒可遣，千户侯何足贵"（卷六《细侯》）。耿去病有了青凤，以为"得妇如此，南面王不易也！"（卷一《青凤》）梁有才有了云翠仙，"与以南面王岂易哉！"（卷六《云翠仙》）进入仙界或与仙女相伴，书生不必在科举道路上蹭蹬一生，不必因功名之得失而陷入无穷无尽的情绪波折，不必沉沦在世俗眼光中难以自拔。仙界或仙女成为书生的彼岸世界、精神家园，成为书生的避难所或庇护所，没有压抑，没有羞辱，自由自在。从这个意义上说，《聊斋》是书生的白日梦，是书生的自我超越。

上古神话与六朝志怪

一

神话通常被认为是在时间轴上较早出现的文化形态，是特定思维方式的产物。中国古代神话，最初见诸书面记载的，是先秦两汉时期的诸多典籍。《易经》《尚书》提到过一些神话片段。《诗经》中的《玄鸟》涉及简狄吞燕卵而生契，《生民》最早且完整地叙述了周民族始祖神后稷的诞生及其开创农耕的业绩。保存神话资料最丰富的是《山海经》《淮南子》《列子》等书。这些典籍距离上古神话的产生已相当遥远，但从其简短而质朴的记述中，我们仍能窥见上古神话的最初形貌。

志怪小说产生于魏晋六朝。鲁迅说："自晋迄隋，特多鬼神志怪之书。"[1] 见诸注录的《列异传》《搜神记》《甄异传》《集异记》《孔氏志怪》《异苑》《幽明录》《旌异记》《述异记》等，不仅数量可观，而且书的命名大体相同或相近，"搜""列""志""录""集""述""旌"等为记述、叙述之意，"异""怪""神"等为记述的对象。这样的命名方式体现共同的文类意识。但所有这些书都已经散失，志怪书或文本的原貌究竟如何，不得而知。从后人钩沉、辑佚而成的志怪文本来看，其中既有面目苍古的神话，也有非叙事的片段，内容十分庞杂繁芜。所谓"志怪小说"，究竟是一种文体类型，还是"属于子部或史部的一类文体"[2]，相关论著常常含糊不清。在《六朝小说：文言虚构叙事的诞生》一文中，笔者非常确凿地论断，六朝小说是一种全新的文学类型，其基本标志是大量而普遍存在的全新的叙事角度。这使六朝小说区别于此前的叙事文学，包括神话。神话与志怪既相互混杂，又属于不同的叙事类型，这是本文将两者加以比较的基础。

---

[1] 鲁迅：《中国小说史略》，见《鲁迅全集》第九卷，人民文学出版社1973年版，第183页。
[2] 石昌渝：《中国小说源流论》，生活·读书·新知三联书店1994年版，第7页。

人类学家马林诺夫斯基和鲍曼对神话（myth）、传说（legend）等不同的文化形态做过细致的区别。他们认为，神话是关于事物的起源、远古生物和诸神的行为及其与人类的关系的叙述。神话不仅被看作是真实的，而且被视为神圣的，因而是应当受到人们敬畏的东西。传说以开天辟地之后的某个时代为背景，表示对过去历史的回忆①。叶·莫·梅列金斯基对神话与神幻故事加以区分。他认为，神幻故事由神话转化而来，其关键在于"非虔敬化"过程。因为"非虔敬化必然导致对所述内容可信性之笃信的减弱"，"确凿可信让位于非确凿可信，这为较自由的及允许的虚构开拓了道路"②。六朝志怪并非"传说"或"神幻故事"，但从神话到志怪的演进与"传说"或"神幻故事"的路径非常相似。比较神话与志怪的差异，既有助于细致观察叙事的演进，也有助于认识这两种类型的本质特征。

二

徐整《三五历纪》载：往古之时，"天地混沌如鸡子，盘古生其中"，经过"万八千岁"后，"天地开辟，阳清为天，阴浊为地"③。应邵《风俗通义》载："俗说天地开辟，未有人民，女娲揣黄土作人，剧务力不暇供，乃引绳于泥中，举以为人"④。《山海经·海内经》说后稷生，"爰有膏菽、膏黍、膏稷，百谷自生，冬夏播琴"，"爰有百兽，相群爰处"。这些神话的共同特点是对宇宙、人类、动物、植物及各种自然现象做推本溯源性的解释。这些神话都把"混沌"作为宇宙万物的初始性质，万物的和谐交融史第一性的，天与地、神与人、人与物、生与死等差别是第二性的，在这些不同事物和不同领域之间，没有不可逾越的界限。

列维-布留尔指出，原始思维区别于逻辑思维的重要特征是他所说的互渗律："在原始人的思维的集体表象中，客体、存在物、现象能够以我们不可思议的方式同时是它们自身，又是其他什么东西。"⑤ 上古神话正是以互渗律为基础的。《山海经·海外北经》载："钟山之神，名曰烛阴，

---

① [日]大林太良著，林象泰、贾福水译：《神话学入门》，中国民间文艺出版社1989年版。
② [俄]叶·莫·梅列金斯基著，魏庆征译：《神话的诗学》，商务印书馆1990年版，第295页。
③ [唐]欧阳询撰，汪绍楹校：《艺文类聚》卷一引。
④ [宋]李昉：《太平御览》卷七八引，《女娲氏》。
⑤ [法]列维-布留尔著：《原始思维》，第69—70页。

视为昼,瞑为夜,吹为冬,呼为夏。"钟山之神的动作、气息构成了昼夜不同的时间和节候,这些时间和节候因而具有了钟山之神的性质。

原始思维的浑融互渗性还表现在人与动物的关系上。女娲氏"人头蛇身",伏羲也是"蛇身人首",炎帝神农氏"人身牛首",这种信念体现了人的因素与动物因素的杂糅。之所以如此,一是因为人和动物都是由创世者创造的,人和动物具有同等的地位;二是因为女娲、伏羲等是以蛇或其他动物为图腾的原始民族所奉祀的始祖神。在这种图腾观念中,人与蛇、牛、鱼等有着直接的血缘关系。不是通过拟人化的联想把动物想象成为人,而是认为人本来就是动物的后代,因此,人就是这些动物。

炎帝之女化精卫,或化为谣草的故事表明不同事物的同质性。如果把精卫鸟和谣草看作自然界的动物和植物,就深深误解了神话。精卫"文首、白喙、赤足","其状如乌",但并不是乌;谣草"其叶胥成,其华黄","其实如兔丝",但并不是兔丘(菟丝子)。"精卫""谣草"这些词并没有客观、自然的对应物,只能借助"乌""兔丝"这些概念来间接说明。它们像《山海经·海内西经》记载的"开明兽""视肉"一样,都只能存在于神话之中。概念的模糊、不确定,是与原始思维的互渗律、神秘性相符合的。不同事物之间的互渗、转化是比事物本身更为本质性的方面。

在上古神话里,生与死之间也不是根本对立的。"颛顼死即复苏";刑天被黄帝断首之后,"乃以乳为目,以脐为口,操干戚以舞"。对神话来说,死亡并不意味着生命的结束,而是继续以另一种形式存在着。不仅死后所化之物与死前生命具有同性质,而且死后仍像生前一样存在于同一个空间。生与死的同质性使得中国上古神话没有壁垒分明的死后世界,没有天堂与地狱的差别。冥府观念和地狱观念只是在汉代以后才正式形成。正如恩斯特·卡西尔所说的那样,原始思维"对生命的不可毁灭的统一性的感情是如此强烈如此不可动摇,以致到了否定和蔑视死亡这个事实的地步","在某种意义上说,整个神话可以被理解为就是死亡现象的坚定而顽强的否定"。①

---

① [德]恩斯特·卡西尔:《人论》,第107页。

三

上古神话由浑然一体到各种差别的出现，这一顺序在六朝志怪里被颠倒过来了。神与人、人与动物或植物、生与死之间的界限被看作是正常的、必然的、本质的，因而是第一性的；打破不同类别或领域的界限，动物或植物变化为人，生者与死者幽冥相会等，则是第二性的，因而是偶然的、反常的、怪异的。"志怪者，为存人耳目之所未经"①。"凡奇异非常皆曰怪"②。六朝人以"志怪"作为书名，把所记现象视为"怪""异"，心中已事先横梗着"常理""常态"。在上古神话看来极为正常、自然而然的东西在志怪观念看来却是不可理解的、莫名其妙的。不可理解并不等于否定它的存在。六朝人似乎特别喜欢神游于难以理解的、光怪陆离的世界，并从中获得神秘的领悟和乐趣。试看下列两例：

> 江严于富春县清泉山，遥见一美女，紫衣而歌。严就之，数十步，女遂隐，唯见所据石。如此数四。乃得一紫玉，广一尺③。

> 晋有士人买得鲜卑女，名怀顺，自说其姑女为赤苋所魅。始见一丈夫容质妍净，著赤衣，自云家在侧北。女于是恒歌谣自得。每至将夕，辄结束去屋后。其家伺候，唯见有一株赤苋，女手指环挂其苋茎。芟之而女号泣。经宿遂死焉④。

这些故事的共同特征是人和异物的交感和互变。在六朝志怪里，异物转化为人的例子远远多于人转化为物的例子。就动物与植物的比较而言，上述赤苋（植物）幻化为人的例子并不多见，更多的是龟、獭、鱼、鹤、蚱蜢甚至蚯蚓等动物或昆虫幻化为人的例子。动物或昆虫由于比植物更具有转化能量，因而更容易幻化为人并与人接近，乃至发生性关系。也就是说，这种异物所化的"人"大多是作为异性而出现在某人面前的。从心

---

① 〔清〕杜浚：《书影序》，上海古籍出版社1981年版。
② 〔唐〕释玄应：《一切经音义》卷六。
③ 〔宋〕李昉：《太平广记》卷四〇一《宝二》"江严"条引《列异传》；《太平御览》卷八〇五引作《录异传》，文字略异。
④ 〔宋〕李昉：《太平广记》卷四一六"鲜卑女"条引《异苑》。

理分析上看，这种现象折射出潜意识中的情欲需求。人在现实中没有得到满足的欲求通过转化为人的异物而得到不自觉的、替代性的满足。由于传统文化以男性意识为中心，所以在六朝志怪里，异类所化之人大多为女性而被人间的男子接触到。这一特点一直持续到唐代传奇乃至清代的《聊斋志异》，成为这一叙事类型的基本特征。

以人为中心，把人的情感、性灵投射到玉石、赤苋、龟等事物上，这是以人与物、主观与客观的分离为前提条件的，这些事物首先是作为客观存在的事物和现象而存在的。正像刘玄的祖父曾用过的枕头一样，它本来是无生命的东西，只是随着时间的推移，"久则为魅"，才变成了"面首无七孔，面莽㑊然"的怪物。怪物被"执缚，刀断数下"之后，"乃变为一枕"①。由什么幻化而成的东西仍然还原为什么。六朝志怪故事大多如此。把某种物品当作人来对待是感觉的迷惑，穿透这种感觉才能悟出它们的本质属性。六朝志怪正是交织着这样的双重眼光。

由于各种怪异现象实质上是人的心理投射到各种客观物上的结果，所以这些现象只能通过现实中的人与之接触才能存在。又由于这种心理投射过程并非有意的想象或杜撰，所以这些现象似乎是真实的，客观存在的，不可理解的。动物、植物及各种客观事物被人类不自觉的、无意识地涂上了自己的心理感觉之后，便成了莫名其妙的、困扰人的、有时甚至令人恐惧的妖怪精魅。

四

无论是上古神话还是六朝志怪，都包含性质不同的两个领域："一种是神圣的领域或巫术与宗教的领域，一种是世俗的领域或科学的领域。"②就上古神话来说，不管它所描述的情景是否与人们实际感觉到的情景相符合，但由于它是对世界本源的追溯，其中的一切都发生在"往古之时"，因而不可能用眼前所见去怀疑和否定神话中的一切。往古之时是否"天地浑沌如鸡子"？是否曾经有过"天不兼复，地不周载"的灾难？是否曾经"十日并出"？可以肯定的是，"天数极高，地数极深"，天上有一个太

---

① 〔宋〕李昉：《太平广记》卷三六八"刘玄"条引《集异记》。
② 〔英〕马林诺夫斯基著，李安宅译：《巫术、科学、宗教与神话》，中国民间文艺出版社1986年版，第3页。

阳，世界上有人类，这是人们看得见、感觉得到的。神话不是对现存世界的歪曲，而是对人类集体、自然及宇宙秩序的来源的形成加以形而上学的、宗教性的阐释，从而唤起人们对现存世界的神圣性的感悟。世界曾经的样子并不等于人们实际感觉到的样子。它以人们的信仰或"虔敬化"态度为基础，存在于现存世界之外。这是神话的客观性与真实性之所在。

由于这种客观性和真实性，神话叙述中不可能有人格化的叙述者介入其中，它仿佛是直接呈现在人们面前的。存现语式便成为神话叙述的典型特征：

  有神十人，名曰女娲之肠……（《山海经·大荒西经》）
  雷泽中有雷神……（《山海经·海内东经》）
  西南有巴国……（《山海经·海内经》）

这当然不是说所有神话叙述只用一个句式。上述例子只是为了说明：神话世界并不因人的感觉而存在，也无须通过与人的接触才被体验到。从这个意义上说，神话世界是自我呈现出来的，是不证自明的。这一特点通过与六朝志怪的比较更加明显。

世俗领域中的怪异之事必然受到世俗眼光的怀疑和不相信。只有克服这种态度，才能证明怪异之事的真实性和神秘性质的实在性。《志怪录》记夏侯弘"常自云见鬼神，与其言语委曲，众未之信"。镇西将军谢尚也"常不信"。只有夏侯弘通鬼神而使谢尚的死马复活之后，"众咸见之，莫不尺惋"。谢尚也"于是叹息"①。《志怪》记顾邵"崇学校，禁淫祀，风化大行。历毁诸庙，一郡悉谏，不从"，结果受到鬼神的奚落、打击而死去②。对怪异的发现和证明成为六朝志怪最常见的叙事结构。干宝所谓"发明神道之不诬"（《搜神记序》），说明没有"发明"（即发现和证明）的过程便不足以体现"神道"的存在。

谈生与睢阳王的亡女、卢充与崔少女的冥婚生子等，这类事情对于当事人以外的人来说是不可能发生的。必须有足够的证据才能证明确有其事。其叙述过程表示如下：

---

① 〔宋〕李昉：《太平广记》卷三二二"谢尚"条引《志怪录》。
② 〔宋〕李昉：《太平广记》卷二九三"顾邵"条引《志怪》。

某人误入冥间，与异类成亲生子（发现怪异）——当事人用物证和人证说服局外人（证明怪异）

"发现"是就某人的亲历亲见而言；"证明"是就未亲自接触怪异的人而言，前一过程是直接的，后一过程是间接的。并非每个故事都有这两个过程。前引例子中的江严等人都是作为怪异的发现者而被提到的，发现者本身就具有证明的作用。

这并不意味着六朝人以为"人鬼乃皆实有"；其"叙述异事"，并非如鲁迅所说"大抵一如今日之记新闻"①。任何叙事文学都必须让读者或听众对所述之事信以为真，都需要给读者或听众"身临其境""如闻其声如见其人"的幻觉。越是通常不太可信的故事，越是需要调动更多手段——即韦恩·布斯所说用"小说的修辞"（the rhetoric of fiction）来营造这样的幻觉。六朝小说是这样，唐传奇也是这样。比如，《齐饶州》记韦会妻齐氏被狂鬼所杀，躯体被冥王修补而复生。对这个故事，叙述者曰："余闻之已久，或未深信。太和二年秋，富平尉宋坚尘，因坐中言及奇事，客有郦王府参军张奇者，即韦之外弟，具言斯事，无差旧闻，且曰：'齐嫂见在，自归后已往拜之，精神容饰，殊胜旧日。'冥吏之理于幽晦也，岂虚语哉！"② 当事人是韦会妻；张奇是韦会"外弟"，并且亲自见过当事人。故事的真实性来自信息源的真实性。这与鲁迅所说"故意显示着这事迹的虚构"恰恰相反。唐传奇的"证明"并不否定唐人的"作意好奇"，也就没有理由说六朝志怪是"传录舛讹，未必尽幻设语"（胡应麟）。

---

① 鲁迅：《中国小说史略》，见《鲁迅全集》第九卷，人民文学出版社1973年版；《中国小说的历史的变迁》节选自《鲁迅全集》，见《中国小说史略》附录。
② 见〔唐〕牛僧孺撰，程毅中点校《玄怪录》，中华书局1982年版，第86页。

《车王府曲本》与民众的人生理想

一

《车王府曲本》（以下简称《曲本》）中的戏曲剧目一千多种。与以剧本为核心、由文人创作而供文人案头阅读的作品不同，"曲本"是民间艺人演给民众观看的手本。语言和文字通俗、质朴，有大量的俗语、俗字、简化字，能够满足底层社会大众的情趣和口味，是《车王府曲本》的总体风貌。

这些手抄曲本，自20年代被马隅卿、沈尹默、顾颉刚发现以来，一直未有系统而完整的研究。本文试作初步探讨。

尽管《曲本》的题材内容十分庞杂，人物众多，我们仍可依据形象的生命层次和行动力量，将各种各样的角色大体分为三个层次。

一是神灵，如文昌帝君、钟离大仙、纯阳老祖、女娲娘娘、瑶池圣母、金刀老母、瑶池鲍老、城隍、土地神、火君真帝、水判、观音等，他们来源于佛教、道教或神话传说，受到民间的普遍信奉，有些就是民间原始信仰的产物。

二是理想人物，如《阴阳树》中的穆居易、《日月图》里的汤威、《四美图》里的柳逢春等。他们经历曲折或磨难，最终功成名就享荣华，代表世俗生活的最高理想。

三是小人物或普通人物，如《三上轿》中的杜翠屏、《打秋莲》中的秋莲、《缝褡袍》中的陈奎与陈三两。他们过着普通人的平淡生活，或为弱势群体，受人欺凌。

在三类人物的关系结构中，神灵的作用主要是为理想人物提供保护和帮助。耿氏作恶多端，欲烧死梅俊于书房，于是有南方火君真帝奉玉旨下凡，"烧耿氏不良妇命丧黄泉"；又有水判下凡，将梅俊从书房救出（《福寿镜》）。雷州城隍让巡风卒前往桂家，以便在桂芬芳遭郎氏兄妹谋害时，"扶持芬芳，不可使他走脱元神，由他历尽苦楚"。其姐瑞玉逃于破庙而

"走投无路",城隍又"暗里扶持",用云车将她送往北关大道,使她遇到义叔慕容杰(《奇巧报》)。神灵对世俗人物的保护以民间的宗教观念为基础,民间的多神崇拜历来都带有明显的功利目的。他们不作形而上的冥想,也不沉湎于对化外之境的向往。这与元代旨在劝人超脱红尘、成仙证道的神仙道化剧完全不同。

戏中的小人物或称普通人物最接近现实中的民众。从某种意义上说,他们是对现实民众的"模仿"。但在《曲本》里,以小人物为主角的戏不多。因为小人物的生活本无大波澜,即使有苦戏如《三上轿》和《打秋莲》、写实剧如《缝褡袍》、调笑剧如《花鼓子》等,一般篇幅不长,类似于短篇话本小说。可见小人物在《曲本》里并不占中心位置。

数量最多的是以理想人物为核心而包容其他各类人物的戏,有连本,亦有单本,一般篇幅较长,头绪繁多。一方面,这类人物是现实人类的一员,有现实人生的体验、情感和愿望,受客观时空条件和生活环境的制约,因而容易得到现实中的观众的认同。另一方面,他们又有普通常人所不及的超凡性、优越性,或如"身伴孔孟发奋勤",有着"一朝得受皇家禄,须将竭力报朝廷"的远大抱负(《满门贤总讲》中的陈孝);或"将来必有大富贵","功名不可限量","久后有出将入相之贵"的红运(《阴阳树总讲》中的穆居易);或如"谨谨守法""义不越禁"的韩琼和"甘代夫罪,让其成就义举"的桂瑞玉那样的"义士烈女"(《奇巧报》)。而且,其中有些人物还有神的"本来",如梅璧由善虎星投生而来;桂芬芳与惜罗奴"原是桂阙仙";汤威与柏凤鸾乃牛郎织女下凡;陈孝、朱求、柳逢春等则被称为天都星或天贵星。这些特征又足以使他们大于现实中的民众。

本文的目的即在于勾勒以上人物表达了民间观众什么样的人生理想,以及这些理想是怎样表达的,从而揭示民间文化心态及其对戏曲人物形态和结构原则的生成作用。价值评判不是本文的重点。

本文涉及的范围限于《曲本》中的明代戏。

二

问题的关键不在于戏曲的好与坏,而是在于:它为什么存在?或者说,观众为什么看戏?

对民间来说,戏曲是他们的娱乐和庆典,一般在节日或其他喜庆日子才会有看戏的机会。正像喜庆日子人们以"恭喜发财"之类的吉祥语表达祝福一样，看戏也是人们的集体祝福，人们在看戏时得到一种快乐，一种安慰，一种虚幻的满足，这是戏曲在民间流传的根本原因。

在《曲本》里，人生幸福莫过于出人头地、婚姻美满、得到荣华富贵。汤威被封为平北侯，又有柏凤鸾和陆瑞英两个美貌女子为妻，两个妻子分别被封为"贞节夫人"和"顺国夫人"（《阴阳树总讲》）；高仲魁"升官吉日"，又与毕无瑕和林翠芳"一拜化堂"，二女"不分小大，同受诰命"（《循环报》）；陈孝做了赶勇先锋（《满门贤总讲》）；梅璧中了头名状元（《福寿镜》）；柳生春中了第二名进士（《御碑亭总讲》），等等。这种人生理想是人物故事得以构成的根本原因，缺少这种理想，"曲本"的戏剧性便不复存在。

在传统社会里，实现人生理想的途径一是科举，二是武功。明清时期重视科举更甚于武功。"六卿三公，无不从此途得也，天下岂有不履此途之常人？"（颜元《习斋记余》）"中外文臣皆由科举而进，非科举者，毋得与官。"（《明史·选举二》）"虽有他途进者，终不得与科第出者相比。"（《清史稿·选举一》）但在《曲本》里，柳生春之中进士，柳逢春之中状元，都与科举关系不大。汤威本打算在大比之年入科场，但"行至中途，偶冒风寒，因而误了科场"。陈忠、陈孝进京应试，"只望兄弟共同榜"，却不料在古关被安南国兵马冲散，陈忠被俘，陈孝折回家中（《满门贤总讲》）。王修道、尹季伦、高仲魁（《循环报总讲》），徐明、郭元贞（《福寿镜》），桂芬芳、韩琼、慕容杰（《奇巧报》），匡忠、王福刚（《大铁弓缘总讲》）等等，都以战功获得荣升。"他途进者"比"科第出者"更显得有声有色。他们以书生面目出场，却都以武将结局。穆居易的"丢文习武"，代表了普遍的人生道路。即使像朱求这样的科举士子也"喜交四海英雄"（《双珠球总讲》）。

对武艺、英雄、战功荣耀的兴趣大于对科举的兴趣，这使《曲本》明显不同于明末清初的才子佳人戏。其原因一是民间艺人和观众与科举的关系不大，因而对科举缺乏兴趣。尽管戏中有许多出身于科举的状元或进士，如张文达、常天保（《三进士全串贯》）、张文宪（《双珠球总讲》）等，但《曲本》的重点在他们的荣耀和地位，而不在他们与科举的关系；二是因为各种各样的争战充满矛盾纠葛，更容易出戏；三是《曲本》大约产生于清代中晚期，科举的光彩已趋暗淡。

功名的获得当然与环境机遇有关。《福寿镜》中的北番犯边、《日月图总讲》中的北虏"攻打大同"、《奇巧报》中的瑶人茹普渔利"弃乱图王"、《五彩舆》中的海寇对东南沿海的骚扰、《循环报》中的林浦啸聚东洋、《阴阳树总讲》中金龙、陆志奇等攻打雍州、《双珠球总讲》中的汝真和尚、绿林宋必胜与宁王勾结,起兵造反等,表面的原因或是不满于严嵩专权,或"欲图大明江山",或图谋篡位,其实都是为了戏中主人公获得功名和荣耀而发生的。这些事件被充分游戏化,与历史的真实相距甚远。山海提督胡定挂印征讨北虏,连败数阵,"多少将军阵前丧,失机败阵无主张"。一介书生汤威到来,便大获全胜。胡定瞒昧汤威功劳的目的,似乎就是为了让汤威取代自己的帅印(《阴阳树》)。海康县令李梦阳被茹普渔利劫走,"那城守兵不足五百,且要保护城池",无法去救李公。慕容杰说:"若有韩琼作个帮手,管把瑶洞踹为齑粉。"似乎只有韩琼才是取胜的关键(《奇巧报》)。穆居易攻打雍州,能力远不及女对手陆瑞英。"只为他容貌好功名不就,无奈何我只得咬去箭头。""但愿的咱二人天长地久","一心要结婚姻才把兵收"。这哪里是在打仗,分明是为了穆居易"有复夺雍州之功,不日享万钟之禄",让他"结婚姻"(《阴阳树》)。林浦被俘,高风劝其投降,"不失封侯之位"。林浦对如此诱人的条件坚决拒绝,只对"一双冤家不能配夫纳婿"感到"可惜可怜",因而"情愿投降"。交战的意义只是为高仲魁和尹季伦立功升官,并为二人送来两个美貌的女儿,以待圣上赐封为妻(《循环报》)。

中国社会以皇权为核心,或者说,整个社会都是为皇权而存在的。"普天之下,莫非王臣;率土之滨,莫非王土。"这种所属关系使得皇帝的地位和尊严至高无上。在社会心理上,皇帝成为人生幸福的神圣源泉。正如西方文化中的上帝无所不在一样,皇帝的神圣性在中国人的心目中也无所不在。越是社会底层的民众,越是对皇帝充满敬意,感到神秘而好奇。因此在《曲本》的理想人物中,或以报效朝廷为荣,或因考取进士及其他原因间接受到"皇恩",许多人则接触过皇帝而直接受到皇帝的赐封。太后老佛爷和九千岁刘瑾由于跟皇帝关系特殊,他们为傅朋赐婚、封其为泰州知州,故事同样成为幸福美满的结局(《双玉镯》《法门寺》)。

皇帝的富贵荣耀固然登峰造极,但"君权神授",其他人无论有什么本事或机遇都不可能成为皇帝,于是,能为皇帝救驾被视为人生最大的荣幸。尽管这样的机会千载难逢,但《曲本》中的明代戏就至少有三人救过驾，而且其中两次的被救者都是正德皇帝，救驾者分别是桂芬芳（《奇巧报》）、李梦熊兄妹（《千里驹全串贯》）。另一次是张道安不满于魏忠贤的权威超过自己，企图行刺天启帝。恰遇柳逢春进京应试，柳兴和印传禅师随行，意外经过事发地，生擒张道安，保住圣驾（《四美图总讲》）。救驾者都很快获得最高的荣誉和地位，"一朝遭际为京兆，不卧牛衣换紫袍"（《奇巧报》），这是出人头地最便捷的途径。

尽管戏中出场的皇帝大都误信权奸，头脑简单，性格猥琐，但并不失其至高无上之尊，能为其效力，仍被视为理想人物的神圣使命。"要得真富贵，除非帝王家。"（《胭脂褶总讲》）这是民间的通俗经验。民间观众羡慕戏中人物的好运气，同时也分享皇上的圣恩；在现实中没有被皇帝接见的荣幸，演戏则使民众与皇上近在咫尺，一睹为快。20世纪末，许多电视剧对帝王将相的津津乐道，骨子里仍然是皇帝梦。

《曲本》中的理想人物大都由普通人、甚至性格软弱的人，突然变为荣立战功的英雄，前后判若两人，完全没有性格的发展过程。造成突变的原因常常是神灵的帮助或某种"神迹"。"只会提笔做文章"的陈孝外出寻兄，流落伏波宫，睡梦中，伏波将军之神教他三十六路花枪，又授掩箭法、指鞭符，指示他前往兵部司马黄彪处投军，"自有重用"。陈孝从此"文改武将运行到，挂甲临阵显英豪"（《满门贤总讲》）。汤威本是病弱书生，对用兵打仗毫无经验。仅仅只是凭着上仙女娲娘娘所赠的日月图，"上有排兵布阵之法，攻城破敌之策"，便知"深山中树林内埋伏刀枪，那怕他北房有雄兵猛将，管叫他一个个奔走逃亡"。他"来破房献奇策定立家邦"，确实是"凭着我日月图拨风倒浪"（《日月图总讲》）。"我本怯怯书生"的桂芬芳从蟠龙洞逃出后，恰好马永成欲"图谋大位"，要在西苑刺杀正德。两地相距遥远，只有瑶池鲍老一声"敕"，"吹口法气暗指引"，才能及时赶到事发地，救驾立功。耐人寻味的是，救驾的关键作用本在于鲍老，可当皇上命"救驾男女俱皆冠戴上殿"时，鲍老"不着冠帔"，因为"老妇本是化外之人，未便滥受圣恩皇赐"。只有桂芬芳获赐进士出身右签都御史，妻惜罗奴被封为命妇惠郡夫人，忔烈"暂受参将"（《奇巧报》）。神灵只是为理想人物而存在，而不是为自身而存在。民间对神灵的崇拜与他们对功名富贵的渴望融为一体，理想人物由于神灵的帮助而具有超凡性和神秘性。

民间的婚姻理想与才子佳人戏基本相同，都以一夫二妻为特征。《四美图总讲》则进一步扩展一夫四妻的婚姻模式，柳逢春和柳兴分别与四个小姐和四个丫鬟结为夫妻，把观众的痴心妄想推向极致。《三上轿全串贯》中的一品首相张安曾因"虽有娇妻，并无美妾"而"愁眉不展"。他对家仆说："怎奈人生一世，妻妾两全，方称你相爷之意。"理想人物的一夫多妻模式其实也以这种心理为基础，体现出以男性意识为中心的文化特征。

与才子佳人戏不同的是，由于民众所幻想的功名富贵常以英雄争战为途径，所以，《曲本》中的女子也常以英雄的面貌出现在舞台上。范彩霞（《双珠球》）、陆瑞英（《阴阳树》）、安春艳（《满门贤》）、冯莲芳（《五彩舆》）、惜罗奴（《奇巧报》）、林翠芳（《循环报》）、华爱珠、柴素贞（《四美图》）等，都颇知武艺。戚继光说："自古以来，花木兰、梁夫人、平阳公主、石龙冼氏，多少闺阁美女之英豪，我总不信。今日是我目睹冯莲芳与我夫人周氏对答如流，敢作敢为，我想天地之间，无所不有。"（《五彩舆》）对于戏外的观众来说，问题的关键不在于现实中是否真有这样的女豪杰，而在于女豪杰的意义所在。

在《曲本》里，陆瑞英、林翠芳等都因为与男主角交战而成为男主角的妻子，战争如同男女之间的婚恋。安春艳则因为入侵中原捉住陈忠，使陈忠过了一把驸马瘾；后来又被陈忠的弟弟陈孝所擒，使陈孝立下赫赫战功。范彩霞、冯莲芳分别在征讨宁王、徐海等人的行动中，发挥过重要作用，也都博得功名，因而都是民众对功名富贵的渴望心理的产物。

而且，这些女豪杰的意义在于弥补丈夫的不足。朱求"寒窗苦读书篇，只愿名标青史，九锡恩荣，显耀门庭"，可他上京应试后却不了了之。因为其妻范彩霞擒了宁王，朱求也受到旌奖。顾恺沦落为乞丐，遇其妻冯莲芳获军功五品，"真果是显威风"，最后"等候太太功名到手，一同衣锦还乡"。这些戏中女豪杰的存在，都是现实中的男子很少有辉煌显耀的可能，因而把希望寄托于女子的结果。因此，与顾恺洞房花烛之夜，冯莲芳让一个丫头顶替她与顾同睡，她自己却悄悄赶往宁波府，在镇海大将军戚继光麾下"杀贼立功"。在她看来，"人生转眼时光阴如泡，岂可在洞房中酒色暗消。立一个盖世功名传后代，也不枉天生我女中英豪。"有此"武艺精通，而且心性胆量敢作敢为"的女子为妻，秀才顾恺自然感到"这姻缘福份非小"，"冯小姐这般行为，真乃女中丈夫，将来必有名望，这也是我顾恺的体面"。冯莲芳只是为了给顾恺带来"福份"和

"体面"而存在，而不是为了她自身而存在。

由于以男性意识为中心和对功名的渴望，上述女子因而在民众的幻想中被男性化，这与桂芬芳、汤威、陈孝等书生被英雄化的过程相辅相成。才子佳人婚姻模式中的双美因而转化为一文一武的两妻并列。陈翠娥与范彩霞、程雪娥与陆瑞英、毕无瑕与林翠芳、王氏与安春艳（《满门贤》）等，一个贤淑或娇柔，满足婚姻的需求；一个力量意志过人，满足出人头地之望。

三

《曲本》对功名、婚姻、荣华富贵的渲染和炫耀确实显得庸俗，这自然会使戏剧史家感到尴尬。问题是，发生于民间的戏曲与民间的生存状态息息相关。物质生活的不宽裕、文化教育的不发达和长年的辛勤劳作，是长期以来中国民间的基本特点。除了对世俗生活幸福的梦想之外，他们很少关心经典文学所表现的深奥而抽象的精神层面的命题。

鄢懋卿夫人秦氏和汪太宰女儿彩霞被海寇劫为人质时，也曾"叹人生果然是白驹泡影"，感到"生长富贵之家，享尽荣华之福，忽然被贼劫抢，这叫作月满则亏，乐极生悲的果报"。但这只是富贵人家遭受挫折后的偶尔感叹。对乐极哀来、富贵成空、人生如梦的大彻大悟，不是民间戏曲的基调，而是纳兰性德词、《红楼梦》《长生殿》《桃花扇》等贵族文学的基调。"世人都晓神仙好，惟有功名忘不了。古今将相在何方？荒冢一堆草没了。""世人都晓神仙好，只有娇妻忘不了。君生日日说恩情，君死又随人去了。"只有贵族精英在历尽"花柳繁华之地，温柔富贵之乡"后，心灵在世俗伦理和物质生活中找不到依归，才会产生鸿荒浩渺的悲剧感和空幻感，才会产生对人生终极意义的叩问和领悟。物质生活充分满足、甚至过剩之后，才会对锦衣玉食感到厌倦，才会产生物质之外的精神世界的冥想。"悲凉之雾，遍被华林，然呼吸而领会之者，独宝玉一人而已。"[①]对普通民众来说，这种境界和领悟只能是一种奢侈。

民间艺人和观众非常清楚功名富贵对人生意味着什么。孙叔林经历过夫妻、儿女离散的苦难，又遭受大灾荒的打击。流落在外，被店家收留，不得已只好"手拿草标，自卖自身，卖些银子"，以偿还店家的房租。卖

---

① 鲁迅：《中国小说史略》，见《鲁迅全集》第九卷，人民文学出版社1973年版。

到常府后,被女主人视为"老奴""贱人","一日与我打三顿,三日九顿打坏人",打得她"浑身上下有伤痕"。她想:"夫人不过二十春,为什么他享荣华我受贫?"后被"接进衙门,同享荣华",与巡抚丈夫和两个进士儿子团圆。收买她的人家偏偏是离散多年而改名常天保的长子;常天保与次子孔凤英一为知府,一为通判,两家既是同乡,又往来多年,却不知彼此为骨肉兄弟;孔凤英向巡抚状告常府"将良作贱,欺天灭伦",巡抚官又偏偏是他们的生身父(《三进士全串贯》)。这些情节过于巧合而不合情理,但这并不重要,重要的是贫贱与荣华的强烈对比,以及屈辱与尊严的巨大反差,从而激发观众对人生不同境况的品味与体认。李奇外出贩马,继室王三春与恶棍田旺私通,将幼小的保童、桂枝赶出家门,并以丫鬟春花之死陷害李奇于死罪。父亲与儿女经历磨难重逢,不仅洗雪了不白之冤,而且因为儿子已是八府巡按,女儿已是堡承县令的夫人,一家人"喜只喜乌纱顶戴,喜只喜骨肉合谐"。作恶者受到惩罚,受害者扬眉吐气(《奇双会总讲》)。戏的"奇巧"实际蕴含着这样的假设:如果张文达、李保童等未做巡抚之类的"大官",其家人的命运又将怎样?《曲本》对功名富贵的夸耀实际上意味着普通大众对改变生存状况的渴望。

《曲本》中许多出人头地者都经历过曲折或磨难。穆居易的父亲触犯刘瑾,囹圄而死,母亲自缢而亡。因此,"家业凋零,奴仆失散,留下我小生幼十分苦愁,叹家贫论家园一无所有,功不成名不就无人睬瞅"(《阴阳树》)。尹季伦"自幼贩马为生,来到荆州,不料马生灾病,跌折资本,弄得俺有家难奔,有园难投"。王修道遭受毕天喜调戏和抢夺其妻的侮辱,又被"发往辽东"(《循环报》)。桂芬芳被继母郎氏兄妹谋害,扔进西林枯井。富宜仁将其救出,又被吴狠儿当作美女拐走,还被胁迫成亲(《奇巧报》)。梅璧出生前就与母亲同受糊涂父亲和三夫人的迫害。他在母亲柳氏避难于玉花庵时出生,又被魏点盗送赵从夫妇。稍大时又被郭元贞夫人调包换走。母亲苦苦寻儿十六年(《福寿镜》)。各种磨难使他们后来的功名富贵显得特别珍贵。也正如民间哲学所说:"吃得苦中苦,方为人上人。"各种磨难又是他们必经的人生仪式。所以,当毕荣带天喜到高府赎罪时,王修道说:"若不是公子逼勒,末将焉有今日?"

正因为功名地位对人生如此重要,那些不能做官的普通平民因而把希望寄托在下一代身上。王三春在丈夫去世,张、刘二妇改嫁后,含辛茹苦,抚养并非亲生的孩儿,"但愿儿立志把书念","要做高官有何难"

(《教子》)。苦命的杜翠屏被一品首相张安强逼为妾，临行前对幼小的儿子哭诉："长成人做高官步踏青霄，那时节与为娘把冤来报。"(《三上轿全串贯》)

由于《曲本》所表达的人生理想乃是普通民众所企求的，所以，众多人物皆由平民升为高官，由贫贱而获荣华，如王修道、尹季伦、汤威、李保童、张文达等。徐明原为梅俊家的仆人，因征番有功，被封为西安总督(《福寿镜》)。书童柳兴也被天启帝赐以七品官带(《四美图》)。

也正因为戏曲与民众的亲和关系，戏中富贵者大都显得可笑、讨厌甚至可恨。张安把自己的快乐建立在杜翠屏一家的痛苦之上，因而激起杜翠屏的强烈仇恨："有一日天不忿报应速显，管叫你受刑法去坐牢监。"国舅之子胡狗子见到坟上插柳的白小姐，妄想娶以为妻。可他生得六根不全，不仅没有娶回老婆，反而出尽洋相(《下河南》)，戏中的富贵者似乎都不是什么好东西。在这些曲本中，如果看不起穷人，就会受到公众舆论的嘲笑。汪鋐太宰因顾愷是"本县中第一个富豪秀才"，曾答应将女儿彩霞嫁给他，"今日得富贵婿可慰我心"。汪夫人认为，"一生只顾重富豪，万载只恐落笑名"(《五彩舆》)。狼似獐因为韩琼"寒透了骨，穷到了地"，不愿为他和瑞玉"完其终身大事"。慕容杰说："以贫富较量，恐被人闻耻笑"(《奇巧报》)。不歧视穷人，与蔑视富贵者，这两方面相辅相成，都是穷人心理的折射。

《曲本》中的许多奸臣也以民众对富贵者的态度为特点。宁王与百会穷这样的小无赖相勾结，妄图强娶王贞卿、陈翠娥为妾(《双珠球》)。开果子铺的李五居然"托人借了严府三百两银子"，无钱还债，被严嵩府告到县衙。李五被逼无奈，打算一死了之(《混元盒》)。奸臣的结果或如宁王那样被女子范彩霞所擒；或如严嵩那样被打得鼻青脸肿，不仅"不怪"，反而说"就如同报恩"(《打严嵩》)；或如赵文华在娼院被捉住示众(《五彩舆》)。有趣的是，王贞卿被关进延庆寺，梦中得观音帮助，"满身害了疥疮"，使淫僧汝真无法近身，因而保住了贞操(《双珠球》)；堂堂盐政大人鄢懋卿赴任路上威势赫赫，其妻秦氏居然被顾愷误抢成亲，失去了贞节(《五彩舆》)。王贞卿与秦氏的区别是，前者是理想人物张文宪的妻子，后者是坏人鄢懋卿的老婆。贞节问题成为民众舆论的工具，被用来戏弄他们厌恶的"权奸"。这些权奸都蕴含着民众对富贵者的不满和嘲讽，因而实际上是这种心理所想象的产物，而不是历史学家眼中的权奸。

《阴阳树总讲》以鲜明的对比方式表达了民间对富贵的双重心态。一个是"一无所有""十分苦愁"的穆居易，另一个是皇帝宗室朱陶，"库内有三百万金银，麦米无数。慢说吃米吃麦，就是吃金吃银，也够一世度用"。另一组对比是程普的两个女儿，一个是美貌优雅的雪娥，一个是丑陋粗俗的雪雁。后者羡慕朱陶的"衣服华丽"，两人成亲后却落得破庙安身的下场；前者倾心于穆居易的"骨格超群"，最终夫贵妻荣。戏中"两样枝叶"的阴阳树象征着现有的"贵贱"之分，绿林金龙大王"先斩此树以为号令"的举动折射出民众的嫉富仇富心理。富贵与贫贱，两者的地位最终被颠倒过来，原先的富贵者后来败落了，而原先的贫贱者却得以翻身，享尽尊荣。

中国社会历来是财富和地位集中在小部分人手中，大部分民众在物资和精神上的剩余极为有限，甚至双重匮乏，而成为弱势群体。陆志奇说朱陶"富与贵必不长久，千金富只用得一火皆休"，将会"做一个叫化子乞食街头"。程普则说穆居易"目下贫再无有长贫之理，久困龙御风雪一样高飞"。把原有的贫富关系颠倒过来，甚至劫夺富贵者的财富，这种心理表现为《曲本》中常见的戏剧情节。茹普渔利、林浦、金龙和陆志奇、彭海江、胡彦娥、狼中月（《福寿镜》）、徐海（《五彩舆》）等，他们的矛头其实都只对准富贵者以及同样也是富贵者的权奸，"并不打劫穷民"。这与他们为理想人物提供机会而出现于舞台的角色功能相辅相成。山海提督胡定之子胡林倚势强娶柏凤鸾为妻，柏凤鸾的未婚夫汤威男扮女装，被抬进胡府，反而先占有了胡林妹妹胡凤鸾。富贵家蛮横可恨，但富贵家的女儿却很可爱："见小姊貌婵娥无可比赛，好一似天仙女降下凡来。樱桃口露银牙千金难买，到叫我驷马心魂游天台。"（《日月图总讲》）这样的情节惟妙惟肖地表现出民众对富贵者既仇视又羡慕的双重心理。

出身于富贵之家而获得功名者，都有某种先决条件。柳逢春"重义轻财"（《四美图总讲》）。桂芬芳家财巨万，但以杨修、石崇"空自恃富，死而后已"为戒，因"日作钱奴，外逞才调，必至故辙"而烦恼，打算在"近来岁歉民饥"时，"普济得穷民无恙"。戏曲对这类人物品行的构想都以"穷民"的希望为价值取向。冯莲芳与顾慥虽为"富户"，但遭到徐海的劫抢，而且顾慥还沦落为乞丐。高仲魁家势显赫，算命先生周易却预知他"大祸将临"，"性命难保"，禳灾的唯一办法是"广积阴功，多行好事，静养百天，可能挽回天意"。于是，仲魁在往开基寺避灾途中，先是斩了两头蛇,"与百姓先除了一滚祸根";又打死老虎救樵夫,赠银十两,让樵夫"买些布匹米面,回家孝母"。樵夫感激不尽,"愿少爷寿长生身荣贵显,辈辈为戴乌纱子孝孙贤"(《循环报》)。在这里,打虎斩蛇实际上也是一种仪式,象征着仲魁对富贵者的超越和对平民百姓的体认。只有这样,才有他后来的"加官进禄"。因此,上述人物的功名荣耀其实也都"属于"平民百姓。

四

戏中的理想人物之所以大于或高于现实中的观众,除了他们与神灵的联系、非同寻常的遭遇以及功名地位和荣华富贵之外,他们的道德意志也被视为超过常人。徐氏说柳氏"受了千辛万苦,积下梅门之后,果称女中魁首";丫鬟寿春"随你主人患难,果称女中豪杰"(《福寿镜》)。樵夫称赞高仲魁:"你好比观世音救苦救难,愿来生报大恩结草衔环。"(《循环报》)柳生春和孟华在四下无人的雨夜偶然相遇,丝毫没有淫心,没有非礼行为,似乎一般人很难做到。孟华说"那书生守礼法人间稀少"。王有道的妹妹王淑英以为"谁都不信","哪里有柳下惠不动心摇"。王有道更认为"男女躲雨在碑亭,必定其中暧昧不明"(《御碑亭总讲》)。

柳氏和寿春的崇高性主要源于血缘伦理关系的延续在传统文化中的重要意义。梅俊对缺少儿子的感受是:"枉积下好家业无人照管,到后来谁与咱烧化纸钱?看起来这件事将来斩断,是何人能守咱田产家园?"赵从夫妇因为"膝前缺少拜孝男"而愁烦,"盼儿盼的泪不干"。对他们来说,"纵有万两银,无子谁送终"?"缺少儿女送坟前,万贯家财谁照看"?郭元贞"退居林下,受享清闲之福",但也"只因无儿男,终日挂心边"。人的存在价值在于家庭,子嗣问题因为关系到家庭生命的存亡而显得非常神圣。柳氏和寿春之所以被称为"女中魁首"或"女中豪杰",就因为两人为"积下梅门之后"做出了巨大牺牲。

柳生春与孟华的小亭避雨实际上是一种"情欲考验"。戏中设定的情境一是夜晚,而且"四下无人";二是淋雨之后,要"脱下了衣衫";三是"我要小便急得紧,何况先来女娘们。趁此方便理应允,远去让他好施行"。在这种情况下,似乎人的理性最脆弱,孟华不得不防范:"倘若此人不端正,岂不失了贞节名?"而柳生春则非常清醒:"男人孤栖在亭中,礼法嫌疑当要紧。我淫人妇妇人淫,《感应篇》上说报应。读书之人要致诚，戒之在色心拿稳，怕甚么男女夜黄昏。"柳生春之所以"阴骘浩大""可为君子"，就因为他战胜了人性的弱点，没有破坏孟华的"贞节名"。

理想人物的意义或在于像高仲魁那样为弱小者提供帮助，或如柳氏、寿春、柳生春那样对传统而神圣的公共价值准则的维护和遵守。对人性或个性本身的关注并不是民间戏曲的兴趣。另一方面，他们又毕竟是现实生活中的人，而不是文昌帝君、城隍、钟离大仙之类的超自然神灵。他们既为他人而存在，又为自身而存在。两种存在之间在民间集体心理中的联系被表达为道德意志与功名地位、荣华富贵之间的因果关系。"世人若想名登榜，诚心向善积阴功。"(《满门贤》)"人能诚心向善，天理富贵于人。"(《福寿镜》) 因此，徐明由仆人升为西安守府，柳氏说："这才是积德人有天报应，保佑你为大官四海扬名。"(《福寿镜》) 柳生春在科举考试中"文章尚欠功夫"，主考官申嵩屡次将其试卷"掷入落第"中。就因为他"阴骘浩大"，文昌位下朱衣神祇又暗中屡将其试卷拔于案头，使他终于获得第二名进士。"情欲考验"中的完美答卷弥补了科举考试中的功底不足，成为博取功名的决定性因素，"焉知色欲二字，就是登科掟经"，个人的幸福与他人的利益因而被关联在一起。高仲魁与毕无瑕同样也有过小亭避雨的考验，因而也为他们带来其后的富贵美满。

在现实生活中，道德和功名之间并没有必然的因果联系，尤其是对普通人来说，要获得功名富贵并非易事。女娲娘娘化为老妇点化柏凤鸾，说她"日后必有大富大贵"，并且"受皇封诰命一品"。凤鸾道："奴乃是福分浅贫寒之女，凭刺绣父女们暂度光阴。但只愿衣食足不受苦困，何敢想大富贵诰命夫人。"(《日月图总讲》) 算命先生周易说尹季伦"将来官居一品，位列朝班"，尹季伦道："先生此言差矣。俺乃贩马之人，岂能得到那步地位？"(《循环报》) 因此，功名富贵常常被认为是"上天"或神灵对"积德积善"的奖赏。《循环报》中的天帝命钟离、纯阳二仙："凡遇尘世众生，有阴功浩大之家，积德积善之士，即便与之添赠福寿，加官进禄。"梅俊家"九世好善，广积阴功"，文昌帝君因而将善虎星送入其家投胎，其子"日后还有文武双魁之分，以成大明成化社稷"(《福寿镜》)。桂树德家"积功累德"，所以城隍神不允许郎氏兄妹"绝其善门之后"，并且"奏过天庭，好与他善门福报"(《奇巧报》)。"上天"或神灵的权威性填平了现实与理想之间的鸿沟，使道德与功名富贵之间的因果关系得到合理化的解释。

　　正是出于对功名富贵的渴望，并对此做出合理化的解释，《曲本》对人物道德特性的强调可谓不遗余力。陈孝随母亲杜氏改嫁到陈家，与陈忠为异母兄弟。家奴陈兴诬陷陈孝"杀兄霸嫂，赶母出门"。要弄清事情真相并不困难，但杜氏担心旁人说她"母子同心，谋杀前房之子，吞谋陈门家财"而使"我的贤名"受到损害，"教子训媳俱尊仰，无不道我是贤良。现有匾额挂堂上，岂将真名天下扬"，强求县令将陈孝治罪，而且说："太爷若不明冤枉，情愿跪死在法堂。"县令表示"要将你亲生儿子与前房之子偿命"时，杜氏说："多谢太爷！"陈孝一再说明未杀其兄，恳救"母亲救孩儿"，杜氏不为所动，只是说："你自作自受"，"还你兄长命来"。杜氏的举动完全超出人性常情之母爱，连县令也说杜氏"强词夺理言不让，贤良今欲不贤良"。即使是陈孝真的杀兄而理当偿命，也丝毫看不出其母亲杜氏的内心矛盾和痛苦。所有这些都是为了表现陈家异父异母兄弟之间、继母继子之间、婆媳之间的"和睦"。由于这种"和睦"在一般家庭不容易做到，所以显得异乎寻常，一家"满门贤"因而成为民间大众的楷模。陈孝之所以得到伏波将军之神的指教并荣立战功，陈忠之所以在安南国被强求做了驸马，其深层原因即在于家庭的"满门贤"（《满门贤》）。在《曲本》里，我们看不到梅俊"广积阴功"的任何表现，而且，他听信耿氏的"假造妖言"，欲将柳氏害死，似乎"不善"。其家之所以得到文昌帝君的帮助，其子梅璧之所以"有文武双魁之分"，更深的原因乃是"九世好善"。在中国文化中，尤其在民间文化中，人不是独特的生命个体，而是血缘遗传链条中的一环。九世前的功德还能为后代带来福运，梅璧高中状元、合家荣光的结局是在享受祖宗的"阴德"。

　　把功名富贵归因于积善积德，从而在娱乐中实现劝世和教化功能，这是民间戏曲的主要特征。把理想人物作为民众的楷模，或者说民众需要劝诫和教化，是以民众的"自我矮化"为前提的。正如唐文标先生所说，"长久以来，宗族主义的无限扩大，伦理化社会将个人矮化，重视人的相同点，于是最大公约数相等于最小公倍数乃是历史的要求"（《中国古代戏剧史》）。到了个性开始苏醒、丰富的内心世界和外部世界受到关注的时代，白日梦式的戏曲便不再上演。

唐传奇中的两性故事

唐传奇有许多被文学史论著称为"爱情"的作品，如《李章武传》《任氏传》《柳毅传》《周秦行纪》《霍小玉传》《李娃传》《莺莺传》等。但究竟什么叫"爱情"，这个词究竟是价值判断，还是客观描述；唐传奇的爱情与同样被文学史称为"爱情"的《关雎》《牡丹亭》《红楼梦》等有什么不同等，对这些问题，文学界则少有论及。"爱情"等过于宽泛的概念或言说必然使人忽略作品的本质特性。我更愿意用"两性故事"来描述唐传奇的某些共同特征，并且从人物关系、结构、母题、叙事角度等"形式"要素入手，描述其故事形态，分析其成因，从而发现某些重要的、被人忽略的"意味"。

《任氏传》（沈既济）叙述由狐幻化而来的女子与人类男子的故事。在六朝志怪中，这一类故事的基本模式是妖魅迷惑男子之后，显出原形并离去；或被男子识破其原形，而受到打击。在《任氏传》中，妖魅的性质及其与男主角的关系发生了重要的变化，狐女任氏不再像六朝志怪中的妖魅那样令人恐惧。郑六与任氏"夜久而寝"之后，已经知道任氏为"多诱男子偶宿"的"狐"，"然想其艳冶，愿复一见之心，尝存之不忘"。任氏惧其"见恶"，郑六"发誓，词旨益切"，并"许与谋栖止"，继续保持与任氏的同居。后来，任氏被猎狗所逐，"复本形"而死。郑六"衔涕出囊中钱，赎以瘗之"，仍然表现出对任氏的留恋。导致这种变化的原因与唐朝的狎妓风气直接相关。任氏自称其"兄弟名系教坊，职属南衙"，又自称"家本伶伦，中表姻族，多为人宠媵"，都是对其妓女性质的暗示。任氏与郑六的关系也是婚外异性对已婚男子的吸引。郑六家有妻室。在妻与任氏之间，郑六"昼游于外，而夜寝于内"。任氏的意义即在于为郑六提供婚姻之外的性爱补偿。

在六朝志怪中，妖魅女子与人间男子的关系大都是一对一的，第三者、局外人并不会受到妖魅的"迷惑"。《任氏传》所叙述的却是妖女任氏与郑六和韦崟两个男子的故事。这种"三角关系"成为后来的文言小说中常见的故事模式。任氏初见郑六,即与其"酣饮极欢,夜久而寝",并"愿终己以奉巾栉"。而韦崟对任氏"爱之发狂",却遭任氏坚拒。任氏截然不同的两种态度,并非因为两人在风度品行上的优劣,而是因为:"郑生有六尺之躯,而不能庇一妇人,岂丈夫哉!且公少豪侠,多获佳丽,遇某之比者众矣。而郑生,贫贱耳。所称惬者,唯某而已。忍以有余之心,而夺人之不足乎?哀其穷馁,不能自立,衣公之衣,食公之食,故为公所系耳。若糠糗可给,不当至是。"由此可见,郑六的"贫贱"是获得任氏深情的主要原因,甚至是唯一原因。或者说,贫贱是贫贱书生的资本。

  这也是传统社会贫贱书生的普遍心态。在古代文学中,我们看到大量的美女与贫贱书生的故事。无论是人间美女还是由妖媚变化而来的美女,都与贫贱书生有着特定的亲和关系,有时还用对富贵公子的蔑视来表达她们的"排他性"。

  妖魅的性质和意义发生了变化,小说的叙述视角也随之发生了变化。在六朝志怪中,叙述者对妖魅的描写一般不超出故事中某个人的所知范围,我们看不到叙述者的身影。到了唐传奇,《任氏传》的叙述者显然比韦崟和郑六两人知道得更多。任氏"乞衣于崟","竟买衣之成者而不自纫缝"时,韦崟"不晓其意"。一直到任氏死后,韦崟与郑六"追思前事",才醒悟到"衣不自制"的真正原因是任氏"与人颇异"。对任氏的预知预感和良苦用心,叙述者显然了然于胸。叙述者不仅叙述了郑六与韦崟不在场时狐妖任氏的行动,而且在小说结尾时公开自己的叙述者身份,对女妖与两个男主角发表议论与感慨:"嗟呼!异物之情也有人焉。遇暴不失节,殉人以至死,虽今妇人,有不如者矣。惜郑生非精人,徒悦其色而不征其情性。向使渊识之士,必能揉变化之理,察神人之际,著文章之美,传要妙之情,不止于赏玩风态而已。惜哉!"小说中的女妖任氏不仅不再显得怪异,而且寓含着作者的主观情感。

  像《任氏传》中的任氏一样,《李章武传》(李景亮)中的王家女子似乎也具有妓女的性质,或为"有夫之妇"。她曾说:"我夫室犹如传舍,阅人多矣。其于往来见调者,皆殚财穷产,甘辞厚誓,未尝动心。"李章武初舍其家时,即"私侍枕席"。两人分别之后,王家女子死前,因为"我家人故不可托",她只好托邻居杨六娘向李章武转达她的"思慕之心"。可见她与李章武也是非婚姻性的,而且是不能为家人所知的。

但是，《李章武传》中的王家女子和《任氏传》中的任氏并不等于现实中的妓女，这些小说的创作也不等同于实际上的狎妓行为。任氏由狐妖幻化而来，这一性质足以使她区别于现实中的人，因而使读者保持与故事人物之间的审美距离。《李章武传》在情节上的突出特点是通过王家女子生前与死后的两个阶段来表现她与李章武之间在精神上和感情上的依恋。王家女子死后，躯体不复存在，仍然"冀神会于仿佛之中"。"虽显晦殊途，人皆忌惮"，但李章武"思念情至，实所不疑"。所以，李章武与王家女子的鬼魂再次相会，并且表现出"千古闭穷泉""何因得寄心"的惆怅感和空茫感。汪辟疆谓小说"叙述婉曲，凄艳感人"（《唐人小说》），就因为小说中的人物故事绝不同于后来的通俗小说对于"皮肤淫滥"的宣泄。

在人类男子与非人类女子的故事中，另一篇著名作品是李朝威的《柳毅传》。小说的故事框架和有些情节，如扣树、传书等，系由《搜神记》中的《胡母班》《河伯婿》以及《广异记》中的《三山》等故事演变而来。《柳毅传》之后，元代有尚仲贤的杂剧《柳毅传书》、明代有黄说仲的传奇戏《龙箫记》、许自昌的传奇戏《桔浦记》等。

《柳毅传》叙述柳毅为龙女传书给其父洞庭龙君，受到龙君的重赏，最终成为龙君女婿。值得注意的是，叙述者交代故事中人物柳毅的社会身份为"儒生"，而且是"应举下第"的"儒生"。像《任氏传》一样，《柳毅传》也是以贫贱书生为意识中心的。书生下第归途中的"艳遇"也是文言小说史常见的故事模式。宋代《青琐高议》中的《朱蛇记》、清代《聊斋志异》中的《竹青》等，都是这一类作品。在传统社会中，金榜高中、成为君王驸马是儒生们——亦即读书人的最高理想。但有这种幸运的人毕竟只是凤毛麟角。《柳毅传》的柳毅成为洞庭龙君的女婿——"准驸马"，正是儒生们在现实中不可能得到而只有在幻想中的龙宫才能得到的替代性荣耀。

为了使这种荣耀的得来合乎情理，而不是无中生有，《搜神记》中胡母班为泰山府君传书的情节在《柳毅传》中被置换为柳毅急人之难，为龙女传书给龙君。龙君和夫人为感谢柳毅的"深恩"而给以最隆重的礼遇。耐人寻味的是，柳毅既没有直接留在龙宫，也没有把龙女带到人间。当龙君之爱弟钱塘君欲将龙女嫁给柳毅时，柳毅却以"以威加人"为由而坚决拒绝。辞别龙宫时，柳毅又因为"不诺钱塘之请"而感到后悔，

"殊有叹恨之色"。一直到柳毅所娶妻张氏、韩氏相继而亡,再娶范阳卢氏女时,柳毅与龙女才成为夫妻——卢氏女实即洞庭君之女。小说的作者故意延宕结局之前的过程,从而使情节一波三折,富于变化。最后,柳毅在龙女的指引之下,双双复归"龙寿万岁""水陆无往不适"的洞庭仙境。这一情节使得《柳毅传》不同于一般意义上的婚姻故事,而是与《搜神记》中的《园客》《幽明录》中的《刘晨阮肇》等神仙故事相呼应:男主角都在神仙般的美女的启发与诱导下皈依仙界。对柳毅来说,龙女的意义即为"神仙之饵"。柳毅成为神仙之后,又劝其尚在人间的表弟"无久居人世以自苦"。

《李娃传》和《霍小玉传》的共同特点是叙述书生与妓女的故事。妓女与文学的关系是文学史的重要课题,无论是词、戏曲、话本小说、章回小说,还是文言小说,无论是这些艺术形式的产生和发展,还是故事的构成,都无法回避妓女这一因素。

《李娃传》(白行简)的主题是情欲与功名前途之间的冲突。荥阳公子抵长安"应乡赋秀才举",却被"妖姿要妙,绝代未有"的妓女李娃所吸引而不能自拔,以至于"资财仆马荡然",沦为乞丐,受尽磨难。这与西方近代教育小说中主人公的经历颇为相似。荥阳公子的沉沦源于读书意志面对情欲时的软弱无力。小说一开始即交代荥阳公子"始弱冠",为他"日会倡优侪类,狎戏游宴"做了很好的铺垫。涉世未深的少年容易受到情欲的诱惑。正如李娃母所说的那样:"男女之际,大欲存焉。情苟相得,虽父母之命,不能制也。"孔子所谓"未见好德如好色",说的也是这个道理。"时望甚崇,家徒甚殷"的优越环境也容易使荥阳公子缺乏顽强的毅力。他"自负,视上第如指掌",结果却很快陷入与李娃之间的"枕席"之欢,并且"屏迹戢身,不复与亲知相闻"。在传统的人生哲学看来,"天将降大任于斯人也,必先苦其心志,劳其筋骨。"从这个意义上说,荥阳公子的磨难也是他人生历程必经的考验。正因为如此,叙述者以冷峻语调,详述荥阳公子在凶肆为人"执纼帷"、被其父鞭打至死,以致"持一破瓯,巡于闾里,以乞食为事"的情景。这些经历,对于昔日"驱高车,持金装"的荥阳公子来说,无疑是刻骨铭心的。也正因为这些经历是荥阳公子成长过程中必经的磨难,叙述者并没有使李娃显得薄情,而是不露声色地叙述李娃使荥阳公子不再沉迷情欲的良苦用心:李娃是在与荥阳公子"情弥笃"的情况下而设计令他流落街头的。这种良苦用心

一直到李娃自赎其身、与"枯瘠疥厉,殆非人状"的荥阳公子别卜所居时,才明白表现出来:

> 与生沐浴,易其衣服;为汤粥,通其肠;次以酥乳润其脏。旬余,方荐水陆之馔。头巾履袜,皆取珍异者衣之。未数月,肌肤稍腴;卒岁,平愈如初。异时,娃谓生曰:"体已康矣,志已壮矣。渊思寂虑,默想曩昔之艺业,可温习乎?生思之,曰:"十得二三耳。"娃命车出游,生骑而从。至旗亭南偏门鬻坟典之肆,令生拣而市之,计费百金,尽载以归。因令生斥弃百虑以志学,俾夜作昼,孜孜矻矻。娃常偶坐,宵分乃寐。伺其疲倦,即谕之缀诗赋。二岁而业大就。海内文籍,莫不该览。生谓娃曰:"可策名试艺矣。"娃曰:"未也。且令精熟,以试百战。"更一年,曰:"可行矣。"于是遂一上登甲科,声振礼闱。虽前辈见其文,罔不敛衽敬美,愿友之而不可得。娃曰:"未也。今秀士,苟获擢一科第,则自谓可以取中朝之显职,擅天下之美名。子行秽迹鄙,不侔于他士。当砻淬利器,以求再捷,方可以连衡多士,争霸群英。"生由是益自勤苦,声价弥甚。其年,遇大比,诏征四方之隽,生应直言极谏科,策名第一,授成都府参军。

在荥阳公子由"不得齿于人伦"的境地再回到曾经所属的主流社会的过程中,李娃起了至关重要的作用。她既是荥阳公子的"情人",是荥阳公子堕落的"诱因",又给他以母亲般的呵护和谆谆教诲。弗洛伊德曾说,如同对"父亲"的寻找一样,对"母亲"的寻找始终存在于人的潜意识之中。《李娃传》中的李娃和《聊斋志异》中的翩翩(《翩翩》)等,实质上是寻母意识的转化形态。正是在这种心态作用下,李娃的形象被充分完美化了。类似于"教子"的任务完成之后,李娃不求任何回报,"愿以残年,归养老姥"。后经明媒正娶而与荥阳公子成亲,李娃"妇道甚修,治家严整,极为亲所眷",并且为荥阳公子带来"累迁清显之任""四子皆为大官""弟兄姻媾皆甲门"的隆盛之运。李娃也被封为汧国夫人。叙述者评论道:"倡荡之姬,节行如是,虽古先烈女,不能逾也。"通常被认为与节操无缘的娼妓成为一般人不可企及的道德楷模,这是《李娃传》所"传"之"奇"之所在。李娃的形象由"情人"转换为"母亲",两人的关系并非文学史家所说的"爱情"。

贵公子受到某种诱惑或某个恶人的陷害，跌落到社会底层而历经磨难；后在某人帮助下，或由于某种机缘而最终获得新生，这也是古代小说、戏曲等常见的母题。《李娃传》是这一故事模式的较早作品。此后，元代高文秀、石君宝的杂剧《郑元和风雪打瓦罐》《李亚仙花酒曲江池》、明代薛近兖的传奇戏《绣襦记》、清代章回小说《歧路灯》等，都属于这一类作品。

《霍小玉传》（蒋防）是中国叙事文学史上较早出现的男子负心、女子薄命的故事。此后，以负心、薄命为主题的小说、戏曲作品非常多，如《琵琶记》《杜十娘怒沉百宝箱》等。

这种故事的特点是用负心者终于遭到报应的情节来表达一种否定性的情感态度。这种情感态度基于作者和读者共同认可的道德准则。

从生活逻辑上说，李生与霍小玉之间的破灭实际上是不可避免的。在两人"极为欢爱""自以为巫山洛浦不过也"的时候，情节将如何发展呢？在传统社会语境中，对于荥阳生、李益这样的书生来说，读书仕进是唯一的可行之路，狎妓或"恋爱"只能是一种临时性的"消遣"。《李娃传》中的荥阳生只有在断绝情念、历经磨难、并由于李娃的帮助而荣登高第之后，两人的关系才可能由原先的"狎邪"而发展为婚姻。或者说，荥阳生与李娃的"相爱"只有依托于"事业"上的成功才会有美满的结局。霍小玉对李生的"爱"既然与李生的功名前途没有任何关联，就不可能以妓女的身份与"门族清华"、并已"进士擢第"的李生结为夫妻，尽管她对李生一往情深。两人在社会地位上的悬殊和世人的偏见，使小玉清醒地意识到他们的关系很难会有什么结果："妾本倡家，自知非匹。今以色爱，托其仁贤。但虑一旦色衰，恩移情替，使女萝无托，秋扇见捐。"在这样的现实背景条件下，小说的作者也不可能把李生描写为冲破世俗成见的"爱情英雄"。

这一类两性故事像《任氏传》、六朝志怪中弦超与玉女，以及所有的人间男子与妖魅女子的故事一样，都是非婚姻的，或者说是"婚外恋"。产生"婚外恋"的原因并非对现实婚姻制度的挑战，不是像文学史家所说的那样，对"自由爱情"的追求和对"封建礼教"的反抗，而是基于人性的隐秘冲动，亦即社会规范下的越轨意识或犯罪心理。基于这种心态的两性故事注定是临时性的，没有结果的。

《莺莺传》（元稹）的故事构架与《霍小玉传》相类似。张生在普救寺与崔氏女子莺莺相遇，私下幽会。后张生西去长安，因"文战不利"，"遂止于京"，两人的情缘由此断绝。后岁余，"崔已委身于人，张亦有所娶"。张生适经所居时，曾以"外兄"名义求见莺莺，莺莺"终不为出"。

宋代王性之《传奇辨正》根据作者元稹的诗和年谱，推断小说即为作者元稹的"自叙"，因为所记之事"有悖于义"，"特假他姓以自避"；"不然，为人叙事，安能委曲详尽如此"。但把小说中的事件理解为作者的真实经历，总难免穿凿、牵强。

因为小说写得"辞旨顽艳，颇切人情"（汪辟疆），又因为莺莺是"颜色艳异，光辉动人"的纯洁少女，而不是像霍小玉、李娃那样出身于"倡家"，她与张生的无果而终比其他小说更能使读者感到遗憾和于心不甘。在《莺莺传》的阅读史上，人们或者以"抛弃"之类的词语来指谪张生，对他的"始乱之，终弃之"表示不满；或者以再创作的方式企图对张生与莺莺之间的不圆满结局进行干预，如金、元时期董解元的《西厢记诸宫调》和王实甫的《西厢记》杂剧，都使"有情的"张生与莺莺"成了眷属"。明代李日华、陆天池的《南西厢记》、周公鲁的《翻西厢记》、清代查继佐的《续西厢杂剧》等，都是对《莺莺传》的重新解读和对崔张故事的重新结构。

其实，问题的关键不在于张生是否应该受谴责，也不在于他与莺莺是否应该"终成眷属"。男女主角"始乱终弃"的情节模式实际上是一个根深蒂固的成规惯例。《搜神记》中的弦超与天上玉女、《幽明录》中的刘晨、阮肇与山中仙女、唐传奇《任氏传》中的郑六与狐妖任氏、《游仙窟》（张文成）中的"余"与十娘、《周秦行纪》（韦瓘）中的"余"与昭君等，都是这一成规的体现。在这些作品中，男女主角不经过任何合乎伦理的仪式，甚至不需要任何理由，就发生性关系，因而是"始乱"；然后，双方以分离为结局，都没有"终成眷属"，实质上也是"终弃"。《莺莺传》和《霍小玉传》在深层次上也都以这一成规为基础，不管作者是否意识到这一成规。区别只是在于，天上玉女、狐妖任氏等都不是人类社会的成员，她们与弦超、郑六等男子的离异因而不可能被表现或被理解为一方对另一方的负心。《莺莺传》中的张生与莺莺和《霍小玉传》中的李生与小玉则因为都是人类社会中的成员，他们的故事很容易被读者按照现实社会中的道德、情感来加以理解和评判。

从心理角度上看，这种文学成规或故事框架是以男性意识为中心的，它表达男性对婚姻之外的或非婚姻意义上的异性的想象与欲求。即使在那些以婚姻为结局的作品中，如《幽明录》中的《买粉儿》《庞阿》、唐传奇中的《离魂记》（陈玄祐）和后来的《西厢记》等，作者的兴趣也主要在成亲之前男女主角的"欢会"、私下幽会（即偷情），这些情节或场面通常是作品中描写最细致、最能使读者想入非非的地方。一旦男女主角拜堂成为正式的夫妻，就似乎没有更多可叙述的内容，作者的想象力无从施展，情节便收束、闭合。这种情节模式也同样说明，男女主角之间的若即若离是两性相吸的前提条件。《诗经·蒹葭》反复咏叹的"所谓伊人，在水一方"，也就是"距离产生美感"的亘古不变的法则。如果双方的距离消失了，相互之间的吸引便不复存在。这也就是《莺莺传》中的张生与莺莺没有"终成眷属"的真正原因。

尽管叙述者以第三人称的局外人口气来叙述张生与莺莺的故事，但对两个人物的介入程度却显然不同。对于张生，叙述者不仅直接交代他的品行、仪容风度、动作和语言，而且直接揭示他由于莺莺而引起的主观活动：初见莺莺之后，张生"惊"而"惑之"，"愿致其情，无由得也"；逾墙至西厢，张"且惊且喜，必谓获济"；遭到莺莺的数落时，又"自失者久之"，"于是绝望"；莺莺的意外出现使他"飘飘然，且疑神仙之徒，不谓从人间至矣"；枕席之欢过后，莺莺由红娘"捧之而去，终夕无一言"，张生则"辨色而兴，自疑曰：岂是梦邪？及明，睹妆在臂，香在衣，泪光荧荧然，犹莹于茵席而已"。对于莺莺的外貌与内心活动，叙述者完全以张生的眼光、感受和理解来加以描写。即使是莺莺在张生"止于京"后的惆怅之情，也在张生收到莺莺的书信并"发其书于所知，由是时人多闻之"的情况下，才"粗载"出来。从这种表达方式上说，莺莺存在于张生的主观感觉之中，或者说是张生主观幻想的产物。莺莺既可以由张生来欣赏、体验，也可以由其他"时人"，如杨巨源、元稹等诗人，以《崔娘诗》和《会真诗》为题来欣赏、咏叹。叙述者以张生为视觉来表现莺莺，张生对莺莺的思慕、琴挑以及两人的幽会、风流缱绻，也就是叙述者在意念中的亲身经历。从这个意义上说，小说所叙之事是叙述者的"自叙"，但未必是小说之外的作者的"自叙"。如同杨巨源、元稹与《崔娘诗》和《会真诗》中的女子的关系一样，张生、叙述者与莺莺的关系也是诗人与诗中情人的关系。现实中的诗人与诗中情人之间，当然只能是若即若离的状态。

山水出性灵

——论袁中郎的山水游记

> 原来姹紫嫣红开遍,似这般都付与断井颓垣。良辰美景奈何天,赏心乐事谁家院!朝飞暮卷,云霞翠轩;雨丝风片,烟波画船,锦屏人忒看的这韶光贱!(《牡丹亭·惊梦》)

当杜丽娘来到后花园,陡然发现这诱人的春光并因而萌发了不可抑制的情怀的时候,袁中郎如"脱笼之鹄",在自然山水的怀抱里实现了个性的自由解放。他在万历三十六年(1608)曾说:"自壬辰得第,官辙已十三年,然计居官之日,仅得五年,山林花鸟,大约倍之。"(《识伯修遗墨后》)他一生的大部分时光都是在山水境界中度过的。

袁中郎对自然山水的浓厚兴趣,既与其个人性格有关,也是时代气息的折射。张岱曾说:"古人记山水手,太上郦道元,其次柳子厚,近时则袁中郎。"(《琅嬛文集·跋寓山注》)袁中郎"清新俊逸","灵动俊快"的山水游记给晚明文坛带来生机,为中国游记文学写下了新的一页。

一

从个人气质来看,袁中郎是一个"多血质"的人。"余性疏脱,不耐羁锁,不幸犯东坡、半山之癖,每杜门一日,举身如坐热炉。以故虽霜天黑月,纷庞冗杂,意未尝一刻不在宾客、山水。"(《游惠山记》)在文学上,他主张"独抒性灵,不拘格套"(《叙小修诗》);在人生态度上,他认为:"性之所安,殆不可强,率性而行,是谓真人。"(《识张幼于箴铭后》)他还特别重"趣":"世人所难得者唯趣。""夫趣得之自然者深,得之学问者浅。当其为童子也,不知有趣,然无往而非趣也。面无端容,目无定睛,口喃喃而欲语,足跳跃而不定,人生之至乐,真无逾于此时者。"(《叙陈正甫会心集》)他把追求"无穷之快乐","作世间大自在人"作为一生的主要目标(《龚惟长先生》)。

袁中郎追求个性发展,但并不被社会环境所容许。其弟小修遭到世人反对,"亲朋尽欲杀,知己半相疑"(《忆弟》),就说明了这一点。李贽之死于狱中更说明了这一点。社会氛围的禁锢,给中郎内心以沉重的压迫感。"数年以来,文网繁密,当事者有所平反,辄加诃责"(《送京兆诸君升刑部员外郎序》);"史情物态,日均一日;文网机阱,日深一日;波光电影,日幻一日"(《与何湘潭》);"弥天都是网,何处有闲身?"(《偶成》)那就只有逃离社会,走进山林:"山林之人,无拘无缚,得自在度日,故不求趣而趣近之"(《叙陈正甫会心集》)。只有在山水环境里,个性才能受到尊重:"孤山事我若仙姝,君之视臣如芥草"(《和东坡梅花诗韵》)。

在当时的环境中,袁中郎不可能不走仕途,但他最厌恶的却是官场:"画船箫鼓,歌童舞女,此自豪客之事,非令事也。奇花异草,危石孤岑,此自幽人之观,非令观也。酒坛诗社,朱门紫陌,振衣莫厘之峰,濯足虎丘之石,此自游客之乐,非令乐也。今所对者,鹑衣百结之粮长,簧口利舌之刁民,及虮虱满身之囚徒耳。"(《兰泽云泽叔》)官场里繁杂的事务、无聊的应酬和屈辱的奉迎,严重压抑着他的个性。因此,当他辞官而归山水之后,他就感到无比快乐:"掷却进贤冠,作西湖荡子","自今以往,守定丘壑,割断区缘,再不小草人世矣,快哉!"(《张幼于》)"余以簿书钱谷之人,乍抛牛马,暂友麋鹿,乐何可言!徘徊顾视,乃益自雄,真不愧作五湖长矣。"(《东洞庭》)

袁中郎内心充满了出世与入世的矛盾。入世即为世所用,"兼济天下",对社会负有责任感。"天下方倒悬危迫,家操戈而人盗贼,此其时不可用矣,而豪杰之士曰:'可用。'投身刀戟之林,濒死不悔"。但"天下方治且安,庸夫高枕,循资格而据上位,此其时可用矣,而豪杰之士曰:'不可用!'捐弃世乐,栖身荒寂,视名位若桎梏,去冠裳若涂炭"(《顾升伯太史别叙》)。晚明社会虽然空虚和腐朽,但大体上是稳定的。豪杰之士"无从着手"(《冯琢庵师》)。作为书生的袁中郎自然会向老庄思想和佛教思想寻找精神支柱。他曾说:"一官因懒废,万事得禅逃";"世事输棋局,人情转辘轳。浮生宁曳尾,断不悔江湖。"(《复日即事》)"早知婴世网,悔不事袈裟。"(《宿僧房》)"何如逃世网,髡发事空虚。"(《病起》)

这当然只是一种情绪的宣泄。真要"髡发""事袈裟",并不是一件容易的事。他可以羡慕超然世外的和尚,在悠游僧房、与僧人的交流中得到暂时的放松和慰籍。出世抑或入世的纠结时时萦绕心头:"且休谈出世,入世又如何?"(《郝公琰邀过禅堂访诸高衲》)"事佛心难定,学仙道不成。"(《偶成》)"尘俗近不得,远之亦为尘。"(《感兴》)"劝我为官知未稳,便令遗世亦难从。"(《甲辰初度》)寄情山水于是成为可行的理想替代。山水境界即是他避世之所:"夫山水花竹,名之所不在,奔竞之所不至也。天下之人,栖止于嚣崖利薮,目眯尘沙,心疲计算,欲有之而有所不暇……夫幽人韵士者,处于不争之地,而以一切让天下之人者也。惟夫山水花竹,欲以让人,而人未必乐受,故居之也安,而蹈之也无祸。"(《瓶史引》)山水花竹,并不是人人都能欣赏的。这需要有高雅的情趣,需要超越功利之心的审美能力。所以,对山水花竹的鉴赏,成为袁中郎之类幽人韵士的心理优越感之所在,成为他们张扬个性的理想世界。

二

旅游风气在明代中后期盛行,反映其时的物质生活相对繁荣,当时人民普遍的有余、有闲。不仅文人雅士,普通市民也喜欢游乐。这应该是宋以来城市文明进一步发展的体现。从某种意义上说,这也是市民意识的体现。"国大游民众,时清艳事多"(《赠江进之》)。苏州、安徽、北京等地游山玩水的风尚尤盛。袁中郎游记对此有许多生动的描绘:

> 虎丘去城可七八里,其山无高崖邃壑,独以近城故,箫鼓楼船,无日无之。凡月之夜,花之晨,雪之夕,游人往来,纷错如织。而中秋为尤胜。每至是日,倾城阖户,连臂而至,衣冠士女,下迨蔀屋,莫不靓妆丽服,重茵累席,置酒交衢间。(《虎丘》)

> 当春盛时,城中士女云集,缙绅士大夫,非甚不暇,未有不一至其地者也。(《游高梁桥记》)

> 每年六月廿四日,游人最盛。画舫云集,渔刀小艇,雇觅一空。远方游客,至有持数万钱,无所得舟,蚁旋岸上者。舟中丽人,皆时妆淡服,摩肩簇舄,汗透重纱如雨。其男女之杂,灿烂之景,不可名状。大约露帏则千花竞笑,举袂则乱云出峡,挥扇则星流月映,闻歌则雷辊涛趋。苏人游冶之盛,至是日极。(《荷花荡》)

这是新的时代表征。郦道元《水经注》对山川河流等地形地貌的描绘，谢灵运对幽林邃壑的咏叹，柳宗元的《永州八记》，都是文人墨客或地理学家的专属。而明代中后期则是普遍的审美活动。不仅"衣冠士女"，而且"蔀屋"，即下层平民，也兴致盎然地游山玩水。自然美因而成为世俗生活的一部分。

柳宗元《钴鉧潭西小丘记》记："其石之突怒偃蹇负土而出争为奇状者，殆不可数。其嵚然相累而下者，若牛马之饮于溪；其冲然角列而上者，若熊罴之登于山"；"嘉木立，美竹露，奇石显。由其中以望，则山之高，云之浮，溪之流，鸟兽之遨游，举熙熙然迥巧献技，以效兹丘之下。枕席而卧，则清泠之状与目谋，潜潜之声与耳谋，悠然而虚者与神谋，渊然而静者与心谋"。丘石竹木鸟兽云溪未尝不美，但这一切不属自在之物，而且是"唐氏之弃地，货而不售"，给人落寞之感。"农夫渔父过而陋之，贾四百，连岁不能售"。即使是《至小丘西小石潭记》中那么清新美妙的山水，也使人感到"寂寥无人，凄神寒骨，悄怆幽邃"，所以他"以其境过清，不可久居，乃记之而去"。所有这些，都在人境之外。

但在明代中后期，在袁中郎笔下，自然美却是另一番景象：

山前长堤一带，几与湖埒。堤上桃柳相间，每三月时，红绿灿烂，如万丈锦。荷花染成湖水作胭脂浪，画船箫鼓，往来湖上。堤中妖童、丽人、歌妓相属，不减虎林、西湖。（《光福》）

湖上由断桥至苏堤一带，绿烟红雾，弥漫二十余里。歌吹为风，粉汗为雨，罗纨之盛，多于堤畔之草，艳冶极矣。（《西湖二》）

这不是与世隔绝的境界。在红绿灿烂的氛围中透露出不可抑制的生活气息。在清新明亮的空气里，人的心灵自由舒展。自然山水烘托着人的美，满足了世俗生活的审美需求。正如外貌衣着显露人的内在气质一样，袁中郎游记所表现的自然美，也正是晚明时代心灵的外在形态。

三

袁中郎主张"率性而行"，主张性情的自由舒展。由于社会政治气氛的限制，和世俗人们游山玩水风尚的影响，袁中郎就把个性和情趣外射到客观景物之上，使自然景物无不具有人的性情和神态。正如江盈科所说：

"近代文人纪游之作,无虑千数,大抵叙山川云水亭榭草木古遗而已,若古乘然。中郎所叙佳山水,并其喜怒动静之性,无不描画如生。"(《解脱集序》)

在袁中郎眼里,自然景物有儿女的娇羞:"月景尤不可言,花态柳情,山容水意,别是一种趣味"(《西湖二》);也有壮士的勇武:"铁船峰当其面,紫锷凌厉,兀然如悍士之相扑,而见其骨;及斗困力敌不相下,则皆危身却立,摩牙裂髭而望。"(《由舍身岩至文殊狮子岩记》) 有喜悦:"曝沙之鸟,呷浪之鳞,悠然自得,毛羽鳞鬣之间,皆有喜气";也有愤怒:"一涧皆眺号砰激,屿毛址草,咸有怒态。"再如《由水溪至水心崖记》:

> 石三面临江,锋棱怒立,突出诸峰上,根锐而却,末垂水如照影;又若壮士之将涉,石腹南北穿,如天阙门,高广略倍,山水如在镜面,缭青萦白,千里一规,真花源中之一尤物也……又十余里,至新湘溪。众山束水,如不欲去。山容殊闲雅,无刻露态。水至此亦敛怒,波澄黛蓄,递相亲媚,似与游人娱……如是十余里,山色稍狞,水亦渐汹涌,为仙掌崖……渔网溪横啮其趾,遂得跃波而出。两峰骨立无寸肤,生动如欲去,或锐或规,或方或削,或欹侧如坠云,或为芙蓉冠,或如两道士偶语,意态横出。

王国维说:"一切景语皆情语。"但袁中郎融入景中的不仅有个人特定时刻的心情,而且包含各种各样的性情。他眼中的山水景物,异彩纷呈,充分显露出"任性而发"的"人之喜怒哀乐嗜好情欲",与民歌《擘破玉》《打草竿》的率真异曲同工(《叙小修诗》)。山水景物与"坐立皆成文,闲话亦打稿"(《天目书所见》)的道学家的无趣和苍白形成鲜明对比。"弥天都是网"的人际社会了无生趣。各种禁锢禁忌弥漫,动辄得咎。而情态各异的山水景物却能自由张扬,无拘无束。在这样的语境中,袁中郎的山水游记与同时代的《牡丹亭》《三言》等文学作品一样,也是个性解放思潮的产物。

与山水性情化相联系的是袁中郎游记的动态美。在他的笔下,静止的山、石、松等景物无不具有动态感:"松之抉石罅出者,崎岖虬曲,与石争怒,其干压霜雪不得伸,故旁行侧偃,每十余丈……悬空石数峰,一壁青削到地，石粘空而立，如有神气性情者。亭负壁临绝涧，涧声上彻，与松韵答。"（《游盘山记》）"抉""争""伸""立"等动作感极强的词使山水的"神气性情"得以凸显。不明显的变化被加强："冰皮始解"；不动中有动："柳条将舒未舒"；色彩也可以离开自然物："潭色浸肤，扑面皆冷翠""晓起揭篷窗，山翠扑人面""江光岫色透露窗扉间"（《由水溪至水心崖记》）。再如：

> 少焉云缕缕出石下，缭松而过，若茶烟之在枝，已乃为人物鸟兽状，忽然匝地，大地皆澎湃。（《云峰寺至天池寺记》）
> 石涧汩汩流，从径左折，得玉渊潭。涧水奔流而下，展转与大石触，方怒，忽得平石，溜泻数十丈，底规而末垂，水得尽泄其屡张屡折之气，遂悍然不顾，厉声疾趋，而石斗叠，忽落为潭，水势不得贴石，则架空悬注，斜飞十丈余而后坠，虹奔电落，响震山谷间。（《由天池逾含嶓岭至三峡涧记》）

由于被赋予人的神气性情，一切景物都突破了自身常态，显示出不可抗拒的力量。在动态美的山水中，跳动着袁中郎激动不已的心灵。这种心灵蕴藏在官场生活的疏懒之下，蕴藏在死水般的社会平静之下。一旦离开官场，离开"弥天都是网"的社会而走进自然，袁中郎的全部激情就充分地表现出来，从而描写出轰轰烈烈、浩浩荡荡的山水奇观。

四

"凡水之一貌一情，吾直以文遇之，故悲笑歌鸣，卒然与水俱发，而不能自止"（《开先寺至黄岩寺记》）。"文心与水机，一种而异形者也"（《文漪堂记》）。他把自然美看作艺术美，按照个性自由的理想对自然山水进行审美创造，但他同时又不忽视二者间的"异形"。因此，他不仅通过描写让山水显示其自然的美，而且保持客观视角对山水进行分析、评价。

他评天目山之美的七个方面：

> 天目盈山皆壑，飞流淙淙，若万匹缟，一绝也。石色苍润，石骨

奥巧,石径曲折,石壁竦峭,二绝也。虽幽谷悬岩,庵宇皆精,三绝也。余耳不喜雷,而天目雷声甚小,听之若婴儿声,四绝也。晓起看云,在绝壑下,白净如绵,奔腾如浪,尽大地作琉璃海,诸山尖出云上若萍,五绝也。然云变态最不常,其观奇甚,非山居久者不能悉其形状。山树大者,几四十围,松形始盖,高不逾数尺,一株直万余钱,六绝也。头茶之香者,远胜龙井,笋味类绍兴、破塘,而清远过之,七绝也。

七个方面都极为简略地概括了他们的表现形态。这七个方面既是相对独立的,又是互相联系的。

他还将不同的景物进行比较:认为西湖与山阴山水,一如工笔细描,当从细处欣赏;一如粗笔写意,当于远处领会。上方山高,人们不易欣赏;有丰特之美,但缺乏变化。虎丘山低,人们容易欣赏;有艳冶之美,但须有他山和平原旷野的衬托(《上方》)。他既能鉴赏人所常受之景,又能鉴赏人所不喜欢的景物。自然美有差别,但他能兼收并容,雅俗皆赏。而且他认为,优美与壮美互相映发,不可偏废:"大抵诸山之秀雅,非穿石、水心之奇峭,亦无以发其丽。"(《由水溪至水心崖记》)

袁中郎还指出了不足为美的山水景物:"凡山深僻者多荒凉,峭削者鲜迂曲,貌古则鲜妍不足,骨大则玲珑绝少,以至山高水乏,石峻毛枯,凡此皆山之病。"(《天目一》)"(穿窾)山虽高峻,然石近于质,貌近于顽,不及支硎、天平诸山远矣。"(《穿窾》)"夫山远而缓,则乏神;逼而削,则乏态。"(《由水溪至水心崖记》)"荒凉""深僻"是古典自然美的常见境界,在自然美回到世俗生活之后,已经失去了审美价值。粗顽、单一、呆板的景物与人的丰富、生动的性情不相吻合,也为中郎所不取。

袁中郎不仅观赏、再现了自然美,而且是自然美的鉴赏家、批评家。他对自然美的观点是丰富的,灵活的。这是他高于一般游客的地方。他既受到市民生活中游山玩水风尚的影响,又提高了人们对自然山水的鉴赏能力。如果没有个性自由和追求,他的心灵不可能超越社会现实,也就不可能产生他的自然美观。袁中郎的自然美观,表明晚明时代对"自然美"追求的觉醒。

下编　六朝志怪故事形态研究*

第一章　问题与方法

六朝小说，就像普罗普在俄罗斯神奇故事中所发现的那样，有着大量的重复性的、不变的因素。比如，黄耳犬为陆机传递家书(《艺文类聚》卷九四引《述异记》)；蔡支帮太山神致书其外孙天帝(《太平广记》卷三七五引《列异传》)；胡母班为泰山府君传书其女婿河伯(《三国志·袁绍传》裴松之注引《搜神记》)；晋质子归洛途中为行旅之人寄书其江伯神之家(《异苑》卷五)；郑荣为华山使致书于滈池君(《搜神记》卷四) 等，都有传书的动作。再比如，糜竺归家途中，一好新妇"求寄载"(《搜神记》卷四、《拾遗记》)；张闿还宅途中，见一人卧道侧，悯而载之(《太平广记》卷三二一引《甄异录》)；周式至东海途中，道逢一吏，"求寄载"(《法苑珠林》卷四十六引《搜神记》)；郑奇将至汝阳西门亭时，一端正妇人"乞寄载"(《搜神记》卷十六)；徐州刺史索逊乘船往晋陵，有人"求索寄载"(《太平广记》卷三二〇引《续搜神记》)；冯法夕宿荻塘，一女子"求寄载"(《太平广记》卷四六二引《幽明录》)；句章民扬度至夜行，一少年持琵琶"求寄载"(《太平御览》卷五八三引《录异传》) 等，都有"求寄载"以及接受请求的举动。人物的姓名、性别不同，但却具有相同的行为动作。许多故事甚至用完全相同的词语来叙述不同人物的行动，就像普罗普所说的那样，不同人物"做着同样的事情"②。

重复性的另一种表现是：不同名字的主人公共用同一个故事。如：

---

* 《六朝志怪故事形态研究》为"广东省哲学社会科学规划项目"成果，负责人为石育良，主要参加人为杨亚。

② [苏] 弗·雅·普罗普著，贾放译：《故事形态学》，中华书局 2006 年版，第 17 页。

舒尝诣野王，主人妻夜产，俄而闻车马之声，相问曰："男也？女也？"曰："男，书之，十五以兵死。"复问："寝者为谁？"曰："魏公舒。"后十五载，诣主人，问："所生儿何在？"曰："因条桑，为斧伤而死。"舒自知当为公矣。（见《晋书·魏舒传》。《古今事类》三引作《晋书》。又见《搜神记》卷九。《太平御览》卷三六九引作孙盛《晋阳秋》）

歆为诸生时，尝宿人门外。主人妇夜产。有顷，两吏诣门，便辟易却，相谓曰："公在此。"踌躇良久，一吏曰："籍当定，奈何得住？"乃前向歆拜，相将入。出并行，共语曰："当与几岁？"一人曰"当三岁。"天明，歆去。后欲验其事，至三岁，故往问儿消息，果已死。歆乃自知当为公。后果为太尉。（《三国志·魏志·华歆传》裴松之注引《列异传》，末句据《太平御览》卷三六一、四六七引《列异传》补。又见明本《搜神后记》卷三）

陈仲举微时，尝宿黄申家。申妇方产，有扣申门者，家人咸不知。久之，方闻屋里有言："宾堂下有人，不可进。"扣门者相告曰："今当从后门往。"其一人便往。有顷还。留者问之："是何等？名为何？当与几岁？"往者曰："男也，名为奴，当与十五岁。""后应以何死？"答曰："应以兵死。"仲举告其家曰："吾能相，此儿当以兵死。"父母惊之，寸刃不使得执也。至年十五，有置凿于梁上者，其末出，奴以为木也，自下钩之，凿从梁落，陷脑而死。后仲举为豫章太守，故遣吏往饷之申家，并问奴所在。其家以此具告。仲举闻之叹："此谓命也。"（《太平御览》卷三六一引作《搜神记》，末注"《幽明录》同"。《太平御览》卷七六三引作《搜神记》。亦见明本《搜神记》卷十九。《太平广记》卷一三七、卷三〇六和《分门古今类事》卷三皆引作《幽明录》）

陈仲举是东汉时汝南平舆人，华歆是汉末魏初时平原高唐人，魏舒是晋时任城樊县人。三人既不同时，也不同地，却都有宿人屋檐、并意外窥听命运使者对话的经历。因为属于同一个故事，不同主人公的名字是可以相互置换的。

这究竟是巧合，还是讹误？裴松之注引《列异传》时说："《晋阳秋》说魏舒少时寄宿事亦如之，以为理无二人俱有此事，将由传者不同，今宁信《列异》。"（《三国志·魏志·华歆传》）近人沈家本说："魏文与华歆同时，所言自较孙盛（按：《晋阳秋》作者）可信。"卢弼说："此与钟繇贵相事相类，要皆傅会无稽之词"①。如果说是讹误或者"傅会无稽之词"，为什么会有这样的讹误或附会？

此外，还有一种重复形式，主人公的名字不同，故事也不同，但却具有相同的情节框架：

> 北平田琰，居母丧，恒处庐。向一暮，夜，忽入妇室。妇怪之，曰："君在毁灭之地，岂可如此。"琰不听而合。后琰暂入，不与妇语。妇怪无言，并以前事责之。琰知鬼魅。临暮，竟未眠，衰服挂庐。须臾，见一白狗，攫衔衰服，因变为人，著而入。琰随后逐之，见犬将升妇床，便打杀之。妇羞愧而死。（《太平广记》卷四三八引作《搜神记》，又见明本《搜神记》卷十八）

> 临淮朱综遭母难，恒外处住，内有病，因前见，妇曰："丧礼之重，不烦数还。"综曰："自荼毒以来，何时至内？"妇曰："君来多矣。"综知是魅，敕妇婢，候来，便即闭户执之。及来登床，往赴视，此物不得去，遽变老白雄鸡。推问是家鸡，杀之，遂绝。（《太平广记》卷四六一引作《刘义庆幽明录》）

> 太叔王氏，后娶庾氏女，年少色美。王年六十，常宿外，妇深无欣。后忽一夕见王还，燕婉兼常。昼坐，因共食。奴从外来，见之大惊，以白王。王遽入，伪者亦出。二人交会中庭，俱著白帢，衣服形貌如一。真者便先举杖打伪者，伪者亦报打之。二人各敕子弟，令与手。王儿乃突前痛打，是一黄狗，遂打杀之。王时为会稽府佐。门士云："恒见一老黄狗，自东而来。"其妇大耻，病死。（《太平广记》卷四三八引作《续搜神记》，又见明本《搜神后记》卷九）

表面上看，这是几个互不相干的故事，但实质上，它们是同一个故事的不同变体。其中有些成分各不相同，有些成分则是固定不变的。不变的成分有：丈夫外居—妻被人宿—鹊巢鸠占的疑点被发现—冒充丈夫的异类被打杀。这是支撑故事的主要行动单元。其中，田琰和朱综是因为"居

---

① 〔西晋〕陈寿著，〔南朝宋〕裴松之注，卢弼集解：《三国志集解》，中华书局1982年版，第377页。

母丧"或"遭母难"而"恒处庐"或"恒外处住"。太叔王氏则是因为"年六十"而"宿外"。田琰和朱综都因为妻的责备:"以前事责之";"丧礼之重,不烦数还",而"知鬼魅""知是魅",并且伺机"逐之""打杀之",或"敕妇婢,候来"而"执之","杀之"。而庾氏女"见王还",却"燕婉兼常"。其被冒充奸宿的阴谋当然不可能由妻来揭穿,而是由奴发现,并报告给主人王氏。"奴从外来,见之大惊,以白王"。由此上演了真假丈夫狭路相逢的戏剧:"王遽入,伪者亦出。二人交会中庭,俱著白帢,衣服形貌如一。真者便先举杖打伪者,伪者亦报打之。二人各敕子弟,令与手。"在这样真假难辨、令人眼花缭乱的时候,只有主人公的儿子才能分辨,"王儿乃突前痛打,是一黄狗,遂打杀之"。冒充朱综并奸淫其妻的嫌犯是老白雄鸡,被"杀之"后,故事便结束。而冒充田琰和太叔王氏的嫌犯则都是犬——白狗,或黄狗。而且,被犬冒充丈夫而偷淫的妇,一个"羞愧而死",另一个"大耻,病死"。相同的、不变的因素与各异的、变化的因素就这样交织错杂在一起。

为什么会有这样的现象?如何看待这种现象?

普罗普在俄罗斯神奇故事中发现了非常相似的现象。比如:

(1) 沙皇赠给好汉一只鹰。鹰将好汉送到了另一个王国。
(2) 老人赠给苏钦科一匹马。马将苏钦科驮到了另一个王国。
(3) 巫师赠给伊万一艘小船。小船将伊万载到了另一个王国。
(4) 公主赠给伊万一个指环,从指环中出来的好汉们将伊万送到了另一个王国①。

通过这些例子,普罗普试图说明,在人物、行动等诸因素中,行动是更为根本的、决定性的因素。"故事常常将相同的行动分派给不同的人物"。人物是为完成某种行动而存在的。从某种意义上说,不是人物"产生"了行动,而是行动"产生"了人物。只有实现某种行动——亦即体现某种功能的时候,人物才是有意义的。这样的"角色行为"被称为功能。故事就是由一个个功能所组成的。每一个功能,被称为功能项。表面上看来,故事的情节五花八门,光怪陆离。但实际上,组成故事的功能是

---

① [苏]弗·雅·普罗普著,贾放译:《故事形态学》,中华书局2006年版,第17页。

有限的。他发现，他所分析的全部100个神奇故事中，总共只有31个功能项，如"外出""禁止""破禁""刺探""获悉""设圈套""协同""加害""缺失""反抗"等。不同的故事中，功能项多少不一，但其顺序却是不变的，正像"偷盗不会发生在撬门之前"的比喻所说的那样。

功能项如同代数中的同类项，是对事物的常数与变数加以区分并对常数加以归纳的结果，是可以合并的项。得出故事的功能项，观察功能项与功能项之间的关系，以及它们与整体之间的关系，就能揭示构成故事的潜在规则，并用公式把这些规则表述出来。异彩纷呈、数量众多的故事是由这样的规则而生成出来的。这就是普罗普所说的故事形态学。

起初，我们想尝试借用普罗普的方法，尝试分析六朝志怪究竟有多少个功能项，这些功能项是怎样排列的。可是，进一步的研究发现，问题远没有想象的那么简单。有些行动看起来相同，但在不同故事中的功能却大异。比如，"寄载"在《糜竺》《张阎》《周式》等故事中属于施恩的举动，被寄载者随后会在寄载者遭遇难题或困境时提供帮助或报偿。但在《句章民》《郑奇》等故事中，寄载却没有给主人公带来好报，而是带来祸患或伤害。黄耳犬的传书与胡母班、蔡支等的传书，其功能或意义也是不一样的。即使在不同故事中存在着相似的行动或功能项，但其他行动或功能项却互不搭界。要找出统一的、涵盖全部志怪作品的整套功能项谱系，是不可能完成的任务。

尽管如此，我们发现，六朝志怪中具有各种各样的故事框架。每个故事框架由若干个故事组成，它们具有相同的功能项及其组合规则。"这些具有相同功能项的故事就可以被认为是同一类型的"①。上引《田琰》《朱综》《太叔王氏》即属于其中一个类型。在六朝志怪中，这样的故事类型非常多。对这样的故事类型进行形态学的分析，归纳其功能项，并分析其相互之间的关系，是完全可行的。本文着重分析其中三个类型："亭怪故事""两性遇合故事""死亡与再生故事"。这三个故事类型不仅形态特征鲜明，而且每一个类型的故事的数量相对较多。亭怪故事至少20个，两性遇合故事30个，死亡与再生故事70个。还有一些故事虽然不能归于某个类型，但却具有一个或几个相同的功能项，因而被列入某个类型来加以分析；或者视为其亚类。在各章附录中，我列举了总共183个故事

---

① ［俄］弗·雅·普罗普著，贾放译：《故事形态学》，中华书局2006年版，第20页。

(如果算上每个异文,总共大约 600 个)。不同故事类型之间界限分明,又相互交叉。比如,《庐陵都亭》《豫章空亭》《钟繇》都有"寻血取获"的功能项。但前两个故事是亭怪故事,而后两个故事是两性遇合故事。同样,《方山亭》和《九里亭》属于亭怪故事,而其中又有两性遇合故事中常见的行动单元。

六朝志怪的原书已全部散失。今天所能见到的志怪作品,散见于后来的各种文献。如刘孝标的《世说新语》注、虞世南的《北堂书钞》、欧阳询的《艺文类聚》、释法琳的《辨正论》、释道世的《法苑珠林》、徐坚等的《初学记》、段公路的《北户录》、白居易的《白氏六帖》,以及《太平御览》《太平广记》等。同一个故事常常因为文献来源不同,而呈现出各种各样的差异。既有语言上的繁简差异;主人公名字的差异(周敞或何敞、杨丑奴或常丑奴),也有情节或视角上的变化。其中,哪些因素是不变的,哪些因素是可变的,这也是观察其形态的非常合适的方面。因此,我在附录中,列举了同一个故事的不同异文。

一直以来,六朝志怪被视为真事的记录,"一如今人之记新闻"[①]。各种重复、相似现象却表明,所谓志怪,其实是一个故事对另一个故事的再生或转化,而不是对故事之外的、所谓"异事"或"人间常事"的记录。所谓"异事"或"人间常事",其实是特定的行动或功能按照一定的规则或顺序而构成的。这样的行动或功能同样是唐宋传奇、《剪灯新话》《聊斋志异》等作品的基本因素。它们"可被视为惯例性的规则,这些规则强制着作家去遵守它,反过来又为作家所强制"[②]。对故事形态的分析,将会发现许多意想不到的东西,从而走出根深蒂固的误区。

---

① 鲁迅:《中国小说的历史的变迁》,见《中国小说史略》,人民文学出版社1973年版,第276页。
② 参阅[美]勒内·韦勒克、奥斯汀·沃伦著,刘象愚等译《文学理论》,生活·读书·新知三联书店1984年版,第256页。

附录：若干故事的不同变体

一、寄宿产妇门外的故事

1. 华歆

《太平御览》卷三六一、四六七引《列异记》：华子鱼为诸生，寄宿人门外。主人妇夜生。顷两吏诣门，便辟易却，相谓曰："公在此。"踌躇良久，一吏曰："籍当定，奈何住？"乃前向子鱼拜，相将入。入出并行，共语曰："当与几岁？"一人曰："当三岁。"子鱼后故往视之，儿果已死。子鱼喜曰："我固当为公。"后果为太尉。

《搜神后记》卷三：平原华歆，字子鱼，为诸生时，常宿人门外，主人妇夜产。有顷，两吏来诣其门，便相向辟易，欲退却，相谓曰："公在此。"因踟蹰良久。一吏曰："籍当定，奈何得住？"乃前向子鱼拜，相将入。出并行，共语曰："当与几岁？"一人云："当与三岁。"天明，子鱼去。后欲验其事，至三岁，故往视儿消息，果三岁已死。乃自喜曰："我固当公。"后果为太尉。

裴松之《三国志·魏志·华歆传》注引《列异传》：歆为诸生时，尝宿人门外。主人妇夜产。有顷，两吏诣门，便辟易却，相谓曰："公在此。"踌躇良久，一吏曰："籍当定，奈何得住？"乃前向歆拜，相将入。出并行，共语曰："当与几岁？"一人曰"当三岁。"天明，歆去。后欲验其事，至三岁，故往问儿消息，果已死。歆乃自知当为公。［臣松之按："《晋阳秋》说魏舒少时寄宿事亦如之，以为理无二人俱有此事，将由传者不同，今宁信《列异》。"（《三国志集解》，中华书局1982年版，第377页）］

沈家本曰："魏文与华歆同时，所言自较孙盛（按：《晋阳秋》作者）可信。"卢弼按："此与钟繇贵相事相类，要皆傅会无稽之词。"

2. 魏舒

《晋书·魏舒传》：舒尝诣野王，主人妻夜产，俄而闻牛马之声，相问曰："男也？女也？"曰："男，书之，十五以兵死。"复问："寝者为谁？"曰："魏公舒。"后十五载，诣主人，问："所生儿何在？"曰："因条桑，为斧伤而死。"舒自知当为公矣。（《分门古今事类》卷三引作《晋书》，列为"异兆门"）

《太平御览》卷二六一引孙盛《晋阳秋》：魏舒，主人妻产，俄闻车马之声，问曰："男女？"从者入，反曰："男也，年十五，以兵死。"又问寝者谁，曰："魏公舒。"默然谢之。

《搜神记》卷九：魏舒，字阳元，任城樊人也，少孤。尝诣野王，主人妻夜产，俄而闻车马之声，相问曰："男也？女也？"曰："男。""书之，十五以兵死。"复问："寝者为谁？"曰："魏公舒。"后十五载，诣主人，问："所生童何在？"曰："因条桑，为斧伤而死。"舒自知当为公矣。

3. 陈仲举

《太平御览》卷三六一引《搜神记》：陈仲举微时，尝宿黄申家。申妇方产，有扣申门者，家人咸不知。久久方闻屋里有人言："宾堂下有人，不可进。"扣门者相告曰："今当从后门往。"其人便往。有顷，还。留者问之："是何等？名为何？当与几岁？"往者曰："男也，名为奴。当与十五岁。""后应以何死？"答曰："应以兵死。"仲举告其家曰："吾能相，此儿当以兵死。"父母惊之，寸刃不使得执也。至年十五，有置凿于梁上者，其末出，奴以为木也，自下钩之，凿从梁落，陷脑而死。后仲举为豫章太守，故遣吏往饷之申家，并问奴所在。其家以此具告。仲举闻之，叹曰："此谓命也。"（《太平御览》卷三六一引作《搜神记》，末又注云"《幽明录》同"。又见明本《搜神记》卷十九）

《太平御览》卷七六三亦引作《搜神记》，末尾有所不同：陈仲举微时，常宿黄申家。妇方产，夜有叩门者。须臾，门里言："有客，堂下有人，不可进。"曰："从后往。"须臾，还，留者问曰："何等名？可与几岁？应以何死？"答曰："男也，名奴，得十五岁，当以兵死。"仲举告其家，父母不使执寸刃。年十五，有置凿于梁者，其末出。奴以长木钩取，凿堕，陷脑而死。

《太平广记》卷一三七引《幽明录》：陈仲举微时，尝行宿主人黄申家。申妇夜产，仲举不知。夜三更，有扣门者，久许，闻应云："门里有贵人，不可前，宜从后门往。"俄闻往者还，门内者问之："见何儿？名何？当几岁？"还者云："是男儿，名阿奴，当十五岁。"又问曰："后当若为死？"答曰："为人作屋，落地死。"仲举闻此，默志之。后十五年，为豫章太守，遣吏往问昔儿阿奴所在。家云："助东家作屋，落栋而死矣。"仲举后果大贵。（《分门古今类事》卷三"异兆门"亦作《幽明录》）

《太平广记》卷三一六引《幽明录》：陈蕃微时，尝行宿主人黄申家。申妇夜产，蕃不知。夜三更，有扣门者，久许，闻里有人应云："门里有贵人，不可前。"相告云："从后门往。"俄闻往者还，门内者问之："见何儿？名何？当几岁？"还者云："是男，名阿奴，当十五岁。"又问曰："后当若为死？"答曰："为人作屋，落地死。"蕃闻而不信。后十五年，为豫章太守，遣吏征问昔儿阿奴所在。家云："助东家作屋，堕栋亡没。"

二、妻被假丈夫淫宿的故事

1. 田琰

《太平广记》卷四三八引《搜神记》：北平田琰，居母丧，恒处庐。向一苫，夜，忽入妇室。密怪之，曰："君在毁灭之地，岂可如此。"琰不听而合。后琰暂入，不与妇语。妇怪无言，并以前事责之。琰知鬼魅。临暮，竟未眠，衰服挂庐。须臾，见一白狗，攫衔衰服，因变为人，著而入。琰随后逐之，见犬将升妇床，便打杀之。妇羞愧而死。（又见《搜神记》卷十八）

2. 朱综

《太平广记》卷四六一引刘义庆《幽明录》：临淮朱综遭母难，恒外处住，内有病，因前见，妇曰："丧礼之重，不烦数还。"综曰："自荼毒以来，何时至内？"妇曰："君来多矣。"综知是魅，敕妇婢，候来，便即闭户执之。及来登床，往赴视，此物不得去，遽变老白雄鸡。推问是家鸡，杀之，遂绝。

3. 太叔王氏

《太平广记》卷四二八引《续搜神记》：太叔王氏，后娶庾氏女，年少色美。王年六十，常宿外，妇深无欣。后忽一夕见王还，燕婉兼常。昼坐，因共食。奴从外来，见之大惊，以白王。王遽入，伪者亦出。二人交会中庭，俱著白帢，衣服形貌如一。真者便先举杖打伪者，伪者亦报打之。二人各敕子弟，令与手。王儿乃突前痛打，是一黄狗，遂打杀之。王时为会稽府佐。门士云："恒见一老黄狗，自东而来。"其妇大耻，病死。（又见《搜神后记》卷九）

4. 虞定国

《太平广记》卷三六〇引《搜神记》：余姚虞定国，有好仪容。同县苏氏女，亦有美色。定国尝见，悦之。后见定国来，主人留宿，中夜，告苏公曰："贤女令色，意甚钦之，此夕能令暂出否？"主人以其乡里贵人，便令女出从之。往来渐数，语苏公云："无以相报。若有官事，某为君任之。"主人喜。自尔后，有役召事，往造定国。定国大惊曰："都未尝面命［会面］，何由便尔？此必有异。"具说之。定国曰："仆宁肯请人之父而淫人之女？若复见来，便当斫之。"后果得怪。（又见《搜神记》卷十七）

5. 僮客王

《太平御览》卷九一二引《幽明录》：吴兴戴眕家僮客姓王，有少妇美色，而眕中弟恒往就之。客私怀忿怒，具以白眕："中郎作此，甚为无礼，愿遵敕语。"眕以问弟，弟大骂曰："何缘有此？必是妖鬼。"敕令扑杀。客初犹不敢，约厉分明；后来，闭户欲缚，便变成大狸，从窗中出。

6. 彭城男子

《太平广记》卷四六九引《列异传》：彭城有男子娶妇，不悦之，在外宿。月余日，妇曰："何故不复入？"男曰："汝夜辄出，我故不入。"妇曰："我初不出。"婿惊，妇云："君自有异志，当为他所惑耳！后有至者，君便抱留之；索火照视之为何物。"后所愿还至，故作其妇，前却未入，有一人从后推令前。既上床，婿捉之曰："夜夜出何为？"妇曰："君与东舍女往来，而惊欲托鬼魅，以前约相掩耳！"婿放之，与共卧。夜半心悟，乃计曰："魅迷人，非是我妇也。"乃向前揽捉，大呼求火，稍稍缩小，发而视之，得一鲤鱼，长二尺。

三、假作真时真亦假的故事

1. 秦巨伯

《太平广记》卷三一七引《搜神记》：琅琊秦巨伯，年六十，尝夜行饮酒，道经蓬山庙。忽见其两孙迎之，扶持百余步，便捉伯颈着地，骂："老奴！汝某日捶我，我今当杀汝。"伯思惟某时信捶此孙。伯乃佯死，乃置伯去。伯归家，欲治两孙。两孙惊惋，叩头言："为子孙宁可有此？恐是鬼魅，乞更试之。"伯意悟。数日，乃诈醉，行此庙间。复见两孙来，扶持伯。伯乃急持，鬼动作不得。达家，乃是两［汪绍楹疑脱偶字］人也。伯着火炙之，腹背俱焦坼。出着庭中，夜皆亡去。伯恨不得杀之。后月余，又佯酒醉夜行，怀刃以去，家不知也。极夜不还。其孙恐又为此鬼所困，乃俱往迎伯，伯竟刺杀之。（又见《搜神记》卷十六）

《吕氏春秋·慎行论·疑似》：梁北有黎丘部，有奇鬼焉，喜效人之子侄昆弟之状。邑丈人有之市而醉归者，黎丘之鬼效其子之状，扶而道苦之。丈人归，酒醒而诮其子曰："吾为汝父也，岂谓不慈哉？我醉，汝道苦我，何故？"其子泣而触地，曰："孽矣！无此事也。昔也往责于东邑人可问也。"其父信之，曰："嘻！是必夫奇鬼也，我固尝闻之矣。"明日端复饮于市，欲遇而刺杀之。明旦之市而醉。其真子恐其父之不能反也，遂逝迎之。丈人望其真子，拔剑而刺之。丈人智惑于似其子者，而杀于真子。夫惑于似士者而失于真士，此黎丘丈人之智也。疑似之迹，不可不察。察之必于其人也。舜为御，尧为左，禹为右，入于泽而问牧童，入于水而问渔师，奚故也？其知之审也。夫孪子之相似者，其母常识之，知之审也。

2. 吴兴老狸

《法苑珠林》卷三一引《搜神记》：晋时，吴兴一人有二男，田中作。作时见父来骂詈，打拍之。儿归以告母。母问其父，其父大惊，知是鬼魅，便令儿斫之。鬼便寂不复往。父忧，恐儿为鬼所困，便自往看。儿谓是鬼，便杀而埋之。鬼便遂归，作其父形，语家："二儿已得杀妖矣。"儿暮归，共相庆贺。遂积年不觉。后有一师过其家，语二儿云："君尊候有大邪气。"儿以白父，父大怒。儿出，以语师，令速去。师便作声入，父即成大老狸，入床下，遂得之。往所杀者，乃真父也。改殡治服。一儿遂自杀，一儿忿懊，亦死。

《太平广记》卷四四二引《搜神记》：吴兴一人有二男，田中作时，尝见父来骂詈赶打之。儿归以告母。母问其父，父大惊，知是鬼魅，便令儿斫之。鬼便寂不往。父忧恐儿为鬼所困，便自往。儿谓是鬼，便杀而埋之。鬼遂归，作其父形，且语其家："二儿已杀妖矣。"积年不觉。后一师过其家，语二儿云："君尊候有大邪气。"儿以白父，父大怒。师便作声入。父即成一老狸，入床下，遂擒杀之。向所杀者，乃真父也。改殡治服。一儿遂自杀，一儿忿愤，亦死。

《搜神记》卷十八：晋时，吴兴一人有二男，田中作时，尝见父来骂詈赶打之。儿以告母。母问其父，父大惊，知是鬼魅，便令儿斫之。鬼便寂不复往。父忧，恐儿为鬼所困，便自往看。儿谓是鬼，便杀而埋之。鬼便遂归，作其父形，且语其家："二儿已杀妖矣。"儿暮归，共相庆贺，积年不觉。后有一法师过其家，语二儿云："君尊侯〔汪绍楹谓当作候〕有大邪气。"儿以白父，父大怒。儿出，以语师，令速去。师遂作声入，父即成大老狸，入床下，遂擒杀之。向所杀者，乃真父也。改殡治服。一儿遂自杀，一儿忿懊，亦死。

四、旅途葬书生故事

1. 鲍宣

《艺文类聚》卷八三引《列异记》曰：故司隶校尉上党鲍子都，少时上计掾，于道中遇一书生，独行无伴，卒得心痛。子都下车为按摩。奄忽亡，不知姓名。有素书一卷，银十饼。即卖一饼以殡殓，余银以坑之，素书着腹上。哭之，谓曰："若子魂灵有智，当令子家知子在此。今奉使命，不获久留。"遂辞而去。

《太平御览》卷二五〇引《列异传》曰：故司隶尉上党鲍子都，少时为上计掾，于道中遇一书生独行。时无伴，卒得心痛。子都下车为按摩，奄忽而亡，不知姓名。有素书一卷，银十饼。即卖一饼以殡，其余银及素书着腹上，咒之曰："若子魂灵有知，当令子家知子在此。今使命不获久留。"遂辞而去。至京师，有骢马随之，人莫能得近，惟子都得近。子都归，行失道，遇一关内侯家。日暮往宿，见主人呼奴，通刺。奴出见马，入白侯曰："外客盗骑昔所失骢马。"侯曰："鲍子都上党高士，必应有语。"侯曰："若此，乃吾马，昔年无故失之。"子都曰："昔年上计遇一书生，卒死道中……"具述其事。侯乃惊愕曰："此吾儿也。"侯迎丧开樟，视银书如言。侯乃举家诣阙上荐，子都声名遂显。至子永、孙昱，并为司隶。及其为公，皆乘骢马，故京师歌曰："鲍氏骢，三入司隶再入公。马虽疲，行步转工。"（《太平御览》卷八九七引作《列异记》，文字相同，唯末句作"行步工"）

《太平御览》卷八一二引《列异传》曰：故司隶校尉上党鲍子都，少时上计掾，于道中遇一书生，独行无伴，卒得心痛。子都下车为按摩。奄忽亡，不知姓名。有素书一卷，银十饼。即卖一饼以殡殓，其银以枕之，素书着腹上。哭之，谓曰："若子魂灵有智，当令子家知子在此。今奉使命，不获久留。"遂辞而去。

《北堂书钞》卷六一引《列异记》云：鲍宣至子永、孙昱，俱为司隶，乘骢马。京师歌之曰："鲍氏骢，三入司隶再入公。马虽疲，行步通。"

2. 王忳

范晔《后汉书》卷八一《独行列传》：王忳字少林，广汉新都人也。忳尝诣京师，于空舍中见一书生疾困，愍而视之。书生谓忳曰："我当到洛阳，而被病，命在须臾。腰下有金十斤，愿以相赠，死后乞藏骸骨。"未及问姓名而绝。忳即鬻金一斤，营其殡葬，余金悉置棺下，人无知者。后归数年，县署忳大度亭长。初到之日，有马驰入亭中而止。其日，大风飘一绣被，复堕忳前，即言之于县，县以归忳。忳后乘马到雒县，马遂奔走，牵忳入它舍。主人见之喜曰："今禽盗矣。"问忳所由得马，忳具说其状，并及绣被。主人怅然良久，乃曰："被随旋风，与马俱亡，卿何阴德而致此二物？"忳自念有葬书生之事，因说之，并道书生形貌及埋金处。主人大惊，号曰："是我子也，姓金名彦。前往京师，不知所住。何意卿乃葬之。大恩久不报，天以此章卿德耳。"忳悉以被、马还之。彦父不取，又厚遗忳。忳辞让而去。时彦父为州从事，因告新都令，假忳休，自与俱迎彦丧，余金俱存。忳由是显名。

第二章　亭怪故事

东汉以来，尤其是六朝，亭怪故事非常多。《风俗通义》《列异传》《搜神记》《幽明录》《灵鬼志》《冤魂志》以及范晔《后汉书》、谢承《后汉书》《晋书》等，都有这样的故事。其中，具有明显的可识别特征、属于同一个模式的故事，至少有 18 个（见附录）。

亭中的故事都是某人与鬼或魅之间的故事，都通过某人的所见、所闻或所感来加以呈现。因此，某人是主人公，鬼魅是主人公所遭逢的对手。鬼魅或分别指死者转化而来的鬼与异类变形而来的魅，更多的时候，鬼魅笼统不分。它们对主人公构成威胁、恐吓、诱惑或造成某种影响，经过双方的较量、过招或交锋，最终鬼魅消失或被消灭，或主人公死于鬼魅之手。《法苑珠林》把它们称为"亭庙怪""亭怪""亭中鬼怪"[①]。因此，本文把这一类故事称为"亭怪故事"。

一

这一类故事包含 7 个共同特征。

1. 亭作怪或杀人

据史料记载，亭的历史非常古老，是行人歇脚或住宿的场所。刘熙《释名·释宫室》曰："亭，停也，亦人所停集也。"[②] 应劭《风俗通义》曰："亭，留也。今语有亭留、亭待，盖行旅宿食之所馆也。"[③] 有时，亭具有基层社会的某些行政职能，设有亭长、亭卒等。《汉书·高帝纪》注引应劭云："旧时亭有两卒，一为亭父，掌开闭扫除；一为求盗，掌逐捕

[①] 《法苑珠林》卷三一《感应缘》目录。
[②] 转引自〔清〕王先谦《释名疏证补》卷五《释宫室》，上海古籍出版社 1984 年版，第 271 页。
[③] 〔宋〕李昉：《太平御览》卷一九四引。

盗贼。"①《续汉书·百官志五》说："亭有亭长，以禁盗贼。"②

但在亭怪故事中，危险性、恐怖性是亭的固有属性。亭有鬼魅，鬼魅杀人，成为故事的初始情境。

> 汝阳亭"有鬼魅，宾客宿止，有死亡，其厉厌者，皆亡发失精。寻问其故，云：先时颇已有怪物"。
> 林虑山亭"有鬼，每有宿者，或死或病"。
> 庐陵亭"常有鬼魅，宿者辄死。自后使官，莫敢入亭止宿"。
> 蘩亭亭长曰："亭有鬼，数杀过客，不可宿也。"
> 华阳亭"由来杀人，宿者多凶"。
> 代郡亭"作怪不可止"。
> 惧武亭"不可宿。"
> 南阳亭"人不可止，止则有祸"。
> 安阳亭"夜不可宿，宿辄杀人"。
> 豫章空亭"旧每杀人"。
> 方山亭"旧有妖魅。"

亭是鬼魅的领地，亦即《崔御史》中"为鬼所宅"的"官舍"。不光是亭。其他场所，如丹阳道士夜宿的山中庙舍、周访栖息的宫亭庙、何文新买的宅子等，也是"为鬼所宅"的地方。在某宅原属于魏郡张奋家或黎阳程家的时候，就已经有了鬼魅，就曾经使得"家巨富"的张奋"暴衰"，使得黎阳程家"死病相继"。何文只是新买家。鬼魅是亭或庙舍的占领者，主人公不过是外来者、入侵者。对主人公来说，亭或庙舍是异己的，未知的，危险的。

2. 胆量过人者的投宿

入宿亭的人不是现实中的任何一个人，而是具有特定性格标记的人。

---

① 〔汉〕班固撰：《汉书》，中华书局1962年版，第6页。
② 〔晋〕司马彪：《续汉书·百官志五》，见〔清〕王先谦撰：《后汉书集解》，中华书局1984年版，第1336页。

刘伯夷（或到伯夷、郅伯夷）"有大才略"或"大有才决"。
宋大贤"以正道自处"。
汤应"大有胆武"。
谢鲲"淡然无惧色"。
某书生"明术数"。
某诸生"壮勇"。
嵇中散"神情高迈，任心游憩"或"心神萧散，了无惧意"。

谢非被冠以"丹阳道士"的定语，其意义跟某书生的"明术数"或汤应的"大有胆武"一样，是某种特质的体现，不是一般人所能及的。

3. 夜宿

刘伯夷"案行到惧武亭夜宿"。
汤应"使至庐陵，便止亭宿"。
谢鲲"谢病去职，避地于豫章，尝行经空亭中，夜宿"。
周访"与商人溯江俱行，夕止宫亭庙下"。
谢非暮归，"不及至家"，途径山中庙舍，"入中宿"。
何敞"行部到苍梧郡高要县，暮宿鹄奔亭"。

旅行的原因或目的各不相同。就单个故事看，夜宿亭似乎是偶然的、无意的。但就不同故事的总体来看，这样的行动是必然的，有意的，甚至自觉选择的结果。

4. 劝阻

亭的危险与主人公的大胆可以由叙述者直接点明，也可以通过戏剧化的方式来呈现：由随从、亭吏或亭长的劝阻来印证亭的危险，由主人公的"不随谏"来表现其胆气。这一单元是对此前的夜宿行动的细化或延伸。

郅伯夷到亭之后，先有录事掾白："今尚早，可至前亭。"接着又有吏卒"惶怖，言当解去"。伯夷不为所动，"便留"。
汤应投宿庐陵亭时，"吏启不可。"汤应不仅"不随谏"，反而

"尽遣所将人还外止宿",让自己一人面对危险。

安阳亭民劝某书生:"亭不可宿,前后宿此,未有活者。"某书生答是:"无苦也,吾自能谐。"

藜亭亭长劝王忳:"亭有鬼,数杀过客,不可宿也。"王忳的回答是:"仁胜凶邪,德除不祥,何鬼之避!"

某诸生到达代郡亭,"欲止亭宿","亭吏止之"。诸生曰:"我自能消此。"乃住宿食。

打赌是劝阻与坚持这一对功能项的变化形式。周访与同行者"夕止宫亭庙"时,同侣相语:"谁能入庙中宿?"访"性胆果决,因上庙宿"(《周访》)。《聊斋志异·陆判》的开头是对打赌这一功能项的再现。

5. 诵读

入宿之后、遇怪之前,有些故事会有一个过渡性、预备性的行动单元——诵读。

郅伯夷(或到伯夷)到亭之后,"整服坐,诵《六甲》《孝经》《易本》讫,卧。"(《风俗通义》和《搜神记》)。

据王利器、吴树平引证,《六甲》是术数的一种。《汉书·艺文志》五行家中有《风鼓六甲》二十四卷,《文解六甲》十八卷。《易本》大概与《易经》一样,内容关乎"金木水火上鬼神之情"①。据说,权会曾"独乘一驴","夜出城东门",被俩鬼挟持,"渐失路,不由本道"。会"心甚怪之,遂诵《易经》上篇第一卷,不尽,前后二人,忽然离散"②。《六甲》《易本》或《易经》具有神奇的驱邪功能,这不难理解。耐人寻味的是,有学者以为,《孝经》也有同样的作用。据说,太史令王立说《孝经·六隐》事,"能消却奸邪"③。张角作乱时,甚至有人觉得,"但

---

① 《三国志·魏书·管辂传》裴松之注引《辂别传》云:"辂言:始读《诗》《论》《易本》,学问微浅,未能上引圣人之道,陈秦汉之事,但欲论金木水火上鬼神之情耳。"
② 见《北史·儒林上·权会传》,中华书局1974年版。
③ 见〔唐〕欧阳询撰,汪绍楹校:《艺文类聚》卷六九引《汉献帝传》,又见《太平御览》卷七百八引《东观汉记》。

遣将于河上，北向读《孝经》，贼当自消灭。"① 这些材料被视为"东汉人以为诵《孝经》可以辟邪"②的证据。

《孝经》《六甲》《易本》等书真有如此神奇的功效吗？这是东汉人的普遍信念吗？其实，具有神奇的"辟邪"功能的要素，与其说《孝经》《六甲》《易本》之类的书，不如说是诵读的行为。在同一个故事的另一个文本中，主人公所诵读的，是《诗》《书》《五经》③。诵读的书不同，诵读的行为却是相同的，不变的，其功能也是相同的。夜宿林虑山亭的郅伯夷"明灯烛而坐，诵经"，夜宿安阳亭的书生"端坐诵书，良久乃休"，都提到"诵"的动作，至于是什么"经"或"书"，则无关紧要。

> 与诵读相似的行动还有歌曲、鼓琴。
> 夜宿代郡亭的诸生"行歌"。
> 嵇中散"操琴，先作诸弄，雅声逸奏"（《华阳亭》）。
> 宋大贤"夜坐鼓琴，不设兵仗"等。

这些行为，究竟是用来"辟邪"，还是为了迎接鬼魅的到来，是一个耐人寻味的问题。

6. 交手

在亭鬼杀人的初始情境下，主人公遭遇了什么样的鬼魅？或者说，鬼魅和主人公之间到底发生了什么？

> "正黑者"来"复"伯夷，伯夷"以剑带击魅脚，呼下火上，照视，老狸正赤，略无衣毛，持下烧杀。明旦，发楼屋，得所髡人髻百余"（《俱武亭》）。
>
> 鬼以"瞋目磋齿，形貌可恶"的样子出现在宋大贤面前，大贤不为所动，"鼓琴如故"；鬼"以死人头投大贤前"，大贤还是没有被吓倒，曰："甚佳。我暮卧无枕，正欲得此。"鬼与大贤"共手搏"，

---

① 《后汉书·独行列传·向栩》，中华书局1973年版，第3698页。
② 吴树平校释：《风俗通义校释》，天津人民出版社1980年版，第357页，注26。
③ 《列异传》，见《太平御览》卷二五三；又见鲁迅《古小说钩沉》，第260页。

被"逆捉其腰",并"杀之",最终现出"老狐"的原形(《南阳亭》)。

以部郡、府君名义先后来访的鬼魅,一个"与应谈",另一个"跳至应背后",给主人公汤应造成威胁。汤应"以刀逆击","斫伤数下"。次日,沿着血迹寻找其巢穴,发现所谓府君和部郡原本是老猵和老狸(《庐陵都亭》)。

黄衣人在门外呼谢鲲名字,请"开户"。谢鲲令黄衣人"申臂于窗",并牵脱其臂。明日发现是鹿臂之后,也被主人公"寻血取获"(《豫章空亭》)。

鬼魅"于窗棂中执仲宗臂,牵仲宗"。殷仲宗大呼求救,鬼乃去(《涪陵亭》)。

吕思在国步山庙亭遭遇鬼魅的损害是少妇被劫持。吕思追踪至一大冢,斫杀百余人,"尽成死狸"(《国步山庙亭》)。

即使"自共樗蒲博戏"而并没有做出危险举动,也因为"以镜照之"而现出群犬的原形,被主人公"以烛烬爇其衣,乃作燋毛气",并被小刀刺之,"死而成犬"(《林虑山亭》)。

安阳亭中,"著皂单衣"和"冠赤帻者"与"亭主"之间的呼应问答,为书生的"效呼"提供了预演。根据亭主所泄露的秘密,书生和亭民"掘昨夜应处,果得老蝎",并且"西舍得老雄鸡父,北舍得老母猪"(《安阳亭》)。

山中庙舍与何文宅的故事与安阳亭故事属于同一个故事的不同变体,都通过窃听鬼魅之间的呼应问答而获得秘密,并且最终消灭鬼魅。不同之处在于:被呼的鬼魅不是"亭主",而是"何铜"或"细腰"。被消灭的鬼魅是"水边穴中白鼍""庙北岩嵌中龟"(《山中庙舍》),或者是"堂西壁下"的"金""堂前井边五步"的"钱""墙东北角柱下"的"银",以及"在灶下"的"杵"(《何文宅》)。

鹄奔亭与鲞亭也是同一个故事的不同变体。主人公(何敞或王忳)在亭主中听女鬼诉说其被亭长杀害的遭遇,然后惩治凶手,使对手的冤情得到昭雪。

方山亭和九里亭也是同一个故事的不同变体。主人公(丁譁、费升)与前来相就的女子"共展好情"(《方山亭》)、"寝处"(《九里亭》)。天亮之后，女子"忽不见"；或被适时而至的猎犬咬死，成大狸。

代郡亭中，鬼"吹五孔笛"。诸生乘其"数十指出"、无暇他顾而"可击"时，"拔剑斫之，得一老雄鸡，从者并鸡雏"(《代郡亭》)。

华阳亭中的鬼赞赏主人公嵇康的琴艺，并且传授《广陵散》。天明，对手"怅然"别去(《华阳亭》)。

7. 归于永恒的平静

  狸魅或狐魅消灭之后，惧武亭"遂清静"(《惧武亭》)。
  南阳亭"因止停毒，更无害怖"，或"自此亭舍更无妖怪"(《宋大贤》)。
  安阳亭"亭毒遂静，永无灾横"(《安阳书生》)。
  庐陵都亭"自此其妖遂绝"。
  豫章空亭"尔后此亭无复妖怪"。
  龟、鼍之辈皆被杀之后，山中庙舍"坏庙绝祀，自后安静"。
  金银钱杵等物魅被消灭之后，何文家"宅遂清宁"(《何文》)。
  藜亭中的女鬼得以申冤，并被"送其丧归乡里"之后，"于是亭遂清安"(《藜亭》)。
  吕思不仅救出自己的妻子，而且救出数十女子，使得"前后有失儿女"的家庭得以团聚。"后一二年，庙无复灵"。

二

以上的七个要素常常相互依存、相互配套而出现，从而构成特定的故事模式。比如，《南阳亭》的"南阳西郊有一亭，人不可止，止则有祸"与"自是亭舍更无妖怪"，《安阳亭》的"夜不可宿，宿辄杀人"与"亭毒遂静，永无灾横"，《庐陵都亭》的"都亭重屋中常有鬼魅，宿者辄死"与"自后遂绝，永无妖怪"，《豫章空亭》的"此亭旧每杀人"与"尔后此亭无复妖怪"等，都是前后呼应的。有些故事中，即使没有这样的配套、呼应，也是以这样的模式为潜在规则的。如《风俗通义·神怪篇》所记到伯夷夜宿亭的故事虽然没有关于亭是否有鬼、是否杀人的说明，鬼魅被伯夷杀后，也没有清静状态的说明，但在《太平御览》卷二五三所引《列异传》中，先有"此亭不可宿"的说明，后有"亭遂清静"的交代；《太平御览》卷九一二所引《风俗通》的开头是"有鬼魅，宿者辄死"，结尾是"因此遂绝"，可见《风俗通义·神怪篇》的文本所缺乏的要素，并不是不存在的，只是更隐蔽而已。

　　正是因为这种模式在深层次上的制约作用，即使有些鬼魅与"杀人"毫无关系，也与"杀人"的亭关联在一起。华阳亭或月华亭中自称"古人"的鬼既没有威胁主人公的举动，也没有展示其令人恐怖的外表。他只是在主人公"操琴，先作诸弄"的时候，暗中"称善"。其"来听"的原因，是"闻君弹琴，音曲清和"。其最突出的作用是把千古绝唱《广陵散》传授给主人公嵇中散。这与"来复伯夷"、做出加害行为的鬼魅相去甚远。但鬼魅所出现的亭同样是"由来杀人，宿者多凶"。故事因而与《惧武亭》《南阳亭》等归属于同一个故事模式。《鹄奔亭》的故事没有亭怪故事中的常见套语，但与"事与鬵亭女鬼同"①，而鬵亭故事却始于"亭常有鬼，数数杀人"，终于"亭永清宁"。因此，《鹄奔亭》同样是基于共同遵循的模式而产生的故事。

　　有些故事则表现出既遵循相似的套路而又有所偏离的企图。汝阳亭的初始情境也是"有鬼魅，宾客止宿，辄有死亡"。而且，也通过周围人的劝阻来强化亭的危险性，并且让主人公做出留下来的举动。亭卒白："楼不可上。"郑奇云："吾不恐也。"按照共同的故事规则，强调亭的危险是为了凸显主人公的胆气或意志。主人公不为劝阻所动摇，接下来的行动单元通常是与鬼魅的过招并且战胜之。但在《汝阳亭》中，郑奇与女鬼"栖宿"之后，"发行数里，腹痛"，最终死在南顿利阳亭。亭仍然有死亡的威胁，不可止宿，"楼遂无敢复上"。故事的结局又回到初始情境。

　　在整体框架上，全部亭怪故事都属于一个模式，一个类型。但从附录，《亭怪故事一览表》中可以看出，并不是每个作品都同时具备以上的七个要素。比如，在许多故事中，都有诵读、鼓琴、持刀之类的行动单元。前面已经指出，这样的行动单元具有"辟邪"、壮胆、强势的功能。而《涪陵亭》《汝阳亭》等故事没有这样的行动单元，所以在接下来的情节中，殷仲宗被鬼执臂于窗棂，郑奇死于女鬼之手。《豫章空亭》《宫亭

---

① 〔北魏〕郦道元撰，陈桥驿注释：《水经注》卷三十七引《晋书·地理志》，浙江古籍出版社2000年版。

庙》中没有持刀、诵读之类的行动单元,但"辟邪"的功能隐藏在人物的性格或其他动作之中,因而可视为一种省略形式。吕思最后以刀斫百余人,尽成死狸,可见他是带了刀的,只是没有单独的持刀情节而已(《国步山庙亭》)。谢非入宿庙舍之后,大声语曰:"吾是天帝使者,停此宿。"(《山中庙舍》)这样的"大声语曰"与诵读、持刀的功能完全一样,因而可视为诵读或持刀的变化形式。

《鹄奔亭》《夤亭》等故事中的女鬼苏娥、涪令妻也是危险的,有"数杀过客"的行为,是加害者。但在故事中,鬼魅向入宿亭中的主人公何敞、王忳诉说冤情——被亭长杀害,并埋在楼下。作为加害者的鬼魅转化成了求助者。其他故事中的灭怪英雄也转化为冤鬼的救助者。女鬼的杀人变得情有可原。因为案发时,没有第三者在场,故其冤情没有昭雪的途径,"无所告诉";或者"每夜陈冤",宿客"眠不见应",所以才"数杀过客"。消灭鬼魅也不是以刀斫,或者其他什么对抗方式,而是昭雪冤情并归葬骸骨,冤魂从此安息,因而不再出现。唐传奇《崔御史》① 等,是由《鹄奔亭》《夤亭》演化出来的另一个故事。

在夜宿亭、遭逢鬼魅、鬼魅消失或消灭这几个要素上,《方山亭》《九里亭》与其他亭怪故事没什么不同。但是,主人公没有"以正道自处"或"大有胆武"之类的个性标记。在夜宿亭的问题上,也没有遇到劝阻或决心留下来的单元。这些方面与其他亭怪故事颇为不同。出现在主人公面前的鬼魅不是加害者,而是性的诱惑者,具有鲜明的性别特征——女子,而且是"姿形端媚""歌音甚媚"的女子,像《汝阳亭》中的"端正妇人"一样。在主人公入宿之后、与鬼魅遇合之前的行动单元,不是诵读或持刀等防备性的举动,而是来者对于来由的解释。《方山亭》中的女子说,她之所以来与丁谨相就,是因为"刘郎(一作刘女郎)患疮,闻参军能治,故来耳。"不管"患疮"者是"刘郎"还是"刘女郎",这都只是一个借口。借口用过之后,便不再涉及。接下来的情节是女子与丁谨宴乐、调情,不再提起治疮的事。《九里亭》中,女子前来与费升相会的由头是"向一新冢哭"之后,"日暮,不得入门,便寄亭宿"。女子在与主人公饮酒作乐、"共展好情""绸缪""寝处"之后,既不像《惧武亭》中的老狸那样被"烧杀",不像《庐陵都亭》中的老猯和老狸被斫

---

① 见〔唐〕张读《宣室志》卷六,中华书局1983年版。

伤，也不像《豫章空亭》中的鹿怪被牵脱其臂，而是"忽不见"，或者"猎人至，群狗入屋，于床咬死，成大狸"，要么自己消失，要么被局外人消灭。耐人寻味的是，故事不会让被诱惑的主人公亲手杀死前来诱惑的女子。

有学者认为，亭怪故事的产生是特定现实的反映。汉以后，常有高官贵族携带丰厚财物止宿亭中，引起盗贼的觊觎之心，从而导致凶杀盗窃事件的发生。不明真相的好事者以讹传讹，加上当时谈鬼说怪之风盛行，凶杀之事被神秘化，从而附会出"亭鬼杀人"之类的传闻①。

从以上分析可见，亭怪故事从一开始，就是作为固定的故事模式而出现的。其基本要素和组合方式几乎原封不动地延续到《聊斋志异》。戚生刻意买下"白昼见鬼，死亡相继"的大姓巨第，在"家人益惧，劝生他徙"、婢仆"时以怪异相聒"的反衬下，他"盛气襆被，独卧荒亭中"（卷五《章阿端》）。"旷废"的耿氏大家楼舍"因生怪异"，"荒落益甚"。耿去病前往夜宿的目的，就是"欲入觇其异"。即使受到劝阻，"止之"，耿生也"不听"（卷一《青凤》）。故家之第"常见怪异，以故废无居人。久之，蓬蒿渐满，白昼亦无敢入者"。殷天官独"携一席往"（卷一《狐嫁女》）。姜部郎第"多鬼魅，常惑人"，"苍头门之而死，数易皆死，遂废之"。陶望三欲借住，部郎"以其凶故，却之"；后"以其请之坚，诺之"（卷六《小谢》）。由这些作品可以清楚地看出，夜宿荒亭、废宅或庙舍等行动单元，表面上看是"不及至家"、途中天黑等不得已的举动，是消极被动的，但从实质上看，是有意选择或安排的结果。夜宿荒亭、废宅或庙舍的目的就是为了与鬼魅的邂逅。

三

"复伯夷"的老狸（一作老狐）被"烧杀"之后，"发楼屋，得所髡人髻百余"（《惧武亭》）。有学者认为，狐狸精之所以杀人，是为了获得人的毛发。毛发作为人体的一部分，带有人的精华。狐精截人发髻，乃是

---

① 参阅李剑国、张玉莲《汉魏六朝志怪小说中的亭故事》，载《南开学报》（哲学社会科学版）2008年第3期。

为了吸人精华，以炼补自身①。据记载，这是一种非常古老的信仰，"旧说狸髦千人得为神"②。正因为如此，汝阳亭中常常发生"宾客止宿，辄有死亡。其厌厌者，皆亡发失精"的凶案（《汝阳亭》）。

可是，髦人发髻怎么能吸取到精华呢？论者没有说清楚。其实，所谓"亡发失精"，不是通过发髻来"吸精"，而是说，因为"吸精"而导致"肾衰"，因为"肾衰"而引起脱发。"失精"是"亡发"的原因，"亡发"是"失精"的结果或表征。《素问·上古天真论》云："肾气衰，发堕齿槁。"张仲景《金匮要略》谓："失精家，少腹弦急，阴头寒，目眩，发落，脉极虚芤迟，为清谷，亡血失精。"精泄过多，造成精室血海空虚而发落。"精少则病，精尽则死"③，"亡发"因而成为肾衰甚至死亡的前兆或象征。而"失精"的根由在于被"吸精"，在于令人恐怖的性欲望或性诱惑。陶弘景《养性延命录》记彭祖曰："凡男不可无女，女不可无男，若孤独而思交接者，损人寿，生百病，鬼魅因之共交，失精而一当百。"④一方面，"孤独而思交接"，所以渴望"栖宿"，渴望被诱惑；另一方面又对"失精而一当百"而生病、损寿而感到恐惧，从而把这种"交接"想象为"鬼魅之交"或"鬼交"⑤，必欲除之而后安。鬼魅就是人渴望和恐惧的象征。如此看来，郅伯夷（或到伯夷、刘伯夷、郄伯夷）与老狐或老狸的战斗，乃是人与潜意识中的性诱惑的战斗。

《林虑山亭》中的群犬、《南阳亭》中的老狐、《庐陵都亭》中的老猯和老狸、《豫章空亭》中的鹿怪等等，也都是为了髦人发髻吗？或者说，主人公与鬼魅的战斗，都是意志与欲望的战斗吗？与其追问鬼魅的行为动机，不如观察故事的构成要素，以及要素之间的关系，这样的分析更符合故事的整体结构。

上文分析可见，主人公入宿之后、遭逢鬼魅之前，常常有一个诵读或鼓琴的单元。由诵读或鼓琴，到鬼魅出现，这样的组合方式不是个别的偶

---

① 参见韦凤娟《另类的"修炼"——六朝狐精故事与魏晋神仙道教》，载《文学遗产》2006年第1期。
② 《太平御览》卷二五三引《列异传》。
③ 〔南朝梁〕陶弘景：《养性延命录》，丁光迪校注，中国中医药出版社1993年版，第106页（下引该书均同此版本，除书名及页码外，其他不再另注）。
④ 〔南朝梁〕陶弘景：《养性延命录》，第107页。
⑤ 〔南朝梁〕陶弘景：《养性延命录》，第106页。

然的，而是普遍的。谈生夜读《诗经》时，"可年十五六，姿颜服饰，天下无双"的女子，"来就生为夫妇"（《谈生》）。中书郎"夜读书"时，"一人有八尺许，乌衣帽，持杖坐床下，与之熟相视，吐舌至膝"（《中书郎》）。董仲舒"下帷独咏"时，"忽有客来，风姿音气，殊为不凡。与论五经，究其微奥"（《董仲舒》）。到伯夷"诵《六甲》《孝经》《易本》"之后，有魅来复伯夷。嵇中散"操琴，先作诸弄"时，鬼在"空中称善"（《华阳亭》）。贺思令"尝夜在月中坐，临风抚奏"，已死为鬼的嵇中散来到中庭，称赞贺思令的琴艺，并"与共语"，指点"古法"，并"授以《广陵散》"（《贺思令》）。李谦"挥弹"琵琶，鬼在窗外"唱佳声，每至契会，无不击节"（《李谦》）。宋大贤"夜坐鼓琴，不设兵仗"。如果"鼓琴"的功能是驱鬼，那么，他为什么"不设兵仗"呢？在驱鬼方面，"兵仗"不是比"鼓琴"更有效吗？可见，读书、鼓琴或弹琵琶的真正功能都不是驱鬼或辟邪。

读书或鼓琴与鬼魅的随之出现，说明这两个单元之间实际是一种隐喻性的因果关系。巴尔特说，叙事作品常常故意混淆时间和因果的区别，从而造成"在此之后，即为其果"的效应①。里蒙-凯南说，时间顺序原则，即"后来怎么怎么"的原则，常常和因果关系原则，即"原因就在于此"或"因此什么什么"的原则结合在一起。因果关系可以由时间顺序含蓄地表示出来②。汉魏六朝盛行的谶纬之学的突出特点，就是把不同范畴的事物看作是相互关联的，是互为因果的。比如，《搜神记》载："交阯秭草化为稻"与其后孙亮被废皇位③，这两个事件不仅在时间上先后发生，而且具有逻辑上的因果关系。读书或鼓琴与遭遇鬼魅，这两个事件之间也是一种特殊的因果关系：因为读书或鼓琴，所以能与鬼魅相遇。也就是说，鬼魅与读书或鼓琴之人有特殊的亲和关系。在《聊斋志异》中，焦生"读书园中"（卷二《狐联》），于璟"读书礼泉寺，夜方披诵"（卷五《绿衣女》），张于旦"读书萧寺"（卷三《鲁公女》）等，也都是狐鬼花妖出现的前奏。无论是"走至柱屋，因复伯夷"（《惧武亭》），或者

---

① ［法］罗兰·巴尔特：《叙事作品结构分析导论》，见张寅德编选《叙述学研究》，中国社会科学出版社，第15页。

② ［以色列］里蒙-凯南著，姚锦清等译：《叙事虚构作品》，生活·读书·新知三联书店1989年版，第30、31页。

③ ［晋］干宝撰，汪绍楹校注：《搜神记》卷六，第175条，中华书局1979年版。

"与伯夷对坐，自共樗蒲博戏"（《林虑山亭》），还是"于市中取死人头来，还语大贤曰：'宁可少睡耶？'因以死人头投大贤前"（《南阳亭》），"二人皆盛衣服，俱进。坐毕，府君者便与应谈。谈未竟，部郡忽起，至应背后"（《庐陵都亭》），等等，都是文人雅士的奇妙之遇。这样的奇遇并非任何人都能体验到。一般人囿于日常经验、世俗伦理或习惯性的思维套路，对所谓"迂诞浮华，不涉世务"①、"非济世成俗之要"②的东西不感兴趣，因而不可能有与鬼魅的奇遇。只有郅伯夷、汤应、宋大贤、嵇中散、谢鲲、安阳书生、代郡诸生这样的风雅之士，才有遭逢鬼魅并与之过招的机会。

故事的初始情境是亭有鬼魅，"宿辄杀人"，凶恶恐怖被视为鬼魅的基本特征。可是，当主人公遭遇鬼魅并且交手之后，态势立刻发生变化。鬼魅"正黑者四五尺，稍高，走至柱屋，因复伯夷"。可是，伯夷"持被掩之，足跣脱，几失"，鬼魅只企图逃走，没有还手之力。伯夷"以剑带击魅脚"，鬼魅便现出"正赤，略无衣毛"的老狐（一说老狸）原形，并被"持下烧杀"（《惧武亭》）。南阳亭中的鬼先以"瞋目磋齿，形貌可恶"的面目恐吓宋大贤，大贤不为所动，"鼓琴如故"；鬼又"以死人头投大贤前"，大贤不仅没有被吓倒，反而说："甚佳。我暮卧无枕，正欲得此。"最后双方"共手搏"，大贤"逆捉其腰"，"遂杀之"；被杀之前，鬼还恐惧而慌张连说："死！死！"（《南阳亭》）气势汹汹地来，仓皇落败地走，情势的陡转使故事充满戏剧性。

有些故事中，鬼魅不仅在行动力量上不是主人公的对手，而且智力也低于常规。鹿怪来到空亭，谢鲲"令申臂于窗中"，鹿怪"于是授腕"，结果被牵脱其臂，负伤逃走（《豫章空亭》）。两鬼魅先后来到安阳亭，呼亭主，听说有书生"在此读书，适休，似未寝"之后，各自"唵嗟而去"。书生"效呼亭主"，并且通过与亭主之间的问答，获知先后来者和所谓亭主分别是"北舍母猪""西舍老雄鸡"和"老蝎"（《安阳亭》）。不仅有问必答，而且答超所问，使得主人公按图索骥，轻而易举地捉拿鬼

---

① 见《颜氏家训·涉务篇》，〔北齐〕颜之推撰，夏春田注释：《颜氏家训》，天津古籍出版社1995年版，第128页。
② 《颜氏家训·勉学篇》，见〔北齐〕颜之推撰，夏春田注释：《颜氏家训》，天津古籍出版社1995年版，第78页。

魅，并且端掉其老巢。在这些故事中，主人公对鬼魅的行踪了如指掌，而鬼魅对主人公却所知甚少。在行动力或智力上，鬼魅与主人公之间的不平衡、不对称、不协调，构成突出的喜剧效果。

有时，面对鬼魅的恐怖、威胁，主人公的紧张、胆战心惊、落荒而逃，也会构成十足的喜剧效果。陈仙驱驴，夜宿空宅，突然听到"小人无畏，敢见行灾？"的声音。在"笼月暧昧"状态下，见其"面上黡深，目无瞳子，唇褰齿露，手执黄丝"，吓得陈仙"奔走后村，具说事状"（《陈仙》）。中书郎独自"夜读书"，"忽闻外面门皆开，恐有急诏。户复开，一人有八尺许，乌衣帽，持杖坐床下，与之熟相视，吐舌至膝。于是大怖"。这样熬到"至晓鸡鸣"，直至面目不清的人离去（《中书郎》）。在这些故事中，主人公深陷高度的不确定、未知的氛围。鬼魅的出现是突然的，超乎预期的，因而是没有心理准备的。鬼魅的形象也是对平常经验中人的形象的严重变形，因而出乎意外。他们是谁，为什么突然出现，将会有什么后果，等等，这些都是没有答案的黑洞。再加上似明实暗、似乎能看清什么而又看不真切的朦胧月光，或者照亮一点而留下更多黑暗的灯光，都把主人公笼罩在浓重的神秘色彩中。而叙述者始终以局外人的口吻讲述故事，在安全的、轻松的局外人看来，鬼魅的恐怖和人物的惶恐是滑稽的，可笑的。

趣味性的另一个突出表现是，在六朝人的故事中，原本杀人的鬼魅甚至变成了主人公的食物，或者转化成了主人公的财富。宫亭庙出现的白头老公现形为雄鸭，周访擒之，"捉还船，欲烹之"（《周访》）。向冯法求寄载的女子，被"缚两足"之后，"化形作大白鹭，烹食之，肉不甚美"（《冯法》）。自称"府君""部郡"的鬼魅被砍伤之后，汤应"将人往寻，见有血迹，追之皆得。云称府君者，是一老猳也；部郡者，是一老狸也"（《庐陵都亭》）。黄衣人被谢鲲牵脱其臂，"寻血取获"，在其巢穴捉到一只鹿（《谢鲲》）。"姿色甚美"的女子，被铜镜照出鹿的原形，淮南陈氏"遂以刀斫获之，以为脯"（《淮南陈氏》）。夜宿安阳亭的书生于"西舍得老雄鸡父，北舍得老母猪"（《安阳亭》）。谢非夜宿山中庙舍的收获是在"水边穴中"得到白鼍，在"庙北岩嵌中"得到龟（《山中庙舍》）。雄鸭、老猳、老狸鹿、雄鸡、母猪、鼍、龟等，远古以来，都是人类所饲养或猎获的动物。在志怪故事中，它们成了主人公的战利品。导致死亡相继、令人惊惧的鬼魅不过是"在堂西壁下"的金、"在堂前井边五步"的钱和"在墙东北角柱下"的银,遭遇鬼魅的结果是"得金银五百斤,钱千万贯"。何文"由此大富"。宗定伯卖鬼,"得钱千五百"(《艺文类聚》卷九四)。鬼以土石投庾某家,庾其说:"以土石投我非所畏,苦以钱见掷,此真见困。"鬼竟然以为"钱"能使人"见困","便以新钱数十,正掷庾额"。庾复言:"新钱不能令痛,唯畏乌钱耳。"鬼"以乌钱掷之,前后六七过,合得百余钱"(《王瑶》,《太平广记》卷三二五)。六朝人的鬼魅其实是情趣化的产物。

不仅读书会引来鬼魅,而且,人与鬼魅的相遇、过招或交锋,常常涉及读书,或与读书相关的学术问题。双方的对立关系转化为学问切磋或玩笑戏嬉。董仲舒"下帷独咏"的时候,忽有客来,"风姿音气,殊为不凡。与论五经,究其微奥。"(《董仲舒》)长鸣鸡"作人语,与处宗谈论,极有言致,终日不辍。处宗因此言功大进"(《宋处宗》)。一鬼自云郑玄,责王辅嗣"轻穿文凿句,而妄讥诮老子"(《王辅嗣》)。一鬼自称姓蔡名伯喈,"或复谈议,诵《诗》《书》,知古今,靡所不谙"(《王琼之》)。陆机投宿道左,"见一年少,神姿端迈,置易投壶。与机言论,妙得玄微"。机"乃提纬古今,总验名实,此年少不甚欣解"(《陆机》)。顾邵"善《左传》",鬼"遂与邵谈《春秋》,弥夜不能相屈"。邵"叹其精辩"(《顾邵》)。鬼与阮瞻"聊谈名理","甚有才辨","及鬼神之事,反复甚苦"(《阮瞻》)。这样的鬼魅所造成的死亡也颇耐人寻味。鬼在理论上辨不过阮瞻的"无鬼论",只好现身说法,"即仆便是鬼",阮瞻"意色太恶,岁余病卒"。王辅嗣的死不是因为鬼对其身体的伤害,而是因为被指责为"轻穿文凿句""妄讥诮老子"。有时,主人公用来对付鬼魅的方式也不是暴力,而是对书的特别使用方法。中书郎"裂书为火",迫使鬼魅无法采取加害行动,"至晓鸡鸣,便去"(《中书郎》)。顾邵与鬼在灯火下讨论《左传》所载晋景公所梦大厉的问题时,"鬼本欲凌邵",顾邵烧《左传》以为灯火。面对邵的"神气湛然",鬼"不可得乘"(《顾邵》)。烧书可以壮胆,或者说鬼怕烧书,这样的功能项颇耐人寻味。这样的鬼魅故事,与"清谈雅论,剖玄析微"的玄学一样,都是一种雅趣,是"娱心悦耳"[①] 的体验。

---

① 《颜氏家训·勉学篇》,见〔北齐〕颜之推撰,夏春田注释:《颜氏家训》,天津古籍出版社1995年版,第78页。

附录一：亭怪故事一览表

亭怪故事一览表

A. 夜宿				B. 劝阻	C. 诵读、鼓琴、持刀	D. 遇怪		E. 亭归于清安
						D1. 鬼魅出现，或带来威胁	D2. 鬼魅现原形、被消灭或消失；或某人死	
	地点	亭作怪或杀人	人物	特征	—	—	遇怪	结局	—
1	惧武亭	此亭不可宿	刘伯夷	有大才略	录事掾："今尚早，可至前亭。"曰："欲作文书。"便留	诵诗、书、五经	正黑者复伯夷	照出老狸，烧杀之	亭遂清静
2	林虑山亭	人每过此宿者辄病死	郅伯夷	—	—	诵经	蒲博	镜照群犬，烛烧，刀刺	—
3	南阳亭	人不可止，止则有祸	宋大贤	以正道自处	—	夜坐鼓琴，不设兵仗	鬼，与语，投死人头，投，共手搏	杀之，乃老狐	自是亭舍更无妖怪

（续上表）

	A. 夜宿			B. 劝阻	C. 诵读、鼓琴、持刀	D. 遇怪		E. 亭归于清安
						D1. 鬼魅出现,或带来威胁	D2. 鬼魅现原形、被消灭或消失;或某人死	
	地点	亭作怪或杀人	人物	特征	—	—	遇怪	结局	—
4	庐陵都亭	常有鬼魅,宿者辄死。自后使官,莫敢入亭止宿	汤应	大有胆武	吏启不可,应不听	惟持一大刀,独处亭中	先后有部郡、府君来谒,府君者便与应谈,而部郡忽起,至应背后	斫伤,将人寻血迹,皆得之。府君是老猪,部郡是老狸	自是遂绝
5	豫章空亭	此亭旧每杀人	谢鲲	淡然无惧色	—	—	黄衣人呼幼舆开户	令申臂于窗,牵脱其臂。寻血取获	尔后此亭无复妖怪
6	涪陵亭	—	殷仲宗	—	—	—	鬼于窗棂中执仲宗臂	左右救之,鬼去	—

（续上表）

	A. 夜宿				B. 劝阻	C. 诵读、鼓琴、持刀	D. 遇怪		E. 亭归于清安
							D1. 鬼魅出现,或带来威胁	D2. 鬼魅现原形、被消灭或消失;或某人死	
	地点	亭作怪或杀人	人物	特征	—	—	遇怪	结局	—
7	宫亭庙	—	周访	—	同侣:"谁能入庙中宿?"访性胆果决,因上庙宿	—	晨起,见白头老公	擒,化雄鸭;捉还船,欲烹,飞去	后竟无他
8	安阳亭	夜不可宿,宿辄杀人	书生	明术数	亭民曰:"此不可宿,前后宿此,未有活者。"书生曰:"无苦也,吾自能谐。"	端坐诵书	著皂单衣、冠赤帻二人与亭主呼应,泄露秘密	效其呼应,获得老雄鸡、老母猪、老蝎,杀之	亭毒遂静,永无灾横

（续上表）

	A. 夜宿				B. 劝阻	C. 诵读、鼓琴、持刀	D. 遇怪		E. 亭归于清安
							D1. 鬼魅出现,或带来威胁	D2. 鬼魅现原形、被消灭或消失;或某人死	
	地点	亭作怪或杀人	人物	特征	—	—	遇怪	结局	—
9	山中庙舍	—	谢非	丹阳道士	—	—	二人与何铜呼应,泄露秘密	惊扰不得眠,起呼问,知为龟鼍之辈,掘而杀之	遂坏庙绝祀,自后安静
10	何文宅	先后使张奋、程家"暴衰""死病相继"	何文	—	—	持刀上北堂中梁上坐	三人与细腰呼应,泄密	掘之,得金银各五百斤,钱千余万。仍取杵焚之	宅遂清安
11	代郡亭	常有怪,不可诣止	诸生	壮勇	—	行歌正宿	鬼吹五孔笛	引手出数十指而吹笛时,知其可击,剑斫,得老雄鸡,从者并鸡雏	—

(续上表)

	A. 夜宿			B. 劝阻	C. 诵读、鼓琴、持刀	D. 遇怪		E. 亭归于清安
						D1. 鬼魅出现,或带来威胁	D2. 鬼魅现原形、被消灭或消失;或某人死	
	地点	亭作怪或杀人	人物	特征	—	—	遇怪	结局	
12	华阳亭	由来杀人	嵇中散	心神萧散,了无惧意	—	操琴	空中称善,共论声音,授《广陵散》	天明离别,不胜怅然	
13	鹄奔亭	—	何敞	—	—	—	女鬼苏娥诉被亭长龚寿所杀冤情	敞拘捕龚寿及父母兄弟,为女鬼平冤昭雪	—
14	藜亭	—	王忳	—	亭长曰:"亭有鬼,数杀过客,不可宿也。"忳曰:"仁胜凶邪,德除不祥,何鬼之避!"	—	涪令妻诉被亭长所杀冤情	收凶手及同谋,送冤死骸骨归乡里	于是亭遂清安

（续上表）

	A. 夜宿			B. 劝阻	C. 诵读、鼓琴、持刀	D. 遇怪		E. 亭归于清安
						D1. 鬼魅出现,或带来威胁	D2. 鬼魅现原形、被消灭或消失;或某人死	
	地点	亭作怪或杀人	人物	特征	—	—	遇怪	结局	—
15	汝阳亭	有鬼魅,宾客宿止有死亡	郑奇	—	吏卒微白:"楼不可上。"奇云:"我不恶也。"或"吾不恐也。"	—	遇端正妇人,乞寄载,同栖宿	离去,腹痛,死于南顿利阳亭	楼遂无敢复上
16	方山亭	此亭旧有妖魅	丁譁	—	—	—	妇姿形端媚,酒食,弹琵琶,歌二曲,共展好情	比晓,不见	—
17	九里亭	—	费升	—	—	—	女来,酒食,弹琵琶,歌三曲,寝处	向明,猎人至,群狗咬死,成大狸	—

（续上表）

A. 夜宿				B. 劝阻	C. 诵读、鼓琴、持刀	D. 遇怪		E. 亭归于清安
						D1. 鬼魅出现，或带来威胁	D2. 鬼魅现原形、被消灭或消失；或某人死	
	地点	亭作怪或杀人	人物	特征	—	—	遇怪	结局	—
18	国步山庙亭	—	吕思	—	—	—	失妇	思觅，以刀斫百余人，尽成死狸。救出其妇及群女	

附录二：亭怪故事实例

1. 惧武亭

《风俗通义·怪神第九·世间多有精物妖怪百端》：北部督邮西平到伯夷（卢文弨以为"到"讹，并据《后汉书·郅恽传》，改"到"为"郅"①）年三十所，大有才决，长沙太守到若（到若，钱大昕改为郅君）章（郅君章，卢文弨以为即范晔《后汉书·郅恽传》中的郅恽，字君章）孙也。日晡时到亭，敕前导入。录事掾白："今尚早，可至前亭。"曰："欲作文书。"便留。吏卒惶怖，言当解去。传云："督邮欲于楼上观望，亟扫除。"须臾，便上。未冥，楼镫阶下复有火。敕："我思道，不可见火，灭去。"吏知必有变，当用赴照，但藏置壶中耳。既冥，整服坐，诵《六甲》《孝经》《易本》讫，卧。有顷，更转东首，以幧巾结两足（孙诒让《札迻》："疑即两耳。"），帻冠之，密拔剑解带。夜时，有正黑者四五尺，稍高，走至柱屋，因复伯夷。伯夷持被掩，足跣脱，几失。再三。徐以剑带击魅脚，呼下火上，照视，老狸正赤，略无衣毛，持下烧杀。明旦，发楼屋，得所髡人髻百余，因从此绝。伯夷举孝廉，益阳长。

《艺文类聚》卷八〇引《风俗通》曰："郅伯夷宿亭，止楼上，燃数灯。夜有魅来。伯夷趣之，以灯照，乃老狸也。"

《太平御览》卷九一二《风俗通》曰：汝阳西门习武亭有鬼魅，宿者辄死，其厌者皆亡发。北部督邮西平郅伯夷到亭，上楼宿，诵《六甲》《孝经》《易本记》。卧，密拔剑解带。夜有怪异者四五尺，来复伯夷。以剑带击魅脚，呼下灯照，见一老狸正赤，略无毛衣。持下烧杀。明旦，发楼屋，得所亡发人髻百余。因此遂绝。（本条与《预览》卷二五三所引《列异传》略异，"汝阳"非"汝南"，"习武亭"非"惧武亭"）

---

① 〔清〕卢文弨撰：《群书拾补》（八），见《丛书集成初编》本，商务印书馆1935年版，第625页。

《太平御览》二五三引《列异传》：汝南北部督邮西平刘伯夷有大才略，案行到惧武亭夜宿。或曰："此亭不可宿。"伯夷乃独往宿，去火，诵《诗》《书》《五经》讫，卧。有顷，转东首，以絮巾结两足，以帻冠之，拔剑解带。夜时有异物稍稍转近，忽来复伯夷。伯夷屈起，以袂掩之，以带系魅，呼火照之，视得一老狸，色赤无毛，持火烧杀之。明日发视楼屋间，魅所杀人发数百枚。于是亭遂清静。旧说"狸髡千人得为神"也。

《搜神记》卷十八：北部督邮西平到伯夷，年三十许，大有才决，长沙太守到若章孙也。日晡时，到亭，敕前导入，且止。录事掾曰："今尚早，可至前亭。"曰："欲作文书。"便留。吏卒惶怖，言当解去。传教云："督邮欲于楼上观望，亟扫除。"须臾，便上。未暝，楼磴阶下复有火。敕云："我思道，不可见火，灭去。"吏知必有变，当用赴照，但藏置壶中。日既暝，整服坐，诵《六甲》《孝经》《易本》讫，卧。有顷，更转东首，以帛巾结两足，帻冠之，密拔剑解带。夜时，有正黑者四五尺，稍高，走至柱屋，因复伯夷。伯夷持被掩之，足跣脱，几失。再三。以剑带击魅脚，呼下火上，照视之，老狐正赤，略无衣毛。持下烧杀。明旦，发楼屋，得所髡人髦百余。因此遂绝。（文字与《风俗通义》略异，区别在于"老狐"与"老狸"）

2. 林虑山亭

《抱朴子·登涉篇》：林虑山下有一亭，其中有鬼，每有宿者，或死或病。常夜有数十人，衣色或黄或白或黑，或男或女。后郄伯夷者过之宿，明灯烛而坐，诵经，夜半有十余人来，与伯夷对坐，自共樗蒲博戏。伯夷密以镜照之，乃是群犬也。伯夷乃执烛起，佯误以烛烬爇其衣，乃作燋毛气。伯夷怀小刀，因捉一人而刺之，初作人叫，死而成犬。余犬悉走，于是遂绝，乃镜之力也。

《太平御览》卷六七一引《抱朴子》：林虑山下有一亭，每宿者或死或病。常夜有十数人，衣或白或黑，或妇人男子。后郄伯夷过宿，明烛而坐。夜半果见，密以镜照之，乃群犬也。伯夷乃执烛起，诈误以烛烬落其衣，闻燎毛，遂以刀刺杀一犬，余骇去。

《搜神后记》卷九：林虑山下有一亭，人每过此宿者辄病死。云尝有十余人，男女杂沓，衣或白或黄，辄蒲博相戏。时有郄伯夷者，宿于此亭，明烛而坐，诵经。至中夜，忽有十余人来，与伯夷并坐蒲博。伯夷密以镜照之，乃是群犬。因执烛起，阳误以烛烧其衣，作燃毛气。伯夷怀刀，捉一人刺之，初作人唤，遂死成犬。余悉走去。

《艺文类聚》卷九四引《续搜神记》：林虑山下有亭，每过宿者，或病死。常云有十许人男女，合杂衣，或黑或白，辄来为害。有郅伯夷者过宿，明烛而坐，诵经。至中夜，忽有十余人来，与伯夷并坐蒲博。伯夷密以镜照之，乃是群犬，因执烛起，阳误以烛烧其衣，作燃毛气。伯夷怀刀，捉一人刺之。初作人唤，遂死成犬。余悉走去。

《初学记》卷二五引《续搜神记》：林虑山下有一亭，人每过此宿者，或病死。时有郅伯夷者，宿于此，明烛而坐。中夜，忽有十余人来，自共蒲博。伯夷密以镜照之，乃是群犬。

《太平御览》卷七一七引《续搜神记》：林虑山下有一亭，人过宿者，或病或死。常云十许男女各杂衣，或白或黑，辄来为害。有郅伯夷者过宿于此，独坐诵经。忽有十余人来，与伯夷并坐，因共蒲博。于是伯夷密以镜照之，乃是一群犬。因执烛而起，佯误以烛烧其衣，毛乃焦。伯夷怀刀投一人，中之，遂死成犬。余悉走去。

《太平御览》卷九〇五引《续搜神记》：林虑山下有亭，有过宿者，或病或死。常云有十余人，男女各杂衣，或黑或白，辄来为害。有刘伯夷者过宿，明烛而坐，诵经。至中夜，其怪复集。伯夷密以镜照之，乃一群狗也。因阳以烛误灼其衣，作燃毛气，乃以刀刺之，遂死。余犬悉走去。

3. 南阳亭

《搜神记》卷十八：南阳西郊有一亭，人不可止，止则有祸。邑人宋大贤，以正道自处，尝宿亭楼，夜坐鼓琴，不设兵仗。至夜半时，忽有鬼来登梯，与大贤语，瞋目磋齿，形貌可恶。大贤鼓琴如故，鬼乃去。于市中取死人头来，还语大贤曰："宁可少睡耶？"因以死人头投大贤前。大贤曰："甚佳。我暮卧无枕，正欲得此。"鬼复去。良久乃还，曰："宁可共手搏耶？"大贤曰："善。"语未竟，鬼在前，大贤便逆捉其腰。鬼但急言："死！死！"大贤遂杀之。明日视之，乃老狐也。自是亭舍更无妖怪。

《太平广记》卷四四七引《法苑珠林》：隋南阳西郊有一亭，人不可止，止则有祸。邑人宋大贤，以正道自处，尝宿亭楼，夜坐鼓琴。忽有鬼来登梯，与大贤语，瞋目磋齿，形貌可恶。大贤鼓琴如故。鬼乃去，于市中取死人头来还，语大贤曰："宁可少睡耶？"因以死人头投大贤前。大贤曰："甚佳。吾暮卧无枕，正欲得此。"鬼复去，良久乃还，曰："宁可共手搏耶？"大贤曰："善。"语未竟，在前，大贤便逆捉其腰。鬼但急言死。大贤遂杀之。明日视之，乃是老狐也。自此亭舍更无妖怪。

《法苑珠林》卷三一引作《搜神记》：南阳宋名大贤。西鄂有一亭，不可止，止则害人。大贤以正道不可干，且上楼，鼓琴而已，不设兵杖。至于夜半时，有鬼来登梯，与大贤语，瞋目磋齿，形貌可恶。大贤鼓琴如故，鬼乃去。于市中取死人头来还，语大贤曰："宁可行小熟唊耶？"因以死人头投大贤前。大贤曰："甚佳，吾暮卧无枕，正当得此。"鬼复去，良久乃还，曰："宁可共手搏耶？"大贤曰："善。"语未竟，前，大贤便逆捉其胁。鬼但急言："死！死！"贤遂杀之。明日视之，乃是老狐也。因止停毒，更无害怖。

4. 陈仙

《太平广记》卷三一七引《幽明录》：吴时，陈仙以商贾为事，驱驴行。忽过一空宅，广厦朱门，都不见人；仙牵驴入宿。至夜，闻有语声："小人无畏，敢见行灾？"便有一人迳到仙前，叱之曰："汝敢辄入官舍！"时笼月暧昧，见其面上黡深，目无瞳子，唇褰齿露，手执黄丝。仙即奔走后村，具说事状。父老云："旧有恶鬼。"明日，看所见屋宅处，并高坟深墢。

5. 庐陵都亭

《搜神记》卷十八：吴时，庐陵郡都亭重屋中，常有鬼魅，宿者辄死。自后使官，莫敢入亭止宿。时丹阳人汤应者，大有胆武，使至庐陵，便止亭宿。吏启不可，应不听。屏从者还外，惟持一大刀，独处亭中。至三更竟，忽闻有叩阁者。应遥问："是谁？"答云："部郡相闻。"应使进，致词而去。顷间，复有叩阁者如前，曰："府君相闻。"应复使进，身着皂衣。去后，应谓是人，了无疑也。旋又有叩阁者，云："部郡、府君相诣。"应乃疑曰："此夜非时，又部郡、府君不应同行。"知是鬼魅，因持刀迎之。见二人皆盛衣服，俱进。坐毕，府君者便与应谈。谈未竟，而部郡忽起，至应背后。应乃回顾，以刀逆击，中之。府君下坐走出，应急追，至亭后墙下，及之，斫伤数下。应乃还卧。达曙，将人往寻，见有血迹，皆得之。云称府君者，是一老猳也；部郡者，是一老狸也。自是遂绝。

《太平广记》卷四三九引作《搜神记》：吴时，庐陵县亭重屋中，每有鬼物，宿者辄死。自后使人莫敢入亭止宿。丹阳人汤应者，大有胆武，使至庐陵，遂入亭宿焉。吏启不可，应不听。悉屏从者还外，唯持一大刀，独处亭中。至三更竟，忽闻有扣阁者。应遥问是谁，答云："部郡相问。"应使进，致词而去。顷复有扣阁者云："府相闻。"应复使君进焉，了无疑也。旋又有扣阁者云："部郡、府君相诣。"应方疑是鬼物，因持刀迎之。见二人皆盛服，齐进坐之。称府君者，便与应谈。而部郡者忽起。应乃回顾，因以刀砍之。府君者即下座走焉。追至亭后墙下，及之，砍几刀焉。应乃还卧。达曙，方将人寻之，见有血迹，皆得之。称府君者，是一老猳，部郡者是一老狸，自此其妖遂绝。

《法苑珠林》卷三一引作《搜神记》：吴时庐陵郡都亭重屋中常有鬼魅，宿者辄死，自后使官莫敢入舍。时丹阳人姓汤名应，大有胆武，使至庐陵，便入亭止。吏启："不可止此。"应不随谏，尽遣所将人还外止宿。应唯持一口大刀。卧至三更，中间有叩阁者。应遥问："谁？"答云："部郡相闻。"应使进，相闻已而去。经须臾间，复有扣阁者如前，曰："府君相闻。"应复使进，身着皂衣。去后，应谓是人，了无疑也。顷复扣阁，言："是部郡、府君诣来。"应乃疑曰："此夜非时，又府君部郡不应同行。"知是鬼魅，持刀迎之。见有二人皆盛衣服，俱进。坐毕，府君者便与应谈。谈未毕，而部郡跳至应背后。应顾，以刀击中之。府君下座，走出之。应急追至亭后墙下及之，斫伤数下。去其处已，还卧达曙。将人往寻，见有血迹，追之皆得。云称府君者是老狐魅，云部郡者是老狸魅。自后遂绝，永无妖怪。

6. 豫章亭

《搜神记》卷十八：陈郡谢鲲，谢病去职，避地于豫章。尝行经空亭中，夜宿。此亭旧每杀人。夜四更，有一黄衣人，呼鲲字云："幼舆，可开户。"鲲淡然无惧色，令申臂于窗中。于是授腕。鲲即极力而牵之，其臂遂脱，乃还去。明日看，乃鹿臂也。寻血取获。尔后此亭无复妖怪。

《晋书·谢鲲传》：鲲以时方多故，乃谢病去职，避地于豫章。尝行经空亭中，夜宿，此亭旧每杀人。将晓，有黄衣人呼鲲字，令开户，鲲憺然无惧色，便于窗中度手牵之，胛断，视之，鹿也，寻血获焉。尔后此亭无复妖怪。

《白氏六帖事类集》卷二九引刘义庆《幽明录》：陈郡谢鲲，尝在一亭中宿。此亭从来杀人。四更，有一人黄衣，呼于门外。鲲因令申臂于窗中，于是鲲即极力掣之，臂脱而去。明日看，乃鹿膊，寻血获鹿焉。

《初学记》二九引刘义庆《幽明录》：陈郡谢鲲，常在一亭中宿。此亭从来杀人。夜四更末，有一黄衣，呼："幼舆，可开户。"鲲令申臂于窗中，于是授腕。鲲即极力而牵之，臂便脱，乃还去。明日看，乃鹿臂。寻血遂取获焉。

7. 涪陵亭

《太平御览》卷八八三引《幽明录》：殷仲宗以隆安初入蜀，为毛璩参军，至涪陵郡，暮宿在亭屋中。忽有一鬼，体上皆毛，于窗棂中执仲宗臂，牵仲宗，大呼，左右来救之，鬼乃去。

8. 钟繇

《三国志·魏书》卷十三《钟繇传》裴松之注引《陆氏异林》：繇尝数月不朝会，意性异常。或问其故，云："常有好妇来，美丽非凡。"问者曰："必是鬼物，可杀之。"妇人后往，不即前，止户外。繇问："何以？"曰："公有相杀意。"繇曰："无此。"乃勤勤呼之，乃入。繇意恨，有不忍之心，然犹斫之伤髀。妇人即出，以新绵拭血，竟路。明日，使人寻迹之，至一大冢，木中有好妇人，形体如生人，着白练衫，丹绣两当，伤左髀，以两当中绵拭血。叔父清河太守说如此。清河陆云也。（卢弼集解曰："不经之谈，不宜入史。"见《三国志集解》，第370页）

《太平御览》卷八一九引《陆氏异林》曰：钟繇常数月不朝，或问其故，云："常有好妇来，美丽非凡。"问者曰："必是鬼物，不可不杀之！"妇人后往，不即前，止户外。繇问："何以？"曰："公有相杀意。"繇曰："无此。"勤勤呼之乃入。繇有不忍心，然犹斩之，伤脚。妇人即出，以新绵拭血，竟路。明日，使人寻迹至一大冢，木中有好妇人，形体如生人，着白练丹绣两当，伤一脚，以两当中绵拭血。

《太平御览》卷八八七引《陆氏异林》曰：钟繇常数月不朝会，意性异常。或问其故，云："常有好妇来，美丽非凡。"问者曰："必是鬼物，可杀之。"妇人后往，不即前，止户外。繇问："何以？"曰："公有相杀意。"繇曰："无此。"勤勤呼之，乃前。繇意恨恨，有不忍心，然斫之伤髀。妇人即出，以新绵拭血竟路。明，使人寻迹之，至一大冢。木中有好妇人，形体如生人。衣青绢衫，丹绣裲裆。伤一髀，以裲裆中绵拭血。

《太平广记》卷三一七引《幽明录》：钟繇忽不复朝会，意性有异于常。寮友问其故，云："常有妇人来，美丽非凡。"问者曰："必是鬼物，可杀之。"后来，止户外，曰："何以有相杀意？"元常曰："无此。"殷勤呼入，意亦有不忍，乃微伤之。便出去，以新绵拭血，竟路。明日，使人寻迹，至一大冢，棺中一妇人，形体如生，白练衫，丹绣裲裆，伤一髀，以裲裆中绵拭血。自此便绝。

《搜神记》卷十六：颍川钟繇，字符常，尝数月不朝会，意性异常。或问其故。云："常有好妇来，美丽非凡。"问者曰："必是鬼物，可杀之。"妇人后往，不即前，止户外。繇问："何以？"曰："公有相杀意。"繇曰："无此。"勤勤呼之，乃入。繇意恨，有不忍之，然犹斫之，伤髀。妇人即出，以新绵拭血，竟路。明日，使人寻迹之，至一大冢，木中有好妇人，形体如生人，着白练衫，丹绣裲裆。伤左髀，以裲裆中绵拭血。

9. 宫亭庙

《法苑珠林》卷三二引《述异记》：秦周访少时，与商人溯江俱行，夕止宫亭庙下。同侣相语："谁能入庙中宿？"访性胆果决，因上庙宿，竟夕宴然。晨起，庙中见有白头老公，访遂擒之，化为雄鸭。访捉还船，欲烹之，因而飞去。后竟无他。

10. 安阳亭

《搜神记》卷十八：安阳城南有一亭，夜不可宿，宿辄杀人。书生明术数，乃过宿之。亭民曰："此不可宿，前后宿此，未有活者。"书生曰："无苦也，吾自能谐。"遂住廨舍。乃端坐诵书，良久乃休。夜半后，有一人，著皂单衣，来往户外，呼亭主，亭主应诺。"见亭中有人耶？"答曰："向者有一书生，在此读书，适休，似未寝。"乃喑嗟而去。须臾，复有一人，冠赤帻者，呼亭主，问答如前，复喑嗟而去。既去寂然。书生知无来者，即起诣向者呼处，效呼亭主。亭主亦应诺。复云："亭中有人耶？"亭主答如前。乃问曰："向黑衣来者谁？"曰："北舍母猪也。"又曰："冠赤帻来者谁？"曰："西舍老雄鸡父也。""汝复谁耶？""我是老蝎也。"于是书生密便诵书至明，不敢寐。天明，亭民来视，惊曰："君何得独活？"书生曰："促索锸来，吾与卿取魅。"乃掘昨夜应处，果得老蝎，大如琵琶，毒长数尺。西舍得老雄鸡父，北舍得老母猪。凡杀三物，亭毒遂静，永无灾横。

《法苑珠林》卷三一引《搜神记》：安阳城南有一亭庙，不可宿也，若宿杀人。有一书生乃过宿之。亭民曰："此不可宿，前后宿此，未有活者。"书生曰："无苦也，吾自能谐。"遂住庙舍。乃端坐诵书，良久乃休。夜半后，有一人著皂单衣，来往户外，呼亭主。亭主应曰："诺。""亭中有人耶？"答曰："向者有一书生，在此读书久，适休，似未寝。"乃喑嗟而去。须臾，复有一人，冠帻赤衣，呼亭主。亭主应诺。亦复问："亭中有人耶？"亭主答如前。复喑嗟而去。既去寂然。于是书生无他，起诣向者呼处，微呼亭主。亭主亦应诺。复问："亭中有人耶？"亭主答如前。乃问："向者黑衣来者谁？"曰："北舍母猪也。"又曰："冠赤帻来者谁？"曰："西舍老雄鸡父也。"曰："汝复谁耶？"曰："我是老蝎也。"于是书生密便诵书，至明不敢寐。天明，亭民来视，惊曰："君何以得活耶？"书生曰："汝捉索函来，吾与卿取魅。"乃掘昨夜应处，果得老蝎，大如鞞婆，毒长数尺。于西家得老雄鸡父，北舍得母猪。凡杀三物，亭毒遂静，永无灾横也。

《太平广记》卷四三九引《搜神记》：安阳城南有一亭，不可宿，宿辄杀人。书生乃过宿之。亭民曰："此不可宿。前后宿此，未有活者。"书生曰："无苦也，吾自住此。"遂住廨舍。乃端坐诵书，良久乃休。夜半后，有一人著皂衣，来往户外，呼亭主。亭主应曰："诺。""亭中有人耶？"答曰："向有书生在此读书，适休，未似寝。"乃喑嗟而去。既而又有冠赤帻者，来呼亭主，问答如前。既去寂然。书生知无来者，即起诣问处，效呼亭主，亭主亦应诺。复云："亭中有人耶？"亭主答如前。乃问："向者黑衣来谁？"曰："北舍母猪也。"又曰："冠赤帻来者谁？"曰："西邻老雄鸡也。""汝复谁也？""我是老蝎也。"于是书生密便诵书，至明不敢寐。天晓，亭民来视，惊曰："君何独得活？"书生曰："促索剑来，吾与乡取魅。"乃握剑至昨夜应处，果得老蝎，大如鞿，毒长数尺，西家得老雄鸡，北舍得老母猪。凡杀三物，亭中遂安静也。

《太平御览》卷九一八引干宝《搜神记》：安阳城南有亭，宿者辄死。

书生明术数，入亭宿，端坐诵书。夜半，有人着皂衣、赤帻来，户外呼亭主："此有宿客耶？"应曰："然。"喑嗟而去。须臾，有赤衣问如前。生问曰："向黑衣者谁？"答曰："北舍母猪。""赤帻者谁？"答曰："西舍老雄鸡也。""汝是谁？"答曰："我是老蝎也。"明旦掘之，得蝎，大如琵琶，身长四尺。并及猪、鸡，亭遂安静。

《太平寰宇记》卷五五引《搜神记》云：相州安阳城南有亭，宿者辄死。后有书生宿，夜半，有人着皂衣，来呼亭主："此有宿客耶？"曰："然。"喑嗟而去。又有一人衣赤衣，来问如前。移时无复来。生乃呼亭主，问之："向黑衣者谁？"曰："北舍母猪。""赤帻者谁？"曰："西舍老雄鸡。""汝是谁？"曰："我老蝎也。"明旦掘之，得蝎，大如琵琶，身长四尺，并及猪、鸡，亭遂安静。

《法苑珠林》《太平广记》属于同一个来源，当为明本《搜神记》之所本。《太平御览》《太平寰宇记》为另一来源。

11. 山中庙舍

《太平广记》卷四六八引《搜神记》：丹阳道士谢非，往石城买冶釜。还，日暮，不及至家。山中庙舍于溪水上，入中宿，大声语曰："吾是天帝使者，停此宿。"犹畏人劫夺其釜，意苦搔搔不安。二更中，有来至庙门者，呼曰："何铜。"铜应喏。曰："庙中有人气，是谁？"铜云："有人，言是天帝使者。"少顷便还。须臾，又有来者，呼铜，问之如前，铜答如故，复叹息而去。非惊扰不得眠，遂起呼铜，问之："先来者谁？"答言："是水边穴中白鼍。""汝是何等物？"答言："是庙北岩嵌中龟也。"非皆阴识之。天明，便告居人，言："此庙中无神，但是龟鼍之辈，徒费酒食祀之。急具锸来，共往伐之。"诸人亦颇疑之。于是并会伐掘，皆杀之。遂坏庙绝祀，自后安静。（又见《搜神记》卷十九）

12. 何文宅

《太平御览》卷七六二引《列异传》：魏郡张奋者，家巨富。后暴衰，遂卖宅与黎阳程家。程入居，死病相继；转卖与荆民何文。文日暮，乃持刀上北堂中梁上坐。至二更，忽见一人，长丈余，高冠黄衣，升堂呼问："细腰！舍中何以有生人气也？"答曰："无之。"须臾，有一高冠青衣者，次之，又有高冠白衣者，问答并如前。及将曙，文乃下堂中，如向法呼之。问曰："黄衣者谁也？"曰："金也，在堂西壁下。""青衣者谁也？"曰："钱也，在堂前井边五步。""白衣者谁也？"曰："银也，在墙东北角柱下。""汝谁也？"曰："我杵也，在灶下。"及晓，文按次掘之，得金银各五百斤，钱千余万。仍取杵焚之。宅遂清安。(《太平广记》卷四百亦引作《列异传》，略异，作"邺人何文")

《搜神记》卷十八：魏郡张奋者，家本巨富，忽衰老财散，遂卖宅与程应。应入居，举家病疾，转卖邻人何文。文先独持大刀，暮入北堂中梁上。至三更竟，忽有一人，长丈余，高冠黄衣，升堂呼曰："细腰！"细腰应诺。曰："舍中何以有生人气也？"答曰："无之。"便去。须臾，有一高冠青衣者；次之，又有高冠白衣者，问答并如前。及将曙，文乃下堂中，如向法呼之，问曰："黄衣者为谁？"曰："金也。在堂西壁下。""青衣者为谁？"曰："钱也，在堂前井边五步。""白衣者为谁？"曰："银也，在墙东北角柱下。""汝复为谁？"曰："我，杵也，今在灶下。"及晓，文按次掘之，得金银五百斤，钱千万贯。仍取杵焚之。由此大富，宅遂清宁。

13. 王臣家

《搜神记》卷十八：魏景初中，咸阳县吏王臣家有怪，无故闻拍手相呼，伺无所见。其母夜作倦，就枕寝息。有顷，复闻灶下有呼声曰："文约，何以不来？"头下枕应曰："我见枕，不能往。汝可来就我饮。"至明，乃饭甾也，即聚烧之。其怪遂绝。(《太平广记》卷三六八引作《搜神记》)

《预览》卷七○七引作《列异传》曰：景初中，咸阳县吏王臣夜倦，枕枕卧。有顷，闻灶下有呼曰："文纳，何以在人头下？"应曰："我见枕，不得动，汝来就我。"至，乃饮缶也。(《太平御览》卷七六○亦引作《列异传》，"饮缶"作"饭函")

14. 代郡亭

《太平广记》卷四六一引《幽明录》：代郡界中一亭，作怪不可止。有诸生壮勇者，暮行，欲止亭宿，亭吏止之。诸生曰："我自能消此。"乃住宿食。夜，诸生前坐，出一手，吹五孔笛。诸生笑谓鬼曰："汝止有一手，那得遍笛，我为汝吹来。"鬼云："卿为我少指耶？"乃复引手，即有数十指出。诸生知其可击，因拔剑砍之，得老雄鸡。

《太平御览》卷五八〇引《幽明录》：代郡界有一亭，常有怪，不可诣止。有诸生壮勇，行歌止宿。鬼吹五孔笛，有一手，都不能得摄出。诸生不耐，忽便笑，谓："汝止有一手，那得遍笛？我为汝吹来。"鬼云："为我少指耶？"乃数十指出。诸生知其可击，拔剑斫之，得一老雄鸡，从者并鸡雏。

《事类赋注》卷十一引《幽冥记》：代郡界有一亭，常有怪，不可诣。有诸生壮勇，行歌止宿。鬼吹五孔笛，有一手，都不能得摄笛。诸生便笑谓："汝止有一手，那得遍笛？我为汝吹来。"鬼云："谓我少指邪？"乃数十指出。诸生拔剑斫之，得一老雄鸡，从者并鸡雏耳。

15　华阳亭

《太平广记》卷三一七引《灵鬼志》：嵇康灯下弹琴，忽有一人，长丈余，着黑单衣，革带。康熟视之，乃吹火灭之，曰："耻与魑魅争光。"尝行，去洛数十里，有亭名月华。投此亭。由来杀人。中散心神萧散，了无惧意。至一更操琴，先作诸弄。雅声逸奏，空中称善。中散抚琴而呼之："君是何人？"答云："身是古人，幽没于此。闻君弹琴，音曲清和。昔所好，故来听耳。身不幸非理就终，形体残毁，不宜接见君子。然爱君之琴，要当相见，君勿怪恶之。君可更作数曲。"中散复为抚琴，击节，曰："夜已久，何不来也？形骸之间，复何足计？"乃手挈其头曰："闻君奏琴，不觉心开神悟，恍若暂生。"遂与共论音声之趣，辞甚清辩。谓中散曰："君试以琴见与。"乃弹《广陵散》，便从受之，果悉得。中散先所受引，殊不及。与中散誓，不得教人。天明，语中散："相与虽一遇于今夕，可以远同千载。于此长绝，不胜怅然。"

《太平御览》卷五七九引作《灵异志》：嵇中散神情高迈，任心游憩。尝行西南，出去洛数十里，有亭名华阳，投宿。夜了无人，独在亭中。此亭由来杀人，宿者多凶。至一更中，操琴，先作诸弄，而闻空中称善声。中散抚琴而呼之，曰："君何以不来？"此人便云："身是古人，幽没于此数千年矣。闻君弹琴，音曲清和，故来听耳。而就终残毁，不宜以接侍君子。"向夜仿佛渐见，以手持其头，遂与中散共论声音，其辞清辩。谓中散："君试过琴。"于是中散以琴授之。既弹，悉作众曲，亦不出常，惟《广陵散》绝伦。中散才从受之，半夕悉得，与中散誓，不得教他人，又不得言其姓也。

《事类赋注》十一引作《灵异志》：嵇中散尝西南，去洛数十里，有亭名华阳，投宿。一更中，操琴先作诸弄，而闻空中称善。中散抚琴呼之，曰："君何不来此？"答云："身是古人，幽没于此数千年矣。闻君弹琴，幽曲清和，故来听耳。而就中残毁，不宜接侍君子。"由是仿佛渐见，以手持其头，与中散共论音声，乃以琴授之。作众曲，亦不出常，惟《广陵散》绝伦。中散受之，半夕悉得，誓不得教他人。

16. 贺思令

《太平广记》卷三二四引《幽明录》：会稽贺思令善弹琴，尝夜在月中坐，临风抚奏。忽有一人，形器甚伟，着械有惨色。至其中庭，称善，便与共语。自云是嵇中散，谓贺云："卿下手极快，但于古法未合。"因授以《广陵散》。贺因得之，于今不绝。

17. 李谦

《异苑》卷六：晋永嘉中，李谦素善琵琶。元嘉初往广州，夜集，坐倦悉寝，惟谦独挥弹未辍。便闻窗外有唱佳声，每至契会，无不击节。谦怪，语曰："何不进耶？"对曰："遗生已久，无宜干突。"始悟是鬼。

18. 鹄奔亭

《搜神记》卷十六：汉九江何敞，为交州刺史，行部到苍梧郡高安县，暮宿鹄奔亭。夜犹未半，有一女从楼下出，呼曰："妾姓苏，名娥，字始珠，本居广信县，修里人。早失父母，又无兄弟，嫁与同县施氏。薄命夫死。有杂缯帛百二十疋，及婢一人，名致富。妾孤穷羸弱，不能自振，欲之旁县卖缯，从同县男子王伯，赁牛车一乘，直钱万二千，载妾并缯，令致富执辔，乃以前年四月十日，到此亭外。于时日已向暮，行人断绝，不敢复进，因即留止。致富暴得腹痛。妾之亭长舍乞浆，取火。亭长龚寿，操戈持戟，来至车旁，问妾曰：'夫人从何所来？车上所载何物？丈夫安在？何故独行？'妾应曰：'何劳问之？'寿因持妾臂曰：'少年爱有色，冀可乐也。'妾惧怖不从。寿即持刀刺胁下，一创立死。又刺致富，亦死。寿掘楼下，合埋妾在下，婢在上，取财物去。杀牛烧车，车釭及牛骨，贮亭东空井中。妾既冤死，痛感皇天，无所告诉，故来自归于明使君。"敞曰:"今欲发出汝尸,以何为验?"女曰:"妾上下着白衣,青丝履,犹未朽也。愿访乡里,以骸骨归死夫。"掘乃果然。敞乃驰还,遣吏捕捉,拷问具服。下广信县验问,与娥语合。寿父母兄弟,悉捕系狱。敞表寿:"常律杀人,不至族诛。然寿为恶首,隐密数年,王法自所不免。令鬼神诉者,千载无一。请皆斩之,以明鬼神,以助阴诛。"上报听之。

《法苑珠林》卷七四引《冤魂志》:汉世何敞为交趾刺史,行部到苍梧郡高要县,暮宿鹄奔亭。夜犹未半,有一女子从楼下出,自云:"妾姓苏名娥,字怡姝,本广信县修里人。早失父母,又无兄弟,夫亦久亡。有杂缯百二十匹,及婢一人,名致富。妾孤穷羸弱,不能自振,欲往傍县卖缯。就同县人王伯,赁车牛一乘,直钱万二千,载妾并缯,令致富执辔。乃以前年四月十日到此亭外。于时日暮,行人既绝,不敢前行,因即留止。致富暴得腹痛。妾往亭长舍乞浆取火。亭长龚寿操刀持戟,来至车傍,问妾曰:'夫人从何所来?车上何载?丈夫安在?何故独行?'妾应之曰:'何故问之?'寿因捉妾臂,曰:'少爱有色,宁可相乐耶?'妾时怖惧,不肯听从。寿即以刀刺胁,一创立死。又杀致富。寿掘楼下,埋妾并婢,取财物去。杀牛烧车,车釭及牛骨贮亭东空井中。妾死痛酷,无所告诉,故来自归于明使君。"敞曰:"今欲发汝尸骸,以何为验?"女子曰:"妾上下皆着白衣、青丝履,犹未朽也。"掘之果然。敞乃遣吏捕寿,拷问具服。下广信县验问,与娥语同。收寿父母兄弟,皆系狱。敞表:寿杀人,于常律不至族诛。但寿为恶,隐密经年,王法所不能得。鬼神诉,千载无一。请皆斩之,以助阴杀。上报听之。

《太平预览》卷八八四引《搜神记》:汉九江何敞为交趾刺史,行部到苍梧,暮宿鹄奔亭。夜未半,有一女子从楼下呼曰:"妾本居广信县,修里人,早失父母,无兄弟,嫁与同县施氏,薄命夫死。有杂缯百二十匹,及婢致富一人。妾孤穷羸弱,不能自振,欲之傍县卖缯,从同县男子王伯赁车牛一乘载缯。妾乘车,致富执辔,乃以前年四月到亭外。时日暮,行人断绝,不敢复进,因止。致富暴得腹痛,妾之亭长舍乞浆火。而亭长龚寿操刀戟,来至车旁,问妾曰:'夫人何从来?车上所载?丈夫何在?何故独行?'妾应曰:'何问之?'寿持妾臂曰:'年少爱有色,冀可乐也。'妾惧怖不应,寿即持刀刺胁下,一创立死。又刺致富,亦死。寿掘楼下合埋,妾在下,婢在上,取财物而去。杀牛烧车,车釭及牛骨贮在亭东井中。妾既冤死，痛感皇天，无所告诉，故来自归于明使君。"敞曰："今欲发之，汝何以为验？"女子曰："妾上下着白衣、青丝履，皆未朽也。妾姓苏名娥，愿访乡里，以骸骨归死夫。"敞乃驰还，令吏捕寿，考问具服。问广信县，与娥语合。寿父母兄弟皆捕系狱。敞表寿："常律杀人，不至于族。然寿为恶，隐密经年，王法自所不免。今鬼神诉者，千载无一。请皆斩之，以明鬼神，以助阴教。"

《文选》收录江淹《诣建平王上书》曰："鹄亭之鬼，无恨于灰骨。"李善注引谢承《后汉书》曰：苍梧广信女子苏娥，行宿高安雀巢亭，为亭长龚寿所杀，及婢致富，取其财物，埋致楼下。交阯刺史周敞行部宿亭，觉寿奸罪，奏之，杀寿。《列异传》曰鹄奔亭。（《文选》，第555页。《太平御览》卷一九四亦引此条）

《水经注》卷三十七引《晋书·地理志》：县有鹄奔亭。广信苏施妻始珠鬼讼于交州刺史何敞处，事与藜亭女鬼同。

《太平寰宇记》卷一五九引《搜神记》：汉九江何敞为交州刺史，行部到苍梧高要县，暮宿鹄奔亭。夜未半，有一女子从楼下呼曰："明使君，妾冤人也。"须臾，至敞所卧床下跪曰："妾本广信县修里人。早失父母，单无兄弟，嫁为同县施氏妻。薄命先死，有杂缯帛百二十疋，及婢致富一人。妾不能自振，欲之旁县卖缯，赁牛车一乘载缯，妾乘车，致富执辔，至此亭外。时日暮，行人渐绝，不敢复进，因止此。致富暴得腹痛。妾之亭长舍乞浆火。而亭长龚寿操刀戟，来至车旁，刺胁下立死；又刺致富，亦死。寿掘楼下，合埋妾在下，婢在上，取财物而去。杀牛烧车，车釭及牛骨贮亭东井中。妾冤死，痛感皇天，无所告诉，故来自归于明使君。"敞曰："欲发出汝，何以为验？"女子曰："妾上下着白衣，青丝履，犹未朽也。妾姓苏氏，名娥，愿以骸骨归死夫。"敞乃令吏捕寿，拷问具伏。敞表："寿杀人，于常律不至族。然寿为恶，隐密经年，王法所不得治，令鬼神自诉，千载无一。请皆斩之，以明鬼神，以助阴诛。"初掘时，有双鹄奔其亭，故曰鹄奔亭。

按：《文选》注所引谢承《后汉书》、《太平寰宇记》卷一五九引《搜神记》中，亭中凶案是杀人劫财。而《法苑珠林》卷七十四所引《冤魂志》、《太平御览》卷八八四所引《搜神记》、明本《搜神记》卷十六中，凶案起因是龚寿"年少爱有色，冀可乐也"。因为"不从"，被刺死，并被"取财物去"。

19. 繁亭

《法苑珠林》卷七四引《冤魂志》：汉时有王忳，字少林。为郿县令，之县到繁亭。亭常有鬼，数数杀人。忳宿楼上，夜有女子，称欲诉冤，无衣自盖。忳以衣与之。乃进曰："妾本涪令妻也，欲往之官，过此亭宿，亭长杀妾大小十余口，埋在楼下，夺取衣裳财物。亭长今为县门下游徼。"忳曰："当为汝报之，勿复妄杀良善耶。"鬼投衣而去。忳旦收游徼，诘问即服。收同谋十余人，并杀之。掘取诸丧，归其家殡葬。亭永清宁。人谣曰："信哉少林世无偶，飞被走马与鬼语。""飞被走马"，别为他事，今所不录。

范晔《后汉书》卷八十一《独行列传》：王忳……除郿令，到官，至繁亭。亭长曰："亭有鬼，数杀过客，不可宿也。"忳曰："仁胜凶邪，德除不祥，何鬼之避！"即入亭止宿，夜中闻有女子称冤之声。忳咒曰："有何枉状，可前求理乎？"女子曰："无衣，不敢进。"忳便投衣与之。女子乃前诉曰："妾夫为涪令，之官，过宿此亭。亭长无状，杀妾家十余口，埋在楼下，悉盗取财货。"忳问亭长姓名，女子曰："即今门下游徼者也。"忳曰："汝何故数杀过客？"对曰："妾不得白日自诉，每夜陈冤，客辄眠不见应，不胜感恚，故杀之。"忳曰："当为汝理此冤，勿复杀良善也。"因解衣于地，忽然不见。明旦，召游徼诘问，具服罪，即收系，及同谋十余人悉伏辜。遣吏送其丧归乡里。于是亭遂清安。

20. 崔御史

《太平广记》卷三四九引《宣室志》：广陵有官舍，地步数百，制度宏丽。相传其中为鬼所宅，故居之者一夕则暴死，锁闭累年矣。有御史崔某，官于广陵，至，开门曰："妖不自作，我必居之，岂能为祟耶？"即白廉使而居焉。是夕微雨，崔君命仆曰："汝尽居他室，而吾寝于堂中。"夜已半，惕然而寤，衣尽沾湿。即起，见己之卧榻在庭中。却寝，未食顷，其榻又迁于庭。如是者三。崔曰："我谓天下无鬼者，今则果有矣。"即具簪笏，命酒，沃而祝曰："吾闻居此者多暴死。且人神殊道，当各安其居，岂害生人耶？虽苟以形见、以声闻者，是其负冤郁而将有诉者，或将求一饭以祭者。则见于人，而人自惊悸而死，固非神灵害人也。吾今遇汝，汝无畏。若真有所诉，直为我言，可以副汝托，虽汤火不避。"沃而祝者三。俄闻空中有言曰："君，人也；我，鬼也。诚不当以鬼干人，直将以深诚奉告。"崔曰："但言之。"鬼曰："我，女子也。女弟兄三人，俱未笄而殁，父母葬我于郡城之北久矣。其后府公于此浚城池，构城屋，工人伐我封内树且尽，又徙我于此堂之东北隅，使羁魂不宁，无所栖托。不期今夕，幸遇明君子，故我得语其冤。傥君以仁心为我棺殓，葬于野外，其恩之莫大者矣。"已而涕泣呜咽，又曰："我在此十年矣。前后所居者皆欲诉其事，自是居人惊悸而死。某本女子，非有害于人也。"崔曰："吾前言固如是矣。虽然，如何不见我耶！"鬼曰："某鬼也，岂敢以幽晦之质而见君子乎？既诺我之请，虽处冥昧中，亦当感君子恩，岂可徒然而已。"言讫告去。明日，召工人，于堂东北隅发之，果得枯骸，葬于禅智寺隙地。里人皆祭之，谓之三女坟。自是其宅遂安（原作"其地获安矣"，据《太平广记》改）。

按：唐人《宣室志》，系据苏娥故事变形而来。女鬼所诉不是被冤杀，而是其坟墓在府公"浚城池，构城屋"的时候，被伐树，被迁徙，使得她"羁魂不宁，无所栖托"。她把这样的"冤"诉说给新来的崔御史，请求"为我棺殓，葬于野外"。崔御史不仅倾听女鬼的诉说，而且收其枯骸，"葬于禅智寺隙地"，使"里人皆祭之"。女鬼与崔御史的关系是求助者与救助者的关系。对女鬼来说，崔御史是"仁心"的"明君子"，其收葬遗骨的行为"恩之莫大"。

21. 汝阳亭

《风俗通义·怪神第九·世间多有精物妖怪百端》：汝南汝阳西门亭有鬼魅，宾客宿止，有死亡，其厉厌者皆亡发失精。寻问其故，云：先时颇已有怪物。其后，郡侍奉掾宜禄郑奇来，去亭六七里，有一端正妇人，乞得寄载。奇初难之，然后上车。入亭，趋至楼下，吏卒微白："楼不可上。"奇云："我不恶也。"时亦昏冥，遂上楼，与妇人栖宿。未明，发去，亭卒上楼扫除。见死妇，大惊，走白亭长。亭长击鼓，会诸庐吏，共集诊之，乃亭西北八里吴氏妇，新亡，以夜临殡，火灭。火至，失之，家即持去。奇发行数里，腹痛，到南顿利阳亭加剧物故。楼遂无敢复上。

《搜神记》卷十六：后汉时，汝南汝阳西门亭，有鬼魅，宾客止宿，辄有死亡。其厉厌者，皆亡发失精。寻问其故，云：先时颇已有怪物。其后，郡侍奉掾宜禄郑奇来，去亭六七里，有一端正妇人乞寄载。奇初难之,然后上车。入亭,趋至楼下。亭卒白:"楼不可上。"奇云:"吾不恐也。"时亦昏冥,遂上楼,与妇人栖宿。未明,发去。亭卒上楼扫除,见一死妇,大惊,走白亭长。亭长击鼓,会诸庐吏,共集诊之。乃亭西北八里吴氏妇,新亡,夜临殡,火灭。及火至,失之。其家即持去。奇发行数里,腹痛,到南顿利阳亭加剧,物故。楼遂无敢复上。

22. 方山亭

《太平广记》卷三六〇引《幽冥记》:东阳丁譁出郭,于方山亭宿。亭渚有刘散骑遭母艰,于京葬还。夜中,忽有一妇自通云:"刘郎(一作刘女郎)患疮,闻参军能治,故来耳。"譁使前,姿形端媚,从婢数人,命仆具肴馔。酒酣,叹曰:"今夕之会,令人无复贞白之操。"丁云:"女郎盛德,岂顾老夫?"便令婢取琵琶,弹之,歌曰:"久闻忻重名,今遇方山亭。肌体虽朽老,亦足悦人情。"放琵琶,上膝抱头,又歌曰:"女形虽薄贱,愿得忻作婿。缱绻觐良宵,千载结同契。"声气婉媚,令人绝倒。便令灭火,共展好情。比晓,忽不见。吏云:"此亭旧有妖魅。"

23. 九里亭

《太平御览》卷五七三引《幽明录》:吴县费升为九里亭吏,向暮,见一女从郭中来,素衣,哭入埭,向一新冢哭,日暮,不得入门,便寄亭宿,升作酒食。至夜,升弹琵琶,令歌,女云:"有丧仪,勿笑人也。"歌音甚媚,云:"精气感冥昧,所降若有缘。嗟我遘良契,寄忻霄梦间。"中曲云:"成公从义起,兰香降张硕。苟云冥分结,缠绵在今夕。"下曲云:"仵我风云会,正俟今夕游。神交虽未久,中心已绸缪。"寝处。向明,升去,顾谓曰:"且至御亭。"女便惊怖。猎人至,群狗入屋,于床咬死,成大狸。

24. 骞保

《艺文类聚》卷八八引《祖后怪》:骞保坐檀近坞,上北楼宿。暮鼓二中,有人着黄练单衣,白帢,得人持炬火上楼。保惧,藏壁中。须臾,有二婢上帐,使迎一女子上,与白帢人入帐宿。未明,白帢辄先去。保因入帐中,问侍女子:"向去者谁?"答曰:"桐郎,道东庙树是。"至暮二中,桐郎复来,保乃斫取之,缚着楼柱。明日视之,形如人,长三尺余。

槛送诣丞相，渡江未半，风浪起，桐郎得投入水，风波乃息。

《太平御览》卷九五六引祖台之《志怪》：蹇保至檀丘坞，上北楼宿。暮鼓二中，有人着黄练单衣、白帢，将人持炬火上楼。保惧，藏壁中。须臾，有二婢上，使婢迎一女子上，与白袷人入帐中宿。未明，白袷人辄先去。如是四五宿。后向晨，白帢人才去，保因入帐中，持女子问："向去者谁？"答曰："桐郎，道东庙树是也。"至暮鼓二中，桐郎来，保乃斫取之，缚着楼柱。明日视之，形如人，长三尺余。槛送诣丞相，渡江未半，风浪起。桐郎得投入水，风波乃息。

25. 国步山庙亭

《太平御览》卷五九八引《齐谐记》：国步山有庙，有一亭，吕思与少妇投宿，失妇。思逐觅，见大城，有厅事，一人纱帽冯几。左右竞来击之，思以刀斫，计当杀百余人，余者乃便大走，向人尽成死狸。看向厅事，乃是古时大冢，冢上穿，下甚明，见一群女子在冢里；见其妇如失性人，因抱出冢口，又入抱取在先女子，有数十，中有通身已生毛者，亦有毛脚面成狸者。须臾，天晓，将妇还亭，亭长问之，具如此答。前后有失儿女者，零丁有数十。吏便敛此零丁至冢口，迎此群女，随家远近而报之，各迎取于此。后一二年，庙无复灵。

26. 竹里亭

《异苑》卷三：彭城刘广雅，以晋太元元年为京府佐，被使还都，路经竹里亭，于逻宿。此逻多虎，刘极自防卫，系马于户前，手执戟布于地上，中霄与士庶同睡。虎乘间跳入，跨越人畜，独取刘而去。

《太平广记》卷四二六引《异苑》：彭城刘广雅，以太元元年为京府佐，被使还，路经竹里亭。多虎，刘防卫甚至，牛马系于前，手戟布于地。中霄，与士庶同睡。虎乘间跳入，独取刘而去。

27. 鳀鱼怪

《法苑珠林》卷三二《搜神记》：孔子厄于陈，弦歌于馆中。夜有一人，长九尺余，着皂衣高冠，大吒，声动左右。子贡进问："何人耶？"便提子贡而挟之。子路引出，与战于庭。有顷未胜。孔子察之，见其甲车闲时时开如掌。孔子曰："何不探其甲车，引而奋之？"子路如之，没手仆于地，乃是大鲲鱼也，长九尺余。孔子叹曰："此物也，何为来哉？吾闻物老则群精依之，因衰而至。此其来也，岂以吾遇厄绝粮，从者病乎？夫六畜之物，及龟蛇鱼鳖草木久者，神皆凭依，能为妖怪，故谓之'五酉'。'五酉'者，五行之方，皆有其物。酉者，老也。故物老则为怪矣。杀之则已，夫何患焉。或者天之未丧斯文，以是系予之命乎？不然，何为至于斯也？"弦歌不辍。子路烹之，其味滋，病者兴。明日，遂行。(《太平御览》卷八八六、《太平广记》卷四六八引作《搜神记》。又见明本《搜神记》十九)

28. 游先期

《太平御览》卷六九八引《集异记》：广平游先期妾见一人，着赤裤褶，知是其魅，乃以刀斫之，乃死。良久方变，是所常着屐。

《太平广记》卷三六八引《集异记》：广平游先朝，丧其妻，见一人，着赤裤褶，知是魅，乃以刀斫之。良久，乃是己常着屐也。

29. 刘玄

《太平御览》卷七〇七、《太平广记》卷三六八引《集异记》：宋中山刘玄，居越城。日暮，忽见一人着乌裤褶来，取火照之，面首无七孔，面莽倪然。乃请师筮之。师曰："此是君家先世物，久则为魅，杀人；及其未有眼目，可早除之！"刘因执缚，刀斫数下，变为一枕。乃是其先祖时枕也。

30. 中书郎

《太平御览》卷四六九引《幽明录》：吴末，中书郎失其姓名，夜读书。家有重门，忽闻外面门皆开，恐有急诏。户复开，一人有八尺许，乌衣帽，持杖坐床下，与之熟相视，吐舌至膝。于是大怖，裂书为火，至晓鸡鸣，便去。门户闭如故，其人平安。

31. 嵇中散

《异苑》卷六：晋嵇中散常于夜中灯火下弹琴。有一人入室，初来时面甚小，斯须渐大，遂长丈余，颜色甚黑，单衣草带。嵇熟视良久，乃吹火灭曰："耻与魑魅争光。"

《太平广记》卷三一七引《灵鬼志》：嵇康灯下弹琴，忽有一人长丈余，着黑单衣，革带。康熟视之，乃吹火灭之曰："吾耻与魑魅争光。"

32. 阮德如

《太平御览》卷一八六、八八三、《太平广记》卷三一八引《幽明录》：阮德如尝于厕见一鬼，长丈余，色黑而眼大，着皂单衣，平上帻，去之咫尺。德如心安气定，徐笑语之曰："人言鬼可憎，果然！"鬼即赧愧而退。（又见《续谈助》卷四）

33. 朱彦

《异苑》卷六：晋永嘉中，朱彦居永宁。披荒入舍，便闻管弦之声及小儿啼呼之音。夜见一人身甚壮，大呼杀其犬。彦素胆勇，不以为惧，即不移居，亦无后患。

34. 邓德明

《太平御览》卷五五九引《述异记》：南康郡邓德明尝在豫章就雷次宗学，雷家住东郊之外，去史豫章墓半里许。元嘉十四年，德明与诸生步月逍遥，忽闻音乐讽诵之声，即夜白雷，出听曰："此间去人尚远，必鬼神也。"乃相与寻之，遥至史墓，但闻坟下有管弦女歌、讲诵吟咏之声，咸叹异焉。

35. 陆机

《艺文类聚》卷七九引《异苑》：陆机初入洛，次河南之偃师。时夕，望道左若有民居，因往逗宿。见一年少，神姿端迈，与机言玄门妙物。机心服其能，无以酬抗。机提纬古今，总验名实，此年少不甚欣解。既晓便去。机税骖逆旅，逆旅妪曰："此东数十里无村落，止有山阳王家墓尔。"机乃怪，怅然，还睇昨路，空野霾云，拱木蔽日，知昨所遇者信王弼墓也。

《异苑》卷六：晋清河陆机初入洛，次河南之偃师。时夕结阴，望道左，若有民居，因往投宿。见一年少，神姿端迈，置易投壶，与机言论，妙得玄微。机心服其能，无以酬抗。乃提纬古今，总验名实，此年少不甚欣解。既晓便去，税骖逆旅，问逆旅妪，妪曰："此东数十里无村落，止有山阳王家冢尔。"机乃怪怅,还睇昨路,空野霾云,拱木蔽日。方知昨所遇者信王弼也。

一说陆云独行,逗宿故人家,夜暗迷路,莫知所从。忽望草中有火光,云时饥乏,因而诣前。至一家,墙院甚整,便寄宿。见一年少,可二十余,丰姿甚嘉,论叙平生,不异于人。寻共说《老子》,极有辞致。云出,临别语云:"我是山阳王辅嗣。"云出门,回望向处,止是一冢。云始谓俄顷已经三日,乃大怪怅。

《晋书》卷五十四《陆云传》:"初,云尝行,逗宿故人家,夜暗迷路,莫知所从。忽望草中有火光,于是趣之。至一家,便寄宿,见一年少,美风姿,共谈《老子》,辞致深远。向晓辞去,行十许里,至故人家,云此数十里中无人居,云意始悟,却寻昨宿处,乃王弼冢。云本无玄学,自此谈《老》殊进。"

36. 董仲舒

《太平广记》卷四四二引《幽明录》:汉董仲舒尝下帷独咏,忽有客来,风姿音气,殊为不凡。与论五经,究其微奥。仲舒素不闻有此人,而疑其非常。乃谓之曰:"巢居却风,穴处知雨。卿非狐狸,即是老鼠。"客闻此言,色动形坏,化成老狸,蹶然而走。

《太平御览》卷九一二引《幽明录》:董仲舒常下帷独咏,有客来诣,语遂移日,舒知其非常。客又云:"欲雨。"仲舒因此戏之曰:"巢居知风,穴处知雨,卿非狐狸,则是鼷鼠。"客闻此言,色动形坏,化成为狐狸也。

37. 宋处宗

《艺文类聚》卷九一引《幽明录》:晋兖州刺史沛国宋处宗,尝买得一长鸣鸡,爱养甚至,恒笼着窗间;鸡遂作人语,与处宗谈论,极有言智,终日不辍。处宗因此言功大进。

《太平御览》卷九一八引《幽明录》:晋兖州刺史沛国宋处宗,常买得一长鸣鸡,爱养甚至,栖笼着窗间。鸡遂作人语,与宗谈语,极有言致,终日不辍。处宗因此言功大进。

《事类赋注》卷十八引《幽冥录》:晋兖州刺史宋处宗,尝买一长鸣鸡,爱养甚至,恒笼置窗间;鸡遂作人语,与处宗谈论,极有言致,终日不辍。处宗因此言功大进。

38. 王辅嗣

《艺文类聚》卷七九引《幽明录》：王辅嗣注《易》，辄笑郑玄为儒，云："老奴无意！"王时夜分，忽然闻外阁有着屐声。须臾进，自云郑玄，责之曰："君年少，何以轻穿文凿句，而妄讥诮老子邪？"极有忿色，言竟便退。辅嗣心生畏恶，少年遇厉疾而卒。

《太平御览》卷八八三引《幽明录》：王辅嗣注《易》，辄笑郑玄为儒，云："老奴无意。"于时夜分，忽闻外阁有着屐声，须臾进，自云郑玄，责之曰："君年少，何以辄穿凿文句，而妄讥诋老子也？"极有忿色，言竟便退。辅嗣心生畏恶，经少时，遇厉病而卒。

《太平广记》卷三一七引《幽明录》：王弼注《易》，辄笑郑玄为儒，云："老奴无意。"于时夜分，忽闻外阁有着屐声，须臾进，自云郑玄，责之曰："君年少，何以轻穿凿文句，而妄讥诮老子也？"极有忿色，言竟便退。弼恶之，后遇厉而卒。（《续谈助》卷四亦引作《幽明录》）

39. 王琼之

《太平御览》卷八八三引《齐谐记》：广陵王琼之为信安令，在县，忽有一鬼，自称姓蔡，名伯喈，或复谈议，诵《诗》《书》，知古今，靡所不谙。问："是昔蔡邕不？"答云："非也，与之同姓字耳。"问："此伯喈今何在？"云："在天上，或下作仙人，飞来去，受福甚快，非复畴昔也。"（《太平广记》三二一引作《齐谐记》）

40. 顾邵

《太平广记》卷二九三引《志怪》：顾邵为豫章，崇学校，禁淫祀，风化大行。历毁诸庙，至庐山庙，一郡悉谏，不从。夜，忽闻有排大门声，怪之。忽有一人开阁迳前，状若方相，自说是庐山君。邵独对之，要进上床，鬼即入坐。邵善《左传》，鬼遂与邵谈《春秋》，弥夜不能相屈。邵叹其精辩，谓曰："《传》载晋景公所梦大厉者，古今同有是物也？"鬼笑曰："今大则有之，厉则不然。"灯火尽，邵不命取，乃随烧《左传》以续之。鬼频请退，邵辄留之。鬼本欲凌邵，邵神气湛然，不可得乘。鬼反和逊求复庙，言旨恳至。邵笑而不答。鬼发怒而退，顾谓邵曰："今夕不能仇君。三年之内，君必衰矣。当因此时相报。"邵曰："何事匆匆，且复留谈论。"鬼乃隐而不见。视门阁悉闭如故。如期，邵果笃疾，恒梦见此鬼来击之，并劝邵复曲。邵曰："邪岂胜正。"竟不听。后遂卒。

《左传·成公十年》：鲁成公八年，晋杀其大夫赵同、赵括。晋侯（景公）梦大厉，被发及地，搏膺而踊曰："杀余孙，不义，余得请于帝矣。"坏大门及寝门而入。公惧，入于室；又坏户。公觉，召桑田巫。巫言："如梦。"公曰："何如？"曰："不食新矣。"

41. 阮瞻

《太平广记》卷三〇九引作《幽冥录》：阮瞻素秉无鬼论。有一鬼通姓名，作客诣之。寒温，聊谈名理，客甚有才情。末及鬼神事，反复甚苦，客遂屈之。仍作色曰："鬼神古今圣贤所共传，君何独言无？"即变为异形，须臾便灭。阮嘿然，意色大恶，年余病死。

《太平御览》卷六一七、卷八八三引《幽明录》：阮瞻常著《无鬼论》，而一鬼通姓名，作客诣之。寒温毕，聊谈名理。客甚有才辨，与言良久，及鬼神事，乃作色曰："鬼神，古今圣贤所共传，君何独言无？即仆便是鬼。"于是变为异形，须臾便灭。阮嘿然，大恶之，年余卒。

《太平御览》卷五九五引《语林》曰：宋岱为青州刺史，著《无鬼论》，甚精，莫能屈。后有书生诣岱，谈论，次及《无鬼论》，书生乃拂衣而去，曰："君绝我辈血食二十余年，以君有青牛、髯奴，所以未得相困。今奴已死，可得相制矣。"言终而去。明日岱亡。

《搜神记》卷十六：阮瞻，字千里，素执无鬼论，物莫能难。每自谓此理足以辨正幽明。忽有客通名诣瞻，寒温毕，聊谈名理。客甚有才辨，瞻与之言良久，及鬼神之事，反复甚苦。客遂屈。乃作色曰："鬼神，古今圣贤所共传，君何得独言无？即仆便是鬼。"于是变为异形，须臾消灭。瞻默然，意色太恶。岁余，病卒。

第三章　两性遇合故事

故事的基本模式是：某人由于某种原因出行野外（湖边、田间或荒野），与女子邂逅、相遇或幽会，然后，女子以某种方式现出原形，或回归自然。

一、出行

杨丑奴"常诣章安湖拔蒲，将暝"（《杨丑奴》）。
陂吏丁初在"春盛雨"时，"出行塘"（《丁初》）。
吕球"乘船至曲阿湖，值风不得行，泊菇际"（《吕球》）。
张福"船行还野水边"（《张福》）。
朱法公"尝出行，憩于台城东橘树下"（《朱法公》）。
冯法"作贾"，"夕宿荻塘"（《冯法》）。
钱塘士人杜某"船行，时大雪日暮"（《钱塘士人》）。
黄审"于田中耕"（《黄审》）。
淮南陈氏"于田中种豆"（《淮南陈氏》）。
谢宗"赴假吴中，独在船"（《谢宗》）。
徐寂之"尝野行"（《徐寂之》）。
徐奭"出行田"（《徐奭》）。
士人王"还至曲阿，日暮，引船上当大埭"（《士人王》）。
徐琦"出门"（《徐琦》）。
刘广"至田舍"（《刘广》）。
某少年"尝行田"（《苏琼》）。
孙乞"赍父书到郡，达石亭"的时候，"天雨日暮"（《孙乞》）。
淳于矜"送客至石头城南"（《淳于矜》）。

出行的变化形式是被劫持。灵孝被自称"阿紫"的狐魅招去，其上司陈羡"将步骑数十,领猎犬,周旋于城外求索,果见孝于空冢中"(《灵孝》)。徐桓被一女子邀入"草中"。桓"悦其色,乃随去"。后来,女子忽然变成虎,"负桓著背上,径向深山"(《徐桓》)。

二、诱惑

对主人公来说,野外充满性的诱惑。

杨丑奴所见到的女子,不仅"姿容极美",而且,据《太平广记》卷四六八所引《甄异传》,女子所唱歌曲云:"托荫遇良主,不觉宽中怀",带有情欲的挑逗。双方最终"灭火共寝"(《杨丑奴》)。

"姿性妖婉"的女子来与船上的谢宗相会,问:"有佳丝否?欲市之。""丝"在六朝时期常常作为"思念""相思"之"思"的谐音而被提到。乐府民歌《子夜歌》:"始欲识郎时,两心望如一。理丝入残机,何悟不成匹。""前丝断缠绵,意欲结交情。春蚕易感化,丝子已复生。"① 谢宗"因与戏,女渐相容,留在船宿,欢宴既晓"(《谢宗》)。

"甚丽"的女子对未婚少年曰:"闻君自以柳季之俦,亦复有桑中之欢邪?"(《苏琼》)桑中之欢,就是向异性幽会的暗示。《诗·鄘风·桑中》:"期我乎桑中,要我乎上宫,送我乎淇之上矣。"

"姿色鲜白"女子前来引诱徐奭,女"就奭言调",吟曰:"畴昔聆好音,日月心延伫。如何遇良人?中怀邈无绪。"徐奭欣然接受,"奭情既谐,欣然延至一屋"(《徐奭》)。

在这些故事中,就像在乐府民歌中一样,性诱惑被装饰得极儒雅而文采斑斓。用情歌或幽会典故来挑逗对方,借以引发进一步的性关系,这是六朝民歌的特点,也是六朝文学的整体特点。

"容色甚美"的女子以"日暮畏虎,不敢夜行"的名义"来投"张福,张福以"可入船就避雨"的名义接纳女子,经过试探性的

---

① 〔宋〕郭茂倩编:《乐府诗集》卷四十四,中华书局1998年版,第641、642页(下引该书均同此版本,除书名及页码外,其他不再另注)。

"相调",女子"遂入就福船寝"(《张福》)。

"年可十六七,形甚端丽"的女子则先"遣婢与法公相闻,方夕欲诣宿","至人定后",才来与朱法公"共眠寝",类似于莺莺与张生经由红娘牵线而幽会的情节(《朱法公》)。

孙乞见"戴青伞,姿容丰艳"的女子,"遂试要之";女子"怿而前"(《孙乞》)。

士人王"见埭上有一女子,年十七八,便呼之留宿"(《士人王》)。

一女子"举手麾寂之",徐寂之"悦而延住"(《徐寂之》)。

有些故事中,即使没有发生性关系,鬼魅以女子的形态出现,这本身就是一种诱惑。

少女"乘船采菱,举体皆衣荷叶",并在对话中引用《九歌·少司命》的语句"荷衣兮蕙带,倏而来兮忽而逝"(《吕球》)。这像自称"苏琼"的女子一样,文采风流中也隐含着对异性的吸引。

假如了解"戴青伞,姿容丰艳"的女子引起孙乞的"要之",我们就会明白,丁初巡堤途中"上下青衣,戴青繖"的妇人究竟意味着什么。其"初掾待我"的追呼无疑是一种亲昵的表达(《丁初》)。

同样,"自塍上度,从东适下而复还""笑而不言"的妇人反复出现,其本身的动机无关紧要,但在"田中耕"的黄审的无言解读中,其招摇、勾引的意味是清晰的(《黄审》)。

这些野合故事与湖边、塘边、船中、田间、田舍等野外世界密不可分。如果不是这样的世界,而是在世俗家庭,鬼魅与人之间的性行为常常隐蔽、曲折得多。鲤鱼魅冒充彭城男子的媳妇,前来与男子同宿(《彭城男子》);狸魅以邻女梁莹的形态,来与董逸共寝(《董逸》);鼠魅托形为魏虏祖婢皮纳,来与徐密"私悦"(《徐密》);怪魅把苏公女儿带到外面过夜,是因为冒充"乡里贵人"虞定国,苏公才"令女出从之"(《虞定国》);狸魅因为冒充戴眇的中弟,才得以淫媾家僮客的"美色"少妇(《僮客》);獭魅与女子道香同房,也是因为"假作其婿"才能得手(《道香》);狗或雄鸡也因为冒充田琰或朱综,才能在因"居母丧"而禁房事期间,强行与其妻同房(《田琰》《朱综》)。同样,老黄狗也只有在冒充其丈夫太叔王氏的情况下,才有可能与"年少色美"的庚氏"燕婉兼常"

(《庾氏女》)。发生在家庭中的两性行为必然受家庭伦理的制约或阻碍，有违伦理的行为必须经过伪装，使其在名义上符合社会规范，才能得以实现。这是鬼魅冒充妻子、邻女、婢、乡人、主人甲弟、丈夫的原因。而所有的野合故事则无须这样。在野外世界，主人公可以毫无顾忌地接受不期而遇的性诱惑，也可以像吕球、丁初、黄审那样拒绝诱惑，或者，诱惑满足之后，"抽刀斫杀"(《孙乞》)。野合故事常常突然发生，又常常戛然而止，自然而然地结束。

表面上看来，是魅勾引人，而人是消极被动的。其实，魅对人的诱惑，是人的潜意识欲望的折射。正是因为钟道"情欲倍常"，所以才有老獭幻化而来的女子"振衣而来，即与燕好"(《钟道》)。彭城男子的媳妇说："君自有异志，当为他所惑耳。"(《彭城男子》)。有了欲望，所以才有鬼魅的诱惑。有时候，这种欲望甚至被想象为赤裸裸的、原始而野蛮的性行为。落入笞中的鱼以"长六尺，有容色，无衣服"的女人形态而表现出来，并作为满足欲望的对象，"人有就辱之"(《陈悝》)。

在两性野合故事中，魅作为女性而诱惑人类男子的故事远多于作为男性而诱惑人类女子的故事。而且，现身为女子的魅，除了"苏琼"等个别例外，绝大多数是没有姓名的。而与之对应的男子大多有名有姓，如杨丑奴、吕球、朱法公、冯法、黄审、徐寂之等。这些现象表明，野合故事是以男性意识为中心的。

由男性意识投射出来的魅女不仅具有明确无误的性别特征——女子，而且是妙龄少女，具有吸引人的外貌。"姿性妖婉"(《谢宗》)、"年可十六七，形甚端丽"(《朱法公》)、"美姿容"(《淳于矜》)，"年可十六七，姿容端正，衣服鲜洁"(《临贺太守》)、"好妇来，美丽非凡"(《钟繇》)、"作好妇形"(《阿紫》)、"年十七八"或"容貌端正"(《猪臂金铃》)、"貌极艳丽"(《徐琦》)、"姿色甚美"(《鹿女脯》)、"姿性妖婉"(《谢宗》)、"年少女子，采衣甚端正"(《吴详》) 等。"年稚""色艳"(《董逸》) 成为诱惑力的两个特征，显然是基于男子的心理取向。

而与人类女子"通情"的男性魅，除了迷惑鲜卑女的姑女的男子被描述为"容质妍净，着赤衣"的丈夫，绝大多数都与美貌无关。而且，这样的魅甚至带着"淫人妇"的负面道德标签。与薛重妻性交的蛇魅受到府君的谴责和惩罚，"诘其淫妻之过，将付狱"(《薛重》)。这样的性关系不被想象为美好动人的关系，所以，田琰妇因为被狗魅交而"羞愧而死";庾氏女也"大耻"而"病死"(《庾氏女》)。而所有与女魅的野合故事则与羞耻感无关。

三、现形

与主人公邂逅、相遇或同宿的女子,最后都现形为獭、鼍、白鹭、白鹄、牝狗、牝猴、狸、狐、鹿、大青蚱蜢、蜘蛛、母猪、白颈蚯蚓等动物。幻化为女子是一种越界,而现形为各种动物,则是还原或回归。

现形的原因或为主人公打击所致。吕球见采菱女子,"遥射之,即获一獭";又见见老母立岸侧,询问采菱女子,球"寻射,复获老獭"(《吕球》)。冯法怀疑"求寄载"的女子"非人","乃缚两足";女子"化形作大白鹭",冯法"烹食之"(《冯法》)。黄审见一妇人过其田,"但笑而不言",疑为魅,"预以长镰,伺其还,未敢斫妇,但斫所随婢。妇化为狸,走去。视婢,乃狸尾耳"(《黄审》)。女子在"电光照室"的时候现出大狸的原形,孙乞"抽刀斫杀"(《孙乞》)。淮南陈氏见二女子被壁上铜镜照出二鹿的原形,"遂以刀斫获之"(《淮南陈氏》)。

女子常常或者在主人公的兄弟、同行者、僚友、猎人等旁观者的打击下而现形为异类。同船人发现与谢宗幽会的女子是"邪魅","遂共掩之。良久,得一物,大如枕;须臾,得二物,并小如拳。以火视之,乃是三龟"(《谢宗》)。少年遇"姓苏名琼,家在涂中"的女子,"遂要还,尽欢"。其从弟"便突入,以杖打女,即化成雌白鹄"(《苏琼》)。徐奭在湖边与女子同居欢会,其兄弟追觅至湖边,"以藤杖击女,即化成白鹤,翻然高飞"(《徐奭》)。徐寂之与女子"觞肴宴乐",其弟晔之"潜往窥之,见数女子从后户出,惟余一者隐在箦边","即发看,有一牝猴,遂杀之"(《徐寂之》)。淳于矜与女子"结为伉俪","养两儿"。正在主人公与女子过着浪漫生活的时候,"有猎者过,觅矜,将数十狗,径突入,龁妇及儿,并成狸"(《淳于矜》)。徐邈门生发现其"溺情"的女子,视为大青蚱蜢,"摘除其两翼",使其"往来道绝"(《徐邈》)。殷琅与鬼魅"来往不绝,心绪昏错"。其母"深察","见大蜘蛛,形如斗样","取而杀之"(《殷琅》)。沈霸"梦女子来就寝",同伴"密察,惟见牝狗每待霸眠,辄来依床。疑为魅,因杀而食之"(《沈霸》)。

女子与主人公邂逅、相遇或同宿之后,常常自动流露其动物的原形,或者回归自然世界。獭变女子与杨丑奴"共寝"之后,身体散发出"臊气",并且显得"手指甚短",使主人公"乃疑是魅"之后,女子"遽出户,变为獭,径走入水"(《杨丑奴》)。另一个由獭变形而来的女子在丁初身后"追呼"之后,"乃自投陂中,氾然作声,衣盖飞散,视之是大苍獭"(《丁初》)。与张福同船寝的女子在"雨晴月照"下,无意间显露出大鼍的原形,"枕臂而卧"。张福"惊起,欲执之",鼍"遽走入水"(《张福》)。与朱法公"共眠寝"的女子,晓去时,"女衣裙开,见龟尾及龟脚"。法公"欲执之","寻失所在"(《朱法公》)。与钱塘士人"相调戏"的女子自动变成白鹭,"飞去"(《钱塘士人》)。戴逸与狸魅寝宿之后,"欲留之","闭户施帐",魅"因变形为狸,从梁上走去"(《戴逸》)。

  故事的意义不在于魅被打死,而是现出原形。主人公曾经相遇、甚至有过性生活体验的女子,竟然是獭、龟、白鹭等动物。人类很早就清楚意识到人与这些物类之间在性质上的区别。《说文解字》:"獭,如小狗也,水居食鱼。从犬,赖声。"这给獭的形态、习性、类别做了清晰的界定。万事万物各归其类,各有其性,并由此构成人人生存其中、习焉而不察的自然秩序,亦即所谓常态、常识。跨越了界限,打破了秩序,就是反常,就被称为妖或怪。《左传·宣公十五年》所谓"地反物为妖",杜预注所谓"群物失性"云云,都意味着对自然秩序的根深蒂固的认识。在六朝野合故事中,獭、龟、鼍、白鹭、牝猴等大量动物纷纷越界,以女子的形态,出现在男子的面前,满足男子的好奇心或性幻想。在男子把这些动物当作女子之后,它们又明确无误地还原为动物。之前作为异性来加以体验的女子,转换为通过味觉来加以体验的大白鹭,冯法"烹食之,肉不甚美"(《冯法》)。

  女子还原为某种物种,其穿戴的衣饰或使用的物品也随之还原。采菱女子还原为水獭,其所乘采菱船"皆是苹蘩蕰藻之叶"(《吕球》)。"追呼"丁初的妇人现形为大苍獭,其"飞散"的衣盖"皆荷叶也"(《丁初》)。女子被孙乞斫回大狸的原形,其所戴的青伞也恢复为荷叶(《孙乞》)。女子赠给淳于矜的"绢帛金银",最后也还原为"草及死人骨"(《淳于矜》)。与张福同寝的妇人泄露大鼍的身份,其所乘小舟原来是一枯槎段(《张福》)。富有喜剧效果的是,与钟道"燕好"的女子现形为獭的同时,其所赠的鸡舌香也现形为"顿觉臭秽"的獭粪(《钟道》)。从某种意义上说,现形为异类是对之前两性遇合的反讽。

而且，现形常常是连带性的。采菱女子被打回原形之后，前来寻找女儿的老母也被打回老獭的原形(《吕球》)。与朱法公幽会的女子露出龟的真相，而且，伴随女子的婢和弟，竟然是"女衣裙开"而暴露出来的龟尾及龟脚(《朱法公》)。与谢宗幽会的女子，以及与谢宗所生的二男，"大者名道愍，小者名道兴"，最终同时还原为"三龟"，并一起被"送之于江"(《谢宗》)。妇人携婢从田中过，黄审"预以长鎌，伺其还，未敢斫妇，但斫所随婢"。奇妙的是，"妇化为狸，走去"。未能逃走的婢，竟然是逃走的狸的尾。审追之不及。后来还有人见过躯体残疾、"无复尾"的狸(《黄审》)。

故事的意义不在于男子与女子的邂逅、相遇或性幻想的满足，更重要的是，与之相遇的女子究竟是什么物类。钟繇受僚友提醒，知其所遇女子"必是鬼物"，不仅"斫之伤髀"，而且，派人寻其血迹，追踪至一大冢，彻底揭穿女子原为木中妇人的真相(《钟繇》)。士人王不仅与女子"留宿"，而且特意留下记号，"以金铃（一说金铃，一说金合）系其臂"，以便事后认出女子就是"猪栏"里"臂有金铃"的母猪(《士人王》)。

附表一：两性遇合故事一览表

两性遇合故事一览表

	主人公	特征	时地	两性遇合	结局
1	杨丑奴	—	湖边拔蒲，暮宿空田舍中	女容貌美，寄住，对歌，共寝	觉臊气，指短，疑为魅。出户，变为獭，入水
2	吕球	丰财美貌	乘船至曲阿湖	采菱少女，以《楚辞》句酬答	射之，变为獭。老母寻采菱女，再射，变老獭
3	丁初	—	出行塘	妇人呼追	自投陂中，是大苍獭。此獭化为人形，数媚年少者也
4	冯法	—	夕宿荻塘	女子求寄载	法疑非人，缚之，化为大白鹭。烹食，肉不甚美
5	钱塘杜某	士人	船行，日暮	女子来，相调戏	成白鹭，飞去。杜恶之，病死
6	谢宗	会稽吏	赴假吴中，独在船	女子姿性妖婉，来入船，同宿，欢宴，生二子	船人知为邪魅，共掩之。见三龟，送之于江
7	新喻男子	—	—	见田中六七女子，藏其一女所解毛衣；取以为妇，生三女	母问女，知衣所在，飞去；复迎三女，亦飞去

(续上表)

	主人公	特征	时地	两性遇合	结局
8	某少年	年二十,未婚对	行田	女邀之,自称苏琼尽欢。	从弟打,化雌白鹄
9	徐奭	—	行田	女姿色鲜白,调情,延至一屋	兄以藤杖击之,化白鹤,飞去
10	徐寂之	—	野行	女子相就,同居,宴乐。	弟晖之见女牝猴,杀之
11	淳于矜	年少洁白	送客至城南	逢女子,共尽欣好,成婚,养两儿	猎者过,狗齧妇及儿,变为狸
12	黄审	—	于田中耕	妇人过,笑而不言	斫之,化为狸;婢乃狸尾。
13	士人王	—	还至曲阿,暮经大埭	女子十七八,留宿	至晓,以金铃系其臂。过猪栏,见母猪臂有金铃
14	徐琦	—	出门	见女子,貌极艳丽	解银铃赠之,女还赠青铜镜;结为伉俪
15	淮南陈氏	—	田中种豆	二女子,姿色甚美	铜镜中见二鹿,斫之。以为脯
16	刘广	年少未婚	至田舍	见女子,与之缠绵	离去,留鸡舌香、火浣布
17	钟道	县吏,重病初差,情欲倍常	—	女子振衣而来,与燕好,授以鸡舌香	女出,狗咋杀之,现老獭,口香即獭粪
18	孙乞	—	—	见女子戴青伞,姿容甚丽,要之	电光照视,是大狸,斫杀,其伞乃枯荷叶

（续上表）

	主人公	特征	时地	两性遇合	结局
19	淮南陈氏	—	田中种豆	二女子，姿色甚美	铜镜中见二鹿，斫之。以为脯
20	刘广	年少未婚	至田舍	见女子，与之缠绵	离去，留鸡舌香、火浣布
21	钟道	县吏，重病初差，情欲倍常	—	女子振衣而来，与燕好，授以鸡舌香	女出，狗咋杀之，现老獭，口香即獭粪
22	王双			女子"来就其寝"	发荐下，见蚯蚓
23	沈霸	—	梦	女子来，就寝	同伴见牝狗，疑为魅，杀而食之。葬其骨，乃平复
24	徐逸	—	独宿帐内	—	旧门生见大青蚱蜢，摘除其两翼
25	钟繇	—	—	好妇来，美丽非凡	被告知为鬼物，斫之，寻血取获
26	董逸	少时，对"年稚色艳"的邻女梁莹"爱慕倾魂"	—	邻女梁莹来相就，共寝	达旦，变形为狸，离去
27	灵孝	—	失踪，步骑领猎犬搜索，至空冢找到	自述其被狐招去，自称"阿紫"，"即为妻"	遇狗乃觉
28	徐密	私悦皮纳	—	鼠化为婢，就宿	心疑，以手摸之，化为鼠而走

（续上表）

	主人公	特征	时地	两性遇合	结局
29	殷琅	与一婢结好	—	婢死后，犹来往不绝，心绪昏错	其母见大蜘蛛缘床就琅，杀之。琅性理遂复
30	巢氏家婢	—	采薪	一人追，"遂共通情"，随婢还家，宴饮，吹笛而歌，自称郭长生	—
31	道香	—	送别夫婿，暮宿祠门下	一物假作其婿来相会，致其昏惑失常	王纂治之，一獭逃走
32	虞定国	—	至苏公家，留宿	中夜，请苏公同意其女随定国外出	苏公往造定国，大惊有异，后果得怪
33	僮客王	戴眇家僮客，有少妇美色	—	眇弟恒往就之	客怒，眇弟以为妖鬼，欲缚，变成大狸，从窗中出
34	华督	与寡妇严结好	—	—	街卒见其入护军府，击之，变为鼍
35	薛重	—	得假还家	闻妻床上有丈夫鼾声，唤妻	搜索，见大蛇，斩之——薛重卒而复生，见蛇在冥府受惩罚
36	田琰	居母丧，恒处庐	—	夜入妇室而合	妇以前事责之——琰知鬼魅，见白狗变为人而入，逐杀之。妇羞愧而死

（续上表）

	主人公	特征	时地	两性遇合	结局
37	朱综	遭母难，恒外处住	—	偶至内，妇责其丧礼期间"数还"	知是魅，令婢执之，变老白雄鸡，杀之，遂绝
38	太叔王氏	娶庾氏女，年少色美。王年六十，常宿外，妇深无欣。	—	一夕还，与庾氏燕婉，共食	奴见大惊，白王—真者与伪者交会，王儿打杀，现黄狗原形。一妇大耻而死
39	彭城男子	娶妇，不悦之，在外宿，误以他人为妇	—	再来，与共卧	悟为魅，揽捉，变鲤鱼
40	鲜卑女	说姑女为赤苋所魅	—	夕至屋后会一丈夫，容质妍净，着赤衣。	家人芟之，女号泣，死

附录二：两性遇合故事实例

1. 杨丑奴

《太平广记》卷四六八引《甄异传》：河南杨丑奴，常诣章安湖拔蒲，将暝，见一女子，衣裳不甚鲜洁而容貌美，乘船载莼，前就丑奴。家湖侧，逼暮不得返，乃停舟寄住，借食器以食，盘中有干鱼生菜。食毕因戏笑，丑奴歌嘲之。女答曰："我在西湖侧，日暮阳光颓。托荫遇良主，不觉宽中怀。"俄灭火共寝，觉其臊气；又手指甚短，乃疑是魅。此物知人意，遽出户，变为獭，径走入水。

《艺文类聚》卷八二引《幽明录》曰：河东常丑奴，将一小儿，湖边拔蒲。暮恒宿空田舍中。时日向暝，见一少女子，姿容极美，乘小船，载莼，迳前投丑奴舍寄住，因卧。觉有臊气。女已知人意，便求出户，变为獭。

《太平御览》卷九九九引《幽明录》曰：河东常丑奴，寓居章安县，以采蒲为业。将一小儿，湖边拔蒲，见一女子，容姿殊美，乘一小船，载萆径前，投丑奴舍寄住。丑奴嘲之，灭火共卧。觉有腥气，又指甚短，惕然疑是魅。女已知人意，便求出户，变而为獭。（又见《钩沉》）

《太平御览》卷九八〇引《幽明录》曰：河东常丑奴，泛湖边拔蒲，暮宿空舍。时日暮，见一女姿容极美，乘船载莼，至舍寄住，变而为獭。

《异苑》卷八：河东常丑奴，将一小儿湖边拔蒲，暮恒宿空田舍中。时日向暝，见一少女子，姿容极美，乘小船载莼，径前投丑奴舍寄住。因卧，觉有臊气，女已知人意，便求出，户外变为獭。

2. 钟道

《太平广记》卷四六九引《幽明录》：宋永兴县吏钟道得重病初差，情欲倍常。先乐白鹤墟中女子，至是犹存想焉。忽见此女子，振衣而来，即与燕好。是后数至。道曰："吾甚欲鸡舌香。"女曰："何难。"乃掏香满手以授道，道邀女同含咀之，女曰："我气素芳，不假此。"女子出户，狗忽见随，咋杀之，乃是老獭。口香即獭粪，顿觉臭秽。

3. 吕球

《艺文类聚》卷八十二引《幽明录》：东平吕球，丰财美貌，乘船至曲阿湖，值风不得行，泊菇际。见一少女，乘船采菱，举体皆衣荷叶。因问："姑非鬼邪，衣服何至如此？"女则有惧色，答云："子不闻'荷衣兮蕙带，倏而来兮忽而逝'乎？"然有惧容，回舟理棹，逡巡而去。球遥射之，即获一獭，向者之船，皆是苹蘩蕰藻之叶。见老母立岸侧，如有所候，望见船过，因问云："君向来不见湖中采菱女子邪？"球云："近在后。"寻射，复获老獭。居湖次者咸云：湖中常有采菱女，容色过人，有时至人家，结好者甚众。

"荷衣兮蕙带，倏而来兮忽而逝。"见《九歌·少司命》。

4. 丁初

《太平广记》卷四六八引《搜神记》：吴郡无锡有上湖大陂。陂吏丁初，天每大雨，辄循堤防。春盛雨，初出行塘。日暮回，顾后有一妇人，上下青衣，戴青伞，追后呼："初掾待我。"初时怅然，意欲留俟之，复疑本不见此，今忽有妇人冒阴雨行，恐必鬼物。初便疾走，顾视妇人，追之亦急。初因急行，走之转远，顾视妇人，乃自投陂中，泛然作声，衣盖飞散。视之是大苍獭，衣伞皆荷叶也。此獭化为人形，数媚年少者也。（又见《搜神记》卷十八，文字相同）

《艺文类聚》卷八二引《搜神记》：无锡上湖陂。陂吏丁初，雨止，见一少妇人，着青衣，戴伞，呼之不得，自投陂中。是大苍獭，衣伞皆是荷叶。

《太平御览》卷七○二引《搜神记》曰：湖陂吏丁初忽见少妇人，姿容可爱，青衣戴伞，呼初。初疑而待，顾视妇自投波陂中，是大苍獭，衣伞皆是莲荷。

5. 张福

《太平广记》卷四六八引《搜神记》：鄱阳人张福，船行还野水边。夜有一女子，容色甚美，自乘小船，来投福，云："日暮畏虎，不敢夜行。"福曰："汝何姓？作此轻行。无笠，雨驶，可入船就避雨。"因共相调，遂入就福船寝。以所乘小舟，系福船边。三更许，雨晴月照，福视妇人，乃是一大鼍，枕臂而卧。福惊起，欲执之，遽走入水。向小舟是一枯槎段，长丈余。（又见《搜神记》卷十九）

《太平御览》卷九三二引《搜神记》曰：荥阳张福舡行，夜，有女子乘小舟来投福，云："日暮畏虎，不敢夜行。"福戏调之，遂就福寝。中夜月照，乃见一白鼍枕福臂而卧。福惊起，鼍便去，乘之舡乃枯槎也。

6. 寡妇严

《太平广记》卷四六八引《异苑》：元嘉初，建康大夏营寡妇严，有人称华督，与严结好。街卒夜见一丈夫行造护军府，府在建阳门内。街卒呵问，答曰："我华督还府。"径沿西墙而入。街卒以其犯夜，邀击之，乃变为鼍。察其所出入处，甚莹滑，通府中池。池先有鼍窟，岁久因能为魅，杀之遂绝。（又见《异苑》卷八）

7. 朱法公

《太平广记》卷四六九引《续异记》：山阴朱法公者，尝出行，憩于台城东橘树下。忽有女子，年可十六七，形甚端丽。薄晚，遣婢与法公相闻，方夕欲诣宿。至人定后，乃来。自称姓檀，住在城侧。因共眠寝，至晓而去。明日复来，如此数夜。每晓去，婢辄来迎。复有男子，可六七岁，端丽可爱。女云是其弟。后晓去，女衣裙开，见龟尾及龟脚。法公方悟是魅，欲执之。向夕复来，即然火照觅，寻失所在。

8. 谢宗

《太平御览》卷九三一引《孔氏志怪》：会稽吏谢宗赴假吴中，独在船。忽有女子，姿性妖婉，来入船，问宗："有佳丝否？欲市之。"宗因与戏，女渐相容。留在船宿，欢宴既晓，因求宗寄载，宗便许之。自尔船人恒夕但闻言笑，兼芬馥气。至一年，往来同宿。密伺之，不见有人。方知是邪魅，遂共掩之。良久，得一物，大如枕；须臾，得二物，并小如拳。以火视之，乃是三龟。宗悲思数日，方悟，自说："此女子一岁生二男，大者名道愍，小者名道兴。"既为龟，送之于江。

《太平广记》卷四六八引《孔氏志怪》：会稽王国吏谢宗赴假，经吴皋桥，同船人至市，宗独在船。有一女子，姿性婉娩，来诣船，因相为戏。女即留宿欢宴，乃求寄载。宗许之。自尔船人夕夕闻言笑。后逾年，往来弥数。同房密伺，不见有人，知是邪魅，遂共掩被。良久，得一物，大如枕。须臾，又获二物，并立如拳，视之，乃是三龟。宗悲思数日，方悟，向说如是，云："此女子一岁生二男，大者名道愍，小者名道兴。"宗又云："此女子及二儿初被索之时，大怖，形并缩小，谓宗曰：'可取我枕投之。'"时族叔道明为郎中令，笼三龟示之。

六朝乐府民歌《子夜歌》："始欲识郎时，两心望如一。理丝入残机，何悟不成匹。""前丝断缠绵，意欲结交情。春蚕易感化，丝子已复生。"①"丝"是"思念""相思"之"思"的谐音。

9. 冯法

《太平广记》卷四六二引《幽明录》：晋建武中，剡县冯法作贾，夕宿荻塘。见一女子，着缥服，白皙，形状短小，求寄载。明旦，船欲发，云："暂上，取行资。"既去，法失绢一匹，女抱二束刍置船中。如此十上，失十绢。法疑非人，乃缚两足，女云："君绢在前草中。"化形作大白鹭，烹食之，肉不甚美。

10. 钱塘士人

《太平广记》卷四六二引《续搜神记》：钱塘士人姓杜，船行。时大雪日暮，有女子素衣来岸上。杜曰："何不入船？"遂相调戏。杜阖船载之。后成白鹭，飞去。杜恶之，便病死。（又见《搜神后记》卷九）

11. 苏琼

《太平广记》卷四六〇引《幽明录》：晋安帝元兴中，一人年出二十，未婚对，然目不干色，曾无秽行。尝行田，见一女甚丽，谓少年曰："闻君自以柳季之俦，亦复有桑中之欢邪？"女便歌，少年微有动色。后复重见之，少年问姓，云："姓苏名琼，家在涂中。"遂要还，尽欢。从弟便突入，以杖打女，即化成雌白鹄。

---

① 〔宋〕郭茂倩编：《乐府诗集》卷四十四，第641、642页。

12. 徐奭

《太平广记》卷四六〇引《异苑》：晋怀帝永嘉中，徐奭出行田，见一女子姿色鲜白，就奭言调，女因吟曰："畴昔聆好音，日月心延伫。如何遇良人，中怀邈无绪。"奭情既谐，欣然延至一屋。女施设饮食而多鱼，遂经日不返。兄弟追觅至湖边，见与女相对坐。兄以藤杖击女，即化成白鹤，翻然高飞。奭恍惚年余，乃差。（又见《异苑》卷八）

13. 徐寂之

《太平广记》卷四四六引《异苑》：晋太元末，徐寂之尝野行，见一女子操荷，举手麾寂之，寂之悦而延住。此后来往如旧，寂之便患瘦瘠。时或言见华房深宇，芳茵广筵，寂之与女觞肴宴乐。数年，其弟晔之闻屋内群语，潜往窥之，见数女子从后户出，惟余一者隐在簟边。晔之径入，寂之怒曰："今方欢乐，何故唐突！"忽复共言云："簟中有人。"晔之即发看，有一牝猴，遂杀之。寂之病遂瘥。（又见《异苑》卷八）

14. 黄审

《太平广记》卷四四二引《搜神记》：句容县麋村民黄审，于田中耕。有一妇人过其田，自塍上度，从东适下而复还。审初谓是人。日日如此，意甚怪之。审因问曰："妇数从何来也？"妇人少住，但笑而不言，便去。审愈疑之。预以长镰，伺其还，未敢斫妇，但斫所随婢。妇化为狸，走去。视婢，乃狸尾耳。审追之不及。后人有见此狸出坑头，掘之，无复尾焉。（又见《搜神记》卷十八）

15. 孙乞

《北堂书钞》卷一三四引《异苑》云：乌阳县吏孙乞，义熙中，赍文书达石亭，天雨。见一女子戴青伞，姿容丰艳，遂试要之。女怪而前。至夕，电光照室，乃是大狸。乞抽刀斫杀。昕日视之，伞是荷叶也。

《太平御览》卷七〇二引《异苑》：义熙中，乌阳小吏见女子戴青伞，姿容甚丽，遂要之。女至，多电光，乃是大狸，抽刀斫杀，其伞乃枯荷叶。

《御记》卷四四二引《异苑》：晋义熙中，乌伤人孙乞赍父书到郡，达石亭。天雨日暮，顾见一女，戴青伞，年可十六七，姿容丰艳，通身紫衣。尔夕，电光照室，乃是大狸。乞因抽刀斫杀，伞是荷叶。（又见《异苑》卷八）

16. 淳于矜

《法苑珠林》卷三十一引《幽明录》：晋太元中，瓦官寺佛图前，淳于矜年少洁白，送客至石头城南。逢一女子，美姿容，矜悦之，因访问。二情既和，将入城北角，共尽欣好，便各分别。期更克集，便欲结为伉俪。女曰："得婿如君，死何恨？我兄弟多，父母并在，当问我父母。"矜便令女婢问其父母，父母亦悬许之。女因敕婢取银百斤，绢百匹，助矜成婚。经久，养两儿，当作秘书监；明果骑卒来召，车马导从，前后部鼓吹。经少日，有猎者过，觅矜，将数十狗，径突入，龇妇及儿，并成狸。绢帛金银，并是草及死人骨蛇魅等。

《太平广记》卷四四二引《玄怪录》：晋太元中，瓦官寺佛图前，淳于矜年少洁白，送客至石头城南。逢一女子，美姿容，矜悦之，因访问。二情既洽，将入城北角，共尽忻好，便各分别。期更克集，将欲结为伉俪。女曰："得婿如君，死何恨？我兄弟多，翁母并在，当问我翁母。"矜便令女归，问其翁母，翁母亦愿许之。女因敕婢取银百斤，绢百匹，助矜成婚。经久，生两儿，当作秘书监；明果骑卒来召，车马导从，前后部鼓吹。经少日，有猎者过，觅矜，将数十狗，径突入，咋妇及儿，并成狸。绢帛金银，并是草及死人骨。

17. 董逸

《太平御览》卷九一二引《述异记》：陈留董逸少时，有邻女梁莹，年稚色艳。逸爱慕倾魂，贻椒献宝，莹亦纳而未获果。后逸邻人郑充在逸所宿，二更中，门前有叩掌声，充卧望之，亦识莹，语逸曰："梁莹今来。"逸惊跃出迎，把臂入舍，遂与莹寝。莹仍求去，逸揽持不置，申款达旦，逸欲留之，云："为汝烝豚作食，食竟去。"逸起，闭户施帐，莹因变形为狸，从梁上走去。

18. 僮客

《太平御览》卷九一二引作《幽明录》：吴兴戴眇家僮客姓王，有少妇美色，而眇中弟恒往就之。客私怀忿怒，具以白眇："中郎作此，甚为无礼，愿遵敕语。"眇以问弟，弟大骂曰："何缘有此？必是妖鬼。"敕令扑杀。客初犹不敢，约厉分明；后来，闭户欲缚，便变成大狸，从窗中出。

19. 灵孝

《太平广记》卷四四七引《搜神记》：后汉建安中，沛国郡陈羡为西海都尉。其部曲士灵孝无故逃去，羡欲杀之。居无何，孝复逃走。羡久不见，囚其妇，妇以实对。羡曰："是必魅将去，当求之。"因将步骑数十，领猎犬，周旋于城外求索，果见孝于空冢中。闻人犬声，怪遂避去。羡使人扶孝以归，其形颇像狐矣，略不复与人相应，但啼呼"阿紫"。阿紫，狐字也。后十余日，乃稍稍了悟，云："狐始来时，于屋曲角鸡栖间，作好妇形，自称阿紫，招我。如此非一。忽然便随去，即为妻，暮辄与共还其家。遇狗乃觉云。乐无比也。"道士云："此山魅也。"《名山记》曰："狐者，先古之淫妇也，其名曰阿紫，化而为狐。"故其怪多自称阿紫。（又见《搜神记》卷十八）

20. 淮南陈氏

《搜神后记》卷九：淮南陈氏，于田中种豆，忽见二女子，姿色甚美，着紫缬襦，青裙，天雨而衣不湿。其壁先挂一铜镜，镜中见二鹿，遂以刀斫获之，以为脯。（《初学记》卷二九引作《陶潜搜神后记》。《太平御览》卷九○六引作《搜神记》）

21. 徐邈

《太平广记》卷四七三引《续异记》：徐邈，晋孝武帝时为中书侍郎，在省直，左右人恒觉邈独在帐内，以与人共语。有旧门生，一夕伺之，无所见。天时微有光，始开窗户，瞥睹一物，从屏风里飞出，直入前铁镬中。仍逐视之，无余物，唯见镬中聚菖蒲根下，有大青蚱蜢。虽疑此为魅，而古来未闻，但摘除其两翼。至夜，遂入邈梦云："为君门生所困，往来道绝。相去虽近，有若山河。"邈得梦，甚凄惨。门生知其意，乃微发其端。邈初时疑不即道，语之曰："我始来此省，便见一青衣女子从前度，犹作两髻，姿色甚美。聊试挑谑，即来就己。且爱之，仍溺情。亦不知其从何而至此。"兼告梦。门生因具以状白，亦不复追杀蚱蜢。

22. 钟繇

《三国志·魏书·钟繇传》裴松之注引《陆氏异林》：繇尝数月不朝会，意性异常。或问其故，云："常有好妇来，美丽非凡。"问者曰："必是鬼物，可杀之。"妇人后往，不即前，止户外。繇问："何以？"曰："公有相杀意。"繇曰："无此。"乃勤勤呼之，乃入。繇意恨，有不忍之心，然犹斫之伤髀。妇人即出，以新绵拭血，竟路。明日，使人寻迹之，至一大冢，木中有好妇人，形体如生人，着白练衫，丹绣两当，伤左髀，以两当中绵拭血。叔父清河太守说如此。清河陆云也。（卢弼集解："不经之谈，不宜入史。"）

《太平御览》卷八一九引《陆氏异林》曰：锺繇常数月不朝，或问其故，云："常有好妇来，美丽非凡。"问者曰："必是鬼物，不可不杀之！"妇人后往，不即前，止户外。繇问："何以？"曰："公有相杀意。"繇曰："无此。"勤勤呼之乃入。繇有不忍心，然犹斩之，伤脚。妇人即出，以新棉拭血，竟路。明日，使人寻迹至一大冢，木中有好妇人，形体如生人，着白练丹绣两当，伤一脚，以两当中绵拭血。

《太平御览》卷八八七引《陆氏异林》曰：钟繇常数月不朝会，意性异常。或问其故，云："常有好妇来，美丽非凡。"问者曰："必是鬼物，可杀之。"妇人后往，不即前，止户外。繇问："何以？"曰："公有相杀意。"繇曰："无此。"勤勤呼之，乃前。繇意恨恨，有不忍心，然斫之伤髀。妇人即出，以新绵拭血竟路。明，使人寻迹之，至一大冢。木中有好妇人，形体如生人。衣青绢衫，丹绣裲裆。伤一髀，以裲裆中绵拭血。

《太平广记》卷三一七引作《幽明录》：钟繇忽不复朝会，意性有异于常。寮友问其故，云："常有妇人来，美丽非凡。"问者曰："必是鬼物，可杀之。"后来，止户外，曰："何以有相杀意？"元常曰："无此。"殷勤呼入，意亦有不忍，乃微伤之。便出去，以新绵拭血，竟路。明日，使人寻迹，至一大冢，棺中一妇人，形体如生，白练衫，丹绣裲裆，伤一髀，以裲裆中绵拭血。自此便绝。

《搜神记》卷十六：颍川钟繇，字符常，尝数月不朝会，意性异常。或问其故。云："常有好妇来，美丽非凡。"问者曰："必是鬼物，可杀之。"妇人后往，不即前，止户外。繇问："何以？"曰："公有相杀意。"

繇曰:"无此。"勤勤呼之,乃入。繇意恨,有不忍之,然犹斫之,伤髀。妇人即出,以新绵拭血,竟路。明日,使人寻迹之,至一大冢,木中有好妇人,形体如生人,着白练衫,丹绣裲裆。伤左髀,以裲裆中绵拭血。

23. 殷琅

《太平广记》四七八引《异苑》:陈郡殷家养子名琅,与一婢结好。经年婢死后,犹来往不绝,心绪昏错。其母深察焉。后夕见大蜘蛛,形如斗样,缘床就琅,便宴尔怡悦。母取而杀之,琅性理遂复。(又见《异苑》卷八)

24. 吴中士人

《太平御览》卷九百三引《祖台之志怪》曰:吴中有一士大夫,于都假还。至曲阿塘上,见一女子甚美,留其宿。士解臂金铃系女臂,令暮更来,遂不至。使人求,都无此色。过猪圈,见一母猪臂上系金铃。

《太平御览》卷七百十七引《祖台之志怪》曰:吴中有王大夫,行至曲阿回唐上,有一女子,便留住宿。解臂上金合,系其肘下,令暮更来,遂不至。更使寻求,都无女人。过猪栏边,见猪钾有合。

《北堂书钞》卷一三五注引《祖台之志怪》:吴中有士人,于曲阿见塘上有一女子,容貌端正,便呼即来,便留宿。士乃解金铃系女臂。至明日,更求女,都无此人。忽过一猪牢边,见母猪臂上有金铃。

《搜神记》卷十八:晋有一士人,姓王,家在吴郡。还至曲阿,日暮,引船上当大埭。见埭上有一女子,年十七八,便呼之留宿。至晓,解金铃系其臂。使人随至家,都无女人,因逼猪栏中,见母猪臂有金铃。

25. 徐琦

《异苑》卷六:晋义熙三年,山阴徐琦每出门,见一女子,貌极艳丽,琦便解银铃赠之。女曰:"感君佳贶。"以青铜镜与琦,便结为伉俪。

《太平御览》卷八一二引《幽明录》曰:徐琦每见一女子,姿色甚美,便解臂上银铃赠之。

26. 刘广

《搜神后记》卷五:豫章人刘广,年少未婚。至田舍,见一女子,云:"我是何参军女,年十四而夭,为西王母所养,使与下土人交。"广与之缠绵。其日,于席下得手巾,裹鸡舌香。其母取巾烧之,乃是火浣布。

《汉官仪》载:"尚书郎含鸡舌香奏事"。《钟道》记老獭赠给钟道的"鸡舌香",实为"顿觉臭秽"的獭粪。

27. 王双

《异苑》卷八:文帝元嘉初,益州王双,忽不欲见明,常取水沃地,以菇蒋复上,眠息饮食,悉入其中。云恒有一女子,着青裙白襦,来就其寝。每(一作母)听闻荐下,有声历历。发之,见一青色白颈蚯蚓,长二尺许。云:"此女常以一夜香见遗,气甚清芬。食乃螺壳,香则菖蒲根。"于时咸谓双暂同阜螽矣。(又见《太平广记》卷四七三,"益州"作"孟州")

28. 沈霸

《异苑》卷八:太元中,吴兴沈霸梦女子来就寝。同伴密察,惟见牝狗每待霸眠,辄来依床。疑为魅,因杀而食之。霸后梦青衣人责之曰:"我本以女与君共事,若不合怀,自可见语,何忽乃加杀欤!可以骨见还。"明日,收骨葬冈上,从是乃平复。(《太平广记》卷四三八引作《异苑》)

29. 徐桓

《异苑》卷三:晋太元末,徐桓以太元中出门,仿佛见一女子,因言曲相调,便要桓入草中。桓悦其色,乃随去。女子忽然变成虎,负桓着背上,径向深山。其家左右寻觅,惟见虎迹。旬日,虎送桓下着门外。

《太平御览》卷八九二引《异苑》曰:太玄末,徐桓出门仿伴,见一女子,因言曲相调,便要桓入草中。桓说其色,乃随去。女子忽然变成虎,负桓着背上,迳向深山。其家左右寻觅,惟见虎迹。旬日,虎夜送徐桓下着门外。

30. 陈悝

《太平御览》卷六八引《祖台之志怪》:隆安中,陈悝于江边作鱼笼。

潮去，于筌中得一女人，长六尺，有容色，无衣服；水去不能动，卧沙中，与语不应。人有就辱之。悝夜梦云："我是江黄，昨失道落君筌，小人遂见加凌；今当白尊神杀之。"悝不敢移，潮来自逐水去。奸者寻病。

31. 彭城男子

《太平广记》卷四六九引《列异传》：彭城有男子娶妇，不悦之，在外宿。月余日，妇曰："何故不复入？"男曰："汝夜辄出，我故不入。"妇曰："我初不出。"婿惊，妇云："君自有异志，当为他所惑耳。后有至者，君便抱留之，索火照视之为何物。"后所愿还至，故作其妇，前却未入，有一人从后推令前。既上床，婿捉之曰："夜夜出何为？"妇曰："君与东舍女往来，而惊欲托鬼魅，以前约相掩耳！"婿放之，与共卧。夜半心悟，乃计曰："魅迷人，非是我妇也。"乃向前揽捉，大呼求火，稍稍缩小，发而视之，得一鲤鱼，长二尺。

32. 徐密

《太平广记》卷四四〇引《幽明录》：上虞魏虔祖婢，名皮纳，有色，徐密乐之。鼠乃托为其形，而就密宿。密心疑之，以手摩其四体，便觉缩小，因化为鼠而走。

33. 郭长生

《事类赋注》卷十一引《幽明录》：永嘉中，泰山巢氏先为相县令，居在晋陵。家婢采薪，忽有一人追之，如相问讯，遂共通情。随婢还家，仍住不复去。巢恐为祸，夜辄出婢。闻与婢讴歌言语，大小悉闻；不使人见，见者唯婢而已。每与婢宴饮，辄吹笛而歌。歌云："闲夜寂已清，长笛亮且鸣。若欲知我者，姓郭字长生。"

《艺文类聚》卷四四引《幽明录》：永嘉中，太山民巢氏，先为相县令，居在晋陵。家婢采薪，忽有一人追，随婢还家，不使人见。与婢宴饮，辄吹笛而歌，歌云："闲夜寂已清，长笛亮且鸣。若欲知我者，姓郭字长生。"

《太平御览》卷五八〇引《幽明记》：永嘉中，泰山巢氏先为相县令，居在晋陵。家婢采薪，忽有一人随追，寻随婢还家，不使人见，见形者惟婢而已。每与婢饮宴，辄吹笛而歌，歌曰："闲夜寂以清，长笛亮且鸣。

若欲知我者,姓郭名长生。"

《太平广记》卷三二四引《幽明录》:元嘉中,太山巢氏,先为湘县令,居晋陵。家婢采薪,忽有一人追之,如相问讯,遂共通情。随婢还家,仍住不复去。巢恐为祸,夜辄出婢。闻与婢讴歌言语,大小悉闻,不使人见,见者唯婢而已。恒得钱物酒食,日以充足。每与饮,吹笛而歌,歌云:"闲夜寂已清,长笛亮且明。若欲知我者,姓郭字长生。"

《郭长生》与《陈阿登》都以五言诗暗示自己的姓名和性质,一为死去女子,一为公鸡。

34. 虞定国

《太平广记》卷三六〇引《搜神记》:余姚虞定国,有好仪容。同县苏氏女,亦有美色。定国尝见,悦之。后见定国来,主人留宿,中夜,告苏公曰:"贤女令色,意甚钦之,此夕能令暂出否?"主人以其乡里贵人,便令女出从之。往来渐数,语苏公云:"无以相报。若有官事,某为君任之。"主人喜。自尔后,有役召事,往造定国。定国大惊曰:"都未尝会面,何由便尔?此必有异。"具说之。定国曰:"仆宁肯请人之父而淫人之女?若复见来,便当斫之。"后果得怪。(又见《搜神记》卷十七)

35. 道香

《太平广记》卷四六九引《异苑》:元嘉十八年,广陵下市县人张方女道香,送其夫婿北行。日暮,宿祠门下。夜有一物,假作其婿来,云:"离情难遣,不能便去。"道香俄昏惑失常。时有海陵王纂者,能疗邪,疑道香被魅,请治之。始下一针,有一獭从女被内走入前港。道香疾便愈。(又见《异苑》卷八)

36. 薛重

《太平御览》卷九三四引《幽明录》:会稽郡吏鄮县薛重得假还家,夜,户闭,闻妻床上有丈夫鼾声,唤妻。妻从床上出,未及开户,重持刀便逆问妻曰:"醉人是谁?"妻大惊愕,因苦自申明,实无人意。重家唯有一户,搜索了无所见,见一大蛇,隐在床脚,酒臭,重便斩蛇寸断,掷于后沟。经数日,而妇死,又数日,而重卒。经三日复生,说始死时,有神人将重到一官府,见官寮,问:"何以杀人?"重曰:"实不曾行凶。"

曰："寸断掷在后沟，此是何物？"重曰："此是蛇，非人。"府君愕然而悟曰："我常用为神，而敢淫人妇，又妄讼人。敕左右召来！"吏卒乃领一人来，着平巾帻，具诘其淫妻之过，将付狱。重乃令人送还。

37. 田琰

《太平广记》卷四三八引《搜神记》：北平田琰，居母丧，恒处庐。向一朞，夜，忽入妇室。密怪之，曰："君在毁灭之地，岂可如此。"琰不听而合。后琰暂入，不与妇语。妇怪无言，并以前事责之。琰知鬼魅。临暮，竟未眠，衰服挂庐。须臾，见一白狗，攫衔衰服，因变为人，著而入。琰随后逐之，见犬将升妇床，便打杀之。妇羞愧而死。（又见《搜神记》卷十八）

38. 朱综

《太平广记》卷四六一引作刘义庆《幽明录》：临淮朱综遭母难，恒外处住，内有病，因前见，妇曰："丧礼之重，不烦数还。"综曰，"自荼毒以来，何时至内？"妇曰："君来多矣。"综知是魅，敕妇婢，候来，便即闭户执之。及来登床，往赴视，此物不得去，遽变老白雄鸡。推问是家鸡，杀之，遂绝。

39. 太叔王氏

《太平广记》卷四三八引《续搜神记》：太叔王氏，后娶庚氏女，年少色美。王年六十，常宿外，妇深无欣。后忽一夕见王还，燕婉兼常。昼坐，因共食。奴从外来，见之大惊，以白王。王遽入，伪者亦出。二人交会中庭，俱着白帢，衣服形貌如一。真者便先举杖打伪者，伪者亦报打之。二人各敕子弟，令与手。王儿乃突前痛打，是一黄狗，遂打杀之。王时为会稽府佐。门士云："恒见一老黄狗，自东而来。"其妇大耻，病死。（又见《搜神后记》卷九）

40. 鲜卑女

《太平广记》卷四一六引《异苑》：晋有士人，买得鲜卑女，名怀顺。自说其姑女为赤苋所魅，始见一丈夫容质妍净，着赤衣，自云家在侧北。女于是恒歌谣自得。每至将夕，辄结束去屋后。其家伺候，唯见有一株赤

苋，女手指坏挂其苋茎。芟之而女号泣，经宿遂死焉。（又见《异苑》卷八）

41. 新喻男子

《太平广记》卷四六三引作《搜神记》：豫章新喻县男子，见田中有六七女，皆衣毛衣，不知是鸟。匍匐往，得其一女所解毛衣，取藏之。即往就诸鸟，诸鸟各飞去。一鸟独不得去。男子取以为妇，生三女。其母后使女问父，知衣在积稻下，得之，衣而飞去。后复以迎三女，女亦得飞去。（又见《搜神记》卷十四）

《太平御览》卷十九引《荆州岁时记》曰：正月夜多鬼鸟度，家家槌床打户，捩狗耳，灭灯烛，以禳之。《云中记》云：此鸟名姑获，一名天帝女，一名隐飞鸟，一名夜行游女。好取人女子养之。有小儿之家，即以血点其衣以为志，故世人名为鬼鸟。荆州弥多。斯言信矣。

《太平御览》卷九二七引《荆楚岁时记》曰：正月七日，多鬼车鸟度，家家槌门打户，捩狗耳，灭烛灯禳之。《玄中记》云：此鸟名姑获，一名天帝少女。夜游，好取人家女人养之，有小儿，以血点其衣为验。

《重修政和经史证类备用本草》卷十九：《玄中记》云：姑获，一名天帝少女，一名隐飞，一名夜行游女。好取人小儿养之。有小子之家，则血点其衣以为志。今时人小儿衣不欲夜露者，为此也。时人亦名鬼鸟。《荆楚岁时记》云：姑获，一名钩星。衣毛为鸟，脱毛为女。

《水经注》卷三十五：阳新县，故豫章之属县矣。地多女鸟。《玄中记》曰：阳新男子于水次得之，遂与共居，生二女，悉衣羽而去。豫章间养儿，不露其衣，言是鸟落尘于儿衣中，则令儿病，故亦谓之夜飞游女矣。

《太平御览》卷八八三引《玄中记》曰：姑获鸟，夜飞昼藏，盖鬼神类。衣毛为飞鸟，脱毛为女人，名为帝少女，一名夜游，一名钩星，一名隐飞。鸟无子，喜取人子养为子。人养小儿，不可露其衣，此鸟度即取儿也。荆州为多。昔豫章男子，见田中有六七女人，不知是鸟。匍匐往，先得其毛藏之，往就诸鸟。诸鸟各走，就毛衣衣之，飞去。一鸟独不得去，男子以为妇，生三女。其女，母后令问父，知衣在积稻下，得衣飞去。后以衣迎三女，三女得衣，亦飞去。

《太平御览》卷九二七引《玄中记》曰：姑获鸟，夜飞昼藏，盖鬼神类。衣毛为鸟,脱毛为女人。名为天帝少女,一名夜行游女,一名钓星,一名隐飞。鸟无子,喜取人子,养之以为子。人养小儿,不可露其衣,此鸟度即取儿也。荆州为多。昔豫章男子见田中有六七女人,不知是鸟。扶匐往,先得其所解毛衣,取藏之。即往就诸鸟,各走就毛衣,衣此飞去。一鸟独不得去。男子取以为妇,生三女。其母后使女问父取衣,在积稻下得之,衣之而飞去。后以衣迎三女,三女儿得衣飞去。今谓之鬼车。

《北户录》卷一《姑获》条下引《玄中记》云:"夜飞昼藏,一名天帝少女,一名夜行游女,一名隐飞。好取人小儿食之。今时小儿之衣不欲夜露者,为此物爱以血点其衣为志,即取小儿也"。又云:"衣毛为鸟,脱毛为女人。昔豫章男子见田中有六七女人,不知是鸟,扶匐往先,得其所解毛即藏之。即往就,诸鸟各走,取毛衣飞去。一鸟独不去,男子取为妇,生三女。其母后使女问父,知衣在积稻下,得之,衣而飞去。后以衣迎三女儿,得衣亦飞去"。

第四章　死亡与再生故事

基本模式是：主人公死，或进入死后世界——由于某种原因，或在某种力量的帮助下，离开死后世界，而回到阳世——再生。

一、死

六朝有大量的死亡故事。河间郡男女私悦，男离家，远出；女被迫改变婚约，悲痛而死（《河间郡男女》）；陈良被同乡谋财害命（《陈良》）；买粉儿私悦卖粉女，"欢踊遂死"（《买粉儿》）；干庆"无疾而终"（《干庆》）；曹宗之"夜寝不寤，旦亡"（《曹宗之》）；元稚宗"行至民家，恍惚如眠，便不复寤，民以为死"（《元稚宗》）；某人"食死牛肉，因得病亡"（《食牛人》）；李除"中时气死"（《李除》）；紫玉"结气死"（《紫玉》）；赵泰"心痛而死"（《赵泰》）；庾某"遇疾亡"（《庾某》）；颜畿被医误治而死，"服药太多，伤我五脏"（《颜畿》）；王文度"病甍"（《王文度》）。李娥（《李娥》）、故章县老公（《余杭广》）、琅玡王某（《琅玡王某》）、士人甲（《士人甲》）、刘萨荷（《慧达》）、赵春（《赵春》）、程道慧（《程道慧》）、唐遵（《唐遵》）、李清（《李清》）、支法衡（《支法衡》）、舒礼（《舒礼》）、章沉（《章沉》）、贾文合（《贾文合》）、曲阿人（《曲阿人》）、戴洋（《戴洋》）、史姁（《史姁》）、士人甲（《士人甲》）、索卢贞（《索卢贞》）等，或"病死"，或"暴死"，或"暴病亡"，等等，不管因为什么原因而死，许多故事都是从死后开始的。死亡的生理原因并不重要，重要的是主人公死后进入另一个世界的经历。

二、被冥间录取

死亡的意义不是生命的结束，而是一种转移，从一个世界向另一个世界的转移。

这另一个世界，或者是墓中（《干宝父妾》《唐邦》《史姁》《杜锡婢》《李娥》《颜畿》《徐玄方女》《李仲文女》《秦树》《义兴周某》《邹览》

《张禹》《紫玉》《卢充》），或者是"天曹"（《章沉》）、"天上"（《王文度》《王矩》《食牛人》《士人甲》《贺瑀》），或者是"太山"（《蒋济亡儿》《贾文合》《舒礼》），或者是"地狱"（《赵泰》《康阿得》）等，都是与"人间"相对而存在的世界。进入这样的世界，意味着离开人间，亦即意味着死亡。

许多故事中，死后世界像人间世界一样，是被社会化、组织化了的世界。其中的主宰者决定人的命运、寿数。他或被称为主者，或被称为府君，或称为"贵人"（《食牛人》），或是"北海王"（《曹宗之》），或是"北台"（《张阎》）。吴猛向之请命而决定干庆生死的人被称为"王"，但究竟是什么王，故事没有交代。他像吴猛所经官府而"与之抗礼"的官僚一样，"不知悉何神也"（《干庆》）。给琅琊王某"特与三年之期"的人"长大，所着衣状如云气"，环绕其身边的吏"朱衣紫带，玄冠介帻，或所被着，悉珠玉相连结，非世中仪服"。其所在空间朱门白壁，"状如宫殿"，俨然人间朝廷中的皇帝和大臣。但究竟是什么神，不得而知（《琅琊王某》）。六朝小说中尚未出现阎王或阎罗王。主管地狱或冥罚的最高当局，通常称为太山府君。判定舒礼"罪应上热熬"的人是泰山府君（《舒礼》）。令康阿得"案行地狱"的人也是府君（《康阿得》）。"天上天下，度人之师"的最高主宰者也是泰山府君（《赵泰》）。"长二丈许，相好严华，体黄金色"的最高神是"观世大士"（《慧达》）。

将主人公带离人间，亦即具体执行死刑的人，通常是泰山府君手下的吏或驺，或是"北海王使者"（《曹宗之》）、"北台使"（《张阎》）。许多情况下，主宰者并不出现。

吏或驺通常着"乌衣"（《许攸》），或"朱衣"（《礜石》《唐邦》），"乌帻"（《间剿》），"赤帻"（《费庆伯》《陈良》），"单衣帻"（《曹宗之》），"单衣白袷"（《施续门生》），"平巾袴褶"（《石秀之》），亦即《刘青松》里所说的"公服"——冥间衙役的制服。这种制服常常是冥吏的标准符号，所以，有些前来勾人性命的鬼，即使不知奉谁之命，也具有同样的使命。前来召取郭秀之的人"着皂幞帽，乌韦裤褶"（《郭秀之》）。现身在柳树上的人也"衣朱衣冠冕"（《盛逸》）。

前来勾取张阎性命的鬼，一方面被张阎的"捐物见载"所感动，"诚衔此意"，在施恩报恩的逻辑上，他愿意为张阎开脱，从而使张阎免去死亡。可是另一方面，他只是"被命而来"，并没有擅自决定的权力，"不自由,奈何"。于是,他只能"亏法以相济",以偷梁换柱、李代桃僵的手法,让名字相近的黄闿替代张闿而死(《张闿》)。

奉命召取人命的吏通常为一个(《刘青松》《王思规》《王矩》《郭秀之》《盛逸》《礜石》《周式》《曹宗之》《张闿》《石秀之》)。有时是两个吏(《王文度》《闾剿》《徐泰》)。《唐邦》中前来叩门的鬼也是两朱衣吏。只有《费庆伯》中出现的鬼是"三驺"。

假如不是冥吏递送任命文书,则由主人公在梦中直接受到鬼神的任命。刘赤父"梦蒋侯召为主簿",而不是鬼吏受指派前来送达文书(《刘赤父》)。

三、前往冥间

进入死后世界的原因,少数是因为嫉妒,被推入墓中(《干宝父妾》);或家葬因婢误不得出(《杜锡婢》)。更多的故事中,主人公被召任冥间职务。王祐被赵公明府参佐征召为兵将(《王祐》)。索卢贞被召为将领(《索卢贞》)。刘青松被聘为"鲁郡太守"(《刘青松》)。王文度被召为"平北将军,徐、兖二州刺史"(《王文度》)。曹宗之被北海王召为"府佐"(《曹宗之》)。刘赤父被蒋侯召为"主簿"(《刘赤父》)。王思规也被召为"主簿"(《王思规》)。王矩被召为"左司命主簿"(《王矩》)。许攸和陈康分别被聘为"北斗君"和"主簿"(《许攸》)。礜石先被召为"役使",经过朱衣吏的斡旋,辞掉了;后被泰山聘为"主簿",不得推辞(《礜石》)。讴士孙阿竟然被召为泰山令(《蒋济亡儿》)。桓哲被召为卒的同时,梅玄龙被召为泰山府君(《桓哲》)。曲阿一人则补了雷公缺(《雷公》)。费庆伯被"官唤",究竟委以何职,被什么样的"官"所唤,不得而知,只知道"非此间官"(《费庆伯》)。

被召取的职务有高有低,召取的方式也迥异。王文度被召取的时候,二驺"持鹄头板来召之"(《王文度》)。"鹄头板"即用鹄头体书写、用以辟召贤才的诏板,带有尊重、宠爱的意思。刘青松被征召的时候,"见一人着公服,赍板"(《刘青松》)。王思规被召取的时候,一吏"出板置床前"(《王思规》)。曹宗之被征召的时候,北海王使者"单衣帻,执手板"(《曹宗之》)。而食牛人"见人执录,将至天上"(《食牛人》),干庆被"执缚桎梏到狱"(《干庆》),庾某被两黑衣人"收缚之,驱使前行"(《庾某》),赵泰被"捉将去,二人扶两腋东行"(《赵泰》),元稚宗被"缚"而去(《元稚宗》) 等，则像犯人一样被押解。程道慧原本也是被"缚录将去"。因"此人宿福，未可缚也"，才"解其缚，散驱而去"。

进入死后世界的道路象征主人公的不同待遇。佛弟子行路，"道路修平"，"复胜人也"。而罪人只能走"棘刺森然，略不容足"的路，"驱诸罪人，驰走其中，肉随着刺，号呻聒耳"(《程道慧》)。像程道慧的"行在平路"一样，石长和进入冥间，也"独行平道"。为了让他有"平道"可走，有二人专门为他"治道"。而其他人无论老少，"群走棘中，如被驱逐，身体破坏，地有凝血"。之所以如此不同，是因为"佛弟子独乐，得行大道中"(《石长和》)。

四、在冥间的行动之一——冥婚

死亡的另一个原因是冥婚。嫁到冥间，或被冥间招为女婿，有时即为死亡的另一个说法。韩伯之子某等三人被蒋侯召为女婿，不久，三人"并亡"(《蒋侯婿》)。张璞受庐君的"致聘"，就得把其女投入水中(《张璞》)。正因为如此，当得知被蒋侯选为女婿时，韩伯之子等三人"大惧"，"谢罪乞哀"。蒋侯不容"中悔"，三人的死亡就无法避免。张璞妻企图"以璞亡兄孤女代之"。只是因为张璞"复投己女"的举动感动了庐君，庐君"敬君之义"，"悉还二女"，二女才保住了性命。

韩伯之子等与蒋侯之女的故事在《法苑珠林》中被称为"冥婚"①。经历冥婚的主人公，有些最终回到人间，或者是死者来到人间与主人公相会，如《卢充》《河伯婿》《谈生》等，有些则一去不返。正因为这样，许多故事中的主人公拒绝接受冥间婚姻。天女欲嫁给徐郎为妻，徐"唯恐惧，累膝床端，夜无酬接之礼"(《徐郎》)。曹著为庐山使所迎，"配以女婉"。著"形意不安，屡屡求请退"(《曹著》)。社公欲招甄冲为女婿，先遣社郎来宣此意，谓大人"贪慕高援，欲以妹与君婚"，且以其妹"年少"而"令色少双"来诱惑甄冲。甄自以"老翁""见有妇，岂容违越"而拒绝。后社公自来礼聘，以其女"年始二十，姿色淑令，四德克备"，迫使甄冲接受，"勿复为烦，但当成礼"。甄冲"拒之转苦，谓是邪魅，便拔刀横膝上，以死拒之，不复与语"(《甄冲》)。徐郎、甄冲最终

---

① 《法苑珠林》卷七十五，题《宋时韩伯子等指庙女像冥婚怪》。

未能逃脱死亡的命运，说明婚姻的实质是通向死亡；即使不用婚姻的方式，冥间同样可以把主人公召去。

五、疑问

有些故事中，对于前来召取的吏或驺，主人公最初并没有意识到他们是来摄取人命的鬼。其某些不寻常的表现使主人公感到疑惑或惊讶。三驺到来的时候，费庆伯奇怪："才谒归，那得见召？且汝常黑帻，今何得皆赤帻也？"驺自谓"非此间官"，费庆伯才明白所遇"非生人"，被召唤实即意味着死亡，所以"叩头祈"（《费庆伯》）。王文度见二驺来召作"平北将军，徐、兖二州刺史"，大惊曰："我已作此官，何故复召邪？"鬼云："此人间耳，今所作是所谓天上官"。王文度才意识到死期将至，因而"大惧"（《王文度》）。

六、求情、款待或贿赂

被委任官职虽然是人间引以为耀的事，但赴冥职却意味着死亡。除了极个别例外，如孙阿"见召为泰山令""不惧当死，而喜得为泰山令"（《蒋济亡儿》），绝大多数主人公都会竭力求免。求免的理由通常不是主人公贪生怕死，而是伦理亲情的需要。刘赤父因为"母老子弱，情事过切"，而向蒋侯"乞蒙放恕"（《刘赤父》）。王祐因为"老母年高，兄弟无有，一旦死亡，前无供养"，向赵公明府参佐"以性命相乞"（《王祐》）。琅琊王某因为"孤儿尚小，无相奈何"，向长大人乞求免死（《琅琊王某》）。

除了以情动人之外，酒食款待常常是讨好鬼吏的有效方式。面对"特来将迎"的鬼，礜石"厚为施设"，以"求免"（《礜石》）。为了报答三驺的暗中周旋，费庆伯"躬设酒食，见鬼饮啖，不异生人"（《费庆伯》）。明刻本《搜神记》中，酒食款待的作用更加突出。颜超接受方士管辂的建议，携清酒一榼，鹿脯一斤，款待桑树下围棋的南北二斗，"酌酒置脯，饮尽更斟，以尽为度"（《颜超》）。

贿赂也是离开冥间、回到阳世的常用手法。女子秋英"脱金钏一只及臂上杂宝"贿赂冥间主者，"求见救济"。"进钏物"之后，秋英"亦同遣去"（《章沉》）。庾某原本已被府君遣出，却遇到"门司求物"——索贿，其邂逅的女子"脱左臂三只金钏"，让"无所赍持"的庾某贿赂门吏。吏得钏之后,"竟不复白,便差人送去"(《庾某》)。李除在冥间见到其他同伴"行货得免",临时性地复活,"搏妇臂上金钏"后再回冥间,把金钏送给冥吏,"吏得钏,便放令还"(《李除》)。

主人公搭载了前来取命的鬼吏。这样的搭载原本是不经意的,并没有要求回报的动机。但被搭载的鬼吏为了报答主人公,常常设法让主人公避免被收取的命运,或者偷梁换柱,以他人替代主人公。张阊路遇"卧道侧""足病不能复去"的人,放弃车后所载之物,腾出地方,搭载了倒卧路边的人。被搭载者却是"承北台使,来相收录"的鬼吏(《张阊》);周式"道逢一吏,持一卷书,求寄载"(《周式》)。这样的搭载行动,都成为被搭载者在关键时刻报答主人公的铺垫。

在六朝故事中,搭载以及随之而来的报答行动,成为一种常见套路。糜竺路遇"一好新妇,从竺求寄载"。新妇"感君见载",将"往烧东海糜竺家"的秘密泄露给糜竺,使其家提前"移出财物",从而避免了损失(《糜竺》)。丁妪"索渡",老翁"出苇半许,安处着船中,径渡之至南岸"。对老翁"出苇相渡"的"厚意","深有惭感"的丁妪"有以相谢"的方式是,让数千鱼"跳跃水边,风吹至岸上"。"翁遂弃苇,载鱼以归"。失去的是廉价的苇,收获的是珍贵的鱼。这是搭载行动给老翁带来的好处(《丁姑祠》)。

七、鬼吏帮助

对各种方式的求情、款待、贿赂或搭载,除了蒋侯"终不许"、拒绝刘赤父的"固请"之外(《刘赤父》),绝大多数故事中,被求情、被款待、被贿赂或被搭载者,都会满足或部分满足主人公的请求,在避免死的问题上竭力为主人公周旋。鬼"感君延接,当为少停",免除了礐石的"使役"之召。但"泰山屈君为主簿""迎使寻至"的时候,鬼却拒绝了"复得见愆"的请求,表示无能为力,"不可辞"(《礐石》)。长大人听琅琊王某的诉说而"为之动容","特与三年之期"。他所说的三年,"世中是三十年"(《琅琊王某》)。曾为同乡、现任赵公明府参佐的来者也为王祐的母子之情而感到"怆然",表示愿意"相为",暗中游说"大老子",王祐因而得以不死(《王祐》)。酒肉款待的效果也非常明显。定人生死的南斗因为享用过颜超的清酒、鹿脯,将生死簿上注定的寿数"十九","取笔挑上",改为"九十"(《颜超》)。前来勾取周式性命的鬼吏,因为

"感卿远相载",悄悄放过周式(《周式》)。

更多的故事是采用偷梁换柱、冒名顶替的方法。因为徐泰"能事叔父",原本"应死"的叔叔徐隗,被前来取命的鬼吏"活之",生死簿上的名额由姓名相近的"张隗"顶替(《徐泰》)。费庆伯"叩头祈"后,"三驺同词,因许回换",即由他人顶替费庆伯的死亡。至于与谁"回换",怎样"回换",不得而知(《费庆伯》)。索卢贞举荐龚颖以替代自己充任冥将,被招募冥将的荀羡之子荀粹所采纳。索卢贞复生,而龚颖亡(《索卢贞》)。刘赤父举荐"多材艺,善事神"的魏过以"自代",未能成功(《刘赤父》)。而石秀之以刘政自代,得到泰山府君的同意,"刘殒"而"石氏犹存"(《石秀之》)。鬼被施续门生"请乞酸苦",不得不以"相似"的施续帐下都督取而代之。都督"头痛"而亡(《施续门生》)。北台使者被张闿"捐物见载"所感动,以名字相近的黄闿顶替张闿的死。张闿多活了数十年,"年六十,位至光禄大夫"。而无辜的黄闿"暴心痛,夜半便死"。这样的张冠李戴,连北台使者也意识到这是"亏法以相济"(《张闿》)。替代死亡的观念源远流长。据《聊斋》记载,中水莽毒而死的人不得轮回,"必再有毒死者,始代之"(卷二《水莽草》)。黄六郎因为不忍心"代弟一人,遂残二命",放弃了溺水女子的"相代"(《王六郎》)。

经过鬼吏、驺或冥间使者的斡旋,主人公大多避免了死亡。但有些主人公的求免并不成功。吏告诉周式,回家以后"三年勿出门",死人录上的注定就可以失效。吏对死人录的不执行或阳奉阴违就不会暴露(《周式》)。三驺答应为费庆伯"回换",同样也附带了一个禁令:"慎勿泄也","乞秘隐也"(《费庆伯》)。但在两个故事中,禁令都被打破。在此之前,吏把一卷书留在周式船中,嘱其"慎勿发之"。因为控制不住好奇心,周式"盗发视书"。这一看不打紧,令其惊讶的是,书中"皆诸死人录,下条有式名"。是周式的"叩头流血",才缓解了吏的"怒"。按理说,有过一次犯禁的教训,一般不可能再次犯禁。周式也严格遵守了吏的禁令,"不出,已二年余"。出人意料的是,邻人的"卒亡"和其父的迫使"往吊",使得周式前功尽弃。周式的"出门",不仅暴露了自己的违规,而且鬼吏也"连累为鞭杖"(《周式》)。周式的违禁是由于不相干的人和事——邻人卒亡。费庆伯的违禁则由于不相干的主题——女子的妒。因为"妻性猜妒",庆伯"不得已,因具告其状"。枉法相助的三驺同样受到牵连,"楚挞流血"。避免死亡的企图最终落空。庆伯"遂得暴疾,未旦而卒"。周式同样以死告终。

这些故事一波三折,富有戏剧性。

泄密,常常是主人公未能避免死亡或复生失败的关键。费庆伯因为违背三驺"慎勿泄"的禁令,向其妻"具告其状",最终未能避免被冥间收取的命运(《费庆伯》)。周式也因为未能坚守"三年勿出门"、严守秘密的禁令,迫于父亲压力,往吊邻人,因而暴露行踪,最终被冥间"相取"(《周式》)。

《谈生》的女子,也因为谈生过早窥知女子的下体,秘密泄露,导致"生肉"的过程未能完成,最终未能复生,不得不"大义永离"。

六朝志怪中,秘密泄露常常是主人公未能愿望成真的主要原因。天上玉女因为弦超"漏泄其事",而"一旦分别"(《搜神记》卷一)。因为被谢端"窃相窥掩",白水素女"吾形已见,不宜复留","翕然而去"(《搜神后记》卷五)。

八、遣返

有些故事中,主人公由于吏或驺的斡旋,尚未踏上死亡之旅。而在另一些故事中,主人公则被冥吏带到了冥界,然后由冥界遣返回人间。曹宗之因为"先有福业,应受显要",尽管"年算虽少",但被北海王遣回阳世,"恍忽而醒"(《曹宗之》)。因"食死牛肉"而死的某人,被"天上"的"贵人"解除罪责,并遣回阳世(《食牛人》)。士人甲因为"算历未尽,不应枉召",被司命"发遣令还"(《士人甲》)。庾某也因为"算尚未尽",被府君遣返(《庾某》)。南阳贾偶被当作"某郡文合"而错召,被太山司命遣返(《贾文合》)。唐邦被朱衣吏误以为姓名相近的唐福而"滥取"。渎职的朱衣吏被"鞭之",唐邦被"遣将出",唐福"少时而死"(《唐邦》)。章沉则因为私人关系,"天曹主者是其外兄","断理得免"(《章沉》)。

由复生演化而来的自冥间返回人间的旅行,与一般旅行途中的故事如出一辙。贾文合返回途中,"时日暮,遂至郭外树下宿"。在这里,他遇到独行的少女,"愿交欢于今夕"。虽然少女"终无动志",但复生之后,其父"竟以此女配文合"(《贾文合》)。章沉回归时,"脚痛疲顿,殊不堪行。会日亦暮,止道侧小窟,状如客舍"。章沉与女子秋英"共宿嬿接"。回到人间之后，女子由家长嫁给了章沉(《章沉》)。与庾某邂逅的女子不仅年轻漂亮，"年十五六，容色闲丽"，而且慷慨大义，"脱左臂三只金钏"，以作为庾某贿赂门史的礼物，使得庾某摆脱门史的阻碍，从而离开冥间(《庾某》)。

这些故事都涉及性质不同的两个世界——冥间和人间。主人公因为死而进入冥间，因为复生而回到人间。另外一些故事同样涉及两个世界——生者的世界与死者的世界。主人公在某种情况下误入死者的世界。秦树"尝自京归，未至二十里许，天暗失道，遥望火光，往投之"(《秦树》)。义兴周某从都中归来，"未至村，日暮，道边有新草小屋"。周"便求寄宿"(《义兴周某》)。句章人"至东野还，暮不及还家，见路旁小屋燃火，因投宿止"(《陈阿登》)。邹览在"无所庇宿"的情况下，"顾见塘下有人家灯火，便往投之"(《邹览》)。张禹"曾行经大泽中。天阴晦，忽见一宅门大开，禹遂前至厅事"，"欲寄宿"(《张禹》)。卢充"先冬至一日出家西猎，见一獐，举弓而射，即中之。獐倒而复起，充逐之，不觉远"。途中"忽见一里门如府舍"，卢充被迎入其中(《卢充》)。黄原携带青犬，"随邻里猎。日垂夕，见一鹿，便放犬。犬行甚迟，原绝力逐，终不及。行数里，至一穴，入百余步，忽有平衢，槐柳列植，行墙回匝。原随犬入门"(《黄原》)。在那里，主人公或与其中的女子邂逅相遇，"遂与寝止"(《秦树》)；或惊奇地发现，称为"阿香"的女子，被官唤去"推雷车"；其夜所遭逢的"大雷雨"，竟然是"年可十六七，姿容端正，衣服鲜洁"的女子所施行的结果(《义兴周某》)；或亲聆少女"弹弦而歌"，少女既用歌来暗示其"连绵葛上藤"的情怀，又用歌来吐露其"姓陈名阿登"的信息(《陈阿登》)；或见亡儿因其生母将要改嫁而悲伤啼哭(《邹览》)；或听亡女诉说其子女受后母虐待，并且受其请求，协助其报复后母(《张禹》)；或与崔少府小女成婚，行三日婚礼(《卢充》)；或被太真夫人许配，与其弱笄小女妙音行夫妇之礼(《黄原》)；或被紫玉魂灵邀入墓中，"与之饮宴，留三日三夜，尽夫妇之礼"(《紫玉》)。

除了韩重之外，秦树、邹览、卢充、张禹、句章人等，都是不知不觉地、无意间进入死者所生存的世界。也就是说，进入墓中世界不是主人公有意为之的结果。只有在梦幻般的、非理性的状态下，才有可能发生这样的转换。假如一开始即知所遇为死后世界，通常的反应是恐惧，甚至是拒绝。紫玉邀韩重"还冢"时，韩重曰："死生异路，惧有尤愆，不敢承命。"不知不觉的状态就顺利、自然得多。只有在回到人间时，才突然意识到之前所遇是在墓中。秦树与女子分别之后，"低头急去，数十步，顾其宿处，乃是冢墓"（《秦树》）。吴详离开"共寝息"的张姑子之后，"行至昨所应处，过溪。其夜水大瀑溢，深不可涉。乃回向女家，都不见昨处，但有一冢"（《吴详》）。义兴周某"既上马，看昨所宿处，止见一新冢，冢口有马尿及余草"（《义兴周某》）。句章人离别陈阿登之后，在东郭外食肆中，"因说昨所见"。卖食母惊曰："此是我女，近亡，葬于郭外。"（《陈阿登》）邹览离开茅屋中的父子之后，"顾视不见向屋，唯有两冢，草莽湛深"（《邹览》）。这样的转换，折射出人物的惊奇或惊讶，以及高度紧张之后的释然、放松，富有戏剧性。

九、返回

卢充被遣离开冥间，"上车，去如电逝，须臾至家"（《卢充》）。冥间主者以"犊车一乘，两辟车骑，两吏"，为石长和送行，石"上车而归"，"倏然归家"（《石长和》）。李清返回人间时，阮敬"与清一青竹杖，令闭眼骑之。清如其语，忽然至家"（《李清》）。再生被表现为两个世界之间的旅行，因而可以借助代步工具，快捷而省力。

也可以是步行。而步行有时会给脚带来挑战。士人甲被遣回人间时，"脚痛不能行"。如果"卒以脚痛不能归"，押取他的吏就会"坐枉人之罪"。为解决这一难题，司命令人把胡人康乙的脚换给士人甲。换脚有利于甲，而无碍于乙，"彼此无损"。这是司命给出的换脚的"合理性"。而当事人却以为"胡形体甚丑，脚殊可恶"，故"终不肯"。司命与士人甲之间在角度上的错位，以及士人甲拒绝换脚的理由不是事件本事的荒诞，而是"形体"的丑陋，这是双重错位。被迫换脚之后，并用被换的脚返回人间之后，家人见是胡脚，"丛毛连结，且胡臭"。士人甲自己也"了不欲见"。换脚的"惆怅"甚至大过复生的意义，"虽获更活，每惆怅殆欲如死"。甲虽然复生，其脚却随着"胡尸"而被"殡敛"，作为躯体之一部分永远地死去了。胡儿也把其脚视为亡父的一部分，每节朔，"驰往，抱甲脚号咷；忽行路相遇，便攀援啼哭"。被换的脚成为复生的最大缺憾，"终身憎秽，未尝误视，虽三伏盛暑，必复重衣，无暂露也"（《士人甲》）。再生故事因而转换为喜剧故事。

十、魂归躯体

某人死后，如果"心下尚暖"（《程道慧》），或"体尚温柔"（《慧达》），赵泰"心上微暖"（《赵泰》），还没有埋葬，尸体还在停留状态，那么，复生的过程就是灵魂回到躯体的过程。

李清从冥间旅行归来的时候，"家中啼哭""乡亲塞堂"，灵魂被挡在外面，"欲入不得"。如果此时还不能复活，尸体就会被装进棺材，因为恰在此时"买材还"，生离死别就成定局。在这种紧急关头的复活因而具有戏剧性。李清因为哭吊的人多，灵魂未能顺利进入尸体，而且，魂至尸前，"闻其尸臭，自念悔还"。但是，"外人逼突"，灵魂无法离去，"不觉入尸"，"于是而活"（《李清》）。唐遵在冥间"随路而归，俄而至家"的时候，也差一点被装进棺材而不得复生。可就在其家"治棺将竟，方营殡殓"的时候，唐遵的灵魂找到了尸体，"尸寻气通，移日稍差"（《唐遵》）。石长和游历冥间归来，"见尸大如牛，闻尸臭，不欲入其中"。徘徊再三，"绕尸三匝"时，"其亡姊于后推之，便踣尸面上，因即稣"（《石长和》）。程道慧从地狱归来时，"至户，闻尸臭，惆怅恶之。时宾亲奔吊，突慧者多，不得徘徊，因进入尸，忽然而稣"（《程道慧》）。慧达游历地狱、经受冥罚之后，被遣出冥间，"遥见故身，意不欲还。送人推引，久久乃附形，而得稣活"（《慧达》）。

章沉"死经数日"而未殓（《章沉》）；庾某"经宿未殡"（《庾某》）；康阿得"死三日"（《康阿得》）；支法衡"亡经三日"（《支法衡》）；石长和"死四日"（《石长和》）；慧达"家未殓"已有七日（《慧达》）；赵泰甚至"停尸十日"（《赵泰》）。尸体停放的时间长短不一，这就涉及尸体的防腐问题。李清、石长和、程道慧等都因为"尸臭"而不愿回归。"尸臭"给复活过程增添了波折和戏剧性。

《干庆》的故事性主要表现在防腐问题上。故事中的术士吴猛在为干庆"请命"的同时，让家人"未可殡敛"。"尸卧净舍"已经七日，而且时逢"盛暑"，干庆"形体向坏"。吴猛令家人不断以水降温，设法防止尸体腐烂，"教令属纩候气续，为作水，令以与洗并饮嗽"。干庆苏醒之后，"又令以水含洒"。干庆"乃起，吐血数声，兼能言语，三日平复"（《干庆》）。

十一、协助

如果已经殡敛,那么,如何开棺、如何从墓中出来,就会成为再生的关键。

除个别人物不需要任何理由地"出在棺外"(《赵春》),绝大多数主人公从墓中出来都需要他人的帮助。比如,杜锡婢被误埋墓中十余年(《杜锡婢》),或者干宝父妾被生推墓中十年之后(《干宝父妾》),都在"开冢祔葬"的时候得以复苏。或在家人的帮助下,从墓中醒来。史妁临时之前,就告诉其母"我死当复生",并让家人"以竹杖柱于瘗上,若杖折,掘出我"。七日后,"杖果折,即掘出之,已活,走至井上浴,平复如故"(《史妁》)。河间郡女子"死而更生",需要男子"发冢,开棺",才能"苏活"。男子将女子"负还家,将养数日",女子"平复如初"(《河间郡男女》)。徐玄方女的复生,先经过马子的祭奠仪式:"以丹雄鸡一只,黍饭一盘,清酒一升,醊其丧前,去厮十余步",然后由马子"掘棺出,开视","徐徐抱出,著毡帐中";复活之后,还需要长时间精心养护,从而"颜色肌肤气力悉复如常",恢复为正常人(《徐玄方女》)。没有他人的帮助,再生便无从谈起。

如果延误开棺时间,或过早开棺而泄露其过程,则会导致再生的失败。已经"棺敛"的颜畿,先是借引丧者之口,告知"今当复活,慎无葬"。后又托梦其妇、母,告知"当复生,可急开棺"。其父"不听"。直到其弟颜含以"非常之事,自古有之"相劝,父乃"从之,乃共发棺,果有生验,以手刮棺,指爪尽伤"。尽管已经开棺,但延误太久,"气息甚微,存亡不分"。虽然"将护累月","饮食稍多,能开目视瞻,屈伸手足",但"不与人相当,不能言语"。这是一种"半复生"的状态(《颜畿》)。唐遵长姊儿道文被冥间录去而又"蒙恩放",因"留看戏,不即还去,积日方归"。还没来得及复活,"家已殡殓,乃入棺中"。道文"摇动棺器,冀望其家觉悟开棺;棺遂至路,落棺车下"。如此时开棺,还有复活的可能。但其家"乃问卜者",卜者说开棺"不吉",其家"遂不敢开",原本能够复活的道文,最终"不得复生"(《唐遵》)。李仲文女即将复生为人,"体已生肉,姿颜如故"。但因为"无状忘履,以致觉露",双方家长过早地"发棺视之","自后遂死,肉烂不复得生"(《李仲文女》)。

《夷坚乙志》载，毕令长女的鬼魂与士人"缱绻情通"的同时，其在棺中的尸体"正叠足坐，缝男子头巾。自腰以下肉皆新生，肤理温软，腰以上犹是枯腊"，棺盖上的大钉甚至已经"皆拔起寸余"。其生肉复活的迹象已很明显。据说，道家有所谓"回骸起死，必得生人与久处，便可复活"的说法。毕令长女与士人的"缱绻"就是复活的必经途径。但因为要验证士人是否"妄言"，棺木被过早打开，尚未完成的生肉过程被破坏，"事既彰露，不可复续"，复活过程因而失败（《毕令女》）。与谈生"为夫妇"的女子也处在再生过程中，"其腰已下，肉如人；腰已上，但有枯骨"。但就在"垂生"之际，谈生违背了女子"勿以火照我"的禁令，"盗照视之"，致其复活努力功亏一篑，前功尽弃（《谈生》）。

十二、盗墓

如果没有家人帮助，或者不被人所知，盗墓便成为再生故事的常见单元。

盗墓的历史非常久远。据说，下邳太守王玄象"好发冢"，甚至到了"地无完椁"的地步（《王玄象》）。盗墓也很早被想象为再生的方式。汉宫人冢被盗发时，"宫人犹活，既出，平复如旧"（《汉宫人》）。太原冢被盗时，"棺中有一生妇人。将出与语，生人也"（《太原冢》）。冯贵人冢被盗发时，"颜色如故，但肉小冷"（《冯贵人》）。被王玄象打开的棺中，"见一女子，可二十，姿质若生，卧而言曰：'我东海王家女，应生。资财相奉，幸勿见害。'"盗墓者"斩臂"而取女臂上玉钏，"于是女复死"（《王玄象》）。

盗墓被表现为复生的必经途径，需要合理化的过程。就事件本身而言，蔡仲盗墓与现实中的盗墓没有什么不同。其"以斧剖棺"，动机是劫财，"闻娥富，谓殡当有金宝，乃盗发冢求金，以斧剖棺"。但其后果却导致李娥的复生。从这个意义上说，蔡仲的盗墓不是一般意义上的劫财，而是鬼神指使的行动。李娥"误为司命所召"而被遣出，既"不知道，不能独行"，"形体又为家人所葬埋，归当那得自出"。如果没有蔡仲的盗墓，李娥将复生无门。一般意义上的盗墓行为，在故事里被转化为救命之义举。"埋于城外，已十四日"的李娥因此得以从棺中出来。正是为了体现这样的功能意义，蔡仲的行为被表现为冥府户曹的安排。在外兄刘伯文的请求下，户曹让李黑陪伴李娥返回，并在途中过访比舍蔡仲家，让蔡仲

"发出娥"。蔡仲的行为被表现为"为鬼神所使,虽欲无发,势不得已"。通常"依法,当弃市"的盗墓行为,受到武陵太守的"宽宥"(《李娥》)。

十三、新生

再生不是简单地回到原点。无论是死而复生,还是偶然进入冥间或墓中后再回到人间,都是非同寻常的。这种非同寻常的经历常常赋予主人公以非同寻常的能力。史姁被从墓中掘出之后,从考城到下邳相距"千里",他能"一宿便还"。为了替贾和探知其姊在乡下得病的情况,"路遥三千"的距离,史姁能"再宿还报"(《史姁》)。戴洋复生后,"妙解占候"(《戴洋》)。干宝父妾复生后,能预告"家中吉凶","校之悉验"(《干宝父妾》)。

由于再生,某种神奇能量或法术会由冥间被带到人间。李娥复活,带回外兄刘伯文的书信,并使得刘伯文来到阳世与其子相会。刘伯文留下一丸药,"以涂门户,则辟来年妖疠"。次年春,"武陵果大病,白日皆见鬼,唯伯文之家,鬼不敢向"(《李娥》)。王祐复活时,冥府参佐留下"出入辟恶灾,举事皆无恙"的赤笔十余枝。王祐将赤笔分送人,凡是得到赤笔的人"经疾病及兵乱,皆亦无恙"(《王祐》)。河伯婿离开河伯府时,带回三卷方,包括《脉经》一卷,《汤方》一卷,《丸方》一卷,以此"周行救疗,皆致神验"(《河伯婿》)。

再生使主人公得以延长寿命,并被赋予显赫地位。得到冥吏帮助而免去死期的张闿,不仅活到"年六十",而且"位至光禄大夫"(《张闿》)。贺瑀被带到府君居处,其中有两样东西任由所取,一是剑,二是印。得印"可以驱策百神",得剑则"唯使社公"。贺瑀取剑而舍印,虽然遗憾,但"每行,即社公拜谒道下",同样具有神奇的能量(《贺瑀》)。琅琊王某被"特与三年之期",并被告知:"此间三年,世中是三十年。"复生之后,王某多活了"三十年"(《琅琊王某》)。

再生或偶然从墓中归来,这样的经历常常给主人公带来好运或福气。韩重离开墓中时,得到紫玉所赠的"径寸明珠",而且由低微的"童子""诸生",一跃而成为吴王的女婿(《紫玉》)。谈生与已死的女子"为夫妇"之后,不仅被赠以珠被(或作珠袍),而且被睢阳王"以为女婿",其儿也被表为"侍中"(《谈生》)。卢充经过墓中与崔少府女的"幽婚"

之后,"儿遂成为令器,历数郡二千石,皆著绩。其后生植,为汉尚书。植子毓,为魏司空。冠盖相承至今"(《卢充》)。辛道度与秦闵王女在墓中成婚之后,被秦妃识为"真女婿",封"驸马都尉","赐金帛牛马,令还本国",衣锦还乡(《辛道度》)。马子与死而复生的徐氏女"聘为夫妇"之后,"生二儿一女:长男字元庆,永嘉初为秘书郎中;小男字敬度,作太傅掾;女适济南刘子彦,征士延世之孙云"(《徐玄方女》)。即使是平民化的买粉儿,在"更生"之后,其与卖粉女终成眷属,"子孙繁茂"(《买粉儿》)。

而且,在六朝故事中,再生常常象征着精神的升华与皈依。舒礼曾为巫师,"事三万六千神,为人解除祠祀,或杀牛犊猪羊鸡鸭"。其行为也就是所谓"佞神杀生",与佛教信念背道而驰。复活之后,其信仰发生根本性改变,由以前的巫师,转变为"不复作巫师"(《舒礼》)。元稚宗生前"好猎"。再生后,"遂断渔猎"(《元稚宗》)。程道慧原本"世奉五斗米道,不信有佛",并以信佛者为"信惑胡言"。其在冥间的经历使他恢复到"五生五死"之前曾经"奉佛"的"先身",找回已经"忘失"的"本志"(《程道慧》)。苏活之后的支法衡"持戒菜食,昼夜精思,为至行沙门",完成了"出家"、皈依佛门的过程(《支法衡》)。死而复生的过程使得李清由"迷着世乐,忘失本业,背正就邪"的状态,转变为"归心三宝,勤信佛教,遂作佳流弟子"(《李清》)。刘萨荷"长于军旅,不闻佛法,尚气武,好畋猎。苏活后,"奉法精勤",不仅"出家",而且,作为身份标记的名字也换为"慧达"。曾经的"刘萨荷"不复存在(《慧达》)。或者,不仅主人公本人更加坚定对佛的信念,而且,其家人也都受到佛的福佑,或者感受到佛的召唤。唐遵姑、大姊儿道文、小姊、从叔等众多亲属"生时不信罪福,今并遭涂炭,长受楚毒,焦烂伤痛,无时暂休"。唐遵在冥间得知这一切之后,复生时,"劝示亲识,并奉大法"(《唐遵》)。赵泰由地狱回到人间之后,"由是大小发意奉佛,为祖、父母及弟悬幡盖,诵《法华经》作福也"(《赵泰》)。

皈依亦即《法苑珠林》所说的"舍邪归正"[1]。这些故事与西方文学

---

[1] 参阅《法苑珠林校注》第五十五卷目录。

中的"改宗经验"或皈依主题不无相似之处①。由一种信仰转变为另一种信仰，或者由无信仰变为有信仰，这样的改变，涉及整体价值观或人生态度的颠覆或重构，不是轻而易举的事。所有的升华或皈依都必须经过最严酷的考验。舒礼被"牛头人身"的怪物"捉铁叉，叉礼著熬上，宛转，身体焦烂，求死不得"（《舒礼》）。元稚宗被"皮剥脔截，具如治诸牲兽之法"；"剖破解切，若为脍状"；"镬煮炉炙，初悉糜烂，随以还复，痛恼苦毒，至三乃止"（《元稚宗》）。刘萨荷被"以叉叉之，投镬汤中。自视四体，溃然烂碎"（《慧达》）。即使不是再生者本人受到这样的惩罚，也是他的亲眼所见。程道慧历观地狱，见"人众巨亿，悉受罪报。见有猘狗啮人，百节肌肉散落，流血蔽地。又有群鸟，其喙如锋，飞来甚速，歘然而至，入人口中，表里贯洞。其人宛转呼叫，筋骨碎落"（《程道慧》）。支法衡见"罪人当轮立"，"轮转来轹之，翻还如此，数人碎烂"（《支法衡》）。康阿得在地狱，"见未事佛时亡伯、伯母、亡叔、叔母，皆著杻械，衣裳破坏，身体脓血"；见"卧铁床上者，烧床正赤"（《康阿得》）。赵泰游历地狱，见到"生时不作善"的人从事苦力，"接沙著岸上，昼夜勤苦啼泣"；见到"咒诅骂詈，夺人财物，假伤良善"的人，"堕火剑上，贯其身体"。杀者、偷盗者、淫逸者、恶舌者、抵债者等道德败坏的人，亦即不信佛者堕入"畜生道"，"皆变身形作鸟兽"（《赵泰》）。不经过这样的折磨，或者说，没有这样的亲见亲闻，就不可能发生如此深刻的改变。这样的折磨，既是一种惩罚，更是一种考验，是主人公精神升华或皈依的必经之路。

---

① 参阅［美］华莱士·马丁，伍晓明译《当代叙事学》，北京大学出版社1990年版，第83页。

附录一：死亡与再生故事一览表

人物		冥职	求救	相助			结局	
王祐	赵公明府参佐	将军	老母年高，前无供养	同为士类，又是同乡，愿意"相为"	—	—	大老子业准许	
曹宗之	北海王使者	相屈为府佐	—	"先有福业，应受显要，当经卤簿官"，被遣归家，后当更议	—	—	送出，苏醒	—
刘赤父	蒋侯	主簿	母老子弱，叩头流血，乞蒙放恕，请以魏过自代	不许	—	—	死	—

（续上表）

人物		冥职	求救	相助			结局	
砻石	朱衣人	使役	厚为施设	—	—	—	鬼帮助,渐差	—
		泰山聘为主簿	求复得见愍	—	—	—	迎使至,别亲友	—
王文度	二驺	平北将军,徐、兖二州刺史	—	—	—	—	迎官至,病薨	
许攸	乌衣吏	北斗君,陈康为主簿	—	—	—	—	二人同日死	
刘青松	一人着公服	鲁郡太守	—	—	—	—	升车而去	
费庆伯	三驺	—	叩头祈,酒食见待	因许回换。乞秘隐	妻性猜妒,因具告其状		三驺楚挞流血,庆伯得暴疾而卒	
闾剿	二乌衣吏	捉枻	—	—	—	—	逃归,再捉回。被放出,归家,死	
周式	一吏	—	寄载	—	嘱勿发其书	盗发视书	—	
			叩头流血	—	嘱三年勿出门	父使往吊邻人	吏受连累为鞭杖,式死亡	

（续上表）

人物	冥职		求救	相助			结局	
张闿	鬼，承北台使	—	寄载,以豚酒祀之,固请求救	—	—	—	鬼以黄闿代之	年六十,位至光禄大夫
徐泰	二人	出簿书示曰："汝叔应死。"	叩头祈请	—	—	—	以张隗代之。叔病乃差	—
郭秀之	一人	"仆来召君,君宜速装。"	—	—	—	—	亡	—
索卢贞	上司之子荀粹	官须得三将	—	—	—	—	龚颖代之死,索卢贞苏	
王矩	杜灵之	左司命主簿	—	—	—	—	卒	
吕石、戴本、王思	—	—	—	—	—	—	三人同日死	
王矩	杜灵之	左司命主簿	—	—	—	—	卒	
施续门生	鬼	—	请乞酸苦	—	—	—	以帐下都督代之	—

（续上表）

人物		冥职	求救	相助			结局	
王思规	一吏	主簿	—	—	—	—	空中垂旌罗列，如送葬	—
乐遐	空中闻呼夫妇名	—	—	—	—	—	相继卒	—
石秀之	一人受泰山府君遣	工匠	以刘政自代	—	—	—	刘死，石犹存	—
唐邦	朱衣吏	被误为唐福而滥取	—	—	—	—	朱衣吏因滥取而敕鞭之，唐邦遣出，唐福死	—
桓哲、梅玄龙	—	卒、泰山府君					先后死	—
徐郎	天女	今当为徐郎妻	隐藏不出，夜无酬接之礼	女去，索所赠衣物		—	怨骂，卒	—
干庆	王	—	—	吴猛请命，激水		—	复活	—

(续上表)

人物		冥职	求救	相助			结局	
王长豫	—	—	—	蒋侯请命	—	—	命尽非可救者	—
琅琊王某	—	—	叩头,以"孤儿尚小",求救	—	—	—	特与三年之期	—
曲阿人	—	雷公	不乐处职	广父遣出	—	—	复活	—
士人甲	司命	—	—	—	—	—	因"算历未尽",遣还	—

附录二：死亡与再生故事实例

1. 王文度

《法苑珠林》卷五六引《幽冥录》：晋王文度镇广陵，忽见二驺持鹄头板来召之。王大惊，问驺："我作何官？"驺云："尊作平地将军，徐、兖二州刺史。"王曰："我已作此官，何故复召邪？"鬼云："此人间耳，今所作是天上官也。"王大惧之。寻见迎官玄衣人及鹄衣小吏甚多。王寻病薨。

《太平御览》卷六〇六引《幽明录》：王大度镇广陵，忽见二驺持鹄头板来召之。王大惊，问驺："我作何官？"云："尊作平北将军，徐、兖二州刺史。"王曰："吾已作此官，何故复召耶？"鬼云："此人间耳，且今所作是天上官也。"王大惧，亦寻见迎官玄衣人及鹄衣小吏甚多，王寻疾薨。

2. 许攸

《太平广记》卷二七六引《幽明录》：许攸梦乌衣吏奉漆案，案上有六封文书，拜跪曰："府君当为北斗君，明年七月。"复有一案，四封文书，云："陈康为主簿。"觉后，适康至，曰："今来当谒。"攸闻益惧，问康曰："我作道师，死不过作社公，今日得北斗。主簿，余为忝矣。"明年七月，二人同日而死。

3. 刘青松

《太平广记》卷三二一引《幽明录》：广陵刘青松晨起，见一人着公服，赍板云："召为鲁郡太守。"言讫便去。去后亦不复见。至来日，复至曰："君便应到职。"青松知必死，告妻子处分家事，沐浴。至晡，见车马，吏侍左右。青松奄忽而绝。家人咸见其升车，南出百余步，渐高而没。

4. 王思规

《太平广记》卷三二二引《甄异录》：长沙王思规为海盐令，忽见一吏，思规问："是谁？"吏云："命召君为主簿。"因出板置床前。吏又曰："期限长，远在十月。若不信我，到七月十五日日中时，视天上，当有所见。"思规敕家人至期看天，闻有哭声，空中见人，垂旐罗列，状如送葬。

5. 王矩

《太平广记》卷三二二引《幽明录》：衡阳太守王矩，为广州。矩至长沙，见一人长丈余，着白布单衣，将奏在岸上，呼矩："奴子过我！"矩省奏，为杜灵之，入船共语，称叙希阔。矩问："君京兆人，何时发来？"答矩："朝发。"矩怪问之。杜曰："天上京兆。身是鬼，见使来诣君耳。"矩大惧。因求纸笔，曰："君必不解天上书。"乃更作，折卷之，从矩求一小箱盛之，封付矩曰："君今无开，比到广州，可视耳。"矩到数月，悁悒，乃开视，书云："令召王矩为左司命主簿。"矩意大恶，因疾卒。

《晋书》卷一百《王机传》：机兄矩，字令式。美姿容，每出游，观者盈路。初为南平太守，豫讨陈恢有功，迁广州刺史。将赴职，忽见一人持奏谒矩，自云京兆杜灵之。矩问之，答称："天上京兆，被使召君为主簿。"矩意甚恶之。至州月余卒。

《艺文类聚》卷七九引王隐《晋书》曰：镇南刘弘，以故刺史王毅子衡阳太守矩为广州。矩至长沙，见一人长大，着布单衣，自持奏在岸上。矩省奏云"京兆杜灵之"。仍入舡共语，称叙希阔。矩问："君京兆人，何时发来？"答曰："朝发。"矩怪京兆去此数千，那得朝发今到。杜答云："仆天上京兆。去此乃数万，何止数千乎？"

6. 桓哲

《太平御览》卷九八一引《续搜神记》：桓哲（一作誓）字明期，居豫章时，梅玄龙为太守，先已病矣。哲往省之，语梅云："吾昨夜忽梦见作卒，迎卿来作泰山府君。"梅闻之愕然，曰："吾亦梦见卿为卒，著丧衣，来迎我。"经数日，复同梦如前，云"二十八日当拜"。至二十七日

晡时，桓忽中恶腹满，就梅索麝香丸。梅闻，便令作凶具。二十七日，桓便亡。二十八日而梅卒。(《搜神后记》三)

《太平广记》卷二七六引作《续搜神记》：桓誓字明期，居豫章时，梅玄龙为太守，先已病矣。誓往看之，语玄龙云："吾昨夜忽梦见君，着丧衣，来迎我。"经数日，复梦如前。云："二十八日当拜。"二十七日，桓忽中恶，就玄龙索麝香丸。玄龙闻，令作凶具。二十七日桓亡。二十八日龙卒。

7. 蒋济亡儿

《三国志·魏书·蒋济传》注引《列异传》：蒋济为领军，其妻梦见亡儿涕泣曰："死生异路。我生时为卿相子孙，今在地下为泰山伍伯，憔悴困辱，不可复言。今太庙西讴士孙阿，今见召为泰山令，愿母为白侯属阿，令转我得乐处。"言讫，母忽然惊寤。明日以白济，济曰："梦为尔耳，不足怪也。"明日暮，复梦曰："我来迎新君，止在庙下；未发之顷，暂得来归。新君明日日中当发，临发多事，不复得归。永辞于此。侯气强，难感悟，故自诉于母。愿重启侯，何惜不一试验也？"遂道阿之形状，言甚备悉。天明，母重启侯曰："昨又梦如此。虽云梦不足怪，此何太适适，亦何惜不一验之？"济乃遣人诣太庙下，推问孙阿，果得之；形状证验，悉如儿言。济涕泣曰："几负吾儿！"于是乃见孙阿，具语其事。阿不惧当死，而喜得为泰山令，惟恐济言不信也。曰："若如节下言，阿之愿也。不知贤子欲得何职？"济曰："随地下乐者与之。"阿曰："辄当奉教。"乃厚赏之。言讫，遣还。济欲速知其验，从领军门至庙下，十步安一人，以传阿消息。辰时传阿心痛，巳时传阿剧，日中传阿亡。济泣曰："虽哀吾儿之不幸，且喜亡者有知。"后月余，儿复来，语母曰："已得转为录事矣。"(《太平广记》卷二七六亦作《列异传》)

《类林杂说》卷六引《列异传》：蒋济字子通，楚郡平阿人也。魏文帝时为太尉。济有子，亡经十年，其妻夜梦亡儿告之曰："在地下属太山，辛苦不可言。今领军府南有孙阿者，太山府君欲为录事，愿母属孙阿，使某得乐处。"其母惊觉，涕泣告济。济为人刚强，初不信。至明夜，又梦儿还，如前言。复告济。济召阿至，乃述梦中嘱阿。阿曰："诺。如之言，地下与君方便。"经旬日，阿病卒。后数日，其妻还梦见亡儿来，曰："某地下乃得孙阿太山录事力也。"

《搜神记》卷十六：蒋济，字子通，楚国平阿人也，仕魏，为领军将军。其妇梦见亡儿涕泣曰："死生异路，我生时为卿相子孙，今在地下，为泰山伍伯，憔悴困苦，不可复言。今太庙西讴士孙阿见召为泰山令，愿母为白侯，属阿，令转我得乐处。"言讫，母忽然惊寤。明日以白济。济曰："梦为虚耳，不足怪也。"日暮，复梦曰："我来迎新君，止在庙下。未发之顷，暂得来归。新君，明日日中当发。临发多事，不复得归。永辞于此。侯气强，难感悟，故自诉于母，愿重启侯：何惜不一试验之？"遂道阿之形状言甚备悉。天明，母重启济："虽云梦不足怪，此何太适适，亦何惜不一验之？"济乃遣人诣太庙下，推问孙阿，果得之，形状证验，悉如儿言。济涕泣曰："几负吾儿。"于是乃见孙阿，具语其事。阿不惧当死，而喜得为泰山令，惟恐济言不信也，曰："若如节下言，阿之愿也。不知贤子欲得何职？"济曰："随地下乐者与之。"阿曰："辄当奉教。"乃厚赏之。言讫，遣还。济欲速知其验，从领军门至庙下，十步安一人，以传消息。辰时，传阿心痛；巳时，传阿剧；日中，传阿亡。济曰："虽哀吾儿之不幸，且喜亡者有知。"后月余，儿复来，语母曰："已得转为录事矣。"

8. 阎剽

《太平广记》卷三二〇引《灵鬼志》：吴兴武唐阎剽，凌晨闻外拍手，自出看，见二乌帻吏，径将至渚，云："官使乘船送豆至。"乃令剽枻，二吏绁挽。至嘉兴郡，暂住逆旅。及平望亭，潜逃得归。十余日外，复有呼声，又见二吏，云："汝何敢委叛？"将至船，犹多菽。又令捉枻船，二吏绁挽，始前。至嘉乐故塚，谓剽曰："我须过一处，留汝在后，慎勿复走。若有饮食，自当相唤。"须臾，一吏呼剽上，见高门瓦屋，欢宴盈堂，仍令剽行酒，并赐炙啖。天将晓，二吏云："而见去，汝且停。"顷之，但见高坟森木，剽心迷乱。其家寻觅，经日方得。寻发大疮而死。

9. 郭秀之

《太平广记》卷三二五引《述异记》：郭秀之，寓居海陵。宋元嘉二十九年，年七十三，病止堂屋。北有大枣树，高四丈许。小婢晨起，开户扫地，见枣树上有一人，修壮黑色，著皂蝶帽，乌韦裤褶，手操弧矢，正立南面。举家出看，见了了。秀之扶杖视之，此人谓秀之曰："仆来召君,君宜速装。"日出便不复见,积五十三日如此,秀之亡后便绝。

10. 盛逸

《艺文类聚》卷八九引《孔氏志怪记》:会稽盛逸尝晨兴,路未有行人。见门内柳树上有一人,长二尺,衣朱衣冠冕,俯以舌舐树叶上露。良久,忽见逸,神意如惊,遽即隐不见。(《太平御览》九五七引作《孔氏志怪》)

11. 蒋侯婿

《法苑珠林》卷七五引《志怪传》:宋咸宁中,太常卿韩伯子某,会稽内史王蕴子某,光禄大夫刘耽子某,同游蒋山庙。有数妇人像,甚端正。某等醉,各指像以妻匹配,戏弄之。即以其夕,三人同梦蒋侯遣传教相闻,曰:"家子女并丑陋,而猥蒙荣顾,辄克某月某日悉相迎。"某等以其梦指适异常,试往相问,而果各得其梦,符协如一。于是大惧,备三牲,诣庙,谢罪乞哀。又俱梦蒋侯亲来降已,曰:"君等既已顾之,实贪会对。克期垂及,岂容方更中悔。"经少时并亡。(《太平广记》二九三引《志怪》)

12. 张璞

《搜神记》卷四:张璞,字公直,不知何许人也,为吴郡太守。征还,道由庐山。子女观于祠室,婢使指像人以戏曰:"以此配汝。"其夜,璞妻梦庐君致聘曰:"鄙男不肖,感垂采择,用致微意。"妻觉,怪之。婢言其情。于是妻惧,催璞速发。中流,舟不为行。阖船震恐,乃皆投物于水,船犹不行。或曰:"投女则船为进。"皆曰:"神意已可知也。以一女而灭一门,奈何?"璞曰:"吾不忍见之。"乃上飞庐卧,使妻沈女于水。妻因以璞亡兄孤女代之。置席水中,女坐其上,船乃得去。璞见女之在也,怒曰:"吾何面目于当世也!"乃复投己女。及得渡,遥见二女在下。有吏立于岸侧,曰:"吾庐君主簿也。庐君谢君,知鬼神非匹,又敬君之义,故悉还二女。"后问女,言:"但见好屋、吏卒,不觉在水中也。"(《太平广记》卷二九二引作《搜神记》)

《水经注》卷三九:昔吴郡太守张公直自守征还,道由庐山。子女观祠,婢指女戏妃像人。其妻夜梦致聘,怖而遽发。明引中流,而船不行。

合船惊惧，曰："爱一女而合门受祸也。"公直不忍，遂令妻下女于江。其妻布席水上，以其亡兄女代之，而船得进。公直方知兄女，怒妻曰："吾何面目于当世也！"复下己女于水中。将渡，遥见二女于岸侧。傍有一吏立，曰："吾庐君主簿，敬君之义，悉还二女。"故干宝书之于感应焉。

13. 曹著

《搜神记》卷四：建康小吏曹著，为庐山使所迎，配以女婉。著形意不安，屡屡求请退。婉潸然垂涕，赋诗序别。并赠织成裈衫。（《北堂书钞》卷一四二、《太平御览》卷八四九、卷五七三引作祖台之《志怪》）

14. 徐郎

《太平广记》卷二九二引《幽明录》：京口有徐郎者，家甚褴褛，常于江边拾流柴。忽见江中连船盖川而来，迳回入浦，对徐而泊。遣使往云："天女今当为徐郎妻。"徐入屋角，隐藏不出，母兄妹劝励强出。未至舫，先令于别室为徐郎浴，水芬香，非世常有。赠以缯绛之衣。徐唯恐惧，累膝床端，夜无酬接之礼。女怒，遣之使出，以所赠衣物乞之而退。家大小怨情煎骂，遂懊叹卒。

15. 甄冲

《太平广记》卷三一八引《幽明录》：甄冲，字叔让，中山人，为云社令，未至惠怀县，忽有一人来通云："社郎。"须臾便至，年少，容貌美净。既坐寒温，云："大人见使，贪慕高援，欲以妹与君婚，故来宣此意。"甄愕然曰："仆长大，且已有家，何缘此议？"社郎复云："仆妹年少，且令色少双，必欲得佳对，云何见拒？"甄曰："仆老翁，见有妇，岂容违越？"相与反复数过，甄殊无动意。社郎有愠色，云："大人当自来，恐不得违尔。"既去，便见两岸上有人，著帻，捉马鞭，罗列相随，行从甚多。社公寻至，卤簿导从如方伯，乘马舆。青幢赤络，复车数乘。女郎乘四望车，锦步障数十张。婢子八人，夹车前，衣服文彩，所未尝见。便于甄傍边岸上，张幔屋，舒荐席。社公下，隐膝几坐，白旃坐褥，玉唾壶，以玳瑁为手巾笼，捉白麈尾。女郎却在东岸，黄门白拂夹车立，婢子在前。社公引佐吏令前坐，当六十人。命作乐，器悉如琉璃。社公谓甄曰："仆有陋女，情所钟爱。以君体德令茂，贪结亲援，因遣小儿已具宣此旨。"甄曰："仆既老悴，已有室家，儿子且大，虽贪贵聘，不敢闻命。"社公复云："仆女年始二十，姿色淑令，四德克备。今在岸上，勿复为烦，但当成礼耳！"甄拒之转苦，谓是邪魅，便拔刀横膝上，以死拒之，不复与语。社公大怒，便令呼三斑两虎来，张口正赤，号呼裂地，径跳上，如此者数十次。相守至天明，无如之何，便去。留一牵车，将从数十人，欲以迎甄。甄便移惠怀上县中住。所迎车及人至门，中有一人，著单衣帻，向之揖。于此便住，不得前。甄停十余日，方敢去。故见二人著帻，捉马鞭，随至家。至家少日而染病，遂亡。

16. 刘赤父

《搜神记》卷五：刘赤父者，梦蒋侯召为主簿。期日促，乃往庙陈请："母老子弱，情事过切，乞蒙放恕。会稽魏过，多材艺，善事神，请举过自代。"因叩头流血。庙祝曰："特愿相屈。魏过何人，而有斯举？"赤父固请，终不许。寻而赤父死焉。（《太平广记》卷二九三注"出《搜神记》《幽明录》《志怪》等书"。《法苑珠林》卷六七引作《志怪传》，刘赤父作"刘赤斧"，魏过作"魏边"）

17. 费庆伯

《太平广记》卷三二六引《述异记》：宋费庆伯者，孝建中仕为州治中，假归至家，忽见三驺皆赤帻，同来，云："官唤。"庆伯云："才谒归，那得见召？且汝常黑帻，何今得皆赤帻也？"驺答云："非此间官也。"庆伯方知非生人，遂叩头祈。三驺同词，因许回换，言："却后四日，当更诣君，可办少酒食见待。慎勿泄也。"如期果至，云："已得为力矣。"庆伯欣喜拜谢，躬设酒食，见鬼饮啖，不异生人。临去曰："哀君故尔，乞秘隐也。"庆伯妻性猜妒，谓伯云："此必妖魅所罔也。"庆伯不得已，因具告其状。俄见向三驺，楚挞流血，怒而立于前曰："君何相误也？"言讫，失所在。庆伯遂得暴疾，未旦而卒。

18. 礜石

《太平广记》卷三二三引《幽明录》：吉未翰从弟名礜石，先作檀道济参军。尝病，因见人着朱衣，前来揖云："特来将迎。"礜石厚为施设，求免,鬼曰:"感君延接,当为少停。"乃不复见。礜石渐差。后丁艰,还寿阳,复见鬼,曰:"迎使寻至,君便可束装。"礜石曰:"君前已留怀,今复得见愍否?"鬼曰:"前自欲相使役,故停耳。今泰山屈君为主簿,又使随至,不可辞也。"便见车马传教,油戟罗列于前,指示家人,人莫见也。礜石介书呼亲友告别,语笑之中,便奄然而尽。

19. 周式

《搜神记》卷五:汉下邳周式,尝至东海,道逢一吏,持一卷书,求寄载。行十余里,谓式曰:"吾暂有所过,留书寄君船中,慎勿发之。"去后,式盗发视书,皆诸死人录,下条有式名。须臾,吏还,式犹视书。吏怒曰:"故以相告,而忽视之。"式叩头流血。良久,吏曰:"感卿远相载。此书不可除卿名。今日已去,还家,三年勿出门,可得度也。勿道见吾书。"式还不出,已二年余,家皆怪之。邻人卒亡,父怒,使往吊之。式不得已,适出门,便见此吏。吏曰:"吾令汝三年勿出,而今出门,知复奈何?吾求不见,连累为鞭杖。今已见汝,无可奈何。后三日日中,当相取也。"式还,涕泣具道如此。父故不信,母昼夜与相守。至三日日中时,果见来取,便死。(《法苑珠林》卷四十六注出《搜神记》,个别文字有异)

20. 张阖

《太平广记》卷三二一引《甄异录》:□城张阖,以建武二年从野还宅,见一人卧道侧,问之,云:"足病不能复去,家在南楚,无所告诉。"阖悯之。有后车载物,弃以载之。既达家,此人了无感色,且语阖曰:"向实不病,聊相试耳!"阖大怒,曰:"君是何人,而敢弄我也?"答曰:"我是鬼耳,承北台使,来相收录。见君长者,不忍相取,故伴为病卧道侧。向乃捐物见载,诚衔此意。然被命而来,不自由,奈何!"阖惊,请留鬼,以豚酒祀之。鬼相为酹享,于是流涕,固请求救。鬼曰:"有与君同名字者否?"阖曰:"有侨人黄阖。"鬼曰:"君可诣之,我当自往。"阖到家,主人出见,鬼以赤摽摽其头,因回手,以小铍刺其心,主人觉,鬼便出。谓阖曰:"君有贵相,某为惜之,故亏法以相济;然神道幽密,不可宣泄。"阖后去,主人暴心痛,夜半便死。阖年六十,位至光禄大夫。

21. 糜竺

《搜神记》卷四：糜竺，字子仲，东海朐人也。祖世货殖，家赀巨万。常从洛归，未至家数十里，见路次有一好新妇，从竺求寄载。行可二十余里，新妇谢去，谓竺曰："我天使也，当往烧东海糜竺家。感君见载，故以相语。"竺因私请之。妇曰："不可得不烧。如此，君可快去，我当缓行，日中必火发。"竺乃急行归，达家，便移出财物。日中，而火大发。（又见《拾遗记》卷八）

22. 丁姑祠

《搜神记》卷五：淮南全椒县有丁新妇者，本丹阳丁氏女。年十六，适全椒谢家。其姑严酷，使役有程，不如限者，仍便笞搒不可堪。九月九日，乃自经死。遂有灵响，闻于民间。发言于巫祝曰："念人家妇女，作息不倦，使避九月九日，勿用作事。"见形，著缥衣，戴青盖，从一婢，至牛渚津，求渡。有两男子，共乘船捕鱼，仍呼求载。两男子笑，共调弄之，言："听我为妇，当相渡也。"丁妪曰："谓汝是佳人，而无所知。汝是人，当使汝入泥死。是鬼，使汝入水。"便却入草中。须臾，有一老翁，乘船载苇，妪从索渡。翁曰："船上无装，岂可露渡？恐不中载耳。"妪言："无苦。"翁因出苇半许，安处着船中（安处下原有不字，据广记明抄本），径渡之至南岸。临去，语翁曰："吾是鬼神，非人也。自能得过。然宜使民间粗相闻知。翁之厚意，出苇相渡，深有惭感，当有以相谢者。若翁速还去，必有所见，亦当有所得也。"翁曰："恐燥湿不至，何敢蒙谢。"翁还西岸，见两男子复水中。进前数里，有鱼千数，跳跃水边，风吹至岸上。翁遂弃苇，载鱼以归。于是丁妪遂还丹阳。江南人皆呼为丁姑。九月九日，不用作事，咸以为息日也。今所在祠之。（《太平广记》卷二九二引作《搜神记》）

23. 曹宗之

《太平广记》卷三七七引《述异记》：高平曹宗之，元嘉二十五年，在彭城，夜寝不寤，旦亡，晡时气息还通，自说所见：一人单衣帻，执手板，称北海王使者，殿下相唤。宗之随去，殿前中庭有轻云，去地数十丈，流荫徘徊，帷幌之间，有紫烟飘摇，风吹近人，其香非常。使者曰：

"君停阶下，今入白之。"须臾传令："谢曹君，君事能可称，久怀钦迟，今欲相屈为府佐。君今年几？尝经卤簿官未？"宗之答："才干素弱，仰惭圣恩。今年三十，未尝经卤簿官。"又报曰："君年算虽少，然先有福业，应受显要，当经卤簿官。乃辞身，可且归家，后当更议也。"寻见向使者送出门，恍忽而醒。宗之后仕广州，年四十七，明年职解，遂还州，病亡。

24. 徐泰

《搜神记》卷十：嘉兴徐泰，幼丧父母，叔父隗养之，甚于所生。隗病，泰营侍甚勤。是夜三更中，梦二人乘船持箱，上泰床头，发箱，出簿书示曰："汝叔应死。"泰即于梦中叩头祈请。良久，二人曰："汝县有同姓名人否？"泰思得，语二人云："张隗，不姓徐。"二人云："亦可强逼。念汝能事叔父，当为汝活之。"遂不复见。泰觉，叔病乃差。

《太平御览》卷三九九引《续搜神记》：嘉兴徐泰，幼丧父母。叔父隗养之，甚于所生。隗病，侍甚谨。三更中，梦二人乘船持箱，上泰床头，发箱，出簿书示曰："汝叔应死。"泰即于梦中下地叩头。良久曰："汝县有同姓名人不？"泰思得，语鬼云："有张隗，不姓徐。"此人云："亦可强逼，念汝能事叔父，当为汝受之。"遂不复见。

《太平广记》卷一六一、二七六引《搜神记》：嘉兴徐祖，幼孤，叔隗养之如所生。隗病，祖营侍甚勤。是夜，梦一神人告云："汝叔应合死也。"祖扣头祈请哀愍，二神人云："念汝如此，为汝活。"祖觉，叔乃瘥。

25. 索卢贞

《太平广记》卷三八三引《幽明录》：北府索卢贞者，本中郎苟羡之吏也，以晋太元五年六月中病亡，经一宿而苏。云：见羡之子粹，惊喜曰："君算未尽，然官须得三将，故不得便尔相放；君若知有干捷如君者，当以相代。"卢贞即举龚颖。粹曰："颖堪事否？"卢贞曰："颖不复下已。"粹初令卢贞疏其名，缘书非鬼用，粹乃索笔，自书之。卢贞遂得出。忽见一曾邻居者，死亡七八年矣，为太山门主，谓卢贞："索都督独得归邪？"因嘱卢贞曰："卿归，为谢我妇，我未死时，埋万五千钱于宅中大床下，我乃本欲与女市钏，不意奄终，不得言于妻女也。"卢贞许之。及苏，遂使人报其妻，已卖宅移居武进矣。因往语之，仍告买宅主，令掘之，果得钱如其数焉。即遣其妻与女市钏。寻而龚颖亦亡。时辈共奇其事。

26. 施续门生

《搜神记》卷十六：吴兴施续为寻阳督，能言论，有门生亦有理意，常秉无鬼论。忽有一单衣白袷客来，与共语，遂及鬼神。移日，客辞屈，乃曰："君辞巧，理不足。仆即是鬼，何以云无？"问："鬼何以来？"答曰："受使来取君，期尽明日食时。"门生请乞酸苦。鬼问："有人似君者否？"门生云："施续帐下都督，与仆相似。"便与俱往，与都督对坐。鬼手中出一铁凿，可尺余，安著都督头，便举椎打之。都督云："头觉微痛。"向来转剧，食顷便亡。

《太平广记》卷三二三引《搜神记》：吴兴施续有门生，常秉无鬼论。忽有一单衣白袷客，与共语，遂及鬼神。移日，客辞屈，乃曰："君辞巧，理不足。仆即是鬼，何以云无？"问："鬼何以来？"答曰："受使来取君，期尽明日食时。"门生请乞酸苦。鬼问："有人似君者否？"云："施续帐下都督，与仆相似。"便与俱往。与都督对坐。鬼手中出一铁凿，可尺余，安著都督头，便举椎打之。都督云："头觉微痛。"向来转剧，食顷便亡。

《太平御览》卷三九六引《续搜神记》：吴兴施续为吴寻阳督，能言论。有门生亦有意理，常秉无鬼论。门生后渡江，忽有一单衣白袷客来，因共言语，遂及鬼神。客辞屈，乃语曰："仆便是鬼，何以云无？受使来取君。"门生请乞酸苦，鬼问："有似君者不？"云："施续下都督与仆相似。"鬼许之，便与俱归。与都督对坐，鬼手中出一铁凿，可长尺余，正自打之，放凿便去。顾语门生慎勿道。俄而，都督云："头痛。"还所住，至食时便亡。

《太平御览》卷八八四引作《续搜神记》：施续为寻阳督，能言论。有门生亦有理意，常秉无鬼论。忽有人单衣白袷来，言及鬼，客辞屈，曰："仆便即鬼，何以言无？使来取君。"门生酸苦求之。鬼问："有似君者不？"门生云："施续下都督与仆相似。"鬼许之，俄而督亡。

27. 石秀之

《异苑》卷五：历阳石秀之，候有一人著半巾袴褶，语之云："闻君巧侔班匠，刻几尤妙。太山府君相召。"秀之自陈云："刘政能造。"其人乃去。数旬而刘殒，石氏犹存。刘作几有名，遂以致毙。

《太平广记》卷三二四引作《广古今五行记》：丹阳石秀之，宋元嘉中，堂上忽有一人，著平巾帻，乌布裤褶，擎一板及门，授之曰："闻巧侔班垂，刻杭尤妙。太山府君故使相召。"秀之自陈："止能造车，制杭不及高平刘儒。"忽持板而没。刘儒时为朝请，除历阳郡丞，数旬而殁。

28. 唐邦

《异苑》卷六：义熙中，长山唐邦闻扣门声，出视，见两朱衣吏云："官欲得汝。"遂将至县东岗殷安家中。冢中有人语吏云："本取唐福，何以滥取唐邦！"敕鞭之，遣将出。唐福少时而死。

《太平广记》卷三二二引作《异苑》：恒山唐邦，义熙中，闻扣门者，出视，见两朱衣吏，云："官欲得汝。"遂将至县东岗殷安家中。冢中有人语吏云："本取唐福，何以滥取唐邦？"敕鞭之，遣将出。唐福少时而死。

29. 王祐

《搜神记》卷五：散骑侍郎王祐疾困，与母辞诀。既而闻有通宾者，曰："某郡某里某人，尝为别驾。"祐亦雅闻其姓字。有顷，奄然来至，曰："与卿士类，有自然之分，又州里，情便款然。今年国家有大事，出三将军，分布征发。吾等十余人，为赵公明府参佐。至此仓卒，见卿有高门大屋，故来投。与卿相得，大不可言。"祐知其鬼神，曰："不幸疾笃，死在旦夕。遭卿，以性命相乞。"答曰："人生有死，此必然之事。死者不系生时贵贱。吾今见领兵三千，须卿，得度簿相付。如此地难得，不宜辞之。"祐曰："老母年高，兄弟无有，一旦死亡，前无供养。"遂欷歔不能自胜。其人怆然曰："卿位为常伯，而家无余财。向闻与尊夫人辞诀，言辞哀苦，然则卿国士也，如何可令死。吾当相为。"因起去，明日更来。其明日又来。祐曰："卿许活吾，当卒恩否？"答曰："大老子业已许卿，当复相欺耶！"见其从者数百人，皆长二尺许，乌衣军服，赤油为志。祐家击鼓祷祀。诸鬼闻鼓声，皆应节起舞，振袖，飒飒有声。祐将为设酒食，辞曰："不须。"因复起去，谓祐曰："病在人体中，如火，当以水解之。"因取一杯水，发被灌之。又曰："为卿留赤笔十余枝，在荐下，可与人，使簪之。出入辟恶灾，举事皆无恙。"因道曰："王甲李乙，吾皆与之。"遂执祐手，与辞。时祐得安眠，夜中忽觉，乃呼左右，令开被："神以水灌我，将大沾濡。"开被而信，有水在上被之下，下被之上，不浸，如露之在荷。量之，得三升七合。于是疾三分愈二，数日大除。凡其所道当取者，皆死亡。唯王文英，半年后乃亡。所道与赤笔人，皆经疾病及兵乱，皆亦无恙。初，有妖书云："上帝以三将军赵公明、钟士季，各督数万（原无'万'字，据《太平广记》补）鬼下取人。"莫知所在。祐病差，见此书，与所道赵公明合。（据汪注，"王祐"当为汝南王司马祐之讹。《太平广记》卷二九四注出《搜神记》）

《太平御览》卷六〇五引《搜神记》：王祐病，有鬼至其家，留赤笔十余枝在荐下，曰："可使人簪之，出入辟恶。"凡举事者皆无恙。

30. 食牛人

《太平御览》卷八八七引《幽明录》：桓玄时，牛大疫。有一人食死牛肉，因得病亡。死时，见人执录，将至天上，有一贵人问云："此人何罪？"对曰："此人坐食疫死牛肉。"贵人云："须牛以转输，肉以充百姓食，何故复杀之？"催令还。既更生，具说其言。于是食牛肉者无复有患。

《太平御览》卷九百引刘义庆《幽明录》：桓玄时，牛大疫。有一人食死牛肉，因得病亡。复生云：除死时，见一人执录，将至天上。有一贵人问云："此人何罪？"对曰："此人坐食疫死牛肉。"贵人云："今须牛以转输，肉以充百姓食，何故复杀之？"催遣还。

《太平广记》卷三八三引《幽明录》：桓玄时，牛大疫。有一人食死牛肉，因得病亡。云：死时，见人执录，将至天上，有一贵人问云："此人何罪？"对曰："此坐食疫死牛肉。"贵人云："今须牛以转输，肉以充百姓食，何故复杀之？"催令还。既更生，具说其事。于是食牛肉者无复有患。

31. 颜超

《搜神记》卷三：管辂至平原，见颜超貌主夭亡。颜父乃求辂延命。辂曰："子归，觅清酒一榼，鹿脯一斤，卯日，刈麦地南大桑树下，有二人围棋次，但酌酒置脯，饮尽更斟，以尽为度。若问汝，汝但拜之，勿言。必合有人救汝。"颜依言而往，果见二人围碁。颜置脯斟酒于前。其人贪戏，但饮酒食脯，不顾。数巡，北边坐者忽见颜在，叱曰："何故在此？"颜唯拜之。南边坐者语曰："适来饮他酒脯，宁无情乎？"北坐者曰："文书已定。"南坐者曰："借文书看之。"见超寿止可十九岁，乃取笔挑上，语曰："救汝至九十年活。"颜拜而回。管语颜曰："大助子，且喜得增寿。北边坐人是北斗，南边坐人是南斗。南斗注生，北斗注死。凡人受胎，皆从南斗过北斗。所有祈求，皆向北斗。"（汪注以为此条取《稗海》本《搜神记》文，加以删节而成。而《稗海》本《搜神记》由勾道兴《搜神记》敷衍而来，非干宝书）

32. 干庆

《太平御览》卷八八七引《幽明录》：于庆无病卒。吴猛语庆子曰："于侯算未穷，方为请命，未可殡殓。"尸卧净舍，惟心下尚暖，七日。时盛暑，庆形体向坏。猛教令属纩候气续，为作水，令以与洗并饮嗽，如此便退。日中许，庆苏。但开眼张口，不得发声。时合门欣喜，以向水洗含，吐腐血数升，能言语。三日，平复如常。说初见十数人来，执缚桎梏到狱，同辈十余人，以次语对。次未至，俄而见吴君北面陈释，听断之，王敕脱械归。所经官府，莫不迎接请谒，吴君皆与抗礼。未知悉何神耳。

《太平广记》卷三七八引《幽明录》：晋有干庆者，无疾而终。时有术士吴猛，语庆之子曰："干侯算未穷，我为试请命，未可殡敛。"尸卧静舍，唯心下稍暖。居七日，猛凌晨至，以水激之。日中许，庆苏焉。旋遂张目开口，尚未发声。阖门皆悲喜。猛又令以水含酒。乃起，吐血数声，兼能言语，三日平复。初见十数人来，执缚桎梏到狱。同辈十余人，以次旋对。次未至，俄见吴君北面陈释，王遂敕脱械令归。所经官府，皆见迎接吴君。而吴君与之抗礼，即不知悉何神也。

33. 王长豫

《法苑珠林》卷九五引《幽明录》：中书郎王长豫有美名。父丞相导，至所珍爱。遇疾转笃，导忧念特至，正在北床上坐，不食已积日。忽见一人，形状甚壮，着铠持刀。王问："君是何人？"答曰："仆是蒋侯也。公儿不佳，欲为请命，故来耳，勿复忧。"王欣喜动容。即求食，食至数升，内外咸未达所以。食毕，忽复惨然。谓王曰："中书命尽，非可救者。"言终不见也。（《太平广记》卷二九三注"出《搜神记》《幽明录》《志怪》等书"）

34. 琅琊王某

《太平御览》卷八八七引《幽明录》：琅邪人姓王，名志，居钱塘。妻朱氏，以太元九年病亡。有二孤儿。王复以其年四月暴死，下三日而心下犹暖，经七日方苏。说：初死时，有二十余人，皆乌衣，见录。录去，到朱门白壁，状如宫殿。吏朱衣紫带，玄冠介帻，或所被着，悉珠玉相连结，非世中仪服。复前，见一人长大，所着衣状如云气。王向叩头，自说："妇已亡，余孤儿尚小，无奈何。"便流涕，此人为之动容，云："汝命自应来。以汝孤儿，特与三年之期。"王又曰："三年不足活儿。"左右有一人语云："俗尸何痴？此间三年，世中是三十年。"因便送出。又三十年，王果卒。

《太平广记》卷三八三引《幽明录》：琅邪人，姓王，忘名，居钱塘。妻朱氏，以太元九年病亡，有三孤儿。王复以其年四月暴死。时有二十余人皆乌衣，见录云。到朱门白壁，状如宫殿。吏朱衣素带，玄冠介帻。或所被著，悉珠玉相连结，非世中仪服。复将前，见一人长大，所著衣状如云气。王向叩头，自说："妇已亡，余孤儿尚小，无相奈何。"便流涕。此人为之动容，云："汝命自应来，为汝孤儿，特与三年之期。"王诉云："三年不足活儿。"左右一人语云："俗尸何痴，此间三年，是世中三十年。"因便送出，又活三十年。

35. 士人甲

《太平广记》卷三七六引《幽明录》：晋元帝世有甲者，衣冠族姓，暴病亡。见人将上天诣司命，司命更推校，算历未尽，不应枉召，主者发遣令还。甲尤脚痛,不能行,无缘得归。主者数人共愁,相谓曰:"甲若卒以脚痛不能归,我等坐枉人之罪。"遂相率具白司命。司命思之良久,曰:"适新召胡人康乙者,在西门外,此人当遂死,其脚甚健,易之,彼此无损。"主者承敕出,将易之。胡形体甚丑,脚殊可恶,甲终不肯。主者曰:"君若不易,便长决留此耳?"不获已,遂听之。主者令二人并闭目,倏忽,二人脚已各易矣。仍即遣之。豁然复生,具为家人说。发视果是胡脚,丛毛连结,且胡臭。甲本士,爱玩手足,而忽得此,了不欲见,虽获更活,每惆怅殆欲如死。旁人见识此胡者,死犹未殡,家近在茄子浦。甲亲往视胡尸,果见其脚着胡体,正当殡敛,对之泣。胡儿并有至性,每节朔,儿并悲思,驰往,抱甲脚号咷;忽行路相遇,便攀援啼哭。为此每出入时,恒令人守门,以防胡子。终身憎秽,未尝误视,虽三伏盛暑,必复重衣,无暂露也。

36. 史姁

《搜神记》卷十五:汉陈留考城史姁,字威明,年少时,尝病。临死,谓母曰:"我死当复生。埋我,以竹杖柱于瘗上。若杖折,掘出我。"及死埋之,柱如其言。七日往视,杖果折。即掘出之,已活,走至井上浴,平复如故。后与邻船至下邳卖锄,不时售,云:"欲归。"人不信之,曰:"何有千里暂得归耶?"答曰:"一宿便还。"即书取报,以为验实。一宿便还,果得报。考城令江夏鄳贾和姊病,在乡里,欲急知消息,请往省之。路遥三千,再宿还报。

《太平御览》卷七一〇引《列异传》:陈留史均字威明,尝得病,临死,谓其母曰:"我得复生,埋我,杖竖我瘗上;若杖拔,出之。"及死,埋杖如其言。七日往视,杖果拔,即掘出之,便平复如故。

37. 戴洋

《搜神记》卷十五:戴洋,字国流,吴兴长城人。年十二,病死,五日而苏,说:"死时,天使其为酒藏吏,授符箓,给吏从幡麾,将上蓬莱、昆仑、积石、太室、庐、衡等山。既而遣归。"妙解占候,知吴将亡,托病不仕,还乡里。行至濑乡,经老子祠,皆是洋昔死时所见使处,但不复见昔物耳。因问守藏应凤曰:"去二十余年,尝有人乘马东行,经老君祠而不下马,未达桥,坠马死者否?"凤言有之。所问之事,多与洋

同。(王隐《晋书·戴洋传》记有此事)

38. 雷公

《太平广记》卷三八三引《幽明录》:景平元年,曲阿有一人病死,见父于天上,父谓曰:"汝算录正余八年,若此限竟死,便入罪谪中。吾比欲安处汝,职局无缺者,惟有雷公缺,当启以补其职。"即奏按入内,便得充此任。令至辽东行雨,乘露车,中有水,东西灌洒。未至,于中路复被符至辽西。事毕还,见父,苦求还,云:"不乐处职。"父遣去,遂得苏活。

39. 干宝父妾

《搜神后记》卷四:干宝字令升,其先新蔡人。父莹,有嬖妾。母至妒,宝父葬时,因生推婢著藏中。宝兄弟年小,不之审也。经十年而母丧,开墓,见其妾伏棺上,衣服如生。就视犹暖,渐渐有气息。舆还家,终日而苏,云:宝父常致饮食,与之寝接,恩情如生。家中吉凶,辄语之,校之悉验。平复数年后,方卒。宝兄尝病气绝,积日不冷。后遂寤,云见天地间鬼神事,如梦觉,不自知死。

《太平御览》卷五五六引《续搜神记》:干宝字令升,新蔡人。其父有嬖妾,母至妒。宝父葬时,因推着藏中。经十年而母丧,开墓见棺,妾伏棺上,衣服如生。就视犹暖,渐渐有气息。与归,经日乃苏。云父常与之寝接,恩情如生在家中。

《世说新语·排调篇》注引《孔氏志怪》:宝父有嬖人,宝母至妒,葬宝父时,因推着藏中。经十年而母丧,开墓,其婢伏棺上。就视犹暖,渐有气息;舆还家,终日而苏,说宝父常致饮食,与之接寝,恩情如生。家中吉凶辄语之,校之悉验。平复数年后方卒。宝因作《搜神记》,中云有所感起是也。

《晋书·干宝传》:宝父先有所宠侍婢,母甚妒忌,及父亡,母乃生推婢于墓中。宝兄弟年小,不之审也。后十余年,母丧,开墓,而婢伏棺如生,载还,经日乃苏。言其父常取饮食与之,恩情如生。在家中吉凶辄语之,考校悉验,地中亦不觉为恶。既而嫁之,生子。

《太平广记》卷三七五引《五行记》:于宝字令升。父莹,为丹阳丞。有宠婢,母甚妒之。及莹亡,葬之,遂生推婢于墓。于宝兄弟尚幼,不之审也。后十余年，母丧开墓，而婢伏棺如生。载还，经日乃苏。言其父恩情如旧，地中亦不觉为恶。既而嫁之，生子。

40. 杜锡婢

《搜神记》卷十五：晋世，杜锡，字世瑕，家葬而婢误不得出。后十余年，开冢袝葬，而婢尚生。云："其始如瞑目。有顷，渐觉。"问之，自谓。"当一再宿耳。"初婢埋时，年十五六，及开冢后，姿质如故。更生十五六年，嫁之，有子。（《艺文类聚》卷三五、《法苑珠林》卷九七、《初学记》卷十九、《太平御览》卷五〇〇、《太平广记》卷三七五引作《搜神记》）

41. 李娥

《搜神记》卷十五：汉建安四年二月，武陵充县妇人李娥，年六十岁，病卒，埋于城外，已十四日。娥比舍有蔡仲，闻娥富，谓殡当有金宝，乃盗发冢求金，以斧剖棺。斧数下，娥于棺中言曰："蔡仲，汝护我头。"仲惊，遽便出走，会为县吏所见，遂收治。依法，当弃市。娥儿闻母活，来迎出，将娥回去。武陵太守闻娥死复生，召见，问事状。娥对曰："闻谬为司命所召，到时得遣出。过西门外，适见外兄刘伯文，惊相劳问，涕泣悲哀。娥语曰：'伯文，我一日误为所召，今得遣归，既不知道，不能独行，为我得一伴否？又我见召在此，已十余日，形体又为家人所葬埋，归当那得自出？'伯文曰：'当为问之。'即遣门卒与户曹相问：'司命一日误召武陵女子李娥，今得遣还，娥在此积日，尸丧又当殡殓，当作何等得出？又女弱独行，岂当有伴耶？是吾外妹，幸为便安之。'答曰：'今武陵西界，有男子李黑，亦得遣还，便可为伴。兼敕黑过娥比舍蔡仲，发出娥也。'于是娥遂得出。与伯文别，伯文曰：'书一封，以与儿佗。'娥遂与黑俱归。事状如此。"太守闻之，慨然叹曰："天下事真不可知也。"乃表以为："蔡仲虽发冢，为鬼神所使。虽欲无发，势不得已，宜加宽宥。"诏书报可。太守欲验语虚实，即遣马吏，于西界推问李黑，得之，与黑语协。乃致伯文书与佗。佗识其纸，乃是父亡时送箱中文书也。表文字犹在也，而书不可晓。乃请费长房读之，曰："告佗：我当从府君出案行部，当以八月八日日中时，武陵城南沟水畔顿，汝是时必往。"到期，悉将大小于城南待之。须臾果至。但闻人马隐隐之声，诣沟水，便闻有呼声曰："佗来，汝得我所寄李娥书不耶？"曰："即得之，故来至此。"伯文以次呼家中大小问之，悲伤断绝，曰："死生异路，不能数得汝消息。吾亡后，儿孙乃尔许人。"良久，谓佗曰："来春大病，与此一丸药，以涂门户，则辟来年妖疠矣。"言讫忽去，竟不得见其形。至来春，武陵果大病，白日皆见鬼，唯伯文之家，鬼不敢向。费长房视药丸，曰："此方相脑也。"

《后汉书·五行志五》引《死复生》记：建安四年二月，武陵充县女子李娥，年六十余，物故，以其家杉木槥敛，瘗于城外数里上，已十四日，有行闻其冢中有声，便语其家。家往视，闻声，便发出，遂活。

《预览》卷八八七引《后汉书》曰：建安四年，武陵女子李娥，年六十余，病物故。瘗于城外数里，已四十日。行人闻其冢中有人声，便语其家。家往视，闻娥声。出之，遂活。

《法苑珠林》卷九七引《搜神记》：汉建安中李娥死，十四日复生。其语具作鬼神。献帝初平中，长沙桓氏死。月余，其母闻棺中有声，发之遂生。

《太平广记》卷三七五引《穷神秘苑》：汉末，武陵妇人李俄，年六十岁，病卒，埋于城外，已半月。俄邻舍有蔡仲，闻俄富，乃发冢求金，以斧剖棺。俄忽棺中呼曰："蔡仲护我头。"仲惊走，为县吏所收，当弃市。俄儿闻母活，来迎出之。太守召俄问状，俄对曰："误为司命所召，到时得遣。出门外，见内兄刘文伯，惊相对泣。俄曰：'我误为所召，今复得归。既不知道，又不能独行，为我求一伴。我在此已十余日，已为家人所葬，那得自归也。'文伯即遣门卒与户曹相闻。答曰：'今武陵西界，有男子李黑，亦得还，便可为伴，兼敕黑过俄邻舍，令蔡仲发出。于是文伯作书与儿，俄遂与黑同归。"太守闻之，即赦蔡仲。仍遣马吏，于西界推问李黑，如俄所述。文伯所寄书与子，子识其纸，是父亡时所送箱中之书矣。

42. 赵春

《搜神记》卷六：汉平帝元始元年二月，朔方广牧女子赵春病死，既棺殓，积七日，出在棺外。自言见夫死父，曰："年二十七，汝不当死。"太守谭以闻。说曰："至阴为阳，下人为上。厥妖人死复生。"其后王莽篡位。(《法苑珠林》卷九七、《太平御览》卷八八七引作《搜神记》)

《汉书·五行志第七下之上》：平帝元始元年二月，朔方广牧女子赵春病死，敛棺积六日，出在棺外，自言见夫死父，曰："年二十七，不当死。"太守谭以闻。京房《易传》曰："'于父之盅，有子，考亡咎'。子三年不改父道，思慕不皇，亦重见先人之非，不则为私，厥妖人死复生。"一曰，至阴为阳，下人为上。

43. 汉宫人

《搜神记》卷十五：汉末，关中大乱，有发前汉宫人冢者，宫人犹活。既出，平复如旧。魏郭后爱念之，录置宫内，常在左右，问汉时宫中事，说之了了，皆有次绪。郭后崩，哭泣过哀，遂死。（《太平广记》卷三七五注出《博物记》。又见《博物志校注》卷七）

《太平御览》卷五五八引《博物志》：汉末有发前汉时宫人冢者，宫人独活。既出，平如复旧。

44. 太原冢

《搜神记》卷十五：魏时，太原发冢破棺，棺中有一生妇人。将出与语，生人也。送之京师。问其本事，不知也。视其冢上树木，可三十岁。不知此妇人，三十岁常生于地中耶？将一朝欻生，偶与发冢者会也？

《太平御览》卷五五八引《傅子》曰：太原民发冢破棺，中有妇人，将出，与语，生人也。视其冢上木，三十岁。不知此妇人，三十岁常生地中也？将一朝欻然生，偶与发冢者会也？

45. 王玄象

《太平御览》卷五五八引《宋书》曰：王玄谟从弟玄象，位下邳太守。好发冢，地无完椁。时人间垣内有小冢，坟上殆平。每朝日初升，见一女子立冢上，近视则亡。或以告玄象，便命发之。有一棺尚全，有金蚕铜人以百数。剖棺，见一女子，可二十，姿质若生，卧而言曰："我东海王家女，应生。资财相奉，幸勿见害。"女臂有玉钏，斩臂取之，于是女复死。（又见《南史·王玄谟传》）

46. 冯贵人

《搜神记》卷十五：汉桓帝冯贵人病亡。灵帝时，有盗贼发冢，七十余年，颜色如故，但肉小冷。群贼共奸通之，至斗争相杀，然后事觉。后窦太后家被诛，欲以冯贵人配食。下邳陈公达议："以贵人虽是先帝所幸，尸体秽污，不宜配至尊。"乃以窦太后配食。(《法苑珠林》卷九七、《太平御览》卷五五九引作《搜神记》。又见《列异传》《幽明录》《后汉书·陈球传》及《段颖传》)

《太平御览》卷五五九引《搜神记》：汉冯贵人死将百岁，盗贼发冢，贵人颜色如故，但微冷。群盗共奸之，致妒忌争斗，然后事觉。

47. 贺瑀

《太平广记》卷三八三引《录异记》：会稽山阴贺瑀，字彦琚。曾得疾，不知人，惟心下尚温。居三日乃苏，云："吏将上天，见官府，府君居处甚严。使人将瑀入曲房。房中有层架，其上有印及剑，使瑀取之。瑀虽意所好，短不及上层，取剑以出。问之：'子何得也？'瑀曰：'得剑。'吏曰：'恨不得印，可以驱策百神。今得剑，唯使社公耳。'"疾既愈，每行，即社公拜谒道下，瑀深恶之。

《北堂书钞》卷八七引《录异传》：会稽贺瑀曾得疾，不知人。死三日，苏云："吏将上天，见官府。府君居处甚严。吏人将瑀入曲房，中有层架，其上有印，其中有剑，使瑀唯意取之。瑀短不及上层，取剑以出。门下问：'何得？'曰：'得剑。'吏曰：'得印可以驱慑百神。今得剑，唯使社公耳。'"疾愈，果有鬼来白事，自称社公。

《初学记》卷十三：会稽贺瑀曾得疾，不知人。死三日，苏云："吏将上天，见官府。使人将瑀入曲房中，有层架，其上有印，其中有剑，使瑀唯意取之。瑀短不及上层，取剑以出。门下问：'何得？'曰：'得剑。'曰：'唯使社公耳。'"疾愈，果有鬼来称社公。

《搜神记》卷十五：会稽贺瑀，字彦琚，曾得疾，不知人，惟心下温，死三日，复苏。云："吏人将上天，见官府。入曲房，房中有层架。其上层有印，中层有剑，使瑀惟意所取。而短不及上层，取剑以出。门吏问何得，云：'得剑。'曰：'恨不得印，可策百神。剑，惟得使社公耳。'"疾愈，果有鬼来，称社公。(《太平御览》卷三四四引作《搜神记》)

48. 颜畿

《搜神记》卷十五：晋咸宁二年十二月，琅琊颜畿，字世都，得病，就医张瑳使治，死于张家，棺敛已久。家人迎丧，旐每绕树木而不可解。人咸为之感伤。引丧者忽颠仆，称畿言曰："我寿命未应死，但服药太多，伤我五脏耳。今当复活，慎无葬也。"其父拊而祝之，曰："若尔有命，当复更生，岂非骨肉所愿？今但欲还家，不尔葬也。"旐乃解。及还家，其妇梦之曰："吾当复生，可急开棺。"妇便说之。其夕，母及家人又梦之。即欲开棺，而父不听。其弟含，时尚少，乃慨然曰："非常之事，自古有之。今灵异至此，开棺之痛，孰与不开相负？"父母从之。乃共发棺，果有生验，以手刮棺，指爪尽伤，然气息甚微，存亡不分矣。于是急以绵饮沥口，能咽，遂与出之。将护累月，饮食稍多，能开目视瞻，屈伸手足，然不与人相当。不能言语，饮食所须，托之以梦。如此者十余年。家人疲于供护，不复得操事。含乃弃绝人事，躬亲侍养，以知名州党。后更衰劣，卒复还死焉。（《太平御览》卷八八七"重生"类、《太平广记》卷三八三引作《搜神记》）

《晋书·五行志下》：咸宁二年十二月，琅邪人颜畿病死，棺敛已久，家人咸梦畿谓己曰："我当复生，可急开棺。"遂出之，渐能饮食，屈伸视瞻，不能行语，二年复死。京房《易传》曰："至阴为阳，下人为上，厥妖人死复生。"其后刘元海、石勒僭逆，遂亡晋室，下为上之应也。

《独异志》卷上：晋颜含有孝行。兄畿服药过多，死于家。含遂开棺，复生。母妻家人尽勤倦，含弃绝人事，侍兄疾十三年，曾无劳怠。

《晋书·颜含传》：颜含……兄畿，咸宁中得疾，就医自疗，遂死于医家。家人迎丧，旐每绕树而不可解。引丧者颠仆，称畿言曰："我寿命未死，但服药太多，伤我五藏耳。今当复活，慎无葬也。"其父祝之曰："若尔有命，复生，岂非骨肉所愿！今但欲还家，不尔葬也。"旐乃解。及还，其妇梦之曰："吾当复生，可急开棺。"妇颇说之。其夕，母及家人又梦之，即欲开棺，而父不听。含时尚少，乃慨然曰："非常之事，古则有之，今灵异至此，开棺之痛，孰与不开相负？"父母从之，乃共发棺，果有生验，以手刮棺，指爪尽伤。然气息甚微，存亡不分矣。饮哺将护，累月犹不能语。饮食所须，托之以梦。阖家营视，顿废生业。虽在母妻，不能无倦矣。含乃绝弃人事，躬亲侍养，足不出户者，十有三年。石崇重含淳行，赠以甘旨，含谢而不受。或问其故，答曰："病者绵昧，生理未全，既不能进噉，又未识人惠，若当谬留，岂施者之意也！"畿竟不起。

49. 余杭广

《太平广记》卷二八三引《幽明录》：晋升平末，故章县老公有一女，居深山。余杭广求为妇，不许。公后病死，女上县买棺，行半道，逢广，女具道情事。女因曰："穷逼，君若能往家守父尸，须吾还者，便为君妻。"广许之。女曰："我栏中有猪，可为杀，以饴作儿。"广至女家，但闻屋中有拚掌欣舞之声。广披离，见众鬼在堂，共捧弄公尸。广把杖大呼，入门，群鬼尽走。广守尸，取猪杀。至夜，见尸边有老鬼，伸手乞肉。广因捉其臂，鬼不复得去，持之愈坚。但闻户外有诸鬼共呼云："老奴贪食至此，甚快。"广语老鬼："杀公者必是汝，可速还精神，我当放汝；汝若不还者，终不置也。"老鬼曰："我儿等杀公耳。"即唤鬼子，可还之。公渐活，因放老鬼。女载棺至，相见惊悲，因取女为妇。

50. 陈良

《太平广记》卷三七八引《幽明录》：大元中，北地人陈良，与沛国刘舒友善，又与同郡李焉共为商贾，曾获厚利，共致酒相庆。焉遂害良，以苇裹之，弃之荒草。经十许日，良复生归家，说：死时，见一人着赤帻，引良去，造一城门，门下有一床，见一老人，执朱笔，点挍籍。赤帻人言曰："向下土有一人，姓陈名良，游魂而已，未有统摄，是以将来。"挍籍者曰："可令便去。"良既出，忽见友人刘舒，谓曰："不图于此相见！卿今幸蒙尊神所遣，然我家厕屋后桑树中，有一狸，常作妖怪，我家数数横受苦恼，卿归，岂能为我说邪？"良然之。既苏，乃诣官疏李焉而伏罪。仍特报舒家，家人涕泣，云："悉如言。"因伐树，得狸杀之，其怪遂绝。

《搜神后记》卷四：晋太元中，北地人陈良与沛国刘舒友善，又与同郡李焉共为商贾。后大得利，焉杀良取物。死十许日，良忽苏活，得归家。说死时，见友人刘舒，舒久已亡，谓良曰："去年春社日祠祀，家中斗争，吾实忿之，作一咒于庭前。卿归，岂能为我说此耶？"良故往报舒家，其怪亦绝。乃诣官疏李焉而伏罪。

51. 徐玄方女

《搜神后记》卷四：晋时，东平冯孝将为广州太守。儿名马子，年二十余，独卧厩中。夜梦见一女子，年十八九，言："我是前太守北海徐玄方女，不幸蚤亡。亡来今已四年，为鬼所枉杀。案生录，当八十余。听我更生，要当有依马子乃得生活，又应为君妻。能从所委，见救活不？"马子答曰："可尔。"乃与马子克期当出。至期日，床前地头发正与地平，令人扫去，则愈分明，始悟是所梦见者。遂屏除左右人，便渐渐额出，次头面出，又次肩项形体顿出。马子便令坐对榻上，陈说语言，奇妙非常。遂与马子寝息。每诚云："我尚虚尔。"即问何时得出，答曰："出当得本命生日，尚未至。"遂住厩中，言语声音，人皆闻之。女计生日至，乃具教马子出己养之方法，语毕辞去。马子从其言，至日，以丹雄鸡一只，黍饭一盘，清酒一升，醊其丧前，去厩十余步。祭讫，掘棺出，开视，女身体貌全如故。徐徐抱出，著毡帐中，唯心下微暖，口有气息。令婢四人守养护之，常以青羊乳汁沥其两眼，渐渐能开，口能咽粥，既而能语。二百日中，持杖起行。一期之后，颜色肌肤气力悉复如常。乃遣报徐氏，上下尽来。选吉日下礼，聘为夫妇。生二儿一女：长男字元庆，永嘉初为秘书郎中；小男字敬度，作太傅掾；女适济南刘子彦，征士延世之孙云。

《法苑珠林》卷七五亦作《续搜神记》，题《晋冯马子感女重生怪》：晋时，东平冯孝将为广州太守。儿名马子，年二十余，独卧厩中。夜梦见女子，年十八九，言："我是前太守北海徐玄方女，不幸早亡。亡来出入四年，为鬼所枉杀。案生录当八十余。听我更生，要当有依马子乃得生活，又应为君妻。能从所委，见救活不？"马子答曰："可尔。"乃与马子克期当出。至期日，床前地头发正与地平，令人扫去，愈分明。始悟是所梦见者。遂屏除左右人，便渐渐额出，次头面出，又次肩项形体顿出。马子便令坐对榻上，陈说语言，奇妙非常。遂与马子寝息。每诚云："我尚虚尔。"即问何时得出。答曰："出当得本命生日，尚未至。"遂住厩中，言语声音，人皆闻之。女计生日至，乃具教马子出己养之方法，语毕辞去。马子从其言，至日，以丹雄鸡一只，黍饭一盘，清酒一升，醊其丧前。去厩十余步，祭讫，掘棺出，开视，女身体貌全如故。徐徐抱出，著毡帐中，唯心下微暖，口有气。令婢四人守养护之，常以青羊乳汁沥其两眼。始开口能咽粥，积渐能语。二百日中，持杖起行。一期之后，颜色肌肤气力悉复如常。乃遣报徐氏，上下尽来。选吉日下礼，聘为夫妇。生二男一女：长男字元庆，永嘉初为秘书郎中。小男字敬度，作太傅掾。女适济南刘子彦，征士延世之孙。

《太平御览》卷八八七引《续搜神记》：东平冯孝将为广陵太守。儿名马子，年二十余。独卧殿中，夜梦见女子年十八九，言："我是前太守徐玄方女，北海人，不幸早亡。亡来至今四年，为鬼所枉杀。案录当年八十余，听我更生。要当有所依凭，乃得生活。又应为君妻，能从所陈，免活不？"马子答曰："可。"遂与马子克期当出。至期日，床前地仿佛如人，正与地平。令人扫去，愈分明，始悟是所梦见者。遂屏除左右人，便渐觉额出，次复面出。一炊顷，形体尽出。马子便令前坐对榻上，陈说语言，奇妙非常。遂与马子宿息。每戒云："我尚虚，君当自节。"问何可得出，答曰："出当得本生日。"生日尚未至，遂往殿中，言语声音人皆闻。女计生日至，乃具教马子出己养之法。语毕拜去。马子从其言，至日，以丹雄鸡一只，黍饭一盘，清酒一升，酹其丧前，去殿十余步，祭讫，掘出开视，女身完全如故。徐徐抱出，着毡帐中，惟心下微暖，口有气。令婢四人守养之，常以青羊乳汁沥其两眼。开口能咽粥，渐渐能语。二百日中杖起，一期之后，颜色肌肤气力悉复。乃遣报徐氏，上下尽来，选吉日下礼娉，为三日，遂为夫妇。生二男一女。长子字元度，永嘉初为秘书郎；小男敬度，太傅掾；女适济南刘子彦，征士延世之孙也。

《太平广记》卷二七六引《幽明录》：广平太守冯孝将男马子，梦一女人，年十八九岁，言："我乃前太守徐玄方之女，不幸早亡，亡来四年，为鬼所枉杀；按生箓乃寿至八十余，今听我更生，还为君妻，能见聘否？"马子掘开棺视之，其女已活，遂为夫妇。

52. 李仲文女

《搜神后记》卷四：晋时，武都太守李仲文在郡丧女，年十八，权假葬郡城北。有张世之代为郡。世之男字子长，年二十，侍从在廨中（《法苑珠林》作厩中）。夜梦一女，年可十七八，颜色不常，自言："前府君女，不幸早亡，会今当更生。心相爱乐，故来相就。如此五六夕。忽然昼见，衣服薰香殊绝。遂为夫妻，寝息，衣皆有污，如处女焉。后仲文遣婢视女墓，因过世之妇相问。入廨中，见此女一只履在子长床下。取之啼泣，呼言发冢。持履归，以示仲文。仲文惊愕，遣问世之："君儿何由得亡女履耶?"世之呼问,儿具道本末。李、张并谓可怪。发棺视之,女体已生肉,姿颜如故,右脚有履,左脚无也。子长梦女曰:"我比得生,今为所发。自尔之后遂死,肉烂不得生矣。万恨之心,当复何言!"涕泣而别。

《太平御览》卷八八七引《续搜神记》:武都太守李仲文,在郡丧女,年十八,权假葬郡城北。后有张世之代为郡。世之男子长,年二十,侍从在郡中。梦一女,年可十七八,颜色不常。自言前府君女,不幸早亡,会今当更生。心相爱乐,故来相就。"如此五六夕,忽然昼见,解衣服,薰香殊绝。遂为夫妻,寝息,衣皆有污,如处女焉。后仲文妇遣婢视女墓,因过世之妇相闻。入室中,见此女一只履在子长床下,取之啼泣,呼言发冢,持履归以示仲文。仲文惊愕,遣问世之:"君儿何由得亡女履耶?"世之呼儿,具陈本末。李、张并谓可怪,发棺视之。女体生肉,颜姿如故,右脚有履,左脚无也。自后遂死,肉烂不复得生。后夕女来曰:"夫妇情至谓偕老,而无状忘履,以致觉露,不复得生。万恨之心,当复何言!"泣涕而别。

《法苑珠林》卷七五引《续搜神记》,题《晋有张世之男冥婚怪》:晋时武都太守李仲文,在郡丧女,年十八,权假葬郡城北。有张世之代为郡。世之男字子长,年二十,侍从。在厩中,梦一女,年可十七八,颜色不常。自言前府君女,不幸早亡,会今当更生。心相爱乐,故来相就。如此五六夕,忽然昼见,衣服薰香殊绝,遂为夫妻。寝息,衣皆有污,如处女焉。后仲文遣婢视女墓,因过世之妇相闻。入厩中,见此女一只履在子长床下,取之啼泣,呼言发冢,持履归,以示仲文。仲文惊愕,遣问世之:"君儿何由得亡女履耶?"世之呼问儿,具陈本末。李、张并谓可怪,发棺视之,女体已生肉,颜姿如故。右脚有履,左脚无也。自尔之后,遂死,肉烂不得生。万恨之心,当复何言!泣涕而别。(《太平广记》卷三一九引作《法苑珠林》)

53. 买粉儿

《太平广记》卷二七四引《幽明录》:有人家甚富,止有一男,宠恣过常。游市,见一女子美丽,卖胡粉,爱之,无由自达,乃托买粉,日往市,得粉便去,初无所言。积渐久,女深疑之,明日复来,问曰:"君买此粉,将欲何施?"答曰:"意相爱乐,不敢自达,然恒欲相见,故假此以观姿耳!"女怅然有感,遂相许以私,克以明夕。其夜,安寝堂屋,以俟女来,薄暮果到,男不胜其悦,把臂曰:"宿愿始伸于此!"欢踊遂死。女惶惧,不知所以,因遁去,明还粉店。至食时,父母怪男不起,往视,已死矣。当就殡敛,发箧笥中,见百余裹胡粉,大小一积。其母曰:"杀吾儿者,必此粉也。"入市遍买胡粉,次此女,比之,手迹如先,遂执问女曰:"何杀我儿?"女闻呜咽,具以实陈。父母不信,遂以诉官。女曰:"妾岂复吝死?乞一临尸尽哀!"县令许焉。径往抚之恸哭,曰:"不幸致此,若死魂而灵,复何恨哉?"男豁然更生,具说情状,遂为夫妇,子孙繁茂。

54. 谈生

《法苑珠林》卷七五引《搜神记》:汉有谈生者,年四十,无妇。常感激读经书,通夕不卧。至夜半时,有一好女,年十五六,姿颜服饰,天下无双。来就谈生,遂为夫妇。言曰:"我与人不同。夜,君慎勿以火照我也。至三年之后,乃可照耳。"谈生与为夫妇,生一儿,已二岁矣。不能忍,夜伺其寐,便盗照视之。其腰已下,肉如人;腰已上,但有枯骨。妇觉,遂去,云:"君负我!我已垂变身,何不能忍一年而竟相照也?"谈生辞谢涕泣,不可复止,云:"与君虽大义,今将离别。然顾念我儿,恐君贫不能自谐活。暂逐我去,方遗君物。"谈生逐入,华堂兰室,器物不凡。乃以珠被与之,曰:"可以自给。"裂取谈生衣裾留之,辞别而去。后谈生持被诣市,睢阳王买之,直钱千万。王识之曰:"是我女被,那得在市?此人必发吾女冢。"乃收考谈生。谈生具以实对,王犹不信。乃往视女冢,冢完如故。乃复发视,果于棺盖下得衣裾。呼其儿视,貌似王女,王乃信之。即出谈生而复之。遂以为女婿,表其儿为郎中。

《搜神记》卷十六:汉谈生者,年四十,无妇。常感激读《诗经》。夜半,有女子,可年十五六,姿颜服饰,天下无双,来就生,为夫妇。乃言曰:"我与人不同,勿以火照我也。三年之后,方可照耳。"与为夫妇。生一儿,已二岁。不能忍,夜伺其寝后,盗照视之。其腰已上生肉如人,腰已下但有枯骨。妇觉,遂言曰:"君负我!我垂生矣,何不能忍一岁而竟相照也?"生辞谢,涕泣不可复止,云:"与君虽大义永离,然顾念我儿,若贫不能自偕活者,暂随我去,方遗君物。"生随之去,入华堂室宇,器物不凡。以一珠袍与之,曰:"可以自给。"裂取生衣裾,留之而去。后生持袍诣市，睢阳王家买之，得钱千万。王识之曰："是我女袍，那得在市？此必发冢。"乃取拷之。生具以实对，王犹不信。乃视女冢，冢完如故。发视之，棺盖下果得衣裾。呼其儿视，正类王女，王乃信之。即召谈生，复赐遗之，以为女婿。表其儿以为郎中。

《太平广记》卷三一六引《列异传》：谈生者，年四十，无妇。常感激读《诗经》，夜半有女子，可年十五六，姿颜服饰，天下无双，来就生为夫妇，乃言："我与人不同，勿以火照我也。三年之后，方可照。"为夫妻，生一儿，已二岁。不能忍，夜伺其寝后，盗照视之，其腰已上生肉如人，腰下但有枯骨。妇觉，遂言曰："君负我！我垂生矣，何不能忍一岁而竟相照也？"生辞谢，涕泣不可复止。云："与君虽大义永离，然顾念我儿，若贫不能自偕活者，暂随我去，方遗君物。"生随之去，入华堂，室宇器物不凡。以一珠袍与之，曰："可以自给。"裂取生衣裾，留之而去。后生持袍诣市，睢阳王家买之，得钱千万。王识之曰："是我女袍，此必发墓。"乃取拷之，生具以实对，王犹不信。乃视女冢，冢完如故。发视之，果棺盖下得衣裾。呼其儿，正类王女，王乃信之。即召谈生，复赐遗衣，以为主婿。表其儿以为侍中。

《北堂书钞》卷一二九引《搜神记》云：有谈生读书，通夕不寐。夜有女子，姿色无比，求为生妻。经三年，生一儿，祝云："慎勿以火照我，三年后可照耳。"生不能忍，俶照之，自腰上肉如人，腰以下乃枯骨尔。后妇求去，将生入堂奥室，以珠袍与之。

《太平御览》卷三七五引《搜神记》：有谈生无妇，有女来为其妇，三年生一儿，曰："慎勿以火照我，三年后可照。"生盗照之，腰已上皆肉，腰以下但枯骨，妇求去。

《太平御览》卷六九三引《搜神记》：有谈生者，年四十，无妇。夜有女，年十五六，姿颜无双，来为生妻。经三年，遂乃生一儿，曰："慎勿以火照我。后三年可照耳。"生不能忍，照之，腰上肉如人，腰以下但枯骨。妇求去，将生入华堂奥室，以珠袍与之。生至市卖袍，睢阳王识是女袍，收拷谈生。谈生具对，呼儿似王女。

55. 毕令女

《夷坚乙志》卷七：路时中，字当可，以符箓治鬼著名士大夫间，目曰"路真官"。常赍鬼公案自随。建炎元年，自都城东下，至灵壁县。县令毕造已受代,樯舟未发,闻路君至,来谒曰:"家有仲女,为鬼所祸。前后迎道人法师治之,翻为所辱骂,至或遭棰去者。今病益深,非真官不能救。愿辱临舟中一视之。"路诺许,入舟坐定。病女径起,著衣出拜,凝立于旁,略无病态,津津有喜色,曰:"大姐得见真官,天与之幸。平生壹郁不得吐。今见真官,敢一一陈之:大姐乃前来妈妈所生,二姐则今妈妈所生也。恃母钟爱,每事相陵侮。顷居京师,有人来议婚事,垂就,唯须金钗一双。二姐执不与,竟不成昏。心鞅鞅以死。死后冥司以命未尽,不复拘录,魂魄漂摇无所归。遇九天玄女出游,怜其枉,授以秘法。法欲成,又为二姐坏了。大姐不幸,生死为此妹所困。今须与之俱逝,以偿至冤,且以谢九天玄女也。真官但当为人治祟,有冤欲报,势不可已,愿真官勿复言。"路君沉思良久,曰:"其词强。"顾毕令曰:"君当自以善力祷谢之,法不可治也。"女忽仆地,掖起之,复困惙如初。盖出拜者乃二姐之身,而其言则大姐之言也,死已数年矣。明日,二姐殂,路君来吊其父,曰:"昨日之事,曲折吾所不晓。而玄女授法,乃死后事,二姐何以得坏之?君家必有影响,幸无隐,在我法中,当洞知其本末。"毕令曰:"向固有一异事,今而思之,必此也。长女既亡,殡于京城外僧寺。当寒食扫祭,举家尽往。殡室之侧,有士人居焉,出而扃其户。家人偶启封,入房窥观。仲女见案上铜镜,呼曰:'此大姐柩中物,何以在此?必劫也。'吾以为物有相类,且京师货此者甚多。仲女力争曰:'方买镜时,姊妹各得其一。鞶结衬缘,皆出我手。所用纸,某官谒刺也。'视之信然。方嗟叹,而士人归,怒曰:'贫士寓舍,有何可观?不告而入,何理也?'仲女曰:'汝发墓取物,奸赃具在,吾来擒盗耳。'遂缚之。士人乃言:'半年前夜坐读书,有女子扣户,曰:"为阿姑谴怒,逐使归父母家。家在城中,无从可还,愿见容一夕。"泣诉甚切,不获已纳之,缱绻情通。自是每夕必至,或白昼亦来。一日,方临水掠鬟,女见而笑曰:"无镜耶?我适有之。"遂取以相饷,即此物也。时时携衣服去补治,独不肯说为谁家人。昨日见语曰:"明日我家与亲宾聚会,须相周旋,不得到君所,后夜当复来。"遂去。今晨独处无惊(叶本作聊),故散步野外以遣日,不虞君之涉吾地也。'吾家闻之皆悲泣。独仲女曰:'此郎固妄言,必发验乃可。'走往殡所踪迹之,其后有罅可容手。启砖见棺,大钉皆拔起寸余。及撤盖板,则长女正叠足坐,缝男子头巾。自腰以下肉皆新生,肤理温软,腰以上犹是枯脂(当为腊)。始悔恨,复掩之,释士人使去。

自是及今，盖三年余矣。所谓玄女之说，岂非道家所谓回骸起死，必得生人与久处，便可复活邪？事既彰露，不可复续。而白发其事，皆出仲女。所谓坏其法者，岂此邪？"路君亦为之惊吒。道出山阳，以语郭同升。升之子祏说。

《夷坚乙志》所载毕令女故事系由谈生故事变形而来。

56. 营陵道人

《文选·江淹杂体诗·潘黄门岳》注引《列异传》曰：北海营陵有道人，能使人与死人相见。同郡人妇死已数年，闻而往见之，曰："原令我一见死人，不恨。"遂教其见之，于是与妇人相见，言语悲喜，恩情如生。良久，乃闻鼓声恨恨，不能出户，掩门乃走。其裾为户所闭，掣绝而去。后岁余，此人死，家葬之，开见妇棺，盖下有衣裾。

《太平御览》卷八八四引《列异传》：北海营陵有道人，能令人与死人相见。同郡人妇死已数年，闻而往见之，曰："愿令我一见，死亦不恨。"道人教其见之，于是与妇相见，言语悲喜，恩情如生时。良久，乃闻鼓声，遂别而去。

《搜神记》卷二：汉北海营陵有道人，能令人与已死人相见。其同郡人，妇死已数年，闻而往见之，曰："愿令我一见亡妇，死不恨矣。"道人曰："卿可往见之。若闻鼓声，即出勿留。"乃语其相见之术。俄而得见之。于是与妇言语悲喜，恩情如生。良久，闻鼓声恨恨，不能得住。当出户时，忽掩其衣裾户间，掣绝而去。至后岁余，此人身亡。家葬之，开冢，见妇棺盖下有衣裾。

《法苑珠林》卷九七引作《搜神异记》、《太平御览》卷五五一、《太平广记》卷二八四引作《搜神记》。

《搜神记》中，道人交代同郡人："若闻鼓声，即出勿留。"相见之后的鼓声才不会显得突兀。而《文选》注、《预览》所引，无此交代。

"衣裾"作为与亡人相见的证据，重复出现在《谈生》《营陵道人》中。

《李少翁》的方士李少翁、《干庆》中的吴猛、《营陵道人》中的道人等，都是阴阳两界之间的媒介。

57. 秦树

《太平广记》卷三二四引《甄异录》：沛郡人秦树者，家在曲阿小辛村。义熙中，尝自京归，未至二十里许，天暗失道，遥望火光，往投之，见一女子秉烛出，云："女弱独居，不得宿客。"树曰："欲进路，碍夜不可前去，乞寄外住。"女然之。树既进，坐竟，以此女独处一室，虑其夫至，不敢安眠。女曰："何以过嫌，保无虑，不相误也。"为树设食，食物悉是陈久。树曰："承未出适，我亦未婚，欲结大义，能相顾否？"女笑曰："自顾鄙薄，岂足伉俪？"遂与寝止。向晨，树去，乃俱起执别。女泣曰："与君一睹，后面莫期。"以指环一双赠之，结置衣带，相送出门。树低头急去，数十步，顾其宿处，乃是冢墓。居数日，亡其指环，带结如故。（又见《异苑》卷六）

58. 吴详

《法苑珠林》卷四六引《续搜神记》：汉时诸暨县吏吴详者，惮役委顿，将投窜深山。行至一溪，日欲暮，见年少女子来，衣甚端正。女云："我一身独居，又无乡里，唯有一孤妪，相去十余步耳。"详闻甚悦，便即随去。行一里余，即至女家。家甚贫陋。为详设食。至一更竟，闻一妪唤云："张姑子。"女应曰："诺。"详问："是谁？"答云："向所道孤独妪也。"二人共寝息。至晓鸡鸣，详去，二情相恋，女以紫巾赠详，详以布手巾报。行至昨所应处，过溪。其夜水大瀑溢，深不可涉。乃回向女家，都不见昨处，但有一冢耳。

《搜神后记》卷六：汉时诸暨县吏吴详者，惮役委顿，将投窜深山。行至一溪，日欲暮，见年少女子，采衣甚端正。女曰："我一身独居，又无邻里，惟有一孤妪，相去十余步尔。"详闻甚悦，便即随去。行一里余，即至女家，家甚贫陋。为详设食。至一更竟，忽闻一妪唤云："张姑子。"女应曰："诺。"详问是谁，答云："向所道孤独妪也。"二人共寝息。至晓鸡鸣，详去，二情相恋，女以紫手巾赠祥，详以布手巾报之。行至昨所应处，过溪。其夜大水暴溢，深不可涉。乃回向女家，都不见昨处，但有一冢尔。

《北堂书钞》卷一三六引《神怪录》：会稽吴详者，少为县吏，夜行至溪，见一女子，遂捉之宿；仍依寝，自明旦去。女赠详以紫手巾，详答以白手巾。

《太平御览》卷七一六引《志怪》：会稽人吴详，见一女子溪边洗脚，呼详共宿。明旦别去，女赠详以紫巾，详答以白布手巾。

59. 义兴周某

《搜神后记》卷五：永和中，义兴人姓周，出都，乘马，从两人行。未至村，日暮。道边有新草小屋，一女子出门，年可十六七，姿容端正，衣服鲜洁。望见周过，谓曰："日已向暮，前村尚远。临贺讵得至？"周便求寄宿。此女为燃火作食。向一更中，闻外有小儿唤"阿香"声，女应诺。寻云："官唤汝推雷车。"女乃辞行，云："今有事当去。"夜遂大雷雨。向晓，女还。周既上马，看昨所宿处，止见一新冢，冢口有马尿及余草。周甚惊愧。后五年，果作临贺太守。

《北堂书钞》卷一五二引《续搜神记》：义兴人姓周，出都，日暮，道边见有杂草小屋。一女子迎门，因求宿。一更后，闻外有小儿唤阿香，云："唤汝推雷车。"女子乃辞。明旦，宿处一所新冢也。

《艺文类聚》卷二引《续搜神记》曰：义兴人姓周，永和中出都，日暮，道边有一新草小屋，有一女出门，望见周，曰："日已暮。"周求寄宿。向一更中，闻外有小儿唤："阿香，官唤汝推雷车。"女子乃辞去。明朝视宿处，乃见一新冢。

《法苑珠林》卷四六引《续搜神记》：晋义兴人姓周，永和年中出都，乘马从两人行。未至村，日暮，道边有一新小草屋。见一女子出门望，年可十六七，姿容端正，衣服鲜洁。见周过，谓曰："日已暮，前村尚远，临贺讵得至？"周便求寄宿。此女为然火作食。向至一更，闻外有小儿唤阿香声。女应曰："诺。"寻云："官唤汝推雷车。"女乃辞行，云："今有事当去。"夜遂大雷雨。向晓女还。周既上马，看昨所宿处，止见一新冢，冢口有马迹及余草。周甚惊愧。至后五，果作临贺大守。（《太平广记》卷三一九引作《法苑珠林》）

《初学记》卷一引《续搜神记》：义兴人姓周，永和中出都，日暮，道边有一新草小屋，一女出门，望见周。周曰："日暮求寄宿。"向一更中，闻外有小儿唤："阿香，官唤汝推雷车。"女乃辞去。明朝视宿处，乃是一新冢。

《太平御览》卷十三引《搜神记》曰：义兴人周永和出行，因日暮，路旁小屋中有女子留宿。一更后，有唤阿香，女应诺，"官唤女推雷车"。女遂辞周，云："有官事须去。"俄而大雷。既明，周自异其处，返寻，惟见一新冢，冢口有马迹。

《事类赋注》卷三引《搜神记》曰：义兴人周永和出行田，日暮，路旁有女子留宿。一更后，有呼阿香者云："官唤汝推雷车。"女遂辞周，云："有官事须去。"俄而大雷。既明，周自异其处，返寻，惟见一新冢，冢口有马迹。

《类说》卷七引《搜神记》：有人日暮途次，寄宿道旁草舍，惟一女子居之。夜半，门外有小儿呼曰："阿香，官唤汝推车。"女子乃去。迨晓，雷雨大作，视其舍乃一塚耳。

60. 陈仙

《太平广记》卷三一七引《幽明录》：吴时，陈仙以商贾为事，驱驴行。忽过一空宅，广厦朱门，都不见人；仙牵驴入宿。至夜，闻有语声："小人无畏，敢见行灾？"便有一人迳到仙前，叱之曰："汝敢辄入官舍！"时笼月暧昧，见其面上麎深，目无瞳子，唇褰齿露，手执黄丝。仙即奔走后村，具说事状。父老云："旧有恶鬼。"明日，看所见屋宅处，并高坟深墢。

61. 陈阿登

《搜神后记》卷六：汉时，会稽句章人至东野还，暮，不及还家。见路旁小屋燃火，因投宿止。有一少女，不欲与丈夫共宿，呼邻人家女自伴，夜共弹箜篌。问其姓名，女不答。弹弦而歌曰："连绵葛上藤，一绶复一緪。欲知我姓名，姓陈名阿登。"明至东郭外，有卖食母在肆中，此人寄坐，因说昨所见。母闻阿登，惊曰："此是我女，近亡，葬于郭外。"

《北堂书钞》卷一〇六引《幽明录》云：句章人至东野还，暮不及门，见路旁有小屋，因投寄宿。有一女子，夜弹琴弦而歌曰："连绵葛上藤，一援复一緪。欲问我姓名，姓陈名阿登。"

《法苑珠林》卷四十六引《续搜神记》：汉会稽句章人，至东野还。暮不及门，见路傍小屋然火，因投宿止。有一少女，不欲与丈夫共宿，呼邻家女自伴。夜共弹箜篌，歌曰："连绵葛上藤，一绶复一緪。汝欲知我姓，姓陈名阿登。"明至东郭外，有卖食母在肆中。此人寄坐，因说昨所

见。母惊曰:"此是我女,近亡,葬于郭外尔。"(《太平广记》卷三一六引作《灵怪集》)

《太平御览》卷五七二引《幽明录》曰:句章人至东野还,暮不至门,见路旁有小屋灯火,因投寄宿止宿。有一小女,不欲与丈夫共宿,呼邻家女自伴,夜共弹琴箜篌。至晓,此人谢去,问其姓字,女不答,弹弦而歌曰:"连绵葛上藤,一缓复一絙。欲知我姓名,姓陈名阿登。"

62. 邹览

《太平广记》卷三一八引《录异传》:谢邈之为吴兴郡,帐下给使邹览,乘樵船在部伍后。至平望亭,夜雨,前部伍顿住。览露船,无所庇宿,顾见塘下有人家灯火,便往投之。至,有一茅屋,中有一男子,年可五十,夜织薄。别床有小儿,年十岁。览求寄宿,此人欣然相许。小儿啼泣歔欷,此人喻止之,不住啼。遂至晓,览问何意。曰:"是仆儿。其母当嫁,悲恋,故啼耳。"将晓,览去,顾视不见向屋,唯有两冢,草莽湛深。行逢一女子乘船,谓览曰:"此中非人所行,君何故从中出?"览具以所见告之。女子曰:"此是我儿。实欲改适,故来辞墓。"因哽咽至冢,号咷,不复嫁。

63. 曲阿人

《太平御览》卷七六六引《幽明录》:曲阿有一人,忘姓名,从京还,逼暮,不得至家。遇雨,宿广屋中。雨止月朗,遥见一女子,来至屋檐下,便有悲叹之音,乃解腰中缭绳,悬屋角自绞,又觉屋檐上如有人牵绳绞。此人密以刀斫缭绳,又斫屋上,见一鬼西走。向曙,女气方苏,能语,家在前,持此人将归,向女父母说其事。或是天运使然,因以女嫁与为妻。

64. 张禹

《太平广记》卷三一八引《志怪》:永嘉中,黄门将张禹,曾行经大泽中。天阴晦,忽见一宅门大开,禹遂前至厅事。有一婢出问之,禹曰:"行次遇雨,欲寄宿耳。"婢入报之。寻出,呼禹前。见一女子,年三十许,坐帐中。有侍婢二十余人,衣服皆灿丽。问禹所欲,禹曰:"自有饭,唯须饮耳。"女敕取铛与之。因然火作汤,虽闻沸声,探之尚冷。女曰:"我亡人也,冢墓之间,无以相共,惭愧而已。"因歔欷告禹曰:"我是任城县孙家女,父为中山太守,出适顿丘李氏。有一男一女:男年十一,女年七岁。亡后,李氏幸我旧使婢承贵者。今我儿每被捶楚,不避头面,常痛极心髓。欲杀此婢。然亡人气弱,须有所凭。托君助济此事,当厚报君。"禹曰:"虽念夫人言,缘杀人事大,不敢承命!"妇人曰:"何缘令君手刃,唯欲因君为我语李氏家,说我告君事状。李氏念惜承贵,必作禳除。君当语之,自言能为厌断之法。李氏闻此,必令承贵莅事,我因伺便杀之。"禹许诺。及明而出,遂语李氏,具以其言告之。李氏惊愕,以语承贵,大惧,遂求救于禹。既而禹见孙氏自外来,侍婢二十余人,悉持刀刺承贵,应手仆地而死。未几,禹复经过泽中,此人遣婢送五十匹杂彩以报禹。

65. 贾文合

《太平广记》卷三八六引《搜神记》,列"再生"类:汉建安中,南阳贾偶,字文合,得病而亡。时有吏将诣太山,司命阅簿,谓吏曰:"当召某郡文合,何以召此人?可速遣之。"时日暮,遂至郭外树下宿。见一年少女子独行,文合问曰:"子类衣冠,何乃徒步?姓字为谁?"女曰:"某三河人,父见为弋阳令。昨被召来,今却得还。遇日暮,惧获瓜田李下之讥。望君之容,必是贤者,是以停留,依凭左右。"文合曰:"悦子之心,愿交欢于今夕。"女曰:"闻之诸姑,女子以贞专为德,洁白为称。"文合反复与言,终无动志。天明各去。文合卒已再宿,停丧将殓,视其面有色,扪心下稍温,少顷却苏。文合欲验其实,遂至弋阳,修刺谒令,因问曰:"君女宁卒而却苏耶?"具说女子姿质服色,言语相反复本末。令入问女,所言皆同。初大惊叹,竟以此女配文合焉。

《太平御览》卷八八七引《搜神记》:建安中,南阳贾偶,字文合,得病卒亡。死时有吏将诣太山,同名男女十人,司命阅呈,谓行吏曰:"当召某郡文合来,何以召此人?"促遣令去。时日暮,治下有禁,不得舍。遂至郭门外大树下宿。有好女独行无伴,文合问之曰:"子似衣冠家,何为步行?姓字为谁?"女曰:"我三河人也。父见为弋阳令。昨错召来,今得遣去。遂逼日暮,惧获瓜田李下之讥。望君之容似类贤者,是以停留,依凭左右。"文合曰:"悦子之心,愿交欢于今夕。"女曰:"闻之诸姑:妇人以贞专为德,洁白为称。"文合与相反复,终无动志。天明别去。文合死已再宿，停当敛。视其面有色，摸心温，半日间苏。文合将验其事，遂至弋阳。问其令，则女父也，谒之。因问令："某月某日，君女宁卒亡而生耶？"具说女姿颜服色言语，相反夏本末。令入问女，与文合同，大惊，乃以女配文合。

《搜神记》卷十五：汉献帝建安中，南阳贾偶，字文合，得病而亡。时有吏将诣太山，司命阅簿，谓吏曰："当召某郡文合，何以召此人？可速遣之。"时日暮，遂至郭外树下宿。见一年少女独行，文合问曰："子类衣冠，何乃徒步？姓字为谁？"女曰："某三河人，父见为弋阳令。昨被召来，今却得还。遇日暮，惧获瓜田李下之讥。望君之容，必是贤者，是以停留，依凭左右。"文合曰："悦子之心，愿交欢于今夕。"女曰："闻之诸姑，女子以贞专为德，洁白为称。"文合反复与言，终无动志。天明各去。文合卒已再宿，停丧将殓，视其面有色，扪心下稍温，少顷却苏。后文合欲验其实，遂至弋阳，修刺谒令，因问曰："君女宁卒而却苏耶？"具说女子姿质服色，言语相反复本末。令入问女，所言皆同。乃大惊叹，竟以此女配文合焉。《太平御览》卷八八七引《搜神记》：建安中，南阳贾偶，字文合，得病卒亡。死时有吏将诣太山，同名男女十人，司命阅呈，谓行吏曰："当召某郡文合来，何以召此人？"促遣令去。时日暮，治下有禁，不得舍。遂至郭门外大树下宿。有好女独行无伴，文合问之曰："子似衣冠家，何为步行？姓字为谁？"女曰："我三河人也。父见为弋阳令。昨错召来，今得遣去。遂逼日暮，惧获瓜田李下之讥。望君之容似类贤者，是以停留，依凭左右。"文合曰："悦子之心，愿交欢于今夕。"女曰："闻之诸姑：妇人以贞专为德，洁白为称。"文合与相反复，终无动志。天明别去。文合死已再宿，停当敛。视其面有色，摸心温，半日间苏。文合将验其事，遂至弋阳。问其令，则女父也，谒之。因问令："某月某日，君女宁卒亡而生耶？"具说女姿颜服色言语，相反夏本末。令入问女，与文合同，大惊，乃以女配文合。

《类说》卷七引《搜神记》：贾偶，字文合，得病而亡。有吏将诣太山，司命曰："当召某郡文合，何以召此人？可速遣之。"时日暮，至郭外树下宿。见一少女独行，文合问其姓字，曰："某三河人也，父见为易阳令。昨被召来，今却得还。遇日暮，惧获瓜田李下之讥。是以停留，依凭贤者。"文合曰："悦子之心，愿交欢今夕。"女曰："闻之诸姑，女以正洁为德。"文合反复与言，终无动志。天明别去。文合死已再宿，停丧将敛。既苏，欲验其事，遂至易阳，谒令曰："君女宁卒而却苏耶？"具说女子资质服色言语本末。令入问女，所言皆同，令大惊叹，以女配文合。

66. 章沉

《异苑》卷八：临海乐安章沉，年二十余，死经数日，将敛而苏。云：被录到天曹。天曹主者是其外兄，断理得免。初到时，有少年女子同被录送，立住门外。女子见沉事散，知有力助，因泣涕，脱金钏一只及臂上杂宝，托沉与主者，求见救济。沉即为请之，并进钏物，良久出，语沉已论，秋英亦同遣去。秋英，即此女之名也。于是俱去。脚痛疲顿，殊不堪行。会日亦暮，止道侧小窟，状如客舍，而不见主人。沉共宿嬿接，更相问次。女曰："我姓徐，家在吴县乌门，临渎为居，门前倒枣树即是也。"明晨各去，遂并活。沉先为护军府吏，依假出都，经吴，乃到乌门。依此寻索，得徐氏舍。与主人叙阔，问："秋英何在？"主人云："女初不出入，君何知其名？"沉因说昔日魂相见之由，秋英先说之。所言因符，主人乃悟。甚羞，不及寝嬿之事。而其邻人或知，以语徐氏。徐氏试令侍婢数人递出示沉，沉曰："非也。"乃令秋英见之，则如旧识。徐氏谓为天意，遂以妻沉。生子名曰天赐。（《太平广记》卷三八六引《异苑》，作"章汜"）

《太平御览》卷七一八引《甄异记》：乐安章沉病死，未殡而苏，云：被录到天曹，主者是其外兄，断理得免；见一女同时被录，乃脱金钏二双，托沈以与主者，亦得还，遂共宴接。女云：家在吴，姓徐，名秋英。沈后寻问，遂得之，父母因以女妻沈。

67. 庾某

《太平广记》卷三八三引《还冤记》：颍川庾某，宋孝建中，遇疾亡，心下犹温，经宿未殡，忽然而语，说：初死，有两人黑衣来，收缚之，驱使前行，见一大城，门楼高峻，防卫重复，将庾入厅前，同入者甚众。厅上一贵人南向坐，侍直数百，呼为府君。府君执笔，简阅到者，次至庾，曰："此人算尚未尽，催遣之。"一人阶上来，引庾出，至城门，语吏差人送之。门吏云："须复白，然后得去。"门外一女子，年十五六，容色闲丽，曰："庾君幸得归，而留停如此，是门司求物。"庾云："向被录，轻来，无所赍持。"女脱左臂三只金钏，投庾云："并此与之。"庾问女何姓，云："姓张，家在茅渚，昨霍乱亡。"庾曰："我临亡，遣赍五千钱，拟市材。若再生，当送此钱相报。"女曰："不忍见君独厄。此我私物，不烦还家中也。"庾以钏与吏，吏受，竟不复白，便差人送去。庾与女别，女长叹泣下。庾既恍忽苏，至茅渚寻求，果有张氏新亡少女云。

68. 李除

《搜神后记》卷四：襄阳李除，中时气死。其妇守尸，至于三更，崛然起坐，搏妇臂上金钏，甚遽。妇因助脱，既手执之，还死。妇伺察之，至晓，心中更暖，渐渐得苏。既活，云："为吏将去，比伴甚多，见有行货得免者，乃许吏金钏。吏令还，故归取以与吏。吏得钏，便放令还。见吏取钏去。"后数日，不知犹在妇衣内。妇不敢复著，依事咒埋。

《北堂书钞》卷一三六引《续搜神记》云：襄阳徐阳病，夜便崛然而起，将妇臂上金环，死。至明，得苏。妇问故。云："吏持其去，多见行货得免者，即许金钏，便放令还矣。"

《太平御览》卷八八七引《续搜神记》曰：襄阳李除，病死中时。其妇守尸，至夜三更中，崛然起坐，脱妇臂上金钏，甚遽急。妇因助脱，得手执之，还卧。伺察之，至晓，心下更暖，遂渐渐得苏。既活，云："吏将某去，比伴甚多，见有行货得免归者，即许吏金钏。吏令还取，故归取以与吏。吏得钏，便放令还。"

《太平广记》卷三八三引《续搜神记》：襄阳李除，中时气死，其妇守尸。至夜三更，崛然起坐，搏妇臂上金钏甚剧，妇因助脱。既手执之，还死。妇伺察之。至晓，心中更暖，渐渐得苏。既活，云：吏将去，比伴甚多。见有行货得免者，乃许吏金钏。吏令还，故归取以与吏。吏得钏，便放令还。见吏取钏去，不知犹在妇衣内。妇不敢复著，依事咒埋。

69. 河间郡男女

《搜神记》卷十五：晋武帝世，河间郡有男女私悦，许相配适。寻而男从军，积年不归。女家更欲适之。女不愿行，父母逼之，不得已而去。寻病死。其男戍还，问女所在。其家具说之。乃至冢，欲哭之尽哀，而不胜其情。遂发冢，开棺，女即苏活，因负还家。将养数日，平复如初。后夫闻，乃往求之。其人不还，曰："卿妇已死，天下岂闻死人可复活耶？

此天赐我,非卿妇也。"于是相讼。郡县不能决,以谳廷尉。秘书郎王导奏:"以精诚之至,感于天地,故死而更生。此非常事,不得以常礼断之。请还开冢者。"朝廷从其议。

《法苑珠林》卷七五引《搜神记》:晋武帝世,河间郡有男女相悦,许相配适。既而男从军积年。父母以女别适人。无几而忧死。男还悲痛,乃至冢所,始欲哭之叙哀而已,不胜其情。遂发冢开棺,即时苏活。因负还家,将养数日,平复。其夫径往求之。其人不还,曰:"卿妇已死。天下岂闻死人可复活耶?此天赐我,非卿妇也。"于是相讼。郡县不能决,以谳廷尉。廷尉奏以:"精诚之至,感于天地,故死而更生。在常理之外,非礼之所处,形之所裁。"断以还开冢者。

《晋书·五行志下》:元康中,梁国女子许嫁,已受礼娉。寻而其夫戍长安,经年不归,女家更以适人。女不乐行,其父母逼强,不得已而去,寻得病亡。后其夫还,问其女所在,其家具说之。其夫迳至女墓,不胜哀情,便发冢开棺,女遂活,因与俱归。后婿闻知,诣官争之,所在不能决。秘书郎王导议曰:"此是非常事,不得以常理断之,宜还前夫。"朝廷从其议。

《宋书·五行志五》:晋惠帝世,梁国女子许嫁,已受礼娉,寻而其夫戍长安,经年不归。女家更以适人,女不乐行,其父母逼强,不得已而去,寻得病亡。后其夫还,问女所在,其家具说之。其夫径至女墓,不胜哀情,便发冢开棺,女遂活,因与俱归。后婿闻之,诣官争之,所在不能决。秘书郎王导议曰:"此是非常事,不得以常理断之,宜还前夫。"朝廷从其议。

(本条《法苑珠林》卷七五题为《晋时河南有男感女重生怪》,《太平御览》卷八八七列为"重生"类,二书皆引作《搜神记》。主人公无姓名,故事时间可以是"晋武帝世",也可以是"晋惠帝世"。地点可以是"河间郡",也可以是"梁国"。)

70. 紫玉

《搜神记》卷十六:吴王夫差小女,名曰紫玉,年十八,才貌俱美。童子韩重,年十九,有道术。女悦之,私交信问,许为之妻。重学于齐鲁之间,临去,属其父母使求婚。王怒,不与。女玉结气死,葬阊门之外。三年,重归,诘其父母,父母曰:"王大怒,玉结气死,已葬矣。"重哭泣哀恸，具牲币，往吊于墓前。玉魂从墓出，见重，流涕，谓曰："昔尔行之后，令二亲从王相求，度必克从大愿。不图别后，遭命奈何！"玉乃左顾宛颈而歌曰："南山有鸟，北山张罗。鸟既高飞，罗将奈何！意欲从君，谗言孔多。悲结生疾，没命黄垆。命之不造，冤如之何！羽族之长，名为凤凰。一日失雄，三年感伤。虽有众鸟，不为匹双。故见鄙姿，逢君辉光。身远心近，何当暂忘。"歌毕，歔欷流涕，要重还冢。重曰："死生异路，惧有尤愆，不敢承命。"玉曰："死生异路，吾亦知之。然今一别，永无后期。子将畏我为鬼而祸子乎？欲诚所奉，宁不相信。"重感其言，送之还冢。玉与之饮宴，留三日三夜，尽夫妇之礼。临出，取径寸明珠以送重，曰："既毁其名，又绝其愿，复何言哉！时节自爱。若至吾家，致敬大王。"重既出，遂诣王，自说其事。王大怒曰："吾女既死，而重造讹言，以玷秽亡灵。此不过发冢取物，托以鬼神。"趣收重。重走脱，至玉墓所，诉之。玉曰："无忧，今归白王。"王妆梳，忽见玉，惊愕悲喜，问曰："尔缘何生？"玉跪而言曰："昔诸生韩重来求玉，大王不许，玉名毁义绝，自致身亡。重从远还，闻玉已死，故赍牲币，诣冢吊唁。感其笃终，辄与相见，因以珠遗之。不为发冢，愿勿推治。"夫人闻之，出而抱之，玉如烟然。（《太平广记》卷三一六引《录异传》，文字略异）

《艺文类聚》卷八四引《搜神记》：吴王夫差女名玉，死亡。童子韩重，至冢前哭祭之。女乃见形，将重入冢，遗径寸明珠。

《太平御览》卷五七三引《搜神记》：吴王夫差小女名玉，悦童子韩重。韩重乃学于齐鲁之间。临去，属其父求婚。王怒不与，女玉结气亡，葬闾门之外。重三年归，闻其死，哀恸。至玉墓所，玉忽见，重与言，乃左顾宛颈而歌曰："南山有鸟，北山张罗。志欲从君，谗言孔多。悲结生疾，殁命黄垆。命之不造，冤如之何？羽族之长，名为凤凰。一日失雄，三年感伤。故见鄙姿，逢君辉光。身远心近，何尝暂忘。"

《太平御览》卷七六一引《搜神记》：吴王夫差女玉，悦童子韩重，结气死。形见，将重入冢，取昆仑玉壶与之。

《太平御览》卷八〇三引《搜神记》：吴王夫差女名玉。童子韩重有道术，玉悦之，结气死，葬于昌门之外。重至冢前哭祭，女见形，将重入冢。临去，取径寸明珠以送重。

《太平御览》卷八〇五《搜神记》：吴王夫差女名玉。童子韩重有道术，女悦之，结气死，葬于昌门之外。重至冢前哭祭，女见形，将重入冢。临去，取昆仑玉盂以送重。

71. 王道平

《搜神记》卷十五：秦始皇时，有王道平，长安人也。少时，与同村人唐叔偕女，小名父喻，容色俱美，誓为夫妇。寻王道平被差征伐，落堕南国，九年不归。父母见女长成，即聘与刘祥为妻。女与道平言誓甚重，不肯改事。父母逼迫不免，出嫁刘祥。经三年，忽忽不乐，常思道平，忿怨之深，悒悒而死。死经三年，平还家，乃诘邻人："此女安在？"邻人云："此女意在于君，被父母凌逼，嫁与刘祥。今已死矣。"平问："墓在何处？"邻人引往墓所。平悲号哽咽，三呼女名，绕墓悲苦，不能自止。平乃祝曰："我与汝立誓天地，保其终身，岂料官有牵缠，致令乖隔，使汝父母与刘祥，既不契于初心，生死永诀。然汝有灵圣，使我见汝生平之面。若无神灵，从兹而别。"言讫，又复哀泣。逡巡，其女魂自墓出，问平："何处而来？良久契阔。与君誓为夫妇，以结终身，父母强逼，乃出聘刘祥，已经三年。日夕忆君，结恨致死，乖隔幽途。然念君宿念不忘，再求相慰，妾身未损，可以再生，还为夫妇。且速开冢破棺，出我即活。"平审言，乃启墓门，扣看其女，果活。乃结束，随平还家。其夫刘祥，闻之惊怪，申诉于州县。检律断之，无条，乃录状奏王。王断归道平为妻。寿一百三十岁。实谓精诚贯于天地，而获感应如此。

汪绍楹认为本条源自《稗海》本《搜神记》，而《稗海》本源自唐勾道兴《搜神记》，而勾本乃以《河间郡男女》为蓝本，变其姓名而演绎之。勾本将女名作"文榆"，《稗海》本误为"父喻"。

72. 辛道度

《搜神记》卷十六：陇西辛道度者，游学至雍州城四五里，比见一大宅，有青衣女子在门。度诣门下求飧。女子入告秦女，女命召入。度趋入阁中，秦女于西榻而坐。度称姓名，叙起居。既毕，命东榻而坐，即治饮馔。食讫，女谓度曰："我秦闵王女，出聘曹国，不幸无夫而亡。亡来已二十三年，独居此宅。今日君来，愿为夫妇。"经三宿三日后，女即自言曰："君是生人，我鬼也。共君宿契，此会可三宵，不可久居，当有祸矣。然兹信宿，未悉绸缪，既已分飞，将何表信于郎？"即命取床后盒子开之,取金枕一枚,与度为信。乃分袂泣别,即遣青衣送出门外。未逾数步,不见舍宇,惟有一冢。度当时荒忙出走,视其金枕在怀,乃无异变。寻至秦国,以枕于市货之。恰遇秦妃乐游,来见度卖金枕,疑而索看,诘度何处得来?度具以告。妃闻,悲泣不能自胜。然尚疑耳。乃遣人发冢,启柩视之,原葬悉在,唯不见枕。解体看之,交情宛若,秦妃始信之。叹曰:"我女大圣,死经二十三年,犹能与生人交往,此是我真女婿也。"遂封度为驸马都尉,赐金帛车马,令还本国。因此以来,后人名女婿为"驸马"。今之国婿,亦为驸马矣。(汪注以为,此条系《稗海》本敷衍勾道兴《搜神记》,加以删削而成,非干宝作)

73. 卢充

《世说新语·方正篇》刘孝标注引《孔氏志怪》:卢充者,范阳人。家西三十里,有崔少府墓。充先冬至一日出家西猎,见一獐,举弓而射,即中之。獐倒而复起,充逐之,不觉远。忽见一里门如府舍,门中一铃下唱:"客前。"充问:"此何府也?"答曰:"少府府也。"充曰:"我衣恶,那得见贵人?"即有人提襆新衣迎之。充着,尽可体。便进见少府,展姓名。酒炙数行,崔曰:"近得尊府君书,为君索小女婚,故相延耳。"即举书示充。充父亡时虽小,然已见父手迹,便歔欷无辞。崔即敕内:"令女郎庄严,使充就东厢。"充至,女已下车,立席头共拜。三日毕,还见崔。崔曰:"君可归矣!女有娠相,生男当以相还,生女当留自养。"敕外严车送客。崔送至门,执手涕零,离别之感,无异生人。复致衣一袭,被褥一副。充便上车,去如电逝,须臾至家。家人相见悲喜,推问,知崔是亡人,而入其墓,追以懊惋。居四年,三月三日,临水戏。忽见一犊车,乍浮乍没。既上岸,充往开车后户,见崔氏女与三岁男儿共载。充见之,欣然欲捉其手。女举手指后车曰:"府君见之。"即见少府。充往问讯,女抱儿还充,又与金盌,别,并赠诗曰:"煌煌灵芝质,光丽何猗猗!华艳当时显,嘉异表神奇。含英未及秀,中夏罹霜萎。荣曜长幽灭,世路永无施。不悟阴阳运,哲人忽来仪。会浅别离速,皆由灵与只。何以赠余亲?金碗可颐儿。爱恩从此别,断绝伤肝脾!"充取儿、碗及诗,忽不见二车处。将儿还,四座谓是鬼魅,佥遥唾之,形如故。问儿:"谁是汝父?"儿迳就充怀。众初怪恶,传省其诗,慨然叹死生之玄通也。充诣市卖盌,高举其价,不欲速售,冀有识者。欻有一老婢问充得盌之由,还报其大家,即女姨也。遣视之,果是。谓充曰:"我姨姊崔少府女,未嫁而亡。家亲痛之,赠一金碗,着棺中。今视卿碗甚似。得碗本末,可得闻不?"充以事对。即诣充家迎儿。儿有崔氏状,又似充貌。姨曰:"我甥三月末间产。父曰:春暖温也,愿休强矣。即字温休,温休,盖幽婚也,其兆先彰矣。"儿遂成为令器,历数郡二千石,皆着绩。其后生植,为汉尚书。植子毓,为魏司空。冠盖相承至今也。

李瀚撰、徐子光注《蒙求集注》曰:旧注引《孔氏志怪》曰:汉卢充,范阳人,家西四十里,有崔少府女墓。充因猎,逐麈,忽见朱门官舍,有人迎充,见崔云:"近得公尊府君书,为君娶吾小女,故相邀耳。"将书示充,乃父手札。崔乃命女妆饰于东厢,引充相见成礼,留三日。临别,谓充曰:"君妇有娠矣。生男,则当留之。"赠充衣衾,令车送之。充至家,经三年。三月三日,临水戏,忽见水上二犊车,乍沉乍浮,既达于岸。充视车中,见崔氏与小儿共载,其别车即崔少府也,抱儿还充,及诗一首,金椀一枚。俄而不见。及儿长成,后历任数郡。

《搜神记》卷十六:卢充者,范阳人。家西三十里,有崔少府墓。充年二十,先冬至一日,出宅西猎戏。见一獐,举弓而射,中之。獐倒,复起。充因逐之,不觉远。忽见道北一里许,高门瓦屋,四周有如府舍。不复见獐。门中一铃下唱:"客前。"充曰:"此何府也?"答曰:"少府府也。"充曰:"我衣恶,那得见少府?"即有一人,提一幞新衣,曰:"府君以此遗郎。"充便着讫,进见少府,展姓名。酒炙数行,谓充曰:"尊府君不以仆门鄙陋,近得书,为君索小女婚,故相迎耳。"便以书示充。充父亡时虽小,然已识父手迹,即欷歔,无复辞免。便敕内:"卢郎已来,可令女郎妆严。"且语充云:"君可就东廊。"及至黄昏,内白:"女郎妆严已毕。"充既至东廊,女已下车,立席头,却共拜。时为三日,给食。三日毕,崔谓充曰:"君可归矣。女有娠相,若生男,当以相还,无相疑。生女,当留自养。"敕外严车送客。充便辞出。崔送至中门,执手涕零。出门,见一犊车,驾青牛,又见本所着衣及弓箭,故在门外。寻传教将一人,提幞衣,与充相问曰:"姻缘始尔,别甚怅恨。今复致衣一袭,被褥自副。"充上车,去如电逝,须臾至家。家人相见,悲喜推问,知崔是亡人,而入其墓,追以懊惋。别后四年,三月三日,充临水戏,忽见水旁有二犊车,乍沈乍浮。既而近岸,同坐皆见。而充往开车后户,见崔氏女与三岁男共载。充见之,忻然欲捉其手。女举手指后车曰:"府君见人。"即见少府。充往问讯。女抱儿还充，又与金鋺，并赠诗曰："煌煌灵芝质，光丽何猗猗。华艳当时显，嘉异表神奇。含英未及秀，中夏罹霜萎。荣耀长幽灭，世路永无施。不悟阴阳运，哲人忽来仪。会浅离别速，皆由灵与只。何以赠余亲？金鋺可颐儿。恩爱从此别，断肠伤肝脾。"充取儿、鋺及诗，忽然不见二车处。充将儿还，四坐谓是鬼魅，佥遥唾之，形如故。问儿："谁是汝父？"儿径就充怀。众初怪恶，传省其诗，慨然叹死生之玄通也。充后乘车入市，卖鋺，高举其价，不欲速售，冀有识者。欻有一老婢识此，还白大家曰："市中见一人乘车，卖崔氏女郎棺中鋺。"大家即崔氏亲姨母也。遣儿视之，果如其婢言。上车，叙姓名，语充曰："昔我姨嫁少府，生女，未出而亡。家亲痛之，赠一金鋺，着棺中。可说得鋺本末。"充以事对，此儿亦为之悲咽。赍还白母。母即令诣充家，迎儿视之。诸亲悉集。儿有崔氏之状，又复似充貌。儿、鋺俱验。姨母曰："我外甥三月末间产。父曰：春暖温也，愿休强也。即字温休。温休者，盖幽婚也，其兆先彰矣。"儿遂成令器，历郡守二千石。子孙冠盖，相承至今。其后植，字子干，有名天下。（《法苑珠林》卷七五引作《续搜神记》，题《晋有卢充冥婚怪》，文字略异）

《搜神后记》卷六：卢充猎，见獐便射，中之。随逐，不觉远。忽见一里门如府舍，问铃下，铃下对曰："崔少府府也。"进见少府，少府语充曰："尊府君为索小女婚，故相迎耳。"三日婚毕，以车送充至家。母问之，具以状对。既与崔别，后四年之三月三日，充临水戏。遥见水边有犊车，乃往开车户。见崔女与三岁儿共载，情意如初。抱儿还充，又与金鋺而别。

74. 黄原

《法苑珠林》卷三一引《幽明录》，题"搜神杂传地仙等记"：汉时太山黄原，平旦开门，忽有一青犬在门外伏，守备如家养。原继犬，随邻里猎。日垂夕，见一鹿，便放犬。犬行甚迟，原绝力逐，终不及。行数里，至一穴，入百余步，忽有平衢，槐柳列植，行墙回匝。原随犬入门，列房栊户可有数十间，皆女子，姿容妍媚，衣裳鲜丽。或抚琴瑟，或执博棋。至北阁，有三间屋，二人侍直，若有所伺。见原，相视而笑："此青犬所致妙音婿也！"一人留，一人入阁。须臾，有四婢出，称太真夫人白黄郎："有一女年已弱笄，冥数应为君妇。"既暮，引原入内。内有南向堂，堂前有池，池中有台，台四角有径尺穴，穴中有光映帷席。妙音容色婉妙，侍婢亦美。交礼既毕，宴寝如旧。经数日，原欲暂还报家，妙音曰："人神异道，本非久势。"至明日，解佩分袂，临阶涕泗。后会无期，深加爱敬。"若能相思，至三月旦，可修斋洁。"四婢送出门，半日至家，情念恍忽。每至其期，常见空中有辀车，仿佛若飞。

75. 河伯婿

《法苑珠林》卷七五引《搜神记》，题《宋弘农人感得冥婚怪》：宋时弘农华阴潼乡阳首里人也。服八石，得水道仙，为河伯。《幽明录》曰：余杭县南有上湖，湖中央作塘。有一人乘马看戏，将三四人至岑村饮酒，小醉，暮还。时炎热，因下马，入水中，枕石眠。马断走归，从人悉追马，至暮不返。眠觉，日已向晡，不见人马。见一妇来，年可十六七，云："女郎再拜。日既向暮，此间大可畏，君作何计？"问："女郎姓何？那得忽相问？"复有一年少，年可十三四，甚了了。乘新车，车后二十人至，呼上车，云："大人暂欲相见。"因回车而去。道中骆驿把火，寻城郭邑，车至，便入城，进厅事。上有信幡，题云"河伯信"。见一人年三十许，颜容如画，侍卫繁多。相对欣然，敕行酒炙，云："仆有小女，乃聪明，欲以给君箕帚。"此人知神，敬畏不敢拒逆。便敕备办，令就郎中婚。承白已办，送丝布单衣及纱夹、绢裙、纱衫裤、履屐，皆精好。又给十小吏，青衣数十人。妇年可十八九，姿容婉媚。便成。三日后，大会客，拜阁。四日，云："礼既有限，当发遣去。"妇以金瓯、麝香囊与婿别，泣涕而分。又与钱十万，药方三卷，云："可以施功布德。"复云："十年当相迎。"此人归家，遂不肯别婚，辞亲，出家作道人。所得三卷方者，一卷《脉经》，一卷《汤方》，一卷《丸方》。周行救疗，皆致神验。后母老迈，兄丧，因还婚宦。

《太平广记》卷二九五引《幽明录》：余杭县南有上湖，湖中央作塘。有一人乘马看戏，将三四人至岑村饮酒，小醉，暮还。时炎热，因下马，入水中，枕石眠。马断走归，从人悉追马，至暮不返。眠觉，日已向晡，不见人马，见一妇来，年可十六七，云："女郎再拜。日既向暮，此间大可畏，君作何计？"问："女郎姓何？那得忽相闻？"复有一年少，年可十三四，甚了了，乘新车，车后二十人至，呼上车，云："大人暂欲相见。"因回车而去。道中骆驿把火，寻见城郭邑居，既入城，进厅事，有信幡，题云"河泊"。俄见一人，年三十许，颜色如画，侍卫繁多。相对欣然，敕行酒炙，云："仆有小女，颇聪明，欲以给君箕帚。"此人知神，不敢拒逆。便敕备办，令就郎中婚，承白已办，进丝布单衣及袷绢裙、纱衫裤、履屐，皆精好。又给十小吏，青衣数十人。妇年可十八九，姿容婉媚，便成礼。三日，经大会客，拜阁。四日，云："礼既有限，当发遣去。"妇以金瓯麝香囊与婿别，涕泣而分。又与钱十万，药方三卷，云："可以施功布德。"复云："十年当相迎。"此人归家，遂不肯别婚，辞亲，出家作道人。所得三卷方，一卷《脉经》，一卷《汤方》，一卷《丸方》，周行救疗，皆致神验。后母老兄丧，因还婚宦。

76. 舒礼

《法苑珠林》卷六二引《幽冥记》：晋巴丘县有巫师舒礼，晋永昌元年病死。土地神将送诣太山。俗人谓巫师为道人。路过福舍门前，土地神问吏："此是何等舍？"门吏曰："道人舍。"土地神曰："是人亦是道人。"便以相付。礼入门，见数千间瓦屋，皆悬竹帘，自然床榻，男女异处。有诵经者，呗偈者，自然饮食者，快乐不可言。礼文书名已至太山门，而又身不至到，推土地神。神云："道见数千间瓦屋。"即问吏言："是道人，即以付之。"于是遣神更录取。礼观未遍，见有一人，八手四眼，捉金杵，逐欲撞之。便怖走，还出门。神已在门迎，捉送太山。太山府君问礼："卿在世间，皆何所为？"礼曰："事三万六千神，为人解除祠祀。或杀牛犊猪羊鸡鸭。"府君曰："汝罪应上热熬。"使吏牵著熬所。见一物牛头人身，捉铁叉，叉礼著熬上，宛转，身体焦烂，求死不得。已经一宿二日。府君问主者："礼寿命应尽，为顿夺其命？"校录籍，余算八年。府君曰："录来。"牛头人复以铁叉叉著熬边。府君曰："今遣卿归，终毕余算。勿复杀生淫祀。"礼忽还活，遂不复作巫师。

《太平御览》卷七三五引作《幽明录》：巴丘县有巫师舒礼，晋永昌元年病死。土地神将送诣太山，俗人谓巫师为道人也。入过礼舍门前，土地神问吏："此是何等舍？"门吏曰："道人舍。"土地神曰："是人亦是道人。"便以相付。礼入门，见囗间瓦囗，皆县竹帘，自然床塌，男女异处。有诵经者，唱偈者，然饮食快乐不可言。礼文书名已至太山门，而又身不到，推入。土地神云："道见数千间瓦屋。"即问吏，言："女道人。"即以付之，于是遣神即录取。礼观未遍，见有一人，八手四眼，捉金杵，遂欲撞之，便怖走。还出门，神已在门迎，捉送太山。太山府君问礼："卿在世间，昔何所为？"礼曰："事一万六千神，为人解除祠祀。或杀牛犊猪羊鸡鸭。"府君曰："汝罪应上热熬。"便牵著熬所。见一物，牛头人身，捉铁叉，叉礼着熬上宛转，身体焦烂，求死不死，一宿二日。府君问主者："礼寿命应尽，为顿夺其命。校录籍，余算八年。"乃命将录来。牛头复以铁叉叉着熬边。府君曰："今遣卿归，务毕余算，勿后杀生淫祠。"礼乃还活，不复为巫师。

《太平广记》卷二八三注出《幽冥记》：巴丘县有巫师舒礼，晋永昌元年病死，土地神将送诣太山。俗常谓巫师为道人。初过冥司福舍前，土地神问门吏："此云何所？"门吏曰："道人舍也。"土地神曰："舒礼即道人。"便以相付。礼入门，见千百间屋，皆悬帘置榻。男女异处，有念诵者，呗唱者，自然饮食，快乐不可言。礼名已送太山，而身不至。忽见一人，八手四眼，提金杵逐礼，礼怖走出。神已在门外，遂执礼送太山。太山府君问礼："卿在世间何所为？"礼曰："事三万六千神，为人解除祠祀。"府君曰："汝佞神杀生，其罪应重。"付吏牵去。礼见一物，牛头人身，持铁叉，捉礼投铁床上。身体燋烂，求死不得。经累宿，备极冤楚。府君问主者，知礼寿未尽，命放归，仍诫曰："勿复杀生淫祀。"礼既活，不复作巫师。

77. 赵泰

《太平广记》卷一〇九引《幽冥录》：赵泰字文和，清河贝丘人。公府辟不就，精进典籍，乡党称名。年三十五。宋太始五年七月十三日夜半，忽心痛而死，心上微暖，身体屈伸。停尸十日，气从咽喉如雷鸣，眼开，索水饮，饮讫便起。说：

初死时，有二人乘黄马，从兵二人，但言捉将去。二人扶两腋东行，不知几里，便见大城，如锡铁崔嵬。从城西门入，见官府舍，有二重黑门，数十梁瓦屋。男女当五六十。主吏著皂单衫，将泰名在第三十。须臾将入，府君西坐，断勘姓名。复将南入黑门，一人绛衣，坐大屋下，以次呼名前，问生时所行事，有何罪故，行何功德，作何善行。言者各各不同。主者言："许汝等辞。恒遣六师督录使者，常在人间，疏记人所作善恶，以相检校。人死有三恶道，杀生祷祠最重。奉佛持五戒十善，慈心布施，生在福舍，安稳无为。"泰答："一无所为，上不犯恶。"断问都竟，使为水官监作吏，将千余人，接沙著岸上，昼夜勤苦啼泣，悔言生时不作善，今堕在此处。后转水官都督，总知诸狱事，给马，东到地狱按行，复到泥犁地狱。男子六千人。有火树，纵广五十余步，高千丈，四边皆有剑树，上然火，其下十十五五，堕火剑上，贯其身体。云："此人咒诅骂詈，夺人财物，假伤良善。"泰见父母及一弟，在此狱中涕泣。见二人赍文书来，敕狱吏，言有三人，其家事佛，为有寺中悬幡盖烧香，转《法华经》咒愿，救解生时罪过，出就福舍。已见自然衣服，往诣一门，云开光大舍，有三重黑门，皆白壁赤柱。此三人即入门。见大殿，珍宝耀日，堂前有二狮子并伏，负一金玉床，云名狮子之座。见一大人，身可长丈余，姿颜金色，项有日光，坐此床上。沙门立侍甚众，四坐名真人菩萨。见泰山府君来作礼。泰问吏："何人？"吏曰："此名佛，天上天下，度人之师。"便闻佛言："今欲度此恶道中及诸地狱人，皆令出。"应时云有万九千人，一时得出，地狱即空。见呼十人，当上生天，有车马迎之，升虚空而去。复见一城，云纵广二百余里，名为受变形城。云生来不闻道法，而地狱考治已毕者，当于此城受更变报。入北门，见数千百土屋，中央有瓦屋，广五十余步。下有五百余吏，对录人名，作善恶事状，受是变身形之路，从其所趋去。杀者云当作蜉蝣虫，朝生夕死；若为人，常短命。偷盗者作猪羊身，屠肉偿人。淫逸者作鹄鹜蛇身。恶舌者作鸱鸮鸺鹠，恶声，人闻皆咒令死。抵债者为驴马牛鱼鳖之属。大屋下有地房北向，一户南向。呼从北户，又出南户者，皆变身形作鸟兽。又见一城，纵广百里，其瓦屋安居快乐，云生时不作恶，亦不为善，当在鬼趣千岁，得出为人。又见一城，广有五千余步，名为地中。罚谪者，不堪苦痛。男女五六万，皆裸形无服，饥困相扶，见泰叩头啼哭。泰按行毕还，主者问："地狱如法否？卿无罪，故相浼为水官都督。不尔，与狱中人无异。"泰问："人生何以为乐？"主者言："唯奉佛弟子精进不犯禁戒为乐耳。"又问："未奉佛时，罪过山积；今奉佛法，其过得除否？"曰："皆除。"主者又召都录使者，问："赵泰何故死来？"使开縢检年纪之籍，云："有算三十年，横为恶鬼所取。今遣还家。"由是大小发意奉佛，为祖、父母及弟悬幡盖，诵《法华经》作福也。

《辨正论》卷第八注引《幽明录》：赵泰字文和，清河贝丘人，公府辟不就。精思典籍，乡党称名。年三十五，晋大始五年七月三日夜半，卒心痛而死。心上故暖，身体屈申。停尸十日，气从咽喉如雷声。眼开，索饮食，便起，说：初死时，有二人乘黄马，从兵二人，但言捉将去。二人扶两腋东行，不知几里，便见大城，如锡铁正崔嵬。从西城门入官府舍，有二重黑门，数十梁瓦屋，男女当五六十人住立。吏着皂单衣，将五六人。注疏姓字男女有别，言莫动，当入断呈府君。泰名在第三十。须臾将入，府君西向坐，科出案名。复将南入黑门。一人绛衣，坐大屋下。以次呼名前，问生时所行事，有何罪过，行何功德，作何善行。言者各各不同。主者言："许汝等辞，恒遣六部督录使者，常在人间，疏记人所作善恶，以相检校。人死有三恶道，杀生祷祀最重。奉佛法持五戒十善，慈心布施，死在福舍，安隐无为。"泰答："一无所事，亦不犯恶。"科问都竟，使为水官监作吏，将千余人接沙着岸上。昼夜勤苦，啼泣悔言："生时不作善，今堕此处。"当归索代。后转水官都督，总知诸狱事，给马兵。东到地狱案行，复到泥犁地狱。男女五六千人，有大树，横广五十余步，高千丈，四边皆有剑。上人着树上然火。其下十十五五，堕火剑上，贯其身体。云："此人咒诅骂詈，夺人财物，毁伤良善"。见泰父母及二弟在此狱中涕泣。见二人赍文书来，敕狱吏，言有三人家事佛，为其于寺中悬幡烧香，咒愿救解生时罪过。出就福舍，已见自然衣服。径诣一门，云名开光大舍。有三重黑门，皆白璧赤柱。此三人即入门，见大殿珍宝耀目。堂有二师子，并伏顾负一金玉床，云名师子之座。见一人，身可长丈六，姿颜金色，项有日光，坐此座上。沙门立侍甚众，四坐并真人菩萨。见泰山府君来作礼。泰问吏人。吏曰："名佛，天上天下，度人之师。"便闻佛云言："今欲慈度此恶道中及诸地狱中人。"皆令出听。时云有百万九千人，一时得出，地狱即空。徙着百里城中。其在此中者，皆奉法弟子。当过福舍，七日随行。所作功德，有少有无者。又见呼十人，当上生天。有车马侍从，迎之升虚空而去。出复见一城，云纵广二百余里，名为"受变形城"。云生时未闻道法，而地狱考治已毕者，当于此城更受变报。入此门，见当有数千万土屋，有坊巷，中央有大瓦屋，当广五十余步。屋下有五百余吏。对收人名，作善恶者行状，受所变身形之路。各从其所趣而去。杀生者云当作蜉蝣虫，朝生夕死。若出为人，常当短命。偷盗者作猪羊身，屠肉偿人。淫逸者作鹄鹜蛇身。两舌者作鸱枭鸿鹅，恶声人闻，皆咒令死。抵债者为驴骡马牛鱼鳖之属。大屋下有地户北向，一户南向。呼从北户入，出南户者，皆变身形作鸟兽。又见一城，纵广百里。其中瓦屋，安居快乐。云生时不作恶行，不见天道，亦不受罪，名为鬼城，千岁得出为人。又见一城，广五千余步，名为地狱，中罚谪者不堪苦痛。还归索代，家为解谪，皆在此城中。男女五六十万，皆裸形无服，饥困相扶。见泰，叩头啼哭。泰问吏："天道地狱道门相去几里？"曰："天道地狱道门相对。"案行匝还，主者问："地狱如法不？卿无罪，故相使为水官都督。不尔，与地狱中人无异。"泰问："人死何者为乐？"主者言："唯佛弟子精进，不犯禁戒为乐耳。"又："未奉佛时，罪过山积。今奉法，其过得除不？"曰："皆除。"主者召都录使者，问："赵文和何故死？"来使开縢，视年纪之籍，有余算三十年，横为恶鬼所取，今遣还家。由是大小发意奉佛。为祖、父母及二弟悬幡盖，作福会也。

78. 康阿得

《辨证论》卷第八注引《幽明录》：康阿得死三日，还苏，说：初死时，两人扶腋，有白马吏驱之，不知行几里，见北向黑暗门，南入，见东向黑门，西入，见南向黑门，北入，见有十余梁间瓦屋，有人皂服笼冠，边有三十余吏，皆言府君，西南复有四五十吏。阿得便前拜府君，府君问："何所奉事？"得曰："家起佛图塔寺，供养道人。"府君曰："卿大福德。"问都录使者："此人命尽耶？"见持一卷书，伏地案之，其字甚细，曰："余算三十五年。"府君大怒曰："小吏何敢顿夺人命？"便缚白马吏著柱，处罚一百，血出流漫。问得："欲归不？"得曰："尔。"府君曰："今当送卿归，欲便遣卿案行地狱。"即给马一匹，及一从人，东北出，不知几里，见一城，方数十里，有满城上屋，因见未事佛时亡伯、伯母、亡叔、叔母，皆著杻械，衣裳破坏，身体脓血。复前行，见一城，其中有卧铁床上者，烧床正赤。凡见十狱，各有楚毒，狱名"赤沙""黄沙""白沙"，如此"七沙"，有刀山剑树，抱赤铜柱，于是便还。复见七八十梁间瓦屋，夹道种槐，云名"福舍"，诸佛弟子住中，福多者上生天，福少者住此舍。遥见大殿，二十余梁，有一男子二妇人从殿上来下，是得事佛后亡伯、伯母、亡叔、叔母。须臾有一道人来，问得："识我不？"得曰："不识。"曰："汝何以不识我？我共汝作佛图主。"于是遂而忆之，还至府君所，即遣前二人送归，忽便稣活也。

79. 石长和

《辨正论》卷第八注引《幽明录》：石长和死，四日稣，说：初死时，东南行，见二人治道，恒去和五十步，长和疾行亦尔。道两边棘刺皆如鹰爪，见人大小群走棘中，如被驱逐，身体破坏，地有凝血。棘中人见长和独行平道，叹息曰："佛弟子独乐，得行大道中。"前行，见七八十梁瓦屋，中有阁十余，梁上有窗向，有人面辟方三尺，著皂袍，四纵掖，凭向坐，唯衣襟以上见。长和即向拜。人曰："石贤者来也，一别二十余年。"和曰："尔。"意中便若忆此时也。有冯翊牧孟承夫妻先死。阁上人曰："贤者识承不？"长和曰："识。"阁上人曰："孟承生时不精进，今恒为我埽地；承妻精进，晏然与官家事。"举手指西南一房，曰："孟承妻今在中。"妻即开窗，向见长和，问："石贤者何时来？"遍问其家中儿女大小名字平安不，"还时过此，当因一封书。"斯须见承阁西头来，一手捉扫帚粪箕，一手捉把锸，亦问家消息。阁上人曰："闻鱼龙超修精进，为信尔不？何所修行？"长和曰："不食鱼肉，酒不经口，恒转尊经，救诸疾痛。"阁上人曰："所传莫妄。"阁上问都录主者："石贤者命尽耶？枉夺其命耶？"主者报："按录余四十年。"阁上人敕主者："犊车一乘，两辟车骑，两吏，送石贤者。"须臾，东向便有车骑人从如所差之数，长和拜辞，上车而归。前所行道边，所在有亭传吏民床坐饮食之具。倏然归家，前见父母坐其尸边，见尸大如牛，闻尸臭，不欲入其中。绕尸三匝，长和叹息，当尸头前，见其亡姊于后推之，便蹈尸面上，因即稣。

80. 元稚宗

《太平广记》卷一三一引《祥异记》：宋元稚宗者，河东人也。元嘉十六年，随钟离太守阮愔在郡。愔使稚宗行至远村，郡吏盍苟、边定随焉。行至民家，恍惚如眠，便不复寤。民以为死，舁出门外，方营殡具，经夕能言。说：初有一百许人，缚稚宗去，数十里，至一佛图，僧众供养，不异于世。有一僧曰："汝好猎，今应受报。"便取稚宗，皮剥脔截，具如治诸牲兽之法。复纳于澡水，钩口出之，剖破解切，若为脍状。又锅煮炉炙，初悉糜烂，随以还复，痛恼苦毒，至三乃止。问："欲活否？"稚宗便叩头请命。道人令其蹲地，以水灌之，云："一灌除罪五百。"稚宗苦求多灌，沙门曰："唯三足矣。"见有蚁类数头，道人曰："此虽微物，亦不可杀，无复论巨此者也。鱼肉自此可戒耳。斋会之日，悉着新衣，无新可浣也。"稚宗因问："我行旅有三，而独婴苦，何也？"道人曰："彼二人自知罪福，知而无犯。唯尔愚豪，不识缘报，故以相戒。"

因而便苏，数日能起，由是遂断渔猎云。

81. 支法衡

《法苑珠林》卷七引《冥祥记》：晋沙门支法衡，晋初人也。得病旬日，亡，经三日而稣活。说死时，有人将去，见如官曹舍者数处，不肯受之。俄见有铁轮，轮上有铁爪，从西转来，无持引者，而转驶如风。有一吏呼："罪人当轮立。"轮转来轹之，翻还如此，数人碎烂。吏呼："衡道人来当轮立。"衡恐怖自责："悔不精进，今当此轮乎？"语毕，谓衡曰："道人可去。"于是仰首，见天有孔，不觉倏尔上升。以头穿中，两手搏两边，四向顾视，见七宝宫殿及诸天人。衡甚踊跃，不能得上，疲而复还下所。将衡去人笑曰："见何等物，不能上乎？"乃以衡付船官。船官行船，使为柂工。衡曰："我不能持柂。"强之。有船数百，皆随衡后。衡不晓捉柂，跄沙洲上。吏司推衡："汝道而失，以法应斩。"引衡上岸，雷鼓将斩。忽有五色二龙，推船还浮。吏乃原衡罪，载衡北行。三十许里，见好村岸，有数万家，云是流人。衡窃上岸。村中饶狗，牙欲啮之。衡大恐惧。望见西北有讲堂，上有沙门甚众，闻经呗之声。衡遽走趣之。堂有十二阶，衡始蹑一阶，见亡师法柱踞胡床坐。见衡曰："我弟子也，何以而来？"因起临阶，以手巾打衡面，曰："莫来！"衡甚欲上，复举步登阶。柱复推令下。至三乃止。见平地有井一口，深三四丈，塼无隙际。衡心念言，此井自然。井边有人谓曰："不自然者，何得成井？"虽见法柱，故倚望之，谓衡："可复道还去，狗不啮汝！"衡还水边，亦不见向来船也。衡渴欲饮水，乃堕水中，因便得稣。于是出家，持戒菜食，昼夜精思，为至行沙门。比丘法桥，衡弟子也。（《太平广记》三八二引作《冥祥记》）

82. 李清

《法苑珠林》卷九五引《冥祥记》：宋（鲁迅按：当作晋）李清者，吴兴于潜人也。仕桓温大司马府参军督护。于府得病，还家而死。经久稣活，说云：初见传教持信旛唤之，云公欲相见。清谓是温召，即起束带而去。出门，见一竹舆，便令入中。二人推之，疾速如驰。至一朱门，见阮敬。时敬死已三十年矣。敬问清曰："卿何时来？知我家何似？"清云："卿家异恶。"敬便雨泪，言："知吾子孙如何？"答云："具可。"敬云：

"我今令卿得脱,汝能料理吾家否?"清云:"若能如此,不负大恩。"敬言:"僧达道人是官师,甚被礼,敬当苦告之。"还内良久,遣人出云:"门前四层寺,官所起也。僧达常以平旦入寺礼拜,宜就求哀。"清往其寺,见一沙门,语曰:"汝是我前七生时弟子,已经七世受福,迷着世乐,忘失本业。背正就邪,当受大罪,今可改悔。和尚明出,当相佐助。"清还先舆中,夜寒噤冻。至晓门开,僧达果出至寺。清便随逐稽颡。僧达云:"汝当革心为善,归命佛、法,归命比丘僧:受此三归,可得不横死。受持勤者,亦不经苦难。"清便奉受。又见昨所遇沙门,长跪请曰:"此人僧中(中原作乎,据《法苑珠林》校注本改,《太平广记》引作达。鲁迅按:乎字有讹。《太平广记》引作达,亦非)宿世弟子,忘正失法,方将受苦。先缘所追,今得归命,愿垂慈愍。"答曰:"先是福人,当易拔济耳。"便还向朱门。俄遣人出云:"李参军可去。"敬时亦出,与清一青竹枝(《太平广记》引作杖),令闭眼骑之。清如其语,忽然至家。家中啼哭,及乡亲塞堂,欲入不得。会买材还,家人及客赴监视之,唯尸在地。清入至尸前,闻其尸臭,自念悔还。但外人逼突,不觉入尸时,于是而活。即营理敬家,分宅以居。于是归心三宝,勤信佛教,遂作佳流弟子。(《太平广记》卷三七九"再生"类引作《冥祥记》)

83. 唐遵

《法苑珠林》卷九七引《冥祥记》:晋唐遵,字保道,上虞人也。晋太元八年,暴病而死。经夕得稣,云:有人呼将去,至一城府,未进。顷见其从叔自城中出,惊问遵:"汝何故来?"遵答:"违离姑姊,并历年载。欲往问讯,本明当发。夜见数人,急呼来此。即时可得归去,而不知还路。"从叔云:"汝姑丧已二年。汝大姊儿道文,近被录来。既蒙恩放,仍留看戏,不即还去;积日方归,家已殡殓。乃入棺中,又摇动棺器,冀望其家觉悟开棺。棺遂至路,落棺车下。其家或欲开之,乃问卜者。卜云不吉,遂不敢开,不得复生。今为把沙之役,辛勤极苦。汝宜速去,勿复住此。且汝小姊又已丧亡,今与汝姑共在地狱,日夕忧苦,不知何时可得免脱。汝今还去,可语其儿:勤修功德,庶得免之。"于此示遵归路。将别,又属遵曰:"汝得还生,良为殊庆。在世无几,倏如风尘。天堂地狱,苦乐报应,吾昔闻其语,今睹其实。汝宜深勤善业,务为孝敬,受法持戒,慎不可犯。一去人身,入此罪地,幽穷苦酷,自悔何及。勤以在心，不可忽也。我家亲属，生时不信罪福，今并遭涂炭，长受楚毒，焦烂伤痛，无时暂休。欲求一日改恶为善，当何得耶？悉我所具知，故以嘱汝，劝化家内，共加勉励。"言已，涕泣，因此而别。遵随路而归，俄而至家。家治棺将竟，方营殡殓。遵既附尸，尸寻气通，移日稍差。劝示亲识，并奉大法。初遵姑适南郡徐汉，长姊适江夏乐瑜，其小姊适吴兴严晚。途路悬远，久断音息。遵既差，遂至三郡寻访姑及小姊。姊子果并丧亡。长姊亦说儿道文殒后，棺动堕车，皆如叔言。既闻遵说道文横死之意，姊追加痛恨，重为制服。

84. 程道慧

《法苑珠林》卷五五引《冥祥记》：晋程道慧，字文和，武昌人也。世奉五斗米道，不信有佛。常云："古来正道，莫逾李老。何乃信惑胡言，以为胜教。"太元十五年，病死，心下尚暖，家不殡殓，数日得稣，说：初死时，见十许人缚录将去。逢一比丘，云："此人宿福，未可缚也。"乃解其缚，散驱而去。道路修平，而两边棘刺森然，略不容足。驱诸罪人，驰走其中，肉随着刺，号呻聒耳。见慧行在平路，皆叹羡曰："佛弟子行路，复胜人也。"慧曰："我不奉法。"其人笑曰："君忘之耳。"慧因自忆先身奉佛，已经五生五死，忘失本志。今生在世，幼遇恶人，未达邪正，乃惑邪道。既至大城，迳进听事。见一人，年可四五十，南面而坐。见慧，惊问曰："君不应来。"有一人，着单衣帻，持簿书，对曰："此人伐社，杀人，罪应来此。"向所逢比丘亦随慧入，申理甚至，云："伐社非罪也。此人宿福甚多，杀人虽重，报未至也。"南面坐者曰："可罚所录人。"命慧就坐，谢曰："小鬼谬滥，枉相录来。亦由君忘失宿命，不知奉大正法教也。"将遣慧还，乃使暂兼复校将军，历观地狱。慧欣然辞出，导从而行。行至诸城，城城皆是地狱，人众巨亿，悉受罪报。见有狮狗啮人，百节肌肉散落，流血蔽地。又有群鸟，其喙如锋，飞来甚速，欻然而至，入人口中，表里贯洞。其人宛转呼叫，筋骨碎落。其余经见，与赵泰、屑荷大抵粗同（石按：屑荷或许是《慧达》本名"萨荷"的讹误），不复具载。唯此二条为异，故详记之。观历既遍，乃遣慧还。复见向所逢比丘，与慧一铜物，形如小铃，曰："君还至家，可弃此门外，勿以入室。某年月日，君当有厄，诚慎。过此，寿延九十。"时道慧家于京师大街南，自见来还。达皂荚桥，见亲表三人，住车共语，悼慧之亡。至门，见婢行哭而市。彼人及婢，咸弗见也。慧将入门，置向铜物门外树上，光明舒散，流飞属天。良久还小，奄尔而灭。至户，闻尸臭，惆怅恶之。时宾亲奔吊，突慧者多，不得徘徊，因进入尸，忽然而稣。说所逢车人及市婢，咸皆符同。慧后为廷尉，预西堂听讼。未及就列，欻然烦闷不识人，半日乃愈。计其时日，即道人所戒之期。顷之，迁为广州刺史。元嘉六年卒，六十九矣。

85. 慧达

《法苑珠林》卷八六引《冥祥记》：晋沙门慧达，姓刘，名萨荷，西河离石人也。未出家时，长于军旅，不闻佛法，尚气武，好畋猎。年三十一，暴病而死，体尚温柔。家未殓，至七日而稣。说云：将尽之时，见有两人执缚将去，向西北行。行路转高，稍得平衢，两边列树。见有一人，执弓带剑，当衢而立，指语两人，将荷西行。见屋舍甚多，白壁赤柱。荷入一家，有女子美容服，荷就乞食。空中声言："勿与之也。"有人从地踊出，执铁杵，将欲击之。荷遽走，历入十许家皆然。遂无所得。复西北行，见一妪乘车，与荷一卷书。荷受之。西至一家，馆宇华整，有妪坐于户外，口中虎牙。屋内床帐光丽，竹席青几。复有女子处之，问荷："得书来不？"荷以书卷与之。女取余书比之。俄见两沙门，谓荷："汝识我不？"荷答："不识。"沙门曰："今宜归命释迦文佛。"荷如言发念。因随沙门俱行，遥见一城，类长安城，而色甚黑，盖铁城也。见人身甚长大，肤黑如漆，头发曳地。沙门曰："此狱中鬼也。"其处甚寒，有冰，如席飞散，着人头，头断；着脚，脚断。二沙门云："此寒冰狱也。"荷便自识宿命，知两沙门往维卫佛时，并其师也。作沙弥时，以犯俗罪，不得受戒。世虽有佛，竟不得见从。再得人身，一生羌中，今生晋中。又见从伯在此狱里，谓荷曰："昔在邺时，不知事佛。见人灌像，聊试学之，而不肯还直。今故受罪。犹有灌福，幸得生天。"次见刀山地狱。次第经历，观见甚多，狱狱异城，不相杂厕。人数如沙，不可称计。楚毒科法，略与经说相符。自荷履践地狱，示有光景。俄而忽见金色，晖明皎然。见人长二丈许，相好严华，体黄金色。左右并曰："观世大士也。"皆起迎礼。有二沙门，形质相类，并行而东。荷作礼毕，菩萨具为说法，可千余言，末云："凡为亡人设福，若父母兄弟，爰至七世姻媾亲戚，朋友路人，或在精舍，或在家中，亡者受苦，即得免脱。七月望日沙门受腊，此时设供,弥为胜也。若制器物,以充供养器。器标题言:为某人亲奉上三宝。福施弥多,其庆逾速。沙门白衣,见身为过,及宿世之罪,种种恶业,能于众中尽自发露,不失事条,勤诚忏悔者,罪即消灭。如其羞颜盖耻,耻于大众露其过者,可在屏处默自记说,不失事者,罪亦除灭。若有所遗漏,非故隐蔽,虽不获免,受报稍轻。若不能悔,无惭愧心,此名执过不反,命终之后,克坠地狱。又他造塔及与堂殿,虽复一土一木,若染若碧,率诚供助,获福甚多。若见塔殿或有草秽,不加耘除,蹈之而行,礼拜功德随即尽矣。"又曰:"经者尊典,化导之津,《波罗密经》功德最胜,《首楞严》亦其次也。若有善人读诵经处,其地皆为金刚。但肉眼众生不能见耳。能勤讽持,不堕地狱。《般若》定本及如来钵,后当东至汉地。能立一善于此经钵,受报生天,倍得功德。"所说甚广,略要载之。荷临辞去,谓曰:"汝应历劫,备受罪报。以尝闻经法,生欢喜心,今当见受轻报,一过便免。汝得济活,可作沙门。洛阳、临淄、建业、鄮阴、成都五处,并有阿育王塔。又吴中两石像,育王所使鬼神造也。颇得真相,能往礼拜者,不堕地狱。"语已东行。荷作礼而别。出南大道,广百余步。道上行者,不可称计。道边有高座,高数十丈,有沙门坐之。左右僧众,列倚甚多。有人执笔,北面而立,谓荷曰:"在襄阳时,何故杀鹿?"跪答曰:"他人射鹿,我加创耳。又不啖肉,何缘受报?"时即见襄阳杀鹿之地,草树山涧,忽然满目。所乘黑马,并皆能言。悉证荷杀鹿年月时日。荷惧然无对。须臾,有人以叉叉之,投镬汤中。自视四体,溃然烂碎。有风吹身,聚小岸边,忽然不觉,还复全形。执笔者复问:"汝又射雉,亦尝杀雁。"言已,又投镬汤,如前烂法。受此报已,乃遣荷去。入一大城,有人居焉。谓荷曰:"汝受轻罪,又得还生,是福力所扶。而今以后,复作罪不?"乃遣人送荷。遥见故身,意不欲还。送人推引,久久乃附形,而得苏活。奉法精勤,遂即出家,字曰慧达。太元末,尚在京师。后往许昌,不知所终。

参考文献

[1] 普罗普. 故事形态学 [M]. 贾放, 译. 北京：中华书局, 2006.
[2] 马丁. 当代叙事学 [M]. 伍晓明, 译. 北京：北京大学出版社, 1990.
[3] 布斯. 小说修辞学 [M]. 付礼军, 译. 南宁：广西人民出版社, 1987.
[4] 里蒙－凯南. 叙事虚构作品 [M]. 姚锦清, 译. 北京：生活·读书·新知三联书店, 1989.
[5] 张寅德. 叙述学研究 [M]. 北京：中国社会科学出版社, 1989.
[6] 瓦特. 小说的兴起：笛福, 理查逊, 菲尔丁研究 [M]. 高原, 董红钧, 译. 北京：生活·读书·新知三联书店, 1992.
[7] 普林斯. 叙事学：叙事的形式与功能 [M]. 徐强, 译. 北京：中国人民大学出版社, 2013.
[8] 坎贝尔. 千面英雄 [M]. 张承谟, 译. 上海：上海文艺出版社, 2000.
[9] 热奈特. 热奈特论文集 [M]. 史忠义, 译. 天津：百花文艺出版社, 2001.
[10] 汤普森. 世界民间故事分类学 [M]. 郑海等, 译. 上海：上海文艺出版社, 1991.
[11] 韩南. 中国白话小说史 [M]. 尹慧珉, 译. 杭州：浙江古籍出版社, 1989.
[12] 王秋桂. 韩南中国古典小说论集 [M]. 台北：联经出版事业公司, 1979.
[13] 卡西尔. 人论 [M]. 甘阳, 译. 上海：上海译文出版社, 1985.
[14] 列维－布留尔. 原始思维 [M]. 丁由, 译. 北京：商务印书馆, 1987.
[15] 王靖宇. 中国早期叙事文研究 [M]. 上海：上海古籍出版

社，2003．

[16] 浦安迪．中国叙事学［M］．北京：北京大学出版社，1996．
[17] 弗莱．批评的解剖［M］．陈慧，袁宪军，吴伟仁，译．天津：百花文艺出版社，2006．
[18] 宇文所安．追忆：中国古典文学中的往事再现［M］．郑学勤，译．北京：生活·读书·新知三联书店，2004．
[19] 钱钟书．管锥编［M］．北京：中华书局，1979．
[20] 袁珂．古神话选释［M］．北京：人民文学出版社，1982，
[21] 陈奇猷．吕氏春秋校释［M］．上海：学林出版社，1984．
[22] 刘盼遂．论衡集解［M］．北京：中华书局，1959．
[23] 应劭．风俗通义校注［M］．王利器，校注．北京：中华书局，1981．
[24] 应劭．风俗通义校释［M］．吴树平，校释．天津：天津人民出版社，1980．
[25] 孙诒让．札迻［M］．北京：中华书局，1989．
[26] 许慎．说文解字［M］．北京：中华书局，1963．
[27] 郦道元．水经注［M］．陈桥驿，注释．杭州：浙江古籍出版社，2000．
[28] 宗懔．荆楚岁时记［M］．长沙：岳麓书社，1986．
[29] 虞世南．北堂书钞［M］．影印本．北京：学苑出版社，2003．
[30] 欧阳询．艺文类聚［M］．汪绍楹，校．上海：上海古籍出版社，1984．
[31] 释法琳．辨正论［M］．陈子良，注∥乾隆大藏经：第123册．北京：中国书店出版社，2007．
[32] 萧统．文选［M］．李善，注．中华书局，1977．
[33] 释道世．法苑珠林［M］．上海：上海古籍出版社，1991．
[34] 释道世．法苑珠林校注［M］．周叔迦，苏晋仁，校注．北京：中华书局，2003．
[35] 李瀚．蒙求集注［M］．徐子光，补注．北京：中华书局，1985．
[36] 徐坚，等．初学记［M］．北京：中华书局，1962．
[37] 段公路．北户录［M］．北京：中华书局，1985．
[38] 白居易．白氏六帖事类集［M］．北京：文物出版社，1987．

[39] 李冗,张读. 独异志;宣室志[M]. 张永钦,侯志明,点校. 北京:中华书局,1983.

[40] 李昉,等. 太平广记[M]. 北京:人民文学出版社,1959.

[41] 李昉,等. 太平御览[M]. 影印本. 北京:中华书局,1960.

[42] 陶宗仪. 说郛[M]. 影印本. 北京:中国书店,1986.

[43] 陶宗仪. 说郛三种[M]. 上海:上海古籍出版社,1989.

[44] 干宝. 搜神记[M]. 汪绍楹,校注. 北京:中华书局,1979.

[45] 陶潜. 搜神后记[M]. 汪绍楹,校注. 北京:中华书局,1981.

[46] 干宝,陶潜. 新辑搜神记 新辑搜神后记[M]. 李剑国,辑校. 北京:中华书局,2007.

[47] 谷神子,薛用弱. 博异志 集异记[M]. 北京:中华书局,1980.

[48] 牛僧孺,李复言. 玄怪录 续玄怪录[M]. 程毅中,点校. 北京:中华书局,1982.

[49] 裴铏. 裴铏传奇[M]. 周楞伽,辑注. 上海:上海古籍出版社,1980.

[50] 汪辟疆. 唐人小说[M]. 上海:上海古籍出版社,1978.

[51] 晁载之. 续谈助[M]. 北京:商务印书馆,1959.

[52] 乐史. 太平寰宇记[M]. 王文楚,等,点校. 北京:中华书局,2007.

[53] 唐慎微. 重修政和经史证类备用本草[M]. 北京:华夏出版社,1993.

[54] 吴淑. 事类赋注[M]. 冀勤,等,校点. 北京:中华书局,1989.

[55] 曾慥. 类说[M]. 北京:文学古籍刊行社,1955.

[56] 郭茂倩. 乐府诗集[M]. 北京:中华书局,1998.

[57] 委心子. 新编分门古今类事[M]. 金心,点校. 北京:中华书局,1987.

[58] 王朋寿. 重刊增广分门类林杂说[M]. 上海:上海古籍出版社,1995.

[59] 司马迁. 史记会注考证[M]. 泷川资言,考证. 北京:文学古籍刊行社,1955.

[60] 班固. 汉书[M]. 北京:中华书局,1962.

[61] 范晔. 后汉书[M]. 李贤,等,注. 北京:中华书局,1965.

[62] 王先谦. 后汉书集解［M］. 北京：中华书局，1984.

[63] 卢弼. 三国志集解［M］. 北京：中华书局，1982.

[64] 房玄龄，等. 晋书［M］. 北京：中华书局，1974.

[65] 胡应麟. 少室山房笔丛［M］. 北京：中华书局，1964.

[66] 徐震堮. 世说新语校笺［M］. 北京：中华书局，1984.

[67] 杜预. 春秋左传正义［M］. 孔颖达，等，正义. 上海：上海古籍出版社，1990.

[68] 沈约. 宋书［M］. 北京：中华书局，1974.

[69] 李延寿. 北史［M］. 北京：中华书局，1974.

[70] 葛洪. 神仙传校释［M］. 胡守为，校释. 北京：中华书局，2010.

[71] 葛洪. 抱朴子内篇校释［M］. 增订本. 王明，校释. 北京：中华书局，1985.

[72] 刘向. 新序校释［M］. 石光瑛，校释. 北京：中华书局，2001.

[73] 洪迈. 夷坚志［M］. 北京：中华书局，1981.

[74] 陶弘景. 养性延命录［M］. 丁光迪，校注. 北京：中国中医药出版社，1993.

[75] 蒲松龄. 聊斋志异：会校会注会评本：上［M］. 张友鹤，辑校. 上海：上海古籍出版社，1986.

[76] 蒲松龄. 全校会注集评聊斋志异［M］. 任笃行，辑校. 济南：齐鲁书社，2000.

[77] 卢文弨. 群书拾补［M］. 上海：商务印书馆，1935.

[78] 颜之推. 颜氏家训［M］. 夏家善，夏春田，注释. 天津：天津古籍出版社，1995.

[79] 萧统. 文选［M］. 李善，注. 北京：中华书局，1977年，

[80] 洪迈. 容斋随笔［M］. 上海：上海古籍出版社，1978.

[81] 鲁迅. 古小说钩沉［M］. 济南：齐鲁书社，1997.

[82] 鲁迅. 古小说钩沉［M］//鲁迅全集：第八卷. 北京：人民文学出版社，1973.

[83] 曹丕，等. 列异传等五种［M］. 北京：文化艺术出版社，1988.

[84] 刘敬叔. 异苑［M］. 范宁，点校. 北京：中华书局，1996.

[85] 刘义庆. 幽明录［M］. 郑晚晴，辑注. 北京：文化艺术出版社，1988，

[86] 吴均. 续齐谐记 [M]. 北京：中华书局，1985，
[87] 任昉. 述异记 [M]. 北京：中华书局，1985，
[88] 罗国威.《冤魂志》校注 [M]. 成都：巴蜀书社，2001.
[89] 李冗，张读. 独异志；宣室志 [M]. 北京：中华书局，1983.
[90] 鲁迅. 中国小说史略 [M] //鲁迅全集：第九卷. 北京：人民文学出版社，1973.
[91] 陈平原. 中国小说叙事模式的转变 [M]. 上海：上海人民出版社，1988.
[92] 陈平原. 陈平原小说史论集 [M]. 石家庄：河北人民出版社，1997.
[93] 杨义. 中国叙事学 [M]. 北京：人民出版社，1997.
[94] 杨义. 中国古典小说史论 [M]. 北京：中国社会科学出版社，1995.
[95] 李剑国. 唐前志怪小说史 [M]. 天津：南开大学出版社，1984.
[96] 李剑国. 唐五代志怪传奇叙录 [M]. 天津：南开大学出版社，1993.
[97] 石昌渝. 中国小说源流论 [M]. 北京：生活·读书·新知三联书店，1994.
[98] 董乃斌. 中国古典小说的文体独立 [M]. 北京：中国社会科学出版社，1994.
[99] 傅修延. 先秦叙事研究：关于中国叙事传统的形成 [M]. 北京：东方出版社，1999.
[100] 李宗为. 唐人传奇 [M]. 北京：中华书局，1985.
[101] 侯忠义. 汉魏六朝小说史 [M]. 春风文艺出版社，1989.
[102] 侯忠义. 唐人传奇 [M]. 春风文艺出版社，1999.
[103] 袁行沛，侯中义. 中国文言小说书目 [M]. 北京：北京大学出版社，1981.
[104] 侯中义. 中国文言小说参考资料 [M]. 北京：北京大学出版社，1985.
[105] 孔另境. 中国小说史料 [M]. 上海：上海古籍出版社，1982.
[106] 侯中义. 中国文言小说史稿 [M]. 北京：北京大学出版社，1994.

[107] 刘叶秋. 魏晋南北朝小说 [M]. 北京：中华书局，1962.
[108] 王枝忠. 汉魏六朝小说史 [M]. 杭州：浙江古籍出版社，1997.
[109] 金荣华. 六朝志怪小说情节单元分类索引 [M]. 台北：中国文化大学中国文学研究所，1984.
[110] 程国赋. 隋唐五代小说研究资料 [M]. 上海：上海古籍出版社，2005.
[111] 孙芳芳，温成荣. 魏晋南北朝志怪小说探微 [M]. 太原：山西人民出版社，2009.
[112] 刘湘兰. 中古叙事文学研究 [M]. 北京：北京大学出版社，2011.
[113] 宁稼雨撰. 先唐叙事文学故事主题类型索引 [M]. 天津：南开大学出版社，2011.